ROYCE SCOTT BUCKINGHAM

Kaltgestellt

Buch

Stuart Stark ist der aufgehende Stern der Staatsanwaltschaft von Massachusetts und steht gerade vor seinem nächsten großen Fall: Raymond Butz wird beschuldigt, seine Ehefrau ermordet zu haben, und die Indizienlage scheint eindeutig. Doch als Butz den Gerichtssaal aufgrund eines Verfahrensfehlers als freier Mann verlässt, folgt für Stu der unweigerliche Absturz: Sein Ruf ist ruiniert, und den Job ist er los.

Um wieder auf die Füße zu kommen, gründet er mit Clay, einem Freund aus Studienzeiten, eine eigene Anwaltsfirma, mit der es tatsächlich bergauf zu gehen scheint, als ein neuer Fall die beiden zu entzweien droht. Clay schlägt Stu daraufhin einen gemeinsamen Trip nach Alaska vor, springt jedoch im letzten Moment ab. Stu fliegt allein in die Wildnis, wo er zu seinem Entsetzen nicht die erwartete Luxus-Unterkunft vorfindet, sondern auf sich allein gestellt ist. Als er nach einer Woche erkennen muss, dass ihn niemand abholt, um ihn wieder nach Hause zu bringen, beginnt ein gnadenloser Kampf ums Überleben ...

Autor

Royce Scott Buckingham, geboren 1966, begann während seines Jurastudiums an der University of Oregon mit dem Verfassen von Fantasy-Kurzgeschichten. Sein erster Roman *Dämliche Dämonen* begeisterte weltweit unzählige Leser und war insbesondere in Deutschland ein riesiger Erfolg. Gemeinsam mit seiner Frau und seinen beiden Söhnen lebt Royce Buckingham in Bellingham, Washington. *Kaltgestellt* ist sein erster Roman für Erwachsene.

Besuchen Sie uns auch auf www.facebook.com/blanvalet
und www.twitter.com/BlanvaletVerlag

ROYCE SCOTT BUCKINGHAM

KALTGESTELLT

THRILLER

Deutsch
von Wulf Bergner

blanvalet

Die Originalausgabe erschien 2015 unter dem Titel
Impasse bei St. Martin's Press, New York.

Der Verlag weist ausdrücklich darauf hin, dass im Text
enthaltene externe Links vom Verlag nur bis zum Zeitpunkt
der Buchveröffentlichung eingesehen werden konnten.
Auf spätere Veränderungen hat der Verlag keinerlei Einfluss.
Eine Haftung des Verlags ist daher ausgeschlossen.

Verlagsgruppe Random House FSC® N001967

1. Auflage
Copyright der Originalausgabe © 2015 by Royce Scott Buckingham
Published by arrangement with St. Martin's Press, LLC.
All rights reserved
Copyright der deutschsprachigen Ausgabe
© 2016 by Blanvalet in der Verlagsgruppe Random House GmbH,
Neumarkter Str. 28, 81673 München
Redaktion: Alexander Groß
Umschlaggestaltung und -motiv: © Johannes Wiebel | punchdesign,
unter Verwendung von Motiven von
photocase.de und Shutterstock.com
kw · Herstellung: kw
Satz: DTP Service Apel, Hannover
Druck und Bindung: GGP Media GmbH, Pößneck
Printed in Germany
ISBN 978-3-7341-0231-8

www.blanvalet.de

*Dieses Buch ist denen unter uns gewidmet,
die nicht sonderlich auf Anwälte stehen.*

PROLOG

»Keine Leiche, kein Fall«, hatten Stuart Starks Kollegen bei der Staatsanwaltschaft im Bristol County, Massachusetts, ihn gewarnt. Trotz ihrer Warnungen hatte er in der Mordsache Butz Anklage erhoben. Aber als er in einer baufälligen Jagdhütte mitten in Alaskas im Sterben lag und sich fragte, ob er die Mündung des geliehenen Browning .30-06 zwischen die Zähne nehmen und dabei den Abzug erreichen konnte, wünschte er sich, er hätte auf sie gehört.

Als Marti Taylor noch mal heiratete, um die zweite Mrs Raymond Butz zu werden, war das eine – abgesehen von der offenkundigen Verschlechterung ihres Nachnamens – aus verschiedenen Gründen miserable Entscheidung. Einer davon war Rays unbeherrschbar cholerische Wesensart. Marti kämpfte gegen eine Scrapbooking-Sucht an, und nachdem am 17. März um 17.35 Uhr in ihrer subventionierten Sozialwohnung im Norden von New Bedford mit der Post eine Visa-Rechnung mit etwas uber knapp dreihundert Dollar Belastung vom Scrap-a-Doodle Store eingegangen war, hatte Ray sie mit einer Schlinge erdrosselt – wahrscheinlich mit seinem Gürtel, denn er arbeitete am Bau und besaß keine Krawatte. Das war ein sauberer Mord, der in ihrer Wohnung, dem vermutlichen Tatort, keine Blutspuren hinterließ. Blutig wurde es später auf der *Iron Maiden*, der Privatyacht des Besitzers der Bolt Construction Company, auf der Butz als Bootsmann aushalf, wenn am Bau Flaute herrschte, und auf der er seine Frau mit einer blauen Stichsäge von Ryobi zerstückelte. Anschließend gingen Marti und die Ryobi über Bord, um nie wieder gesehen zu werden.

Während der drei Jahre andauernden Ermittlungen wurde Butz insgesamt sechsmal vernommen. Bei den ersten fünf Malen war er nicht verhaftet, als er befragt wurde, sodass eine Belehrung über seine Rechte weder erforderlich war noch erteilt wurde. Als er beim letzten Mal verhaftet und dabei über seine Rechte belehrt wurde, übte er rasch sein Recht aus, einen Anwalt zu verlangen, womit die Vernehmung praktisch beendet war. Dreizehn Tage später, während er im örtlichen Gefängnis in Untersuchungshaft auf seinen Prozess wartete, schilderte er seinem Zellengenossen den genauen Tatablauf, ohne zu erkennen, dass sein zweifelhafter Vertrauter solche Informationen dazu benutzen konnte, sich einen Deal mit Strafnachlass wegen seines eigenen Drogenvergehens zu sichern. Bei seinen sechs Vernehmungen und durch seine Redseligkeit in der Haft gestand Raymond Butz nicht nur das Verbrechen, sondern auch zwanzig damit zusammenhängende Details, die nur der Täter kennen konnte. Genug für den aufstrebenden stellvertretenden Staatsanwalt Stuart Stark, ihn in dem größten Sensationsprozess anzuklagen, den New Bedford seit dem Verfahren gegen Lizzie Borden 1893 erlebt hatte.

Fernsehteams kampierten vor dem Gerichtsgebäude,

ein Autor, der über wahre Verbrechen schrieb, nahm den Fall in sein nächstes Buch auf, und *America's Unsolved* begleitete Stu während des Prozesses mit Kameras und führte sein Selbstbewusstsein und seine juristische Brillanz der ganzen Welt vor – zumindest dem Teil, der wahre Verbrechen und Realityshows im Fernsehen goutierte.

Nach dem Urteil gab Stu sich bescheiden und schrieb Randy »Rusty« Baker, dem cleveren leitenden Ermittler, das Verdienst zu, ein Geständnis erreicht zu haben. Staatsanwälten stand es immer gut zu Gesicht, den ermittelnden Kriminalbeamten ein Lob auszusprechen – sie hatten es verdient, und in diesem Fall sicherte es ihm Rustys ewige Freundschaft. Stu erklärte seinem bewundernden Publikum, der Ausgang des Verfahrens befriedige ihn, aber es zieme sich nicht, als Staatsanwalt die Verurteilung eines Mannes zu bejubeln. Dann kehrte er in sein Büro zurück, schloss die Tür und rief seine größte Cheerleaderin an – seine Frau Katherine –, die an seiner Stelle jubelte.

»Ich kann's kaum erwarten, allen zu erzählen, dass ich mit dem berühmtesten Anwalt in ganz Massachusetts verheiratet bin!« Sie juchzte ins Telefon.

Neun Monate später verließ Butz das Gefängnis als freier Mann.

Nach Meinung des Berufungsgerichts war das »bedauerlich«, eine Eigenart des Gesetzes, aber durch Präzedenzfälle diktiert.

Die *Corpus-Delicti*-Bestimmung in Mordfällen ohne Leiche erforderte den Beweis, dass 1) die Person tot und

2) durch eine Straftat ums Leben gekommen war. Eigentlich ganz einfach. Aber die Todesursache musste durch andere Beweismittel nachgewiesen werden, *bevor* die Aussagen des Beschuldigten ins Verfahren eingeführt werden konnten. Sonst könne ein Geistesgestörter Straftaten gestehen, die nie verübt worden seien, sagte das Berufungsgericht. Die Staatanwaltschaft müsse nachweisen, dass ein Mord vorliege, bevor jemand ihn gestehen könne.

Leider reichte in diesem speziellen Mordfall ohne Leiche das Verschwinden einer Frau nicht dafür aus, als Todesursache Mord anzunehmen. Die Tatsache, dass Butz einen Gürtel trug, bewies nichts ohne sein Geständnis seinem Zellengenossen gegenüber, dass er ihn dazu benutzt habe, seine nach Scrapbooks süchtige Ehefrau zu strangulieren. Die verschwundene Ryobi? Das Fehlen von Beweisstücken war noch weniger zwingend als die nutzlose Existenz eines Ledergürtels. Und das Blut, das auf Tod durch eine Straftat hätte hinweisen können? An Deck der *Iron Maiden*, auf dem regelmäßig Fische ausgenommen wurden, hatten die Spurensicherer nur widersprüchliche Hinweise und viel Wasserstoffperoxid gefunden.

Ohne Butz' volles Geständnis gab es einfach keinen Beweis dafür, dass Marti ermordet worden war. Dem Berufungsgericht blieb nichts anderes übrig, wie die Richter beklagten, als alles unberücksichtigt zu lassen, was Butz gesagt hatte. Sie verweisen den Fall zur Neuverhandlung zurück, in der sein Geständnis nicht verwendet werden durfte, und waren sich darüber im Klaren, dass die Anklage gegen Raymond Butz nun in sich zusammenbrechen würde.

»Bedauerlich«, nannte das Berufungsgericht das in seiner einstimmigen schriftlichen Urteilsbegründung.

Diese Entscheidung war auch insofern bedauerlich, als der junge stellvertretende Staatsanwalt, der Star von *America's Unsolved*, der sich so kühn erboten hatte, den Fall Butz freiwillig zu übernehmen, entlassen wurde. Robert Malloy, der gewählte Staatsanwalt im Bristol County, hatte keine Lust, sich dafür kritisieren zu lassen, dass in seiner Amtszeit ein geständiger Mörder freigekommen war, nicht in einem Wahljahr. Statt der mutmaßliche Nachfolger seines Bosses zu bleiben, wurde Stuart Stark der berühmteste Anwalt von ganz Massachusetts, der jemals in einer einzigen Woche einen Fall und seinen Job verloren hatte.

Und so kehrte Stu, nachdem er seine Strafverfolger-Plakette in Malloys Posteingang gelegt hatte, in sein Dienstzimmer zurück, schloss die Tür, versetzte seinem vom Staat gestellten Schreibtisch einen kräftigen Tritt, fluchte halblaut vor sich hin und verließ humpelnd für immer das Strafrecht.

KAPITEL 1

Stu fuhr auf der Suche nach einem Parkplatz um den Block. Normalerweise konnte er einen Platz am Randstein vor der Firma finden, und diesmal quetschte er seinen ältlichen Ford Taurus zwischen einen schrottreifen Chevy Silverado und den orangeroten Prius mit dem weißen Totenschädel auf der Heckscheibe, der dem Inhaber des Tätowierstudios am Ende ihres Blocks gehörte. Anschließend fütterte er die Parkuhr mit Münzen bis zur Höchstparkdauer von zwei Stunden. An diesem Tag würde er noch dreimal hinunterhasten, um Münzen nachzuwerfen: um zehn Uhr, in der Mittagspause und um 14 Uhr. Die Parküberwachung hatte um 15.30 Uhr Dienstschluss. Das ergab einen Monatsbetrag, der billiger war als ein Platz im Parkhaus, selbst wenn er die unvermeidliche Zehn-Dollar-Verwarnung einrechnete, die er ab und zu bekam.

Ihre Zwei-Mann-Anwaltsfirma residierte in preiswertem Büroraum im ersten Stock des Bluestone Building in Clark's Cove. Das Bluestone, ein Überbleibsel aus der Blütezeit der Textilindustrie in New Bedford, stand weitgehend leer. Es war auch dem Gerichtsgebäude nicht so nahe, wie Stu es sich gewünscht hätte. Noch war es blau oder aus Stein oder sonderlich attraktiv. Aber nachdem sie gutes Geld für einen Dienst für Onlinerecherchen und ihre Vollzeitsekretärin ausgeben mussten, konnten sie sich nicht viel mehr leisten. Sie hatten jedoch mehrere Tausend Dollar, die sie sich nicht leisten konnten, in die riesige Werbetafel BUCHANAN, STARK & ASSOCIATES investiert, die das briefmarkengroße Rasenstück vor dem Eingang beherrschte. Stu düngte den Rasen in jedem Herbst persönlich und mähte ihn jede Woche. In der Firma gab es keine wirklichen Kollegen, aber sie taten sich manchmal mit anderen Anwälten vor Ort zusammen, wenn ein Fall spezielle Fachkenntnisse erforderte, und hatten eine vor Kurzem graduierte Jurastudentin, die in der Woche zehn Stunden bei ihnen arbeitete und für wenig Gehalt Recherchen anstellte, während sie fürs Anwaltsexamen lernte.

BUCHANAN, STARK & ASSOCIATES

Stu nahm sich einen Augenblick Zeit, das geschmacklos bunte Schild zu hassen. Sein Partner war Clayton Buchanan, das blendend aussehende Gesicht ihrer winzigen Kanzlei, der sich im Scherz als den Nieselregenmacher bezeichnete. Clay war ebenso gesellig wie Stu zurückhaltend. Das führte dazu, dass Clay die Arbeit brachte und Stu sie erledigte. Stu war ein stilles Arbeitspferd geworden – eine Tatsache, die Katherine lebhaft beklagte. Mandanten zu gewinnen war ein Spiel für die Kühnen, die Risikobereiten. Nicht für ihn. Nicht mehr. Clay dagegen konnte einem Lokalpolitiker auf die Schulter klopfen, mit einem Hafenarbeiter anzügliche Limericks austauschen und eine Jungfrau auf einer Kirchenbank als Klientin gewinnen. Einen Mandanten hatte Clay an Land gezogen, indem er mit dem Kerl eine Zigarettenpause gemacht hatte – trotz der Tatsache, dass Clay Nichtraucher war. Er hatte sich aus dem mit Katzenstreu gefüllten Aschenbecher auf einem Abfallkorb eine Zigarettenkippe geschnappt, sie ohne zu zögern zwischen die Lippen genommen und dem Mann so in einem Wartehäuschen aus Plexiglas Gesellschaft geleistet. Nach einigen Minuten emphatischen Paffens war er mit einem Drittel eines soliden arbeitsrechtlichen Anspruchs davongegangen. Auf solche und ähnlich kreative Weise fand Clay Mandanten, während Stu sich in Fällen und Paragrafen vergrub. Für Stu war das befriedigend. Außerdem hasste es Clay, arbeiten zu müssen.

Stu stieg die abgetretenen Betonstufen der Hintertreppe in den ersten Stock hinauf – der Vermieter ließ den Aufzug in der Eingangshalle nicht mehr reparieren. Er wunderte sich noch immer darüber, wieso er sich mit Clay zusammengetan hatte, der ursprünglich gar nicht aus Neuengland stammte. Sie hatten beide Jura an der University of Oregon studiert, das war die Wurzel ihrer Verbindung. Stu war impulsiv nach Westen gegangen, weil seine College-Liebe ihm vorgeworfen hatte, er habe »keinen Sinn für Abenteuer«, als sie ihm den Laufpass gegeben hatte, bevor sie ihr drittes Studienjahr in Europa verbrachte. Ihm war noch immer nicht ganz klar, was Clay an die U of O geführt hatte.

Also waren sie beide »Fighting Ducks«. Aber Stu war ein Studienjahr über Clay gewesen, und die beiden hatten in den zwei Jahren, in denen sich ihr Studium überlappte, kaum mehr als ein paar Worte gewechselt. Stu hatte Clays Ankunft in Oregon wahrgenommen. Das hatten alle getan. Er hatte sich als modisch gekleideter Kerl mit einem an mehreren obskuren Colleges zusammengestrickten Vordiplom erwiesen, der in die riesige Eingangshalle der Law School stolzierte, für einen Neuling, der den »Dampfkopftopf« betrat, viel zu entspannt wirkte, schon mit den Typen in den hinteren Reihen scherzte und eine Hand auf der Hüfte von Sophia Brown liegen hatte, einer atemberaubend hübschen Studentin im zweiten Jahr aus Portland, Oregon, mit der Stu sich in seinem ganzen ersten Jahr nicht einmal zu sprechen getraut hatte.

Die einzige Vorlesung, die Stu und Clay gemeinsam gehört hatten, war Zivilrecht II in Stus drittem und Clays zweitem Jahr gewesen. Clay saß meistens hinten, aber eines Tages hatte er sich mit nichts als einem Bleistift und einem Blatt Papier auf den Sitz neben Stu fallen lassen, worauf sie ihr längstes und denkwürdigstes Gespräch an der Law School geführt hatten. Der Professor trug bereits vor, als Clay sich setzte, sich zu Stu hinüberbeugte und ihm auf allzu vertrauliche Weise etwas zuflüsterte, als teilten sie sich bereits andere Geheimnisse.

»Wenn jemand um sich schießend den Hörsaal stürmt, hast du den besten Platz. Sitzt du deshalb hier?«

»Wie bitte?«

»Die gemauerte Brüstung würde dich schützen. Du bräuchtest dich nur dahinter zu ducken. Wer reingestürmt käme, würde durch die rechte Tür kommen.

Dein Ausgang liegt dort drüben links am Ende der Reihe. Wenn's passiert, bist du fein raus. Mein Platz ist der zweitbeste.«

Das war ihr ganzes Gespräch. Stu hatte sich wieder auf die Vorlesung konzentriert. Als sie endete, hatte er sieben Seiten mitgeschrieben. Bei einem kurzen Blick zu Clay hinüber sah er auf dessen Blatt keine Notizen, sondern nur einen Plan des Hörsaals mit Pfeilen, die die zwei Ausgänge bezeichneten, und etwa einem Dutzend Kreuze auf Sitzen in der Nähe des rechten Eingangs.

Die Hintertreppe im Bluestone war düster und von kleinen Echos erfüllt, denn Stus Schritte waren sechseinhalb Kilo schwerer als an jenem Tag, an dem er das Büro das Staatsanwalts mit eingezogenem Schwanz verlassen hatte. Das Geländer war locker, sodass es klapperte, als er sich daran die Treppe hochzog.

Ich muss mehr Sport treiben.

Er dachte jeden Tag das Gleiche, ohne jemals mehr Sport zu treiben. Er lebte nicht *ungesund*, und seine Frau fand ihn »in Ordnung«, wie er war. Das hatte Katherine erst an diesem Morgen gesagt, als sie ihm zu seinem vierzigsten Geburtstag gratulierte.

»Vierzig.« Er sagte es laut, um zu hören, wie es klang. Es klang alt, und während er sich in seinem billigen braunen Anzug die Hintertreppe des schäbigen Bürogebäudes hinaufschleppte, echote es durchs Treppenhaus wie die Stimme eines geisterhaften Unglücksboten.

Nach dem Studium hatte sich Stu auf der Suche nach seinem ersten Job bei der Staatanwaltschaft im Bristol County beworben. Sein Noten waren gut – in den oberen zehn Prozent –, und sein Wahlfach Kriminalistik und verschiedene einschlägige Praktika hatten ihn genau auf diese Arbeit vorbereitet. Er schrieb seinen Lebenslauf so, dass er genau zu der angestrebten Position passte, lernte Tag und Nacht für den nervenaufreibenden Scheinprozess, der am Ende des viertägigen Bewerbungsmarathons stehen würde, und übte seine Argumente vor dem Spiegel, unter der Dusche, im Auto und zuletzt vor dem Gerichtsgebäude ein, bevor er hineinging. Lauter erfahrene stellvertretende Staatsanwälte saßen auf der Geschworenenbank und beobachteten ihn scharf, während zwei ältere Staatsanwälte ihn als angebliche Strafverteidiger auf Herz und Nieren testeten, Einwände vorbrachten, während er einen angeblichen Zeugen ins Kreuzverhör nahm, und zuletzt sogar die Einstellung des Verfahrens beantragten, in dem er die Anklage vertrat. Das Schlimmste war, dass Robert Malloy, der gewählte Staatsanwalt im Bristol County, den Richter spielte.

Stu hatte titanische Anstrengungen unternommen, sich zu seiner eigenen Überraschung gegen neunzehn andere hochqualifizierte Männer und Frauen durchgesetzt und den Job bekommen. Wenig später stand er vor Geschworenen, die über kleinere Vergehen urteilten – meistens Trunkenheit am Steuer und leichte Fälle von häuslicher Gewalt –, und brauchte nicht lange, um sich einen soliden Ruf als immer gut vorbereiteter und kompetenter Strafverfolger zu erarbeiten.

Ein Jahr später war Clay wie ein Kumpel aus einer Studentenverbindung, der unterwegs bei Freunden auf dem Sofa übernachtet, bei ihm aufgekreuzt. Er war in einem

University-of-Oregon-Sweatshirt unangemeldet im Foyer erschienen und hatte die Empfangsdame nach »Stu, meinem guten Freund aus der Law School« gefragt.

»Hey, Stu«, sagte er, als Stuart den Kopf durch die Sicherheitstür steckte, um zu sehen, wer nach ihm fragte. »Freut mich, dich zu sehen! Willst du mich nicht reinbitten?« Clay sagte, er sei für ein paar Tage in Neuengland. Er habe sich an Stu von der Uni erinnert und gehört, er praktiziere hier irgendwo. »Und was für ein Zufall«, fügte Clay hinzu, weil auch er bei einer Staatsanwaltschaft arbeiten wolle und gerade angefangen habe, Bewerbungen zu verschicken. Ob er mit Stus Boss sprechen könne, wenn er schon mal hier sei? Clay redete schnell, und irgendwie waren sie in Malloys Büro gelandet und hatten dämlich über dämliches Zeug gelacht, als er sich über Football in Oregon und NCAA-Sanktionen verbreitete. Bevor Stu wusste, wie ihm geschah, erklärte er Clay den Ablauf des Scheinprozesses, den Malloy für den nächsten Tag zu improvisieren versprach. Das kam überraschend, und weil Clay nur einen Tag Zeit für die Vorbereitung haben würde, glaubte Stu felsenfest an ein bevorstehendes Desaster. Aber Clay bestand darauf, die praktische Prüfung sofort abzulegen.

»Stuart kann mir helfen«, scherzte er. »Und mir einen Anzug leihen.«

Clay lud Stu an diesem Abend in ein Thai-Restaurant ein und bezahlte für ihn, obwohl er von Studentendarlehen lebte. Das nannte er scherzhaft eine »Dreißig-Dollar-Bestechung«.

Stu wollte ihm gute Ratschläge erteilen. »Vertraut machen solltest du dich vor allem mit dem Bereich Durchsuchung und Beschlagnah...«

Clay beugte sich über seinem grünen Curry nach vorn. »Spar dir den Scheiß, Stu. Wie lauten die Antworten?«

Als Stu zögerte, setzte Clay ihm zu.

»Du hast selbst gesagt, dass es unmöglich ist, sich in nur einem Tag vorzubereiten, und ich weiß, dass du einen Kommilitonen nicht mit raushängendem Pimmel dastehen lassen würdest, nicht wahr?«

Stu wusste nicht genau, was Clay meinte, aber das wollte er unter allen Umständen verhindern.

Die Einwände waren Standardargumente – Hörensagen, Relevanz und die Forderung, endlich Beweise vorzulegen –, lauter grundlegende Dinge, die leicht abzuhandeln waren, wenn man wusste, dass sie kamen, und Stu wusste genau, welche kommen würden. Der Antrag auf Einstellung des Verfahrens war etwas schwieriger, weil er die Zuständigkeit des Gerichts anzweifelte. Hier half eine subtilere Methode, indem man den Richter bat, sich die Lage der Straße, auf der ein fiktiver Polizeibeamter einen fiktiven Autofahrer angehalten hatte, zu vergegenwärtigen. Das wäre den meisten jungen Anwälten nicht eingefallen. Auch Clay nicht, hätte Stu ihn nicht gewarnt, was er jetzt tat.

Mit eintägiger Vorbereitung und Stus Hilfe bekam Clay genau das gleiche Angebot, auf das Stu sein ganzes Jurastudium lang hingearbeitet hatte. Dass Clays Noten mittelmäßig waren, spielte keine Rolle. Seine Studiennachweise trafen erst ein, als er längst den Papierkram in der Personalabteilung unterschrieben hatte und schon eine der Sekretärinnen bumste. Es spielte keine Rolle, dass er nur einen Kurs in Kriminalistik belegt und keine Polizeipraktika vorweisen konnte. Er hatte sich einfach beim Boss eingeschmeichelt und dann die gesamte Dienststelle mit seiner Fähigkeit beeindruckt, rasch zu denken. Mit etwas Hilfe von Stu – oder vielmehr durch etwas Betrug. Das waren gut angelegte dreißig Dollar gewesen.

Sechs Jahre später, als sich das Butz-Desaster ereignete, wusste Stu nicht, wohin. Ungefähr zu diesem Zeitpunkt kündigte Clay völlig unerwartet. »Ich brauche dringend einen Wechsel«, sagte er. »Fünf Jahre unter dem Scheißmikroskop reichen mir.« Energisch anspornend und mit gutem Zureden überzeugte Clay Stu davon, weder das Leben noch die Jurisprudenz aufzugeben, sondern gemeinsam mit ihm eine Anwaltskanzlei aufzumachen. Katherine beklagte Stus Degradierung ebenso oder noch mehr als er selbst. Sein Aufstieg in der Staatsanwaltschaft war stetig gewesen, und der gesellschaftliche Status, den sie in der Stadt zu genießen begannen, war beträchtlich. Sie wurden zu politischen Events und Wohltätigkeitsauktionen eingeladen, bei denen Katherine sich an die Namen aller erinnerte und höfliche Umarmungen wie Bonbons verteilte. Alle waren sich darüber einig gewesen, er werde eines Tages den Chefposten besetzen, und Katherine hatte am meisten Reklame für ihn gemacht.

Stattdessen war er in Schimpf und Schande davongeschlichen, hatte sich selbstständig gemacht und seinen Namen auf Clays lächerliche Werbetafel setzen lassen. Er hatte nur genügend Energie besessen, um einen Punkt verpflichtend durchzusetzen: Die Firma würde keine Kriminellen verteidigen. Absolut keinen. Punktum. Und damit hatten sie ihren Überlebenskampf als Selbstständige begonnen – ohne Krankenversicherung, Rücklagen für Pensionen oder bezahlten Urlaub.

Stu blinzelte und merkte dann, dass er einige Minuten lang auf dem betonierten Treppenabsatz vor dem Büroeingang gestanden hatte. Einfach dagestanden. In Gedanken versunken. Von Erinnerungen überflutet. Sich fragend, was er hätte werden können, während er vor sich die abgenutzte, schlecht im Rahmen sitzende, mehrmals überstrichene Tür zu dem hatte, was er jetzt war. Er streckte die Hand aus und rüttelte an der Klinke, bis die Tür aufging.

»Können wir die nicht reparieren lassen?«, fragte er Pauline, ihre Allzweckkombination aus Empfangsdame, Sekretärin und Anwaltsgehilfin. Sie war eine unscheinbare Frau aus Fairhaven jenseits der New Bedford-Fairhaven Bridge, die heute ein leuchtend fuchsienrotes Kleid trug. Ihr Körper war pummelig, und die Ränder ihres formlosen Gesichts wurden nur durch die weiße Schminke definiert, die sie dick wie ein Pantomime auftrug; sonst wäre ihr Gesicht übergangslos mit dem Hals verschmolzen. Sie war verheiratet, seit sie die Highschool abgeschlossen hatte. Drei Kinder. Gut in ihrem Beruf. Sie verstand sich auf einfache juristische Recherchen. Noch wichtiger war, dass sie früher beim Gericht gearbeitet hatte. Ergo kannte sie die dortigen Sachbearbeiter und ihr kompliziertes System, Dokumente zu formatieren und abzuspeichern.

»Ich denke, der Schraubenzieher liegt in der Schublade für Verschiedenes«, antwortete Pauline und nickte zu einer Reihe älterer Aktenschränke hinüber, ohne aufzusehen.

»Kannst du nicht Sitzman anrufen?«

»Wir bekommen hundert Dollar Mietermäßigung, wenn wir den Vermieter dreißig Tage lang nicht anrufen, und heute ist der vierundzwanzigste Tag.«

Stu legte seine Autoschlüssel ab, lockerte die Krawatte und trat an den Schrank. Er wühlte in der Schublade, bis er den Schraubenzieher fand: eine Dublette aus seinem eigenen Haus, die er für die gute Sache gespendet hatte.

»Clay ist in seinem Büro«, erwähnte Pauline, als Stu auf dem Weg zu der defekten Tür an ihm vorbeiging.

Stu sah auf die Wanduhr: zehn Minuten nach acht. Sonst war Clay nie vor neun Uhr im Büro. »Wie kommt das?«

»Weiß ich nicht.« Sie machte eine dramatische Pause. »Vielleicht hat's was mit dem Brief zu tun, den wir von Shubert, Garvin und Ross bekommen haben.«

Der Fall Molson!, dachte Stu. Ihre bisher beste Chance, aus der Tretmühle herauszukommen, in der sie sich ohne großen Erfolg abstrampelten. Vor zwei Wochen hatte Stu in einem ausführlichen Schreiben begründet, weshalb Shubert, Garvin und Ross einem Vergleich zustimmen sollten, der nicht nur für die Reparatur des defekten Aufzugs und der schiefen Tür ausreichen würde. *Mit etwas Glück ist so viel für uns drin, dass wir uns einen neuen Aufzug leisten können – vielleicht in einem ganz neuen Gebäude.*

Er hatte die Post jeden Morgen nach einer Antwort durchgesehen, und nun saß Clay anscheinend in seinem Büro und studierte sie bei einer Tasse Kaffee.

»Gute Nachrichten?«

Pauline bedachte ihn mit einem koketten Schulterzucken.

KAPITEL 2

Der Fall Molson war ein heißes Eisen, das mindestens zwei prominentere Anwaltskanzleien in New Bedford nicht hatten anfassen wollen. Sylvia Molson, die Mandantin, war an einer Ampelkreuzung vor einem Mazda Miata über die Straße gegangen, als Juri Blastos, der Beklagte, den Miata von hinten mit seinem riesigen Nissan Armada – der so riesengroß war, dass er nach einer Flotte benannt war – gerammt hatte. Der Nissan hatte den kleinen Sportwagen gegen Sylvia geschleudert, die sich den zweiten Halswirbel gebrochen hatte. Der Beklagte hatte getrunken, und seine Schuld stand eindeutig fest. Aber ihm konnte die Justiz nichts anhaben – er war mittellos. Und er war nicht versichert gewesen. Sylvia, eine Jogalehrerin und zweifache Mutter, war querschnittsgelähmt und plötzlich dazu verdammt, für den Rest ihres Lebens im Rollstuhl zu sitzen. Ihre eigene Autoversicherung zahlte ihr den Höchstsatz für Schäden durch unversicherte Fahrer, aber dieser Betrag würde niemals ausreichen.

Aber Sylvia war eine tatkräftige, optimistische Frau. Sie war ins Gebäude von Buchanan, Stark & Associates gerollt und hatte sich durch den defekten Aufzug nicht abschrecken lassen; sie hatte die Hintertreppe hinaufgerufen, bis Pauline zu ihr runtergekommen war. Stu hatte sie selbst nach oben getragen und war dann davongehastet, um sich über den Fall zu informieren, während Clay sie als Mandantin unter Vertrag nahm.

Stu war nicht optimistisch, dass er etwas finden würde, das zwei andere Juristenteams übersehen hatten, zumal Buchanan, Stark nicht viel Erfahrung mit Personenschäden hatten. Ihr größter Fall war der Verlust eines kleinen Fingers gewesen. Abgetrennte Finger waren vor Gericht unterschiedlich viel wert, wobei ein amputierter Daumen den Jackpot darstellte, und sie hatten mit einem kümmerlichen kleinen Finger zufrieden sein müssen.

Laut Polizeiprotokoll hatte Blastos in drei Stunden acht Biere getrunken und einen Atemalkoholwert von 1,1 Promille erzielt – weit über dem gesetzlichen Limit von 0,8 Promille. Wie die fehlenden Bremsspuren bewiesen, hatte er vor der Kreuzung nicht gebremst, sondern war auf den Miata geprallt, ohne die Geschwindigkeit zu verringern. Er war an dem Unfall schuld, das stand ganz eindeutig fest.

Blastos arbeitete als Inspektor bei Septi-Spect, einer kleinen Firma, die Sickergruben inspizierte. Septi-Spect gehörte wiederum Jennings Plumbing, Inc., einem international tätigen Konzern. Jennings war kapitalstark – der Konzern hätte für Molsons katastrophale Verletzung zahlen können, aber der Bericht der State Police wies Jennings keine Mitschuld zu. Blastos war zum Zeitpunkt des Unfalls mit dem eigenen Auto, nicht mit einem Firmenwagen unterwegs gewesen. Er war nicht auf der Fahrt zu oder von einem Kunden gewesen. Dem Bericht nach hatte er weder als Angestellter der Firma gearbeitet noch in ihrem Auftrag gehandelt. Tatsächlich war seine Schicht drei Stunden davor zu Ende gegangen, und in der Firma herrschte striktes Alkoholverbot während der Arbeit. Sie traf nicht die geringste Schuld an einem durch Trinken außer Dienst verursachten Verkehrsunfall. Ganz außer Zweifel. Eine totale Sackgasse. Das hatten bereits mehrere Rechtsanwälte festgestellt.

Aber Stu hatte nicht aufgegeben. Oder genauer gesagt: Er hatte nicht genug Arbeit, um anderweitig beschäftigt zu sein. Er hatte Einsicht in die Verbindungsdaten von Blastos' Handy beantragt, obwohl längst feststand, dass sein Diensthandy zum Unfallzeitpunkt wie jeden Tag nach der Arbeit in der Firma am Ladegerät gehangen hatte.

Aber Stu verlangte nicht die Verbindungsdaten seines *Firmen*handys. Er wollte die seines *Privat*handys sehen, obwohl er nicht mal wusste, ob der Mann ein privates Handy hatte. Tatsächlich hatte Bastos eines. Und am Unfalltag war er einmal angerufen worden. Um 17.15 Uhr, zweiunddreißig Sekunden bevor er Sylvia Molson in den Rollstuhl befördert hatte. Als Stu die Liste bekam, rief er die Nummer an. Ein Dispatcher von Septi-Spect meldete sich.

Bingo!

Obwohl bei Septi-Spect seit Langem ein striktes Verbot von Alkohol am Steuer herrschte, gab es dort kein Verbot von Handybenutzung am Steuer. Die Firma hatte ihre internen Vorschriften entsprechend verschärfen wollen, aber dazu war es irgendwie nicht gekommen. Mit anderen Worten: Sie war sich des Problems bewusst und hatte nichts dagegen getan, bis es für Sylvia Molson zu spät war. Noch schlimmer war, dass sie ihre Fahrer oft unterwegs anrief, um sie über Terminänderungen zu informieren. Einen Anruf dieser Art wegen einer Verschiebung am kommenden Morgen hatte auch Blastos erhalten.

Noch mal Bingo!

Aber das reichte noch nicht. Nun ging es um das Alkoholproblem. Hatte der Handyanruf von Septi-Spect oder der Alkohol den Unfall verursacht? War's der Alkohol gewesen, haftete Blastos, der kein Geld hatte. War's der Anruf gewesen, konnte man Jennings, Inc., mit ihren Millionen zu Sylvias Gunsten anzapfen.

Hier kamen einzelne und gemeinsame Haftung zum Tragen, ein Prinzip, das juristische Nerds wie Stu faszinierend fanden. In seinem Schriftsatz benannte er Blastos und Jennings, Inc., als Beklagte. Sprachen die Geschworenen Jennings auch nur eine Teilschuld von einem Prozent zu, hafteten Blastos und Jennings gemeinsam für den vollen Betrag. Normalerweise hätte Blastos neunundneunzig und Jennings ein Prozent zahlen müssen. Konnte Blastos seinen Anteil jedoch nicht zahlen – was er ganz entschieden nicht konnte –, haftete Jennings Sylvia gegenüber für den Gesamtbetrag. Jennings konnte sich dann seinerseits an Blastos schadlos halten. Aber solange Sylvia ihr Geld bekam, konnte die Firma es aus Stus Sicht ruhig ein paar Jahrhunderte lang von seinem für Sickergrubenbeschau gezahlten Lohn einbehalten.

Dies war Stus Theorie des Falls, und in seinem Forderungsschreiben hatte er sie detailliert erläutert, damit die Verantwortlichen bei Jennings genau wussten, was ihnen bevorstand, wenn sie über einen Vergleich nachdachten. Er hatte sogar Sylvia zitiert, die mit bewegenden Worten ein Bild beschrieb, das ihr seit damals ständig vor Augen stand: ein kleiner blauer Sportwagen, der durch die Luft flog und die Sonne verfinsterte.

»Schlechte Nachrichten, Kumpel«, sagte Clay und legte die Füße auf seinen Schreibtisch, als Stu in sein Büro kam. »Ich werde dich entlassen müssen.«

Clay trug einen schon älteren dunkelblauen Anzug, ließ ihn aber gut aussehen, weil er sein weißes Maßhemd mit breiter Brust ausfüllte. Und sein Haar schien nie gekämmt werden zu müssen, sondern von selbst richtig zu fallen. Stu dagegen trug weite Hemden von der Stange, die ihm halfen, Feiertagsspeck zu kaschieren. Und er konnte sich lange kämmen, ohne dass sein Haar richtig fiel; andererseits musste er in seinem Alter vermutlich froh sein, dass er mehr als nur einen schütteren Haarkranz zur Umrahmung einer Glatze besaß.

»Das kannst du nicht«, erwiderte Stu. »Wir sind Partner. Wir müssten die Partnerschaft auflösen.«

»Wie eine Leiche in Säure.«

»Morbid, aber ja. Los, zeig mir den Brief.«

Clay hielt ihn neckend hoch. »Willst du's wirklich wissen?«

»Ja.«

»Ich will dir einen Hinweis geben. Sie halten deine Haftungstheorie für neuartig.«

Stu knirschte wütend mit den Zähnen. »Sie wollen einen Gerichtsentscheid beantragen und versuchen, unsere Klage abweisen zu lassen? Auch gut! Aber wenn ihr Antrag angelehnt wird, müssen sie auf jeden Fall einem Vergleich zustimmen. Wenn sie Pech haben, werden sie sogar zu höherem Schadenersatz verurteilt, als wir gefordert haben. Sylvia wird ihr Leben lang Betreuung und Pflege brauchen.«

Clay lachte. »Du und dein Juristenjargon. Echt niedlich! Dabei wissen wir alle, dass sie keine verkrüppelte Klägerin vor der Geschworenenbank haben wollen.«

»Sie ist *querschnittsgelähmt*. Bitte übe, *nicht* verkrüppelt zu sagen.«

»Ich glaube nicht, dass ich das werde üben müssen.« Clay hielt ihm endlich den Brief hin.

Stu riss seinem Partner das Schreiben aus der Hand wie ein Teenager, der einen gestohlenen Liebesbrief wieder an sich nimmt. Mitten auf der stilvoll gedruckten Seite auf starkem Leinenpapier von Shubert, Garvin & Ross et al. stand ein für Anwälte typischer endlos langer Schachtelsatz. Unter diesem schrecklichen Gebilde stand eine einzelne Zahl. Eine große Zahl.

»O Gott«, sagte Stu leise.

»O ja«, erwiderte Clay. »Deine neuartige Theorie scheint ihnen gewaltig Schiss eingejagt zu haben.«

Während Stu das Gegenangebot nochmals durchlas, holte Clay aus seinem Schreibtisch eine Flasche Booker's Bourbon – 63% Alkohol für sechzig Dollar die Flasche. Clay schenkte Stu und sich je ein Glas ein. Das für ihn selbst war symbolisch, denn er war Abstinenzler. Nachdem Stu sein Glas in einem Zug geleert hatte, las er das Schreiben noch einmal aufmerksamer durch. Der Schachtelsatz war weiterhin schrecklich, aber die Zahl blieb gleich.

»Nur ein Satz und eine Zahl?«, fragte Stu.

»Nur *diese* Zahl.«

»Wow. Sylvia wird sich freuen.«

»Scheiß auf Sylvia und ihren motorisierten Golfwagen. *Ich* freue mich!«

»Ich auch. Das ist ein gutes Ergebnis.«

Clay grinste. »Ein gutes Ergebnis? Dreiunddreißig Prozent von neun Millionen sind ungefähr drei Millionen, wenn ich mich nicht irre. Das ist besser als gut. Scheiße, das ist fantastisch!«

Stu runzelte die Stirn.

Clays Grinsen verschwand. »Warum runzelst du die Stirn? Lass das! Ich hasse es, wenn du die Stirn runzelst.«

»So einfach ist die Sache nicht.«

»Ich bin kein großer Mathematiker, das weiß ich, aber wenn du einen Taschenrechner zur Hilfe nimmst, wirst du sehen, dass ich recht habe.«

Stu war es gewöhnt, Clay juristische Feinheiten zu erläutern, die dieser oft vernachlässigte. Das war ihr tägliches Ritual bei guten wie bei schlechten Nachrichten. Aber Stu verstand sich nicht sehr gut darauf, Nackenschläge abzumildern, was mit zu den Gründen gehörte, weshalb Clay für die Mandanten zuständig war. Stu nahm kaum wahr, welche vernichtende Wirkung seine Worte auf seinen Partner hatten.

»Erinnerst du dich an den Anwalt mit der Afrofrisur in Fall River? Roger Rodan?«

»Nein. Warum?«

»Letztes Jahr hat Rodan gegen das Pauschalhonorar eines Kollegen geklagt und gewonnen. Dem Gesetz nach muss selbst ein Pauschalhonorar die geleistete Arbeit oder das eingegangene Risiko widerspiegeln. In unserem Fall haben wir nur einen Forderungsbrief geschrieben. Und wir hatten keine größeren Auslagen. Sehr wenig Arbeit. Kein Risiko. Ergo gibt's keine Basis für drei Millionen Dollar Honorar. Hätten wir einen Kredit aufnehmen müssen, um umfangreiche Recherchen zu finanzieren, oder zur Vorbereitung eines Prozesses lange Schriftsätze verfasst, sähe die Sache anders aus. Aber das haben wir nicht getan. Und Gerichte haben speziell etwas gegen unverhoffte Gewinne, wenn der Kläger das Geld für die eigene Betreuung braucht – im Gegensatz zu zugesprochenen Entschädigungen mit Strafcharakter. Und Sylvia braucht das Geld eindeutig für die eigene Betreuung.«

»Was willst du damit sagen? Dass wir unsere dreiunddreißig Prozent nicht kriegen?«

»Nicht wenn Sylvia dagegen Einspruch erhebt. Nein. Das Gericht würde die Vereinbarung für unwirksam erklären und uns eine ›angemessene‹ Vergütung zusprechen.«

»Sie erhebt keinen Einspruch. Sie ist bestimmt selig über ihre sechs Millionen.«

»Aber andere könnten die Frage aufwerfen. Ihre Angehörigen. Ihre Freunde. Und wenn sie oder ein Bevollmächtigter gegen unser Honorar klagt, müssten wir mit einem Disziplinarverfahren der Anwaltskammer wegen Verstoßes gegen Ethikregel zwei, Absatz eins – übersteigerte Honorare – rechnen. Wir würden einen Verweis oder sogar den Ausschluss aus der Kammer riskieren.«

»Dieses Risiko kann ich tragen.«

»Aber ich nicht.«

»Du willst nicht, meinst du?«

»Richtig, ich tu's nicht.«

»Was ist, wenn wir dieses Angebot ablehnen? Kannst du ein Urteil erstreiten, das ein höheres Honorar rechtfertigen würde?«

»Sylvia würde das Angebot ablehnen müssen.«

»Ja, ja, ich weiß. Aber sie liebt dich. Noch besser, sie versteht kein Wort von deinem beschissenen Juristenjargon. Sie tut, was du ihr sagst.«

»Und ich würde ihr raten, die neun Millionen zu nehmen. Das Angebot ist gut. Es erfüllt ihre Bedürfnisse und minimiert ihre Anwaltskosten.«

»Unser Honorar! Es minimiert *unser* Honorar!«

Stu hörte endlich die Panik in der Stimme seines Partners und versuchte, ihm etwas Trost zu spenden. »Ich denke, wir könnten vierhunderttausend Dollar rechtfertigen. Nicht so ohne Weiteres, aber ...«

»Zweihunderttausend für jeden von uns?«

»Ja. Minus Steuern. Minus Betriebskosten.«

»Minus meinen rechten Arm und meinen linken Hoden. Deine Erklärungen klingen laufend besser.«

»Du willst die Wahrheit hören, nicht wahr?«

»Klar. Nur her damit, Sonnyboy.«

»Hör zu, das sind fast zwei Jahresgehälter für eine Woche Arbeit. Unsere Miete ist plötzlich kein Problem mehr, zumindest für ein, zwei Jahre nicht. Wir können den blöden Aufzug oder wenigstens die verdammte Tür reparieren lassen. Pauline braucht uns nicht mehr wegen einer Gehaltserhöhung in den Ohren zu liegen, weil wir sie ihr geben können. Du kannst wahrscheinlich sogar deinen BMW abbezahlen, den du nie hättest kaufen sollen. Damit sollten wir zufrieden sein. Schau mich an: Ich bin glücklich. Ich trinke grinsend deinen lächerlichen Whiskey.« Stu versuchte zu grinsen, während er das Feuerwasser trank, und schnitt dabei Grimassen, die seinen Partner hätten amüsieren müssen.

Aber Clays dunkle Augen, die nicht mehr schalkhaft blitzten, blieben zusammengekniffen. »Meine Hälfte von drei Millionen hätte mein Leben verändert, weißt du«, murmelte er. »Zweihunderttausend tun das nicht. Morgen wache ich als derselbe gottverdammte Kerl auf, der ich heute bin – nur mit bis Dezember vorausbezahlter Miete.«

Stu hatte nicht damit gerechnet, dass sein Leben sich verändern würde. Er hätte vor Gericht siegen und mehr, sehr viel mehr, erstreiten können, aber dies war ein sicherer, sauberer, substanzieller Zahltag, den er aus dem Nichts geschaffen hatte, und sie taten das Richtige, wenn sie das Angebot annahmen.

»Nun«, sagte Stu, »trinken wir auf die bezahlte Miete.«

Stu hob sein Glas, aber Clay reagierte nicht auf seinen Trinkspruch. Er ignorierte sein Glas und starrte aus dem Fenster, als sehe er seinen Traum mit den vorbeiziehenden Wolken davonfliegen. Dann wandte er sich wieder Stuart zu, um ihn an seinem Glas vorbei anzustarren. Es war ein merkwürdiges Starren, wie das eines Vogels, der vor dem Aufpicken zu erkennen versucht, ob vor ihm auf der Erde ein Sand- oder Getreidekorn liegt. »Zwischen uns scheint eine Art Patt zu herrschen«, sagte er.

Stu machte sich auf weitere Diskussionen gefasst.

Aber dann seufzte Clay. Seine Missgelauntheit verflog, und er stieß mit Stu an. »Also gut. Ich sag's ungern, aber wenn du mich nicht auf diese Weise reich werden lassen willst, muss ich einfach eine andere Methode finden.«

Stu war erleichtert, dass Clay seine Niederlage verarbeitet und sich angepasst hatte. Anpassungsfähigkeit war der beste Zug seines Partners, der ihm oft nützte; er blieb nie lange niedergeschlagen. Aber er leerte sein symbolisches Glas 63-prozentigen Bourbons in einem Zug.

KAPITEL 3

Als Stu nach Hause kam, beendete Katherine eben einen Work-out mit fünf weiteren schwitzenden Frauen aus dem South Dartmouth Athletic Club, dem Fitnessstudio, in dem sie auf ihr Drängen Mitglieder geworden waren: für eine Aufnahmegebühr von zehntausend Dollar und Monatsbeiträgen, als zahle man ein Auto ab. Sie hatte damit argumentiert, wenn Stu dort nur einen einzigen Mandanten gewinne, trage der Club sich bereits selbst. Das Problem war nur, dass er nicht hinging und folglich niemanden kennenlernte, sodass der Club sich keineswegs selbst trug. An seiner Stelle ging sie hin, Katherine lernte Leute kennen, und sie zahlten jeden Monat ihren Mitgliedsbeitrag.

Das Wohnzimmer glich einem Meer aus grellbuntem Lycra. Lauter Ehefrauen von Selbstständigen. Manche waren reich, andere hielten sich dafür – bis auf Katherine, die das Leben in ihrem nicht ganz hundertneunzig Quadratmeter großen Haus am Ostende der William Street in South Dartmouth für bittere Armut hielt. Alle anderen wohnten in Rockland am Wasser: am Flagship Drive, in der Mosher Street oder am anderen Ende der William Street mit Blick auf Clark's Cove.

Margery Hanstedt saß in einem rosa Einteiler schweißnass auf ihrem Ledersofa, aber Katherine würde sich nicht trauen, etwas zu sagen; Margery gehörten drei Restaurants. Sie war verheiratet und hatte Kinder, flirtete aber hemmungslos und trug selbst im Fitnessstudio Make-up, um dafür Reklame zu machen. Holly Plynth war mit einem Arzt verheiratet. Jenny Plantz-Werschect war selbst Ärztin. Den Namen der Frau in den blauen Shorts hätte Stu wissen müssen, aber er konnte sich nicht daran erinnern – ein immer häufiger auftretendes Problem, seit er auf die vierzig zuging. Er fragte sich flüchtig, ob diese Gedächtnislücken auf sein Alter oder auf die Tatsache zurückzuführen waren, dass die Identität der Leute, die in seinem Leben ein- und ausgingen, einfach keine große Rolle mehr spielte. War der Betreffende kein Verwandter oder Mandant, war er nur ein weiteres Gesicht in einer endlos vorbeiziehenden Menschenkolonne. Für ihn gab es keine romantischen Abenteuer – er war verheiratet –, und weil er kinderlos war, hatte er keinen Draht zu Eltern. Er bemühte sich, jeglichen Blickkontakt mit den blauen Shorts zu vermeiden, um nicht versuchen zu müssen, ihren Namen zu erraten.

Katherine lächelte, als er hereinkam, bedachte ihn mit einem herzlicheren Lächeln, als wenn sie allein waren. Sie ließ immer mehr Zuneigung erkennen, wenn andere dabei waren. Ein bisschen verkehrte Welt, wie Stu fand.

»Stu! Wir haben gerade eine Trainingseinheit mit extremem Power-Cross absolviert. Jill ist vom SAC, aber trainiert auch private Gruppen.« Katherine deutete auf eine hagere Frau in einem Sport-BH, der so straff saß, dass ihre Brust so flach wie die ausgeprägten Bauchmuskeln darunter war. Sie wirkte ernsthaft und teuer – bestimmt verlangte sie für Hausbesuche ein Extrahonorar.

»Jill, das ist mein Mann Stu.« Katherine senkte die Stimme. »Er trainiert nicht.«

»Ich fahre Rad«, sagte Stu abwehrend.

»Hometrainer«, stellte Katherine klar, als zähle der nicht. »Vor dem Fernseher.«

»Ich sehe Sportsendungen, während ich strample.« In Gegenwart von sechs trainierenden Frauen klang das besser, als wenn er zugegeben hätte, dass er sich *Weird Worlds* auf dem Syfy Channel ansah und nur auf Football umschaltete, wenn Katherine hereinkam.

»Er könnte ein paar Pfund abnehmen«, sagte Katherine für alle klar verständlich. Das genaue Gegenteil von dem, was sie ihm an diesem Morgen erzählt hatte.

Auch verkehrte Welt, fand Stu.

Jill betrachtete ihn von oben bis unten, begutachtete ihn wie eine Kundin, die überlegt, ob sie einen Laib Brot von gestern kaufen soll. »Ich könnte Sie in einem Monat in Schuss bringen«, sagte sie. Dann legte sie den Kopf schief, um seinen Hintern zu begutachten. »Vielleicht in zweien.«

»Klingt großartig«, sagte Stu, der fand, »in Schuss bringen« klinge schrecklich.

Margery setzte sich ruckartig auf, sodass weitere Schweißtropfen auf das Ledersofa fielen. »Sie arbeiten mit Clay Buchanan zusammen, nicht wahr?«, fragte sie und brachte das Gespräch damit unauffällig auf seinen gut aussehenden – und ledigen – Partner.

»Er steht als Erster auf unserem Firmenschild.«

Katherine runzelte die Stirn. »Ich wollte, dass Stu dafür kämpft, dass unser Name an erster Stelle steht, aber er hat keine Lust mehr auf Konfrontationen.«

»Komischer Charakterzug für einen Anwalt«, meinte Jenny, die für ihre Spitzen gegen Rechtsanwälte bekannt war. Das war unhöflich, aber viele Ärzte hassten Anwälte. Stu verübelte ihr das nicht mal. Anwälte verklagten Ärzte.

»Nun, bestell Clay einen schönen Gruß von mir«, sagte Margery und reckte ihren schweißnassen rosa Busen vor.

»Wird gemacht«, erwiderte Stu und fragte sich, ob er auch die Message übermitteln sollte, die sie mit ihren rosa Titten aussandte. »Wir sehen uns heute Abend.«

»An einem Freitagabend?«

»Stu wird vierzig«, flüsterte Katherine so laut, dass alle es hören konnten.

»Keine Party«, verkündete Stu. »Kapiert? Und keine Scherzartikel. Keine schwarzen Luftballone. Keine Trickkerzen, die ich mit meiner alten Lunge nicht ausblasen kann. Keinen gemieteten Rollstuhl.«

Katherine verdrehte demonstrativ die Augen. »Und keinen Spaß!«

Die Frauen lachten auf seine Kosten, und er hasste sie einen Augenblick lang – sie und ihre schrillen Klamotten. Dann ging er in die Küche hinaus und vergaß sie, als er übrig gebliebene Pizzastücke entdeckte.

Stu stellte ein Stück mit kanadischem Schinken und Ananas – seine liebste Pizza – in die Mikrowelle. Ein kleines, vergängliches Stück Glück. Er hätte wegen des

Molson-Falls in guter Laune sein sollen; sobald Clay Sylvias Zustimmung zu dem Vergleich eingeholt hatte, konnte er offiziell einen wichtigen Erfolg verbuchen. Aber er war nicht in gehobener Stimmung; er fühlte sich beschissen deprimiert. Clay hatte recht: Ihr Sieg würde nichts verändern. Mit dem Vergleich würde Stillschweigen vereinbart werden; niemand in der Stadt würde erfahren, was er für seine Mandantin erstritten und dass er drei andere Anwälte übertroffen hatte. Also würde sich sein Ruf in der Öffentlichkeit nicht dramatisch verbessern. Und das Geld würde keine echte Veränderung herbeiführen. Auch in diesem Punkt hatte Clay recht. Geld machte es nur einfacher, Rechnungen zu bezahlen. Heute war er vierzig geworden – und blieb derselbe gottverdammte Kerl, der er gestern gewesen war.

Einen Moment lang fühlte er sich elend genug, um sich zu gestatten, finstere Gedanken zu haben. Sie könnten Sylvia betrügen, um ein Riesenhonorar zu kassieren, und er könnte den Inhalt des Vergleichs unter die Leute bringen. Damit könnte er sogar durchkommen – auch in diesem Punkt hatte Clay recht. Aber er war immer der gute Junge, der Wölfling, der ernsthafte Schüler, der nette junge Mann gewesen, dem Eltern ihre Tochter beruhigt für den Schulball anvertrauten, all dieser spießige Kram. Als Staatsanwalt hatte er geschworen, das Gemeinwohl zu wahren, und seine jahrelange Tätigkeit, die daraus bestanden hatte, von der Öffentlichkeit beobachtet Entscheidungen zu treffen, die das Leben anderer dauerhaft beeinflussten, hatte seine angeborenen Moralbegriffe gefestigt. Er hielt sich an die Regeln. Er versuchte nicht, ihre Grenzen zu testen. Das hatte er nie getan. Das würde er nie tun.

Derselbe gottverdammte Kerl.

Er knurrte, warf das Brotmesser in die Luft und fing es nach zwei vollen Umdrehungen geschickt mit einer Hand auf – dicht über Katherines Arbeitsplatte aus Granit.

Ha! Nimm das, Muckertum!, dachte er. Trotzdem vergewisserte er sich mit einem Blick über die Schulter, dass seine Frau ihn nicht gesehen hatte.

Ich muss ihr von dem Fall Molson erzählen, dachte er. Aber nicht heute Abend. Wie Clay hatte Katherine gehofft, sie würden endlich ans große Geld kommen, und Stu hasste es, sie enttäuschen zu müssen. Sie würde vermutlich schmollen und ihn mit Sexentzug abstrafen. Außerdem stand ihm gegen seinen Willen eine Überraschungsparty zum Geburtstag bevor, die er zu genießen würde vorgeben müssen.

KAPITEL 4

Sobald Stu hinausgegangen war, sah Katherine verlegen von einer Freundin zur anderen. »Es bleibt trotzdem bei sieben Uhr«, flüsterte sie.

»Ist er deprimiert, weil er vierzig geworden ist?«, fragte Holly, die ihre Neugier sorgfältig als Sympathie tarnte.

»Stu arbeitet an einem großen Fall«, erklärte Katherine. »Molson könnte *derjenige* sein.« Sie betonte das vorletzte Wort, als kichere sie mit Collegefreundinnen und Molson sei ein Junge, den sie gerade erst kennengelernt hatte.

»Verklagt er jemanden, den ich kenne?«, fragte Jenny unwillig.

»Hier geht's um keinen Kunstfehler«, versicherte ihr Katherine. »Solche Aufträge übernimmt er nicht. Ich darf nicht darüber reden, aber der Fall hat das Potenzial, unser Leben zu verändern.«

»Würdet ihr auf die andere Seite von Rockland ziehen?«, fragte Margery.

»Darüber habe ich noch nicht richtig nachgedacht«, log sie. Tatsächlich dachte sie an fast nichts anderes, aber es war trotzdem gemein von Margery, dass sie danach gefragt hatte. »Er ist noch dabei, den Fall aufzubereiten. Er arbeitet sehr gründlich.«

Die anderen nickten. Stus Arbeitsmoral und Intellekt waren wohlbekannt – dafür hatte Katherine gesorgt, indem sie im Lauf der Jahre häufig erwähnt hatte, dass er in der Law School zu den besten zehn Prozent gehört und die Aufnahmeprüfung mit fünfundneunzig Prozent bestanden hatte. Margery hatte einmal angemerkt, Noten seien ein guter Hinweis auf das »Potenzial« eines Mannes. Das hatte Katherine geärgert, denn vierzig war zu alt für »Potenzial«. Die Ehemänner der anderen waren schon erfolgreich, und alle wohnten bereits am Wasser.

Katherine seufzte, als die Frauen ihre Sachen zusammensuchten. Stu war loyal wie ein treuer Hund und auf nerdhafte Weise niedlich. Sie hatten geheiratet, als er gerade Staatsanwalt geworden war. Katherine, die vor einigen Jahren die University of Massachusetts in Dartmouth mit einem Diplom in Visuellem Design verlassen hatte und sich, in einem beschissenen Apartment lebend, mühsam durchschlug, erkannte sein Potenzial, das inzwischen längst hätte Früchte tragen müssen. Mit neunundzwanzig hatte er die Anklage in Fällen vertreten, die Schlagzeilen gemacht hatten, und war auf dem Weg zu einer politischen Karriere gewesen. Damals hatte er in dem Ruf gestanden, selbstbewusst und verlässlich zu sein. Nicht unbedingt dynamisch, aber sie besaß Temperament genug für zwei. Und er war relativ leicht zu fangen, weil er sie für schön hielt.

Dieses S-Wort hatte er tatsächlich benutzt. Außer ihm hatte sie niemand, weder Junge noch Mann, jemals schön genannt. Begleiter zu Schulbällen und ihre unbeholfenen jungen Verehrer gebrauchten Wörter wie *hübsch* oder *gut aussehend* oder *attraktiv*, lauter schrecklich verwässerte Versionen des S-Worts. Und Stu fand sie mit sechsunddreißig weiterhin schön, was wichtig war. Er sagte es noch immer oft, und wie er sich abends im Bett aufsetzte, um ihr beim Ausziehen zuzusehen, zeigte ihr, dass er es ernst meinte.

Das will ich ihm auch geraten haben, dachte Katherine; sie trainierte ihren Mittdreißigerkörper jeden Nachmittag eine Stunde lang, stemmte an ungeraden Tagen zusätzlich Gewichte und pausierte jede Woche einen kostbaren Tag lang, damit ihre Muskeln sich erholen und verjüngen konnten. Außerdem gab sie sich große Mühe, ihre Garderobe modisch und elegant zu erhalten. Fitness und Eleganz waren zwei Dinge, die viele Frauen, vor allem Mütter, in den Dreißigern vernachlässigten. In ihrer Jugend war sie nicht hinreißend gewesen, das wusste sie. Etwas streberhaft und immer kleinbrüstig. Aber nun war ihre Zeit gekommen. Sie überholte rasch Frauen, die einst schön gewesen waren, aber nun schnell welkten – mit Hängebusen, nach Geburten breiten Hüften und schlichter Selbstzufriedenheit. Und während es immer nett war, von dem eigenen Mann gesagt zu bekommen, man sei heiß, war es noch netter, objektiv zu wissen, dass sie im Gegensatz zu ihren Altersgenossinnen endlich in diese Kategorie aufzusteigen begann. Arbeitete sie weiter an sich, dachte sie, könnte sie bald die heißeste Mittdreißigerin im SAC sein.

Stu bedachte sie nicht nur mit Komplimenten. Er ließ ihr auch genügend Raum, damit sie ein Netzwerk aufbauen und eine ansehnliche Kollektion wichtiger Freunde für sie beide anlegen konnte. Und er achtete ihre Entscheidung, weiter künstlerisch zu fotografieren, statt ihre Zeit mit irgendeinem miesen Job zu vergeuden, der eine Sackgasse war. Er hatte auch aufgehört, sie mit seinem Kinderwunsch zu belästigen, seit sie ihm klargemacht hatte, dass Mutterschaft nichts für sie war. Und selbst nach dreizehn Ehejahren bedankte er sich noch immer artig bei ihr, wenn sie Sex gehabt hatten.

Kein Zweifel, er war ein guter Mann, aber das konnte nicht darüber hinwegtäuschen, dass er auch ein geschlagener Mann war. Sie hatte hart daran gearbeitet, ihn zu formen, voranzubringen und zu motivieren, aber nun stand fest, dass er nie wieder ein Alphamännchen werden würde, vor allem nicht nach dem Butz-Fiasko. Und es war herzzerreißend, all ihre harte Arbeit vergeudet zu sehen.

Sie begleitete ihre verschwitzten Freundinnen zu ihren Volvos und Mercedes hinaus und verabschiedete sie mit Abklatschen und den traditionellen gegenseitigen Komplimenten, wie hart sie trainiert hatten und wie gut sie alle aussahen. Holly war nicht wirklich gut in Form – etwas stämmig, und ihre Oberschenkel rieben sich beim Gehen aneinander –, aber Katherine sagte trotzdem, sie sehe großartig aus.

Katherine beneidete sie. Sie waren reich und selbstbewusst, mit Ferienwohnungen in Boston oder Apartments in Manhattan, Kids in Internaten und fetten betrieblichen Altersversorgungen, während Stu und sie Mühe hatten, am Inlandsende der William Street zu existieren.

Aber wenn ihr Mann endlich einen großen Fall, *diesen* Fall, gewann, würden auch ihr einige dieser Annehmlichkeiten in den Schoß fallen.

KAPITEL 5

Das Haus in der William Street war renovierungsbedürftig. Da die Immobilienpreise in South Dartmouth durch die Status verleihende Nähe zum Meer und die Ferne zur Ganovenszene in New Bedford überhöht waren, war ein etwas heruntergekommenes Haus aus der Zeit um 1880 alles gewesen, was sie sich als Einsteiger hatten leisten können. Die Holzböden waren uneben, keine der drei alten Füllungstüren schloss richtig, und der unfertige Keller voller Spinnweben lief bei jedem Regen voll, sodass ihre Plastikwannen mit Familienfotos und Highschool-Jahrbüchern auf Paletten gestapelt waren, damit sie trocken blieben.

Katherine tastete sich die schmale Kellertreppe hinunter. Sie hasste es, in den Keller zu gehen, aber in dem nicht sehr großen Küchenkühlschrank war nicht genug Platz gewesen, um alles Essen für die Geburtstagsparty zu verstecken. In ihren braunen Wildlederschuhen mit Keilabsatz stieg sie vorsichtig über eine Pfütze hinweg, um zu dem alten Zweitkühlschrank zu gelangen, den sie im Ausverkauf billig erstanden hatten. Dann ordnete sie auf ihren ausgestreckten Armen Platten mit Vorspeisen an, wie sie es früher getan hatte, um sich als Studentin mit ihrem miesen Aushilfsjob im Restaurant Silver

Spoon ein paar Dollar zu verdienen. Sie schloss die Kühlschranktür mit dem Fuß, und als sie sich mit Platten beladen umdrehte, stand Clay Buchanan auf der dritten Stufe von unten und blockierte die Treppe.

Er trug ein schwaches Lächeln und ein Hemd mit Button-down-Kragen, das in knappen Jeans steckte. Die beiden oberen Hemdknöpfe waren geöffnet und ließen eine unbehaarte Brust sehen. Katherine fand diese Haarlosigkeit merkwürdig; in seinem Alter hätte er wenigstens ein paar Haare haben müssen. Vielleicht epilierte er sie mit Wachs. Seine Jeans zeichneten sorgfältig alle Konturen seines Unterleibs nach. Katherine fürchtete, vulgär zu wirken, wenn er sie dabei ertappte, dass sie seine Jeans anstarrte, also sah sie nicht mehr hin. Das knapp sitzende Ensemble hätte bei einem Mann mittleren Alters mit dem üblichen kleinen Bauch geschmacklos wirken können, aber Clay, der sportlich schlank und muskulös war, stand es gut. Und das schien er auch zu wissen.

»Ah, da bist du«, sagte er freundlich.

»Da bin ich.«

»Ich muss dich um einen Gefallen bitten.«

»Wenn's um Essen geht, bin ich dein Mann.«

»Du bist definitiv kein Mann, und es geht auch nicht um Essen. Es geht um einen potenziellen Mandanten. Dugan.«

Reginald Dugan. Katherine erinnerte sich an den prominenten Bauunternehmer. Ein großer Kerl. Stinkreich. Sie kannte ihn, seit sie als Freiwillige bei der Wohltätigkeitsauktion des Veteranenverbands für die Hinterbliebenen Gefallener ausgeholfen hatte – ein guter Ort, um

Leute kennenzulernen, die etwas bewegten, und Dugan gehörte eindeutig zu den Bewegern. Kein College, aber er hatte es mit Ellbogen zu Macht und Reichtum gebracht. Wie man hörte, lebte seine Familie seit Generationen in der Nähe von New Bedford. Er hatte ihre heruntergekommene Farm im Bristol County übernommen und irgendwie in ein viele Millionen Dollar teures Neubaugebiet umgewandelt, das vom Stadtrat, in dem sein Cousin saß, rasch genehmigt wurde. Ganz so glatt war nicht alles gelaufen, aber das waren die grundlegenden Tatsachen, die Katherine im SAC auf dem Laufband gehört hatte.

Clay hatte neuere Gerüchte gehört – angeblich war Dugan mit seinen jetzigen Anwälten unzufrieden – und Katherine an diesem Morgen angerufen und darauf bestanden, dass sie den Mann zu ihrem nächsten Event einlud. Clay war es egal, dass eine Geburtstagsparty vielleicht nicht der geeignete Anlass für einen Fremden war.

»Ich habe ihm gegenüber die Party erwähnt«, sagte Katherine kühl. »Wider mein besseres Wissen.«

»Nun, er ist hier«, sagte Clay und runzelte seine dichten Brauen. »Wider dein besseres Wissen.«

Katherine war überrascht, bemühte sich aber, sich nichts anmerken zu lassen. »Da hast du deinen Gefallen«, sagte sie knapp. »Nichts zu danken.«

»Nein, das reicht nicht. Ich habe ihn heute Abend schon bearbeitet, aber er braucht noch etwas Überredung. Von der Art, die nur du bieten kannst.«

»Welche Art meinst du?«

»Er mag Bier und schöne Frauen. Ein Bier hat er schon.«

Katherines Puls beschleunigte sich. Sie sah stolz und verlegen zugleich an ihrem figurbetonten kurzen Cocktailkleid hinunter. Es formte ihren kleinen Busen zu kessen Rundungen und brachte ihre schlanken Beine zur Geltung. Als sie wieder aufsah, grinste Clay, dessen dunkle Augen sich in ihre bohrten. Sie hätte niemals erwartet, dass der gut aussehende Partner ihres Mannes sie schön nennen würde. Ihr Nacken fühlte sich warm an. *Dafür waren die vielen tausend Bauchpressen und das Gesäßmuskeltraining also gut,* sagte sie sich. Aber sein Kompliment hatte einen Haken.

»Ich soll mit Reggie Dugan flirten?«

»Ich habe heute etwas dazugelernt«, sagte Clay. »Eigentlich war das eine Art Erleuchtung. Erfolg fällt einem nicht in den Schoß, nicht wirklicher Erfolg. Leute, die sich mit Vorschriften und Benimmregeln einengen, gleichen Ratten in einem Labyrinth. Sie arbeiten bis spätnachts für Abfälle, laufen endlos lange in Hamsterrädern und verdienen sich ein rattenmäßiges kleines Leben. Für uns will ich das nicht mehr. Wir müssen unseren Einsatz erhöhen, um bei den großen Jungs mitspielen zu können. Und Dugan ist ein Big Boy – ohne Weiteres zweihundertfünfzig Mille an Honoraren wert. Jährlich.«

»Und dafür soll ich mit ihm flirten«, stellte sie aufgebracht fest. »Er ist fünfzig und fett.«

»Achtundvierzig. Nicht erheblich älter als dein Mann ... und er ist nicht fett, sondern ein großer, starker Bauunternehmer.«

»Bauunternehmer haben schmutzige Fingernägel«, sagte Katherine abwehrend. »Nicht mein Typ.«

»Du würdest also mit ihm flirten, wenn ich dafür sorge, dass er sich die Nägel schrubbt?«

»Das habe ich nicht gesagt. Hör zu, ich bekomme von all diesem Zeug lahme Arme. Ich muss wieder nach oben.«

»Nein, das musst du nicht. Du hast früher als Bedienung gearbeitet, nicht wahr? Und du gehst jeden Tag ins Fitnessstudio. Deine Bi- und Trizepse sind echt durchtrainiert. Ich weiß, dass du ein paar Babykarotten und Zuckererbsen länger tragen kannst, als wir hier diskutieren.«

Ein weiteres Kompliment. Er hatte bemerkt, dass sie ihren 36-jährigen Körper in Topform hielt.

»Das ist keine Diskussion mehr«, sagte sie. »Ich flirte mit keinem dreckigen Kerl vom Bau. Und du führst dich wie ein Arschloch auf.«

Clay schmunzelte, dann schüttelte er den Kopf, als sei er von ihr enttäuscht. »Du lieber Gott, Kate. Was macht Stuart mit dir, wenn du dich nicht benimmst?«

Sie starrte ihn verständnislos an. »Nichts.«

Er nickte. «Das habe ich mir gedacht.«

Clay kam ganz die Treppe herunter, baute sich vor ihr auf und trat noch etwas dichter an sie heran, drang in ihre Privatsphäre ein. Seine Augen bohrten sich in ihre. Sie waren unter dichten Brauen zusammengekniffen, dunkelbraun, fast schwarz. Katherine wich gegen den alten Kühlschrank zurück, aber er folgte ihr, kam sogar noch näher, sodass sie ihn riechen konnte – ein sauberer Männergeruch mit einer Lavendelnote, vielleicht ein Toilettenwasser. Sie sah kurz zur Kellertür oben an der

Treppe hinauf. Er hatte sie hinter sich zugemacht. Sie waren völlig von der Party abgeschlossen.

Er sprach langsam und deutlich, in fast beruhigendem Tonfall. »Kate, du *gehst* jetzt rauf und redest mit ihm. Und du *lächelst* gefälligst. Und du *sorgst* dafür, dass er den Wunsch hat, öfter mit dir und unserer Kanzlei umzugehen. Das tust du nicht nur für mich. Das ist auch zu deinem eigenen Besten.«

»Mir gefällt nicht, wie du …«

Er hob eine Hand und bekam ihr Haar zu fassen. Er packte es im Nacken, wo es am dicksten war, und zog ihren Kopf fest nach hinten. Sie konnte nicht weitersprechen, und die sorgfältig vorbereiteten Platten auf ihren Armen schwankten gefährlich.

»Und mir gefällt nicht, wie du dich mir widersetzt, Kate.« Sein Tonfall blieb unverändert. »Stu würde sich vielleicht damit abfinden, aber ich nicht.«

Sie konnte ihn nicht von sich wegschieben, weil die Platten sie behinderten. Und sie traute sich nicht, es zu versuchen – allein die Veggie-Platte hatte sie eine Stunde Arbeit gekostet. Als sie zu sprechen versuchte, zog er sie erneut an den Haaren, nicht so fest, dass sie die Platten fallen ließ, aber fest genug, um sie zum Schweigen zu bringen.

Er sprach weiter halblaut und gleichmäßig und lächelte dabei mitfühlend, als setze er einem Kind etwas auseinander. »Das ist kein Spiel, Kate. Dies ist das Leben, unser Lebensunterhalt. Meiner, Stuarts, deiner. Hier geht's nicht um deinen Ruf oder deine Ehre, die du vermutlich verloren hast, als du dich im College mit irgendeinem

Bad Boy eingelassen hast, der dich entjungfert und dir das Herz gebrochen hat, bevor du Stu den Beständigen kennengelernt hast. Wir sind keine Kids mehr. Du bist keine kleine Streberin, die ihre Unschuld verteidigt. Hier geht's um Erfolg. Wenn du zu Hause bleiben und die feine Lady spielen willst, musst du ein bisschen erwachsener werden und deinen Beitrag mit den Mitteln leisten, die dir zur Verfügung stehen. Ein Haus mit Meerblick bekommst du nicht, indem du ein anständiges, nettes Mädchen bist.«

Katherines Herz jagte, aber sie hätte nicht genau sagen können, was sie empfand. Verwirrung? Vielleicht Zorn? Stu hätte ihr so was nie angetan. Er hätte sich nicht getraut. Selbst ihr Vater hatte sie nie zu disziplinieren versucht, sondern sich auf ihren unartigen älteren Bruder konzentriert. *Kate kommt schon zurecht,* hatte sie ihn mit zehn Jahren sagen gehört. *Mit ihr brauche ich meine Zeit nicht zu vergeuden.*

»Ich lasse dich jetzt los, Kate«, sagte Clay sanft. »Ich verlange wirklich nicht viel. Die Schwerarbeit übernehmen Stu und ich. Du sollst nur einen kleinen Beitrag leisten. Aber wenn du mir erklären möchtest, dass du uns nicht helfen willst, Hunderttausende im Jahr zu verdienen, brauchst du's nur zu sagen.«

Sein Körper drängte sich jetzt gegen ihren, die Hand hielt weiter ihr Haar gepackt, seine Brust drückte ihre kleinen Brüste flach, sein Becken war gegen ihres gepresst.

Törnt ihn das an?

Er hatte recht in Bezug auf Dugan, erkannte sie. Auch

in Bezug auf den Bad Boy im College. Und sie *war* eine kleine Streberin. Und sie *wollte* ein Haus mit Meerblick. Die Vorspeisenplatten mussten serviert werden, der Partner ihres Mannes roch wundervoll und war ein Arschloch mit merkwürdigen Augen, die nie wegsahen.

Als er losließ, drückte sie ihm ruhig eine der Platten in die Hand, damit er sie hinauftrug. Als er sie entgegennahm, schlug sie ihm ins Gesicht. Er blinzelte, aber er wich nicht zurück. Stattdessen blieb er einfach stehen und wartete darauf, dass sie sich weigerte. Aber das konnte sie zuletzt doch nicht.

KAPITEL 6

Stu hasste Geburtstagspartys für Erwachsene, speziell seine eigene. Seit er dreißig geworden war, hatte er nicht mehr das Gefühl, dass Geburtstage es verdienten, irgendwie gefeiert zu werden – er hatte bestimmt nichts getan, um eine Feier zu verdienen. Er war lediglich wieder mal ein Jahr älter geworden. Sich feiern zu lassen machte ihn nur müde. Aber Katherine war jeder Vorwand recht, um eine Gesellschaft zu geben, und andere Leute schienen sie zu mögen. Auch wenn er pro forma protestiert hatte, akzeptierte er seinen vierzigsten Geburtstag als sein Schicksal, und als Leute zu klingeln begannen, spielte er um Katherines willen den Überraschten und sogar widerstrebend Erfreuten. Das ließ sie lächeln, und dafür war er stets bereit, den Griesgram in sich zu unterdrücken.

Das Essen war noch nicht serviert. Katherine hatte sich angewöhnt, es zu präsentieren, wenn schon viele Gäste da waren, um ihre wohlverdienten »Ohhs!« und »Ahhs!« zu genießen. Aber in einer Wanne mit Eiswürfeln schwammen bereits teure Biere, und auf dem Tisch im Esszimmer standen drei offene Flaschen Wein: ein Chardonnay, ein Cabernet Sauvignon und ein Merlot, der *Perfekt gealtert* hieß und auf dessen Etikett ein Rollator abgebildet war.

Sehr witzig, dachte Stu.

Auf dem Tisch lag eine weiße Spitzendecke, die er Katherine zu einem Geburtstag geschenkt hatte. Ausgesucht hatte sie sie selbst; er hatte sie nur gekauft und eingepackt. Er verstand sich nicht darauf, ihre Geburtstagswünsche zu erraten, und sie lieferte gern eine Liste, weil sie seinem Urteilsvermögen nicht traute. Diese Arbeitsteilung war so effizient, dass Katherine nie ein enttäuschendes Geschenk auspacken musste.

Stu steckte eine Hand ins Eiswasser, um sich ein kaltes Bier zu angeln, und als er sich dann nach einem von Katherines importierten Bierkrügen umdrehte, stand er unerwartet ihrer juristischen Teilzeitkraft gegenüber, die sich ein Glas von dem blutroten Merlot einschenkte. Er starrte sie überrascht an.

Sie sah lächelnd auf. »Alles Gute zum Geburtstag, Stu.«

Mit siebenunddreißig war Audra »Audry« Goodwin alt für eine Berufsanfängerin; sie hatte die Law School erst vor einem Jahr absolviert und musste noch die Prüfung der Anwaltskammer ablegen. Sie hatte eine Tochter, die auswärts studierte. Keinen Ehemann – sie hatte nie einen gehabt –, und sie bezeichnete sich selbst als ehemalige Teen-Mom, die »sich für ein Jahrzehnt aus dem Leben ausgeklinkt« hatte, bevor sie beschloss, wieder Ordnung in ihr Leben zu bringen. Danach hatte sie weitere sieben Jahre lang studiert und gearbeitet.

Audry trug ihr Haar in praktischer Schulterlänge und ein praktisches knielanges Blumenkleid. Ihre braungrünen Augen, die ohnehin schon groß und rund wie die einer Katze waren, wurden grotesk vergrößert, wenn sie ihre Lesebrille aufsetzte. Aber Stu fiel im Büro nicht ihr Aussehen, sondern ihre Energie auf. Richter Pennington hatte einmal angemerkt, er wünschte sich, er hätte »so viel Enthusiasmus für *irgendwas*, wie Ms. Goodwin für *alles* hat«. Ihr Wissensdurst war fast unstillbar, nicht nur auf juristischem Gebiet, sondern in Bezug auf Musik, Sport, Technik, Politik, Gartenbau. Tja, sie interessierte sich praktisch für *alles*. Man hätte glauben können, sie habe ihre Lebenslust bis zu dem Tag aufgespart, an dem sie ihr Examen in der Tasche und ihre Tochter auf dem College hatte, und lasse ihr nun freien Lauf. Wegen ihrer positiven Grundeinstellung klang ihr Glückwunsch nicht mal schlecht.

»Danke, Audry. Freut mich, dass du kommen konntest.«

»Hätte ich mir nie entgehen lassen.« Sie deutete nach unten. »Du machst übrigens eine Pfütze.«

Von Stus beschlagener Bierflasche tropfte Kondenswasser auf seine Schuhe. Er beeilte sich, eine Serviette zu finden, und hoffte, dass Katherine ihn nicht dabei ertappen würde, wie er die Fichtendielen ihres Esszimmers unter Wasser setzte. Der originale Holzboden war so alt wie das Haus, und sie hatten ihn professionell renovieren lassen, bevor sie eingezogen waren.

»Keine Sorge«, sagte Audry. »Euer Boden scheint frisch versiegelt zu sein, und wenn ihr wie üblich drei Schichten wasserlösliches Polyurethan bekommen habt, müsste es ein paar Tropfen Wasser leicht abweisen können.«

»Ich ... äh ... ja, ich weiß. Ich will nur nicht, dass jemand glaubt, ich hätte in die Hose gemacht.«

Audry lachte unbekümmert, und sie schwatzten am Tisch stehend weiter miteinander. Sie leerte ihr Glas wie eine Collegestudentin und schenkte sich sofort wieder nach. Nach der Hälfte seines Biers fühlte Stu sich besser, und Audry sorgte dafür, dass in ihrer Unterhaltung keine noch so kurze Pause entstand.

Katherines SAC-Frauen bildeten im Wohnzimmer eine eng geschlossene Gruppe und flüsterten untereinander. Ihre Ehemänner waren nirgends zu sehen; Stus Geburtstagsparty fiel offenbar nicht in ihre Zuständigkeit. Wenig später löste sich Margery Hanstedt aus der Gruppe und kam herüber, um sich ein Glas Wein zu holen.

»Hallo, Stu«, sagte sie. »Ist das ein Cab?«

Stu nickte, indem er auf das Etikett zeigte, auf dem Cabernet Sauvignon stand. Margery ließ ein höfliches kleines *Wie-dumm-von-mir*-Lachen hören und fing an, sich ein Glas einzuschenken.

»Hi, ich bin Audry«, sagte Audry lächelnd.

»Hi.« Margery schenkte sich weiter ein.

»Das ist Margery Hanstedt«, sagte Stu, als Margery sich nicht selbst vorstellte.

»Ich bin eine Nachbarin«, fügte Margery hinzu. »Wir wohnen am anderen Ende der William Street ...«

»Am Wasser«, ergänzte Audry an ihrer Stelle.

»Ja.«

»Hanstedt? Der Name kommt mir bekannt vor. Das ist die Familie, der das Finicky Fish gehört, nicht wahr?«

»Und das Arbor und das Stationbreak.«

»O Gott, ich liiiebe das Stationbreak. Seine asiatisch-mediterrane Küche ist große Klasse.«

»Das denken wir auch gern.« Margery wandte sich an Stu. »Du hast gesagt, dass Clay heute Abend kommt, aber ich habe ihn noch nicht gesehen.«

»Er ist hier irgendwo«, sagte Stu.

Margerys Weinglas war endlich voll – bis zum Rand, weit über die traditionelle Hälfte hinaus. »Okay, spar dir die Mühe, ihn von mir zu grüßen. Nachdem ich hier bin, kann ich selbst hallo zu ihm sagen.«

»Verstanden.«

Audry winkte, als Margery sich abwandte. »Nett, Sie kennengelernt zu haben.«

»Gleichfalls«, sagte Margery über die Schulter hinweg.

Als sie fort war, packte Audry Stu am Arm. »Mein Gott, sie hat nicht mal ›Alles Gute zum Geburtstag‹ gesagt!«

»Was?«

»Sie hat deinen Geburtstag mit keinem Wort erwähnt. Wie konnte sie nur?«

Stu sah sich um. Die SAC-Frauen bildeten wieder eine Gruppe. Reggie Dugan, der hiesige Baulöwe, saß auf einem Zweiersofa, das er fast ganz ausfüllte, und beobachtete sie mit einem Bier in der Hand. Pastor Richards – eine weitere Connection, die Katherine für wertvoll hielt – sprach höflich mit Brad Bear, dem Besitzer des Ateliers, in dem Katherine mittwochs fotografierte. Stu, der nicht mehr in die Kirche ging, fühlte sich jedes Mal unbehaglich, wenn Pastor Richards ihn anlächelte, als sage Gott lautlos: *Ich sehe dich …*

»Keiner dieser Leute ist mein Freund«, sagte Stu, als überrasche ihn diese Erkenntnis.

Audry musterte ihn leicht verwirrt. »Tatsächlich?«

»Ja. Kein einziger.«

Sie sah sich um, betrachtete nachdenklich die Gästeschar. »Das ist traurig«, sagte sie. »Wenigstens ist Clay hier, nicht wahr?«

»Ja, aber er ist verschwunden. Der Teufel weiß, was er gerade macht.«

»Nun, wir dürfen nicht zulassen, dass du an deinem Geburtstag in solcher Stimmung bist.« Sie hob ihr Glas. »Pass auf, ich bin jetzt dein Freund. Wir sind einfach zwei Kerle, die miteinander ein Bier trinken und über zickige Weiber lästern. Was sagst du dazu, Freund?«

»Du trinkst Wein.«

Audry holte erschrocken tief Luft. »Wie 'ne richtige Zicke. Mein Gott, du hast recht! Was für ein Saufkumpan bin ich bloß?«

Sie griff lachend nach einem Bier und stellte ihr Weinglas dabei so schwungvoll auf den Tisch, dass ein roter Schwall von *Perfekt gealtert* über den Glasrand auf die Spitzendecke schwappte. Der Wein verteilte sich wie ein Rorschach-Testbild. Stu sah darin einen Rollstuhl, vielleicht auch eine Traube dunkelroter Ballone.

Audrys unbekümmertes Lächeln verschwand, als sie bedauernd mit den Schultern zuckte. »Oje. Dieses Tischtuch liegt eindeutig *nicht* unter drei Schutzschichten.«

Katherine wählte diesen Augenblick, um mit den Vorspeisenplatten hereinzukommen. Die Missetat ließ sich nicht mehr verbergen; Stu und Audrey konnten nur zur Seite treten, um ihr Platz zu machen. Stu wusste nicht, was er sagen sollte, während die Platten sich dem Rotweinfleck näherten. Aber als er eben glaubte, Audry sei aufgeflogen, stellte Katherine eine Platte genau auf den Fleck und verdeckte ihn, ohne ein Wort zu sagen.

Stu wartete darauf, dass der Hammer fallen würde. Als seine Frau nur die Platten zurechtrückte, fragte er sich, ob sie etwa vor Zorn nicht sprechen konnte. Den Rotweinfleck konnte sie unmöglich übersehen haben.

»Ich habe etwas verschüttet, als ich Audry nachgeschenkt habe«, log Stu, der das Schweigen nicht länger ertragen konnte.

»Wie bitte?«, fragte Katherine.

Sie war geistesabwesend und hatte nicht gehört, was er gesagt hatte, erkannte Stu. »Der Wein. Tut mir leid.«

»Unwichtig.« Sie tätschelte geistesabwesend seinen Arm und wandte sich dann ab, um die Gäste zu begrüßen, die eingetroffen waren, während sie die Vorspeisenplatten heraufgeholt hatte.

»Erstaunlich«, sagte Stu.

Audry trank einen Schluck Bier. »Was denn?«

»Sie hat mir den verschütteten Wein kommentarlos durchgehen lassen.«

»Du meinst *mir*. Übrigens vielen Dank.«

»Das tut sie sonst nie. Zumindest wäre die passiv-aggressive Reaktion angezeigt gewesen.«

»Du hast heute Geburtstag. Und sie ist eine großartige Frau. Trinken wir auf sie.« Audry hob ihre Bierflasche.

Stu stieß mit ihr an, und sie tranken zusammen, während Katherine das Wohnzimmer durchquerte, um Reggie Dugan zu begrüßen.

Im nächsten Augenblick bekam Stu einen kräftigen Klaps auf den Po.

»Clay«, sagte er, ohne sich umzudrehen. »Ich habe mich schon gefragt, wohin du verschwunden bist.«

»Ich habe mir angesehen, was es zu essen gibt«, erklärte Clay. »Deine Frau ist übrigens ein kulinarisches Genie. Hallo, Audra.«

Stu fiel auf, dass er Audry mit ihrem korrekten Namen ansprach.

»Hallo, Clay«, erwiderte sie. Knapp und höflich.

»Alles gottverdammt Gute zum Geburtstag, Kumpel. Ich schätze, das hätte ich heute Morgen im Büro sagen sollen.«

»Du hattest wichtigere Dinge im Kopf. Außerdem mag ich keine Geburtstage.«

»Unsinn! Wie kannst du Geburtstage nicht mögen? Vor allem diesen. Zur Feier des Abschlusses deines vierten Jahrzehnts habe ich ein spezielles Geschenk für dich, weißt du.«

»Nein, das wusste ich *nicht*.«

»Aber jetzt weißt du's, alter Mann.«

Stu zuckte leicht zusammen.

Audry mischte sich ein. »Clay, dort drüben steht eine nette Frau, die Restaurants besitzt und mit dir reden möchte.« Sie deutete auf Margery.

»Worüber?«

»Keine Ahnung. Kulinarischen Scheiß?«

Clay sondierte die Lage, begutachtete Margery, dann nickte er. »Entschuldigt mich einen Augenblick.« Im nächsten Moment war er weg.

Stu, der sein Bier ausgetrunken hatte und längst nicht mehr so viel vertrug wie damals als Student, fühlte sich eigenartig abgehoben. Sonst hätte er nichts gesagt. Aber er tat es. »Du hast ihn weggeschickt«, flüsterte er Audry zu. »Weshalb?«

»Du musst dich nicht ›alter Mann‹ nennen lassen. Du bist überhaupt nicht alt.«

»Mit vierzig geht's los. Das ist ungefähr Halbzeit, nicht wahr?«

»Das ist gar nichts. Ich hatte schon Liebhaber, die viel älter waren als du.«

Stu zog die Augenbrauen hoch, aber er hielt es nicht für angebracht, ihr Liebesleben zu kommentieren; schließlich war sie eine Angestellte der Kanzlei. »Ich hatte den Eindruck, dahinter stecke mehr. Was ist los?«

Audry überlegte kurz. »Eigentlich nichts Bestimmtes. Sein Karma ist völlig daneben, und er scheint zu spüren, dass ich das spüre.«

»Mir ist das ein bisschen zu vage. Ich gehöre nicht zu den Leuten, die Karmas spüren. Nichts für ungut.«

»Ich glaube, dass er defekt ist.«

»Wie das?«

»Er ist ein gut aussehender, erfolgreicher Anwalt, aber er ist fünfunddreißig und ledig ohne eine Ex, sogar ohne eine Freundin.«

»Er hält sich nicht für erfolgreich.«

»Die Wirtschaft liegt am Boden, und es gibt eine regelrechte Anwaltsschwemme. Sieh dir mich an; ich habe nicht mal einen richtigen Job. Nichts für ungut. Jeder Rechtsanwalt, der seine Miete zahlen kann, ist erfolgreich.«

»Genau das habe ich ihm heute Morgen erzählt!«, sagte Stu lachend. Das Lachen tat ihm gut. »Große Geister denken ähnlich.«

»Wir offenbar auch.« Audry trank ihr Bier aus und griff sofort wieder nach ihrem halbvollen Weinglas. »Ich mische mich jetzt lieber unter die Gäste, bevor deine Frau glaubt, dass ich mit dir flirte.«

Stus Puls beschleunigte sich. *Tun wir das?* Nein. Audry hatte in ihrer sehr direkten Art klargestellt, dass sie abbrach, bevor es dazu kam. Sie war nur nett zu ihm, das erkannte er jetzt, und er würde sich davor hüten müssen, die unsichtbare Linie zu überschreiten oder minimalen Körperkontakt – ihren Arm tätscheln, ihr eine Hand auf die Schulter legen – zu suchen, wenn sie auseinandergingen. Mehr als lebhafte, aufmerksame Konversation durfte man als Verheirateter von einer Ledigen nicht erhoffen, fand er. *Und mit vierzig sollte man schon dafür dankbar sein.*

»Okay«, stimmte er zu. »Danke für das Bier mit mir, Kumpel.«

»Kein Problem«, sagte sie lächelnd. »Alles Gute zum Geburtstag.« Und bevor er ausweichen konnte, umarmte sie ihn.

Von da an verlief die Party genau so, wie Stu es erwartete: viel höfliches Händedrücken, viel bedeutungsloses Geschwätz und seine rituelle Demütigung, als Katherines

Freundinnen sich um ihn versammelten, um ziemlich falsch »Happy Birthday« zu singen. Er rang sich ein Lächeln ab und dankte allen für ihr Kommen. Er wollte niemandem den Abend verderben, vor allem Katherine nicht. Irgendetwas war jedoch seltsam. Auf Partys war sie normalerweise aufgekratzt, aber heute Abend wirkte sie geistesabwesend. Stu fragte sich, was sie haben mochte.

»Bitte alle mal herhören!«

Stu sah auf. Alle sahen auf.

Was kommt jetzt?

Clay hatte das Wort ergriffen.

»Ich habe eine kleine Ankündigung zu machen«, sagte Stus Partner laut, als er auf den Couchtisch stieg, ein Geschenk von Katherines Brautjungfer.

Gott sei Dank, dass er nicht mehr trinkt, dachte Stu. *Wer weiß, was er sich dann hätte einfallen lassen.*

Nach verschiedenen Exzessen, darunter einer Trunkenheitsfahrt, bei der er einer Anzeige nur entgangen war, weil der Polizist ihn noch als Staatsanwalt kannte, war Clay seit einigen Jahren trocken. Der Polizeibeamte hatte später eine Disziplinarstrafe erhalten, aber Clay, der ziemlich betrunken gewesen war, hatte nicht mal blasen müssen und war mit hundertfünfzig Dollar Geldstrafe für die geöffnete Flasche Bourbon in seinem BMW davongekommen. Stu sah zu Katherine hinüber, denn auf Möbel steigen war mindestens so schlimm wie ein Weinfleck auf der Spitzendecke. Sie biss sich auf die Unterlippe und schien sich nur mühsam zu beherrschen, aber sie sagte nichts.

Auch wieder seltsam.

Clay schwenkte die Arme und deutete auf Stu. »Ladys und Gentlemen, ich präsentiere Ihnen ... Stuart!« Das löste Beifall aus, der anhielt, bis Clay die Hände hob. »Unser Freund Stu hat das reife Alter von vierzig Jahren erreicht, aber er sieht keinen Tag älter als vierzig aus. Wie schafft er das? Nun, ich will es Ihnen sagen. Er ist vorsichtig. Er hält sich an die Regeln und nimmt immer den sicheren Weg. Habe ich recht?«

Köpfe nickten zustimmend, während Clay die Zuhörer manipulierte. Stu wusste nicht, worauf er hinauswollte, aber es gefiel ihm schon jetzt nicht.

Clay sprach weiter. »Stu ist der Mann, der bis zum Fußgängerübergang weiterläuft, auch wenn keine Autos kommen. Er ist der Mann, der nicht in den Pool geht, wenn kein Rettungsschwimmer Dienst hat. Benutzt er das WC einer Tankstelle, an dem ›Nur für Kunden‹ steht, fühlt er sich verpflichtet, wenigstens ein Päckchen Kaugummi zu kaufen. Er ist der Gimpel, der für alle Fälle die erweiterte Garantie nimmt. Machen wir uns nichts vor – er ist ein ziemliches Weichei.«

Stu erduldete das Kichern, die gemurmelte Zustimmung.

»Also, Stu ...«, sagte Clay und richtete seinen selbstzufriedenen Blick auf ihn. »Nachdem du jetzt vierzig bist, muss ich dir etwas schenken. Ich will dir etwas schenken, das du seit Langem dringend brauchst. Ich werde dir ein Abenteuer schenken.«

»Einen Trip nach Disneyland!«, rief jemand aus dem Hintergrund.

»Nein, nein. Nichts so Harmloses wie eine Achterbahnfahrt mit fünfundfünfzig Meilen und dem Kopf nach unten, nichts so Zahmes wie kreischende Kinderhorden. Nein, Sir. Wir fliegen nach Alaska!«

Alle, auch Stu, schwiegen verwirrt.

»Alaska?«, fragte Stu schließlich. »Zu einer Kreuzfahrt oder mit einem Führer zum Angeln?«

»Kein Führer, mein Freund. Kein All-inclusive-Arrangement. Nur du und ich und die letzten Herausforderungen. Nur eine einzelne Hütte in der Wildnis.«

»In der Wildnis?«

»Wäre kein großes Abenteuer, wenn die Hütte im Zentrum von Fairbanks stünde. Unser Freund Reggie Dugan hilft mir bei der Planung. Die Flugtickets liegen schon in meinem Schreibtisch. Eine Woche in der Wildnis. Wie ich dich kenne, wirst du als Erstes eine detaillierte Packliste machen.«

»Aber ich habe Termine mit Mandanten und bei Gericht ...«

»Nein, die hast du nicht. Ich werde dafür sorgen, dass du aus diesem Büro rauskommst.«

Stu sah sich verwirrt um. Katherine hatte die Augenbrauen weit hochgezogen und kniff missbilligend die Lippen zusammen. Dugan, der dicht hinter ihr stand, beobachtete die Show selbstzufrieden grinsend. Andere murmelten aufgeregt. Außer seiner Frau schienen alle zu glauben, Stu aus dem gewohnten Leben zu reißen und mitten in der Wildnis auszusetzen, sei die großartigste Idee aller Zeiten.

»Wir reden also von kommendem Sommer?«, fragte

Stu und versuchte, gute Miene zum bösen Spiel zu machen.

»Wir fliegen in drei Tagen«, sagte Clay. »Oh, bitte sehr, nichts zu danken.«

KAPITEL 7

Als Clay sich erbot, Katherine nach der Party zu helfen, den Müll hinauszutragen, wusste sie, dass der Augenblick gekommen war, ihm Rede und Antwort zu stehen. Der übergroße grüne Müllbehälter stand hinter einem leicht windschiefen Zaun neben der Garage, wo niemand sie sehen konnte.

Nach dem Vorfall im Keller war sie entschlossen gewesen, ihn während der Party zu ignorieren – zumindest anfangs. Seltsamerweise hatte er sie in Ruhe gelassen, was sie nach der Intensität ihrer Begegnung verwunderte. Er war offenbar geduldig, wartete ab, was sie tun würde, überstürzte nichts. Sie begann jedoch den Eindruck zu haben, er ignoriere sie vorsätzlich, und hatte ihn einmal an der Punschbowle stehend mit der Schulter gestreift, um zu sehen, ob er ihr einen wissenden Blick zuwerfen würde. Aber er hatte sich einfach abgewandt, als habe er vergessen, welchen Auftrag er ihr erteilt hatte.

Er hat es todsicher nicht vergessen.

Beim Hinausgehen wechselten sie kein einziges Wort, aber Clay bugsierte sie an einen versteckten Ort, und sobald sie dort ankamen, würde sie Bericht erstatten müssen. Sie fragte sich, wie er auf ihre Mitteilungen reagieren würde.

Katherine hielt den Behälterdeckel hoch, und er stopfte den übervollen Müllbeutel hinein. Als der Deckel mit dumpfem Knall zugefallen war, wartete sie darauf, dass er sie fragen würde. Aber er wartete ebenfalls.

»Ich hab's getan«, sagte sie schließlich und atmete stoßweise aus. Erst jetzt merkte sie, dass sie den Atem angehalten hatte. Sie wartete auf seine Reaktion, aber er sagte nichts. Er bedeutete ihr nur, sie solle weitersprechen. »Ich habe mit ihm geredet. Über belangloses Zeug, wie du gesagt hast.«

»Hat's gut geklappt?«

»Ich weiß ziemlich sicher, dass er mich mag, falls du das meinst.«

»Woher weißt du das?«

»Weil er mich betatscht hat ...« Um ihn zu schockieren, ließ sie die Enthüllung in der Luft hängen. Clay hätte schockiert sein *sollen*, aber er nickte nur.

»Nur getätschelt oder richtig gegrapscht?«, fragte er nüchtern.

Sie verdrehte die Augen, atmete tief durch. »Erst eine Hand auf der Hüfte, dann ist sie nach hinten und tiefer gewandert. Dort ist sie geblieben, während wir uns unterhalten haben. Das war mir sehr peinlich. Vielen Dank!«

»Hast du ihn an Land gezogen?«

»Über geschäftliche Dinge haben wir nicht gesprochen.«

»Na gut. Ich weiß deine Mühe zu würdigen, Kate. Wirklich. Das war nicht so schwierig, nicht wahr?«

»Behauptest du.«

»Wahrscheinlich hast du heute Abend den Deal für uns abgeschlossen.«

»Wieso?«

»Bevor er gegangen ist, hat er mir erklärt, er wolle sich mit uns treffen. Glückwunsch!«

Katherine war überrascht. Sie hatte es geschafft, und wie Clay gesagt hatte, war es nicht so schwierig gewesen. Als sie Dugan eingeladen hatte, mit ihr auf die Terrasse zu gehen, wo sie sich ungestört unterhalten konnten, war sie eingeschüchtert gewesen, denn er war nicht nur riesig groß, sondern auch kühn, selbstbewusst und erfahren. Aber er verstand sich auf Smalltalk – dieser Teil war einfach. Es hatte sich ganz natürlich angefühlt. Sie hatte gelächelt. Er hatte gelacht. Dann hatte seine Hand ihren Po gefunden. Das hatte er so geschickt gemacht, dass sie es erst bemerkte, als sie einen sanften Druck wahrnahm. Seine Hand war kaum eine Minute lang dort geblieben. Zweihunderttausend Dollar pro Minute, dachte sie jetzt. Sie musste ein Kichern unterdrücken, das Erleichterung und Erregung signalisiert hätte. Clay und sie machten kehrt und gingen ins Haus zurück.

»Er ist *groß*«, sagte sie.

»Bärenstark«, bestätigte Clay. Er musterte sie prüfend. »Hat dich das angetörnt?«

»Natürlich nicht«, sagte Katherine automatisch.

»Natürlich nicht«, stimmte Clay lächelnd zu, bevor er sich abwandte und zu seinem BMW ging.

Wenige Augenblicke später schlüpfte Katherine ins Haus. Alle Gäste waren gegangen, und Stu klapperte in der Küche mit Tellern und Gläsern, die er abwusch. Sie hastete nach oben, zog den Hocker ihres Toilettentischs in den begehbaren Kleiderschrank und schloss die Tür hinter sich. Sie saß sekundenlang in ihrem bis zur Taille hochgerafften Cocktailkleid da und horchte angestrengt, bevor sie ihren Slip bis zu den Knöcheln herunterzog.

Erregt wie sie war, brauchte sie weniger als eine Minute, um sich selbst zu befriedigen.

Stu war mit der Küche fertig. Abspülen war nicht seine Lieblingsbeschäftigung – er ekelte sich vor Speiseresten –, aber wenn er den Abwasch Katherine überließ, würde sie den Rest der Nacht dafür brauchen, was seine Chancen auf etwas Geburtstagssex weiter verringert hätte. Er stellte die letzten Gläser in den Abtropfkorb, trocknete sich die Hände ab und ging zur Treppe.

Sex mit seiner Frau genoss er noch immer sehr. Sie hatten zu einer Routine gefunden, die für sie beide ideal war. Sie war effizient und genussreich und für sie und ihn gleichermaßen befriedigend. Und Katherine tat alles dafür, dass ihr Körper bewundernswert in Form blieb. Ihr flacher Bauch und ihr knackiger Hintern waren eigentlich mehr, als ein Ehemann mittleren Alters erwarten durfte. Allein der Gedanke daran erregte ihn. Stu öffnete die Schlafzimmertür und trat ein. Er hörte ein gedämpftes Seufzen, als sei Katherine in dem begehbaren Kleiderschrank. Er hatte gehofft, sie beim Ausziehen beobachten zu können – immer erregend. Aber die Schranktür blieb geschlossen. Er schleuderte seine Schuhe in eine Ecke und zog Socken, Hemd und Hose aus. Die Zähne hatte er sich schon auf der Gästetoilette im Erdgeschoss geputzt – ein Stimmungskiller weniger. Sobald Katherine herauskam, wusste er jedoch, dass er seine Hoffnungen begraben konnte. Sie wirkte nicht nur überrascht und irritiert, als sie ihn in seinen weißen Boxershorts dastehen sah, sondern trug selbst einen sackartigen Pyjama und wirkte erschöpft. Kein Wunder, nachdem sie diese große Party für ihn organisiert hatte. Außerdem war sie ihm den ganzen Abend über ein bisschen abgelenkt erschienen. Nein, er würde auf keinen Fall aufdringlich werden, beschloss er. Katherine hasste es, unter Druck gesetzt zu werden, wenn es um Sex ging.

Stattdessen rang er sich ein Lächeln ab. »Danke für die wundervolle Party.«

»O ja, natürlich.« Sie kam auf ihn zu, küsste ihn flüchtig auf die Wange und ging dann um ihn herum, um ins Bett zu steigen.

Er rief hinter ihr her: »Du siehst müde aus.«

»Tut mir leid«, murmelte sie, was bestätigte, dass es keine Action geben würde.

»Kein Problem, ich bin's auch«, log er. »Ich werde alt, weißt du.«

»Ich weiß«, sagte sie.

Stu fuhr zusammen. Er hatte gehofft, sie würde widersprechen. Er betrachtete den Mann in ihrem Schlafzimmerspiegel. Über den Gummizug seiner Boxershorts quoll etwas weißer Bauchspeck. Nicht grotesk viel, aber auch nicht ganz wenig. Seine Schultern waren schmal, und auf seiner braun gebrannten Brust sprossen nur wenige graue Haare. Etwas tiefer wuchs schwarzes Haar, das in einer bleistiftdünnen Linie über seinen Bauch nach unten kroch. Als Clay mit einer Italienerin liiert gewesen war, hatte er solchen Haarwuchs einmal als »Schatzpfad« bezeichnet, aber bei einem Mann mit Bauch erinnerte diese Linie eher an eine Naht eines Basketballs.

»Findest du, dass ich ein Abenteuer brauche?«, fragte er den Spiegel.

»Ich finde, dass dein Partner ein Arschloch ist«, sagte Katherine aus dem Bett.

Er drehte sich überrascht um. »Wie kommst du darauf?«

Katherine antwortete nicht gleich. Dann rollte sie sich von ihm weg, kehrte ihr Gesicht der Wand zu. »Zum Beispiel hat er es nicht für nötig gehalten, mich zu fragen, ob ich dich eine Woche entbehren kann. Eine kleine Vorankündigung wäre nett gewesen. Ich habe schließlich auch Termine. Du verpasst die Eröffnung des Farmermarkts, meine Fotoausstellung und das Bankett des Bürgermeisters. Dort haben wir einen Tisch gekauft.«

»Tut mir leid. Das kommt alles unerwartet – selbst für Clay.«

»Du brauchst nicht mitzufliegen.«

»Ich will auch nicht.«

»Dann tu's einfach nicht.«

Sie hat recht, sagte sich Stu. Er könnte irgendeine Ausrede erfinden und ablehnen. Er starrte den Rücken seiner Frau an, während er ernsthaft darüber nachdachte. »Hältst du mich für feige, wenn ich nicht mitmache?«, fragte er.

Katherine ließ ein Schnauben hören, das halb wie ein Seufzer, halb wie ein Lachen klang. »Es geht nicht nur um dich, Schatz.« Sie zog ein Kissen zwischen ihre Knie und legte die Arme über ein zweites, sodass sie sich wie in einem Kokon aus Erinnerungen geschützt fühlte. »Mach das Licht aus, ja?«

Stu knipste das Licht aus und tastete sich ins Bett, in dem er Katherine einen Kuss auf den Hinterkopf gab. »Ich liebe dich«, sagte er.

»Happy Birthday«, murmelte sie.

KAPITEL 8

Im Great Beyond, einem lagerhausartigen Sportgeschäft am Stadtrand von New Bedford mit der Grundfläche eines Straßenblocks, stand Stuart Stark vor der Stiefelwand. Die vor ihm aufragende Präsentation imitierte eine Kletterwand, und jeder Musterstiefel stand auf einem schmalen, aus der Wand ragenden Felsvorsprung. Ein 19-jähriger Verkäufer in Khaki stand neben ihm: eifrig lächelnd, hilfsbereit, aufgeregter über Stuarts Trip als Stuart selbst.

»Ich gehe zum Wandern«, sagte Stu. »Das letzte Mal ist ein paar Jahre her, und ich habe kein Gefühl dafür, welche Art Stiefel ich brauche.« Tatsächlich lag sein letztes Mal zwei Jahrzehnte zurück.

Der Verkäufer nickte. »Null Problemo, Bro. Wie weit wollen Sie denn wandern?«

»Keine Ahnung. Vielleicht fünf Meilen?«

»In welchem Gelände?«

»Alaskische Wildnis.«

»Fünf Meilen in Alaska? Das klingt mehr nach einem Spaziergang zwischen zwei Farmen als nach einer Wanderung.«

»Ich brauche etwas Einfaches. Nur für diesen Trip.«

»Wenn es wirklich fünf Meilen sind, können Sie den

Tenderfoot nehmen. Der kostet fünfundachtzig Dollar. Ein solider Schuh aus dem Niedrigpreissegment. Ein guter Allrounder.«

Stu nahm einen anderen Stiefel herunter, der ihm optisch gefiel. Braun. Schlicht.

»Nein«, sagte der Verkäufer. »Das ist der Urban Explorer. Der ist mehr für präparierte Wege.«

»Präparierte Wege?«

»Kieswege. Festgetrampelte Erde. Beton. Sie brauchen etwas im Abenteuerstil, glaube ich.«

Abenteuer. »Das klingt richtig. Worin besteht der Unterschied?«

»Gewicht. Dichtigkeit. Atmungsfähigkeit. Haltbarkeit. Bodenhaftung. Letzten Endes Blasen an den Füßen.«

»Okay, okay. Welchen empfehlen Sie?«

»Pronieren Sie?«

»Keine Ahnung, was Sie damit meinen.«

Der Jüngling rammte eine Hand gegen seine Schulter, sodass Stu zurücktaumelte.

»Hey!«

»Ganz cool, Mann. Ich wollte nur Ihre Haltung sehen.« Er begutachtete Stus Fußstellung.

Stu bemühte sich, seine Haltung – was immer das war – beizubehalten. »Okay, was sehen Sie also?«

»Trail Quest Extremes wären gut für Sie.« Er zeigte auf ein regenbogenbuntes Stiefelpaar, das in reflektierender Schrift »Öko-Gel Komfort« versprach.

Stu drehte das Preisschild um und machte große Augen.

Der Verkäufer trat einen halben Schritt näher an ihn

heran, um ihm wie sein Gewissen ins Ohr zu flüstern: »Sind Sie jemand, der gern auf alles vorbereitet ist, oder wollen Sie's einfach riskieren, mit Billigware zurechtzukommen?«

Eine halbe Stunde später marschierte Stu mit TQ Extremes für 249,99 Dollar an den Füßen über den weitläufigen Parkplatz des Great Beyond. Außerdem schleppte er eine Tragtasche voller High-Tech-Markenartikel, die der Verkäufer ihm empfohlen hatte, darunter Socken für fünfzehn Dollar, eine imprägnierte Trekkinghose, einen Rucksack mit Flexiback und ein fünfhundert Seiten starkes Überlebenshandbuch mit dem Titel *Edwin's Comprehensive Guide to Wilderness Survival.*

»Sechshundert Dollar?« Katherine zog eine Augenbraue hoch.

»Ich hab's für besser gehalten, auf alles vorbereitet zu sein«, erklärte Stu.

»Na, hoffentlich weiß Clay, was er tut, denn du hast offenbar keine Ahnung.«

»An der Uni hatte er eine Freundin, die eine große Naturfreundin war. Sie haben gezeltet und so.«

»Ein Mädchen im Zelt zu bumsen ist was anderes, als es mit dem Klondike aufzunehmen.«

»Wir haben ein Blockhaus. Das Wasserflugzeug setzt uns auf dem See ab, und wir wandern ein paar Meilen. Wir halten eine Woche lang durch. Wir marschieren zum See zurück. Das Flugzeug holt uns wieder ab. Null Problemo.« Diesen Ausdruck, den er von dem jungen Verkäufer gelernt hatte, hängte Stu an, um seine angebliche Outdoor-Kompetenz zu untermauern, aber aus seinem Mund klang er nicht ganz richtig, und Katherine war nicht beeindruckt. Er versuchte es mit einem anderen Argument. »Reggie Dugan, den Clay als neuen Mandanten gewinnen will, ist dauernd dort oben. Er hat alles für uns arrangiert. Er war auf meiner Party. Clay muss ihn eingeladen haben. Baulöwe. Erinnerst du dich an ihn?«

Katherine nickte zögernd. »Ich denke schon. Ein großer Mann, stimmt's?«

»Nun, er ist ein echter Kerl, das steht fest, und ein Großwildjäger. Das Blockhaus ist für seine Besuche vollständig ausgestattet. Und als Bauunternehmer hat er es bestimmt perfekt ausgebaut. Ich tippe auf ein schnuckeliges Blockhaus mit sichtbarem Dachstuhl, Propanheizung und ein paar Geweihen an den Wänden.«

»Wundervoll.«

»Clay sagt, dass wir Fische fangen und niedliche Pelztiere schießen müssen, wenn wir was anderes essen wollen als nur Bohnen.«

»Ihr habt ein Gewehr? Du hast noch nie mit einem Gewehr geschossen!«

»Kann nicht so schwierig sein. Zielen und abdrücken.«

»Vielleicht solltest du das besser Clay überlassen.«

»Wie kommst du darauf?«

»Er ist mehr der Typ dafür.«

»Welcher Typ?«

»Nimm's mir nicht übel, aber ... ›Stuart der große Jäger‹? Wohl eher nicht.«

»Ich könnte etwas erlegen ... irgendwas.«

Und dann lachte Katherine. Das war schlimmer, als wenn sie gesagt hätte, dafür sei er nicht Manns genug. Es machte ihn nicht ärgerlich oder zornig. Nur traurig. Und er fühlte sich alt.

»Ich bringe dir ein Tier mit, das ich geschossen habe. Du wirst schon sehen!« Dann lächelte er. Und war erleichtert, als sie ebenfalls lächelte.

Katherine gab ihm einen Kuss auf die Stirn. »Tiefgekühlte Lachsfilets wären klasse.«

Auf dem Logan International Airport herrschte, nach Clays Worten, ein beschissenes Durcheinander. Horden von Reisenden hasteten hierhin und dorthin, warteten vor Schaltern oder standen vor den Sicherheitskontrollen Schlange. Stu und Clay hatten endlich eingecheckt und waren auf dem Weg zur Sicherheitskontrolle. Stuart hatte zwei große Gepäckstücke aufgeben und dafür extra zahlen müssen.

Clay grinste süffisant. »Du hast zu viel eingepackt, denke ich.« Er selbst begnügte sich mit einem einzigen Rucksack, der nicht einmal das zulässige Höchstgewicht erreichte. Stu verstand nicht, wie er mit so wenig auskommen wollte. Clay ritt weiter darauf herum. »Gott, für dein ganzes Zeug werden wir einen Schlitten brauchen.«

Stu runzelte die Stirn. »Um diese Jahreszeit liegt dort noch nicht viel Schnee, stimmt's?«

»Alaska hat den Schnee praktisch erfunden, Kumpel. Aber wo wir hinfliegen, dürfte der große Schnee erst in ein paar Wochen fallen. Wenn du fünfzig wirst, können wir zurückkommen und mit Schlittenhunden am Iditarod teilnehmen, wenn du möchtest.«

»Lass uns erst mal diese Sache hinter uns bringen.«

Clay hielt ihre Tickets hoch. »Alaska Airlines nach Seattle, von dort weiter nach Fairbanks. Ein Auto mit Fahrer bringt uns zu einem Privatflugplatz. Unser Pilot hat Gewehre für uns.«

»Wow. Klingt alles erstklassig.«

»Dugan ist reich. So läuft's, wenn man Umgang mit den großen Jungs hat.«

»Vielleicht hat dieser Trip doch Vorteile.«

Aus Clays Jackentasche kam ein Pfiff, als pfeife er einer Frau bewundernd nach. Er verließ seinen Platz in der Warteschlange und zog sein Smartphone heraus.

»Entschuldige mich einen Augenblick, Partner.«

Stu beobachtete, wie Clay in höflicher Entfernung von ihm und den übrigen Reisenden auf und ab ging. Der Grund des Anrufs war nicht leicht zu erraten. Clay schien erfreut und beunruhigt zugleich zu sein – ein schwierig zu deutender Gesichtsausdruck. Dann beendete er das Gespräch und kam in die Schlange zurückmarschiert.

»Na, kannst du deine Sachen aus der Reinigung holen?«, scherzte Stu.

»Dugan will eine Besprechung. Er möchte darüber reden, wie er von Lambert und McClure wegkommen kann.«

»Dugan? Tatsächlich?« Stu wusste, dass Clay den Bauunternehmer umworben hatte, und war sich darüber im Klaren, dass es dabei um viel Geld ging.

»Ja. Dank Katherines und deiner Gastfreundschaft sind wir für ihn die erste Wahl.«

»Kommende Woche wäre gut. Wir sollten möglichst bald mit ihm reden, bevor er bei anderen Firmen anklopft.«

»Ganz deiner Meinung. Aber kommende Woche ist nicht ›möglichst bald‹. Bis dahin hört er sich bei anderen Firmen um. Er ist ein Mann, der rasche Entscheidungen trifft und sie zügig umsetzt.«

»Aber wir sollten nicht am Telefon mit ihm reden. Das ist keine gute Idee. Das Telefon ist zu unpersönlich.«

»Wir brauchen ihn aber als Mandanten, Stu.«

»Klar, das wäre eine gute Gelegenheit.«

»Red keinen Scheiß. Er ist der wertvollste Dauermandant, der sich je für uns interessiert hat. Und darauf habe ich monatelang hingearbeitet.«

Stu spürte sein Herz flattern. »Du willst den Trip absagen? Ich hätte nichts dagegen.«

Clay schüttelte den Kopf. »Nein. Verdammt noch mal, nein. Du brauchst diesen Trip.«

»Ich brauche ihn *nicht*. Außerdem kann ich ihn nächstes Jahr brauchen. Wir nehmen einen neuen Anlauf.«

Clay schüttelte den Kopf. »Nein. Du fliegst hin, bekommst einen klaren Kopf, wirst ein neuer Mann. Ich bleibe und kümmere mich um Dugan.«

»*Was?*«

»Der genaue Reiseplan ist in diesem Paket, und dein Pilot setzt dich dort ab, wo du hinmusst. Fertig.«

»Nein, nein. *Nicht* fertig. Mit Dugan sollten wir gemeinsam verhandeln. Er war bei einer Kanzlei mit zehn

Anwälten. Wir sind nur zwei. Ohne mich sind wir nur einer.«

»Das schaffe ich. Du weißt, dass ich das kann. Bisher hat er immer nur mit mir geredet. Ich wickle ihn ein, und wenn du zurückkommst, berechnest du die Honorare für unsere Tätigkeit und erledigst den Papierkram und das übrige langweilige Zeug.«

»Danke, Clay.«

»Darin bist du gut. Im Verhandeln bin *ich* gut. Hör zu, das ist wunderbar. So bekommst du das Beste aus beiden Welten. Du gehst, bläst die Spinnweben aus deinem Kopf, wirst ein neuer Mann. Wenn du zurückkommst, geben wir mit unserer Kanzlei richtig Gas. Wart's nur ab! Außerdem kann ich ihm erzählen, dass du in seinem Blockhaus bist und alles abknallst, was dir vor die Flinte kommt. Ich wette, dass ihn das speziell für uns einnimmt.«

Stu fühlte sich schwindlig. Die Idee, sich allein in die Wildnis zu wagen, war etwas ganz anderes, als mit Clay zu gehen. Es kam ihm wie eine schlechte Entscheidung vor, unbedacht und überstürzt. Eine Entscheidung, wie er sie sonst niemals traf. Niemals.

»Komm schon«, sagte Clay. »Sei kein Feigling.«

»Wir sind hier nicht in der Grundschule. Du kannst mich nicht so beschämen, dass ich gehe.« Aber er empfand tatsächlich Scham. Vorsicht gründete auf Angst; er war verängstigt. Das ließ sich nicht anders analysieren. Katherine würde wissend nicken und sagen, sie habe gewusst, dass er schlappmachen würde. Seine eigene Frau würde ihn für weniger männlich halten als Clay oder

Dugan. Der Baulöwe selbst würde ihn für einen Feigling halten. Und Clay würde bei ihrer Besprechung vermutlich einen Scherz darüber machen.

Zu Stus Überraschung wurde Clays Gesichtsausdruck sanfter. »Entschuldige«, sagte er. »Wenn du willst, dass ich dich begleite, vereinbare ich den Termin mit Dugan für nächste Woche. Ich muss ihn nur noch mal zurückrufen.«

»Nein«, sagte Stu plötzlich. »Ich gehe. Du bleibst. Einige dich mit Dugan.«

»Ist das dein Ernst?«

»Ja, das ist mein Ernst. Teufel, mein voller Ernst! Du hast recht. So was habe ich noch nie gemacht.« *Eine Woche in einem Blockhaus,* dachte er. *Was kann da schon dabei sein?* Ein Berufspilot und nicht zu viel Schnee. Konnte nicht schlimmer als das Jurastudium oder das Anwaltsexamen sein, und diese beiden unteren Höllenebenen hatte er überlebt. Außerdem hatte er Edwins fünfhundert Seiten starkes Handbuch über alles, was die Wildnis gegen ihn aufbieten konnte. Er hievte seine Reisetasche mit einem männlichen Grunzen auf die Schulter. »Ich bin schon ganz aufgedreht. Ich werde Holz hacken und angeln und Wild schießen und nicht duschen, und das wird obergeil.«

KAPITEL 9

Die Umsteigezeit in Seattle war kurz, und Stu musste den Mini-Train zu einem Satellitenterminal nehmen, um seinen Flug mit Alaska Airlines nach Anchorage zu erreichen. Von dort aus würde ihn eine regionale Fluggesellschaft nach Fairbanks bringen. Er machte sich Sorgen, ob sein Gepäck den Transfer schaffen würde, und die ärgerlich muntere Groundhostess konnte ihn nicht beruhigen. Sie versicherte ihm lediglich, die Bodenmannschaft werde »ihr Bestes tun«, was verdächtig wie der weniger höfliche Ausdruck »Versprechen kann ich nichts« klang.

Stu hatte in *Edwin's* Überlebenshandbuch geblättert. Es ließ alles ganz einfach erscheinen. Einen Unterschlupf mit schrägem Dach baute man offenbar, indem man ein paar Stangen in Astgabeln lehnte und mit Tannenzweigen bedeckte. Nichts dabei. Auch Feuermachen war anscheinend ein ganz einfacher Schritt-für-Schritt-Vorgang. Und wenn er irgendwo hinwandern musste, hatte er dafür gottverdammt teure Stiefel an den Füßen.

Einige beunruhigend kurze Stunden später stand Stu auf dem Fairbanks International Airport im Ankunftsgebäude. Er bekam seine beiden Gepäckstücke ohne die befürchteten Schwierigkeiten, stapelte sie auf einen Gepäckkarren mit einem losen Rad und schob ihn eiernd zum Ausgang, während er sich nach seinem Fahrer umsah. Weil er nicht wusste, wonach genau er Ausschau halten sollte, achtete er auf einen Mann mit einer schwarzen Limousine oder ein hochgehaltenes Schild mit dem Namen STARK. Er hatte eine Nummer, die er mit seinem Handy anrufen konnte, falls er nicht gleich fündig wurde. Er stand ein, zwei Minuten am Randstein, ohne jemanden zu sehen. Er konnte nicht nur seine Limousine nicht entdecken, sondern sah *überhaupt keine* schwarzen Limousinen oder hochgehaltenen Schilder. Dafür gab es jede Menge schlammiger Pick-ups und SUVs. Zuletzt angelte er sein Smartphone aus der Tasche und wählte. Das Handy klingelte. Am anderen Ende meldete sich ein Mann.

»Hallo?«

»Hi, hier ist Stuart Stark. Ich bin eben gelandet und sollte hier von einem Wagen mit Fahrer abgeholt werden.«

»Augenblick.«

Während Stu telefonierte, lehnte sich ein grauhaariger Mann aus einem zerbeulten Pick-up, einem Ford F-250 mit Allradantrieb und einer Seilwinde auf der vorderen Stoßstange. »Hey, Bud!«, rief er laut.

Stu trat vom Randstein zurück, um nicht im Weg zu sein.

Der Mann hupte. »Hey, Bud!«

Stu winkte ihn weg.

Der Mann am Telefon meldete sich wieder. »Stehen Sie am Ausgang, wo Passagiere abgeholt werden?«

»Sorry, ich verstehe Sie schlecht«, sagte Stu. »Irgendein Idiot in einem Ford POS plärrt mich an.«

»Komisch«, sagte der Mann. »Der Idiot bin ich, glaub ich.«

Stuart drehte sich halb um. Der grauhaarige Mann hielt ein Handy hoch und wedelte damit. *Klasse.* Stuart winkte ebenfalls und schob seinen eiernden Gepäckkarren zu dem Pick-up hinüber.

»Sorry«, sagte Stu.

»Das war zweimal ›Sorry‹ in zwei Sätzen. Kein großartiger Start. Und was ist ein POS?«

»Das möchte ich lieber nicht sagen.«

»Ich will's aber wissen.«

»Äh, das heißt ›Piece of shit‹. Sorry.«

Der Grauhaarige lachte. »Okay, schon gut. Das können Sie mit dem Trinkgeld wiedergutmachen. Kommen Sie, ich nehme Ihr Gepäck.«

Der Mann schnappte sich den Seesack und warf ihn auf die Ladefläche des Pick-ups, wo er mit bedrohlichem Krachen aufschlug. Als er nach dem Rucksack griff, war Stu mit einem Satz davor und drückte ihn schützend an sich.

»Den kann ich nehmen.«

»Wie Sie wollen. Steigen Sie ein.«

Stu fuhr mit seinem Rucksack auf dem Schoß. Er war schwer, und sobald die Straßen schlechter wurden, begann er, ihm bei jedem Schlagloch förmlich die Hoden zu zerquetschen.

»Ich will zu einem Privatflugplatz östlich der Stadt«, verkündete Stu. »Yukon Air Tours.«

»Den kenne ich. Buschpilot. Wollen Sie fischen oder jagen?«

»Vielleicht beides«, sagte Stu.

»Sind Sie oft hier oben?«

Stu hielt es für besser, nicht allzu naiv und unerfahren zu wirken. Er hatte nicht nach dem Fahrpreis gefragt und vermutete, dieser könnte sich ändern, je nachdem wie seine Antwort ausfiel. »Nein, aber ich bin ein guter Freund von Reginald Dugan, der am Yukon einen eigenen angestellten Piloten hat«, sagte er wichtigtuerisch.

Der Mann musterte ihn von der Seite. »Reggie. Von dem hab ich schon gehört.«

»Wirklich? Ihre Gemeinde muss ziemlich klein sein.«

»Kleiner als Sie denken. Und größer.«

»Ist das die Philosophie eines Taxifahrers?«

»Nö, bloß Statistiken von der letzten Volkszählung. Obwohl wir der größte Bundesstaat sind, stehen wir der Einwohnerzahl nach auf Platz fünfundvierzig. Unsere Bevölkerungsdichte ist nicht sehr hoch. Wussten Sie, dass wir dies alles den Russkies für fünf Cent pro Hektar abgekauft haben?«

»Sewards Dummheit.«

»Aha! Sie sind also ein gebildeter Mann. Oder Sie mögen Triviales.«

»Ich hatte Geschichte als Hauptfach.«

»Tatsächlich? Was für 'nen Job kriegt man damit?«

»Keinen. Nach dem Diplom musste ich noch mal ganz neu studieren.«

»Was?«

»Jura.«

»Oh ...«

Mehr sagte der Mann nicht. Stu erwartete allerdings auch nicht mehr, zumindest nicht laut. Was die Leute nicht aussprachen, konnte man ihnen meistens ansehen: *Dann sind Sie wohl ein ziemliches Arschloch, was?* Er konnte es den Leuten nicht einmal verübeln. Viele seiner Kollegen waren wirklich Arschlöcher.

»Wie weit außerhalb der Stadt liegt der Flugplatz?«

»Dreißig Meilen, plus oder minus.«

»Gefällt Ihnen das Leben hier oben?«

»Yeah. Die Leute sagen, dass es hier ist, wie Amerika früher war. Das gefällt mir, deshalb sag ich's auch.«

Den Rest der dreißig Meilen legten sie mit nur wenigen Ausnahmen schweigend zurück. Stuart fragte den Fahrer nach seinem Namen, den der Mann nicht nennen wollte. Die Stadt am Fluss blieb rasch hinter ihnen zurück, und danach gab es viele Meilen weit nur noch vereinzelte Einfahrten, die zu in der Ferne sichtbaren Häusern führten. Als sie schließlich auf eine unbefestigte Straße abbogen und die letzte alles zermalmende halbe Meile ihrer Fahrt zurücklegten, wäre Stu jeder Fahrpreis, der dieser Tortur ein Ende bereitete, völlig angemessen erschienen. Als die Fahrt barmherzigerweise endete, gab er zwanzig Prozent Trinkgeld und stieg hastig aus, um seinen Seesack selbst abzuladen.

Der Mann beugte sich aus dem Seitenfenster. »Alles Gute, Freund.«

»Danke. Haben Sie eine Karte oder irgendwas, damit ich Sie anrufen kann, wenn meine Woche im Paradies zu Ende ist?«

Der Mann angelte etwas aus der Hemdtasche: einen Bowling-Kupon, auf den er eine Telefonnummer kritzelte. »Das bin ich direkt«, sagte er, als er Stu den Zettel gab. Er schlug mit der flachen Hand auf sein Handy. »Rufen Sie einfach an, wenn Sie mal wieder ein POS brauchen.« Er zwinkerte ihm zu, fuhr davon und ließ Stu mitten auf der Einfahrt stehen.

YUKON AIR TOURS war in eine grob behauene massive Planke eingeschnitzt. Dieses Schild hing an Ketten über dem Tor, durch das er mit seinem namenlosen Fahrer hereingekommen war. Nichts Besonderes, aber auf seine Art ganz originell. Die Airline selbst schien in einem leicht baufälligen ebenerdigen Ranchhaus untergebracht zu sein. Nicht ganz so erstklassig. Stu wuchtete sich je ein Gepäckstück auf die Schultern und stolperte unter ihrem Gewicht zur Haustür, wo er einen schweren Türklopfer in Form eines Lachses betätigte. Das metallische Scheppern echote durchs Haus und verhallte auch im Freien nur langsam. Das Wetter war, was Stus Vater »frisch« genannt hätte. Der Herbst lag schon in der Luft, aber die Tage waren noch nicht unangenehm kalt.

Niemand kam an die Tür. Stu klopfte irritiert erneut; er hatte angerufen und seine ungefähre Ankunftszeit durchgegeben. Aber als das Scheppern des stählernen Türklopfers verhallte, senkte sich wieder waldige Stille über das von hohen Bäumen umgebene Ranchhaus. Stu sah sich um. Er teilte sich die Veranda vor der Haustür mit zwei lebensgroßen aus Holz geschnitzten Bärenjungen, die in spielerischen Posen die beiden Enden einer handgefertigten Holzbank bildeten.

Klar, ihr könnt euch des Lebens freuen, dachte Stu. Bären aus Holz hatten keine anspruchsvollen Kunden, die womöglich anriefen, um sich zu beschweren, dass man sich im Wald herumtrieb und seine Auftraggeber vernachlässigte.

Stu stellte sein Gepäck ab, zwängte sich an den Bären vorbei und wollte durch die Fenster ins Hausinnere spähen, als er das unverkennbare Kreischen einer Kettensäge hörte. Es war laut und kam ganz aus der Nähe – von hinter dem Haus, wenn ihn seine Ohren nicht trogen. Er ging um das Ranchhaus herum. Hinter dem Haus fiel das Gelände zu einem etwa hundert Meter entfernten See leicht ab. Auf dieser Strecke standen mehrere Dutzend Bäume. Als die Motorsäge nochmals aufheulte, entdeckte Stu den Mann, der sie bediente. Er gab zwischendurch mehrmals Gas, während er sein Opfer begutachtete: eine schlichte Tanne, deren untere Äste erst in drei Meter Höhe begannen.

Weil es wegen des Motorenlärms der Säge zwecklos gewesen wäre, den Mann zu rufen, machte Stu sich auf den Weg zu ihm. Der Holzfäller schien auffällig lange zu überlegen, wo er den ersten Schnitt ansetzen sollte. Aber der Weg zum See hinunter war hübsch. Der würzige Tannenduft des Waldes und der Anblick des Sees hätten sogar beruhigend wirken können, wenn der Lärm nicht gewesen wäre. Stu schlenderte dahin und versuchte, das Naturerlebnis zu genießen. Auf halber Strecke sah er jedoch das erste Gesicht.

Stu fuhr erschrocken zusammen. Der bärtige Mann starrte ihn vom nächsten Baum aus an. Nicht hinter dem

Baum stehend, sondern aus dem Stamm selbst. Tatsächlich *war* das verschattete Gesicht der Baum. Das Gesicht des Mannes war direkt in den Stamm geschnitzt, sodass sein wirres, buschiges Haar nach oben in die Rinde überging, während sein langer Vollbart bis fast zu den Wurzeln hinunterreichte. Dieses Abbild eines runzligen Greises war nicht schlecht getroffen, aber irgendetwas an seinem Ausdruck war unpassend – vielleicht der offene Mund, der nur ein schwarzes Loch ohne Zähne war, oder die dunkelbraunen Augäpfel, denen das Weiße fehlte. Er sah aus wie ein verrückter, seelenloser Wanderer zwischen den Welten, fand Stu.

General Winter an einem schlechten Tag. Oder vielleicht der Unabomber.

Stu sah sich um. Hier gab es viele weitere solcher Gesichter, die alle Variationen derselben grotesken Fratze mit tiefen Runzeln und wirrem Haar waren. Die missgestalteten Visagen starrten ihn aus allen Bäumen ringsum an. Manche versuchten zu lächeln, aber mit ihren zahnlosen Mündern konnten sie nur hämisch grinsen. Stu wollte plötzlich weg von den Greisen, aber aus diesem Wald aus Gesichtern kam man nur heraus, indem man ihn durchquerte.

Etwas unterhalb von ihm heulte die Kettensäge auf. Ihr Ton wurde eine Oktave tiefer, als sie sich Sägemehl spuckend ins Holz fraß. Seltsamerweise wirkte der Unbekannte mit der Motorsäge weniger unheimlich als die starrenden Baumfratzen, deshalb beeilte sich Stu, von ihnen wegzukommen.

Der Mann trug Lederhandschuhe und arbeitete mit

voluminösen roten Ohrenschützern. Stu umging ihn in weitem Bogen, weil er nicht wollte, dass der Mann erschrak und sich mit laufender Kettensäge herumwarf. Sobald Stu in sein Blickfeld trat, stellte der Mann den Motor ab.

»Oh! Hiya!«, sagte er überlaut, weil er noch den Gehörschutz trug.

»Hiya«, plapperte Stu ihm nach.

Der Mann mit der Motorsäge nahm den Gehörschutz ab. »Sie müssen Stark sein.«

»Ja.«

»Ich bin Ivan.« Er ergriff Stus Hand, schüttelte sie kräftig und schwang dabei die Kettensäge mit der linken Hand. »Ich hab hier unten noch ein bisschen gearbeitet, während ich auf Sie gewartet habe.«

»Diese Gesichter sind alle von Ihnen?«

»Allerdings. Gefallen sie Ihnen?«

»Sie sind menschlich und unmenschlich zugleich.«

»Ja, ich weiß. Großartig, was? Ich verkauf sie auch, wenn ich Ihnen eines rausschneiden soll. Die meisten Leute wollen allerdings ein Bärenjunges. Weiß nicht, warum. Die verkauf ich übrigens auch. Sind Sie startbereit?«

Stu nickte. »Sind Sie ein Mitarbeiter von Yukon Air Tours?«, erkundigte er sich.

»Ja.« Ivan lachte. »Ich bin *der* Mitarbeiter. Kommen Sie mit.« Er setzte sich in Richtung Ranchhaus in Bewegung.

»Wie weit ist es bis zu Ihrem Privatflugplatz?«

Ivan zeigte über die Schulter hinweg auf den See. »Schwimmerflugzeug.«

Stu seufzte. *Der See. Natürlich.*

Oben auf der Veranda belud Ivan sich mit Stus Gepäck und wollte sich sofort auf den Rückweg machen.

»Müssen Sie denn nichts vorbereiten?«, fragte Stu. »Keinen Flugplan aufgeben?«

»Nö. Wir steigen ein, wir starten. Früher hatte ich eine Checkliste, wenn Sie das meinen. Aber die kann ich schon lange auswendig, und die Maschine ist betankt und startklar.«

»Ich dachte, ich sollte ein Gewehr bekommen.«

»Ach ja, richtig.«

Ivan lud Stu in sein Haus ein, dessen Inneres mehr an einen Schlafsaal erinnerte. Auf dem Küchentisch türmten sich leere Bierdosen und Pizzaschachteln, und auf dem kleinen Schreibtisch im Wohnzimmer stand ein Computer mit einer nackten Frau als Bildschirmschoner. Als Ivan einen Wandschrank in der Nähe der Hintertür des Hauses aufsperrte, stieg Stu unverkennbarer Cannabisgeruch in die Nase. Diesen Geruch brachte er mehr mit der Asservatenkammer des Sheriffs im Bristol County in Verbindung als mit Studentenpartys. Innen an den Schrankwänden lehnten mindestens fünf Gewehre, und auf einer Ablage darüber sah Stu zwei Pistolen. Ivan nahm eines der Gewehre heraus und wühlte in den Schachteln auf einem Brett nach Munition des richtigen Kalibers. Als er sich wieder Stu zuwandte, betrachtete er das Gewehr mit wehmütigem Blick, als widerstrebe es ihm, die Waffe aus der Hand zu geben.

»Wissen Sie bestimmt, dass Sie nicht nur ein Bärenspray wollen?«, fragte Ivan.

»Ich soll dort draußen jagen. Ich glaube nicht, dass man mit einer Sprühdose jagen kann.« *Nicht gerade der Hellste,* dachte Stu.

»Richtig.« Trotzdem zögerte er noch.

»Keine Sorge, Sie bekommen es in einer Woche wieder. Wahrscheinlich sogar unbenutzt.«

»Klar doch.« Ivan rang sich ein Lächeln ab und übergab Stu das Gewehr. »Browning dreißig-null-sechs. Lassen Sie die Mündung immer auf den Boden gerichtet, dann passiert Ihnen nichts. Außer wenn Sie ein Bär angreift. Dann zielen Sie auf ihn.«

Sie verstauten Stus Gepäck in dem Flugzeug, einer gelben Piper Super Cub mit einem verblassenden schwarzen Blitz auf der Flanke, einem Sprung im rechten Seitenfenster und einer Kerbe am Ende der linken Tragfläche. Die Motorverkleidung war auf der Auspuffseite fächerartig schwarz verfärbt, und auf den Schweißnähten der Schwimmer wucherte grüner Schimmel. Angesichts des unverkennbaren Alters der Maschine konnte Stu nur hoffen, dass sie regelmäßig gewartet wurde. Er schritt den Steg ab, um sie genauer zu begutachten. Obwohl er nicht wusste, worauf er hätte achten sollen, fühlte er sich nach dieser rudimentären Inspektion besser. Er stellte sich vor, dass das kleine Flugzeug einst wie eine leuchtend gelbe Butterblume auf seinen weißen Schwimmern geruht hatte, bevor die Jahre und Wind und Wetter es in einen schmutzig-gelben Schulbus für zwei verwandelt hatten. Der Rumpf war nicht viel breiter als die beiden hintereinander angeordneten Sitze.

Die erste Männlichkeitsprobe würde wohl darin bestehen, in das kleine, klapprig aussehende Ding einzusteigen, und als Stu diesen Augenblick nicht länger hinauszögern konnte, atmete er tief durch, zog den Kopf ein und quetschte sich auf den Sitz hinter Ivan. Dass sein Pilot stark nach Haschisch roch, fiel ihm erst auf, als sie auf kleinstem Raum zusammengepfercht waren.

Klasse.

»Beim Hochdecker sind die Tragflächen oben«, erklärte ihm Ivan, während er die Instrumente kontrollierte und den Motor anließ. »Daher ist die Aussicht besser, weil Ihr Blick nach unten unverstellt ist.«

Wow, der Kerl ist echt ein Technikgenie. »Ich habe gehört, dass manche Piloten selbst Umbauten an ihren Flugzeugen vornehmen. Ist Ihres auch irgendwie modifiziert?«

»Nein. Na ja, ich hab das Gepäckabteil nach hinten raus ein bisschen vergrößert. Und die größeren Hundert-Liter-Tanks eingebaut. Aber das war's schon. Oh, und ich hab einen Außentank für vierzig Liter aus einer abgestürzten Cub eingebaut. Und die Batteriehalterung ist ein kleines Stück nach vorn gerückt, weil das bei Kurzstarts günstiger ist. Verstehen Sie was von Flugzeugen?«

»Nein.«

»Warum fragen Sie dann?«

»Ich bin nur der neugierige Typ.«

»Mir kommen Sie wie der nervöse Typ vor. Kein Grund, Schiss zu haben. Entspannen Sie sich und genießen Sie den Flug, Kumpel. Das hier ist mein Beruf. Sie sind Anwalt, stimmt's? Sobald Sie Ihren Scheiß beherrschen, gehen Sie einfach in den Gerichtssaal und legen los, oder?« Ivan wartete keine Antwort ab, sondern steuerte brummend auf den See hinaus und drehte zum Start gegen den Wind ein.

Wahrscheinlich stimmte es, dass Ivan so viel von Flugzeugen verstand wie Stu von Jurisprudenz. Das Problem war nur, dass Stu schon abgestürzt war. Und ausgebrannt war. Das konnte den Besten passieren, und Ivan war eindeutig auf keinem Gebiet der Beste. Stus Kollegen hatten seine krachende Niederlage mit Pech entschuldigt, aber in Wirklichkeit war er allzu selbstbewusst gewesen. Er hatte zu viel riskiert. Er hatte einen Fall übernommen, an dem jeder scheitern musste. *Den hätte jeder verloren,* hatte er sich seither tausendmal gesagt.

Aber ich habe ihn tatsächlich verloren.

»Ich werde nicht nervös, wenn Sie keine Mätzchen machen.« Stu musste schreien, um das Motorengeräusch zu übertönen. »Ich brauche keinen Tiefflug in Baumhöhe, und machen Sie sich nicht die Mühe, Rentierherden anzufliegen.«

»Karibu, Kumpel.«

»Was auch immer. Nicht nötig, sie aufzuschrecken.«

Ivan zuckte mit den Schultern. »Wie Sie wollen. Sie sind der Kunde.«

Stu gestattete sich ein knappes Grinsen. *Das ist mal eine Abwechslung.*

Ivan gab Gas. »Jetzt geht's los!«

KAPITEL 10

Die Piper Cub surrte über die Baumwipfel dahin. Fairbanks und die Häuser in den weitläufigen Außenbezirken der Stadt am Fluss wurden rasch kleiner, als sie nach Norden in die Wildnis flogen. In der Nähe der Stadt waren meistens nur Flussufer mit einzelnen Bäumen und lichten Wäldern, die jedoch bald zu einer geschlossenen grünen Fläche wurden, in der gelegentlich runde Seen mit leuchtend blauem Wasser glitzerten. Aus der Luft sah das aus, als seien Saphire auf einen dunkelgrünen Gobelin genäht. Vom Pilotensitz aus schwatzte Ivan unaufhörlich, obwohl er schreien musste, um den Motor zu übertönen.

»Wussten Sie, dass es in Alaska über drei Millionen Seen gibt?«

»Wow, das hab ich nicht gewusst«, antwortete Stu ebenso laut. Im Stillen fragte er sich: *Wie finden wir den richtigen?*

Die Aussicht war wirklich spektakulär, und das Land war so riesig und schön, wie immer behauptet wurde, aber Stu fiel es schwer, sich daran zu gewöhnen, dass der Motor der Piper Super Cub wie ein übergroßer Rasenmäher klang.

»Erstaunlich, wie gut diese kleinen Maschinen fliegen, wenn man bedenkt, wie unsolide sie sind«, sagte Stu.

»Nicht unsolide, Kumpel. Leicht gebaut. Die besten Buschpiloten brauchen mit einer Cub, die bergauf landet, nur fünfzig Meter Landestrecke – und zum Start nicht viel mehr.«

»Irgendwo habe ich gelesen, dass in Alaska zwanzigmal mehr tödliche Flugunfälle passieren als im US-Durchschnitt.«

»Jo«, stimmte Ivan zu.

Mehr hatte Stus Pilot dazu nicht zu sagen. Er widersprach nicht, versuchte auch keine Rechtfertigung. Er schien auf diese traurige Statistik sogar stolz zu sein, als sei in einem Blechknäuel auf einem eisigen Gletscher zu sterben das romantischste Ende, auf das ein Mann hoffen könne – das unvermeidliche Ergebnis des uralten Kampfes des Menschen gegen die Elemente, in diesem Fall mit dem neuzeitlichen Kampf zwischen Mann und Maschine kombiniert.

Oder nur zwischen Mann und Vernunft, dachte Stu. »Fliegen wir noch immer nach Norden?«, fragte er.

»Jetzt etwas östlicher.«

»Wie lange noch?«

»Eine Stunde.«

»Ganz schön weit draußen, was?«

»Ich war schon weiter.«

»Und dieses Blockhaus steht am See?«

Ivan zögerte. »Nicht direkt am Ufer. Ich setze Sie in der Nähe ab. Von dort aus ist es nicht weit.«

Eine Stunde später ragte ein kleiner Berg vor ihnen auf. Ivan riss die Cub hoch, um ihn zu überfliegen, sodass Stu sich sekundenlang schwindlig fühlte. Sobald der

Gipfel überflogen war, ging Ivan fast im Sturzflug tiefer, hielt auf den kleinen See jenseits des Berges zu. Während sich Stu an der Lehne des Pilotensitzes festhielt, wurde die Cub zur Vorbereitung auf die Wasserung langsamer. Für Stu, der nur Verkehrsflugzeuge kannte, war der Landeanflug mit weniger als der Geschwindigkeit eines Autos ein merkwürdiges Erlebnis. Die Schwimmer streiften die Wasseroberfläche, dann sanken sie mit einem kurzen Ruck tiefer ein, und die Cub kam rasch zum Stehen. Ivan gab wieder etwas Gas, und sie tuckerten ins flache Wasser vor dem Ufer.

»Okay, Sie steigen hier aus.«

»Im Wasser?«

»Der Boden ist felsig, Kumpel. Ich will mir nicht die Schwimmer aufreißen. Waten Sie ans Ufer. Halten sie Ihr Gepäck dabei über dem Kopf. Ich bin noch ein paar Minuten hier, bis Sie abmarschbereit sind. Ich muss meine Hundert-Stunden-Inspektion durchführen.«

Ivan führte auf den Schwimmern stehend einige halbherzige Kontrollen durch, aber die meiste Zeit sah er zu, wie sein Passagier sich das .30-06 umhängte und sein Gepäck auf beide Schultern nahm. Dann ließ Stu sich von einem Schwimmer in den See gleiten. Das Wasser reichte bis zu seinen Hoden, die sich erst vor Kurzem von den Quetschungen während der Fahrt mit dem Pick-up erholt hatten. Für sie war dies ein schwerer Tag.

»Kalt!«

Ivan nickte Stu aufrichtig mitfühlend zu.

»Wir sehen uns in einer Woche wieder!«, rief Stu. »Ich freu mich schon drauf!«

Ivan runzelte die Stirn. »Alles Gute.«

Und dann saß Ivan wieder im Cockpit und tuckerte zum Start auf den See hinaus. Das Ufer war nicht weit entfernt, aber bis Stu, auf den glitschigen Felsen ausrutschend, trockenes Land erreicht hatte, verschwand die Cub bereits wieder über dem Berggipfel.

Jetzt gibt es kein Zurück mehr.

Der See lag in einer natürlichen Senke. Stu hielt Ausschau nach einem bergauf führenden Weg, weil das die einzige Richtung war, in die er gehen konnte. Wie sich sehr bald zeigte, gab es jedoch keinen Weg bergauf. Der steile Geröllhang direkt vor ihm war keine Option. Etwas weiter rechts hatte ein Erdrutsch ein mit Felsbrocken übersätes Feld zurückgelassen, das sich vielleicht überwinden ließ. Aber auch das war keine verlockende Option für jemanden, der zwei schwere Gepäckstücke zu schleppen hatte. Am besten geeignet schien der mit Unterholz bewachsene Steilhang zu sein. Solange dort keine Gifteichen oder grausige Disteln wucherten, würde er ihn in einer halben Stunde überwinden können, glaubte Stu. Er belud sich wieder mit seinen Sachen und nahm den Hang in Angriff.

Zwei Stunden später stand er vor Anstrengung keuchend auf dem Hügelrücken und konnte nun den ganzen See überblicken. Die Aussicht war spektakulär, fast besser als vom Flugzeug aus, weil er sie sich selbst verdient hatte. Die Luft war die reinste, die er jemals geatmet hatte, und auf dem Gegenhang warf die nun schon tiefer stehende Sonne überraschend lange Schatten von Kiefern und Tannen. Die Stille wurde nur durch das gelegentliche Keckern eines unsichtbaren Eichhörnchens und den Ruf irgendeines Waldlaubsängers unterbrochen. Stu suchte den gesamten Hügelkamm ab, drehte sich einmal um die eigene Achse, um alles in sich aufzunehmen, atmete tief durch und genoss die wundervoll reine Luft. Er fühlte sich lebendiger als seit vielen Jahren. Dies war alles, was Clay versprochen hatte – nur mit einer Ausnahme. Hier gab es kein Blockhaus.

»Was zum Teufel?«

KAPITEL 11

Es muss irgendwo unter den Bäumen stehen, dachte Stu. *Kein Problem.*

Er unternahm einen einstündigen Rundgang, bei dem er zahlreiche kurze Abstecher von dem felsigen Hügelkamm in den Wald machte und jedes Mal nach dem Sonnenstand sah, wenn er wieder herauskam. Die seltsam blasse Sonnenscheibe blieb hartnäckig genau jenseits des Sees, während sie stetig im Westen tiefer sank. *Ich bin am Ostufer des Sees. Auf der richtigen Seite. Kein Zweifel.* Aber Ivan war nicht der Hellste. Er könnte einen Fehler gemacht haben. Stu suchte das gegenüberliegende Ufer erneut nach einer Lichtung ab. Vielleicht hatte Ivan, der Gras rauchende, schnitzende Buschpilot, ihn auf der falschen Seite abgesetzt. Dann kam ihm ein Gedanke, der noch erschreckender war: *Was ist, wenn er mich am falschen See abgesetzt hat?*

Bergauf bis zum Hügelkamm. Achten Sie auf eine Lichtung. Die können Sie nicht verfehlen.

Diese drei kurzen Sätze Ivans hatte Stu sich wieder und wieder vorgesagt. Nur gab es am Ostufer keine Lichtung, wenn man gezackte kahle Felsen nicht als eine zählte. Und drüben am Westufer war auch keine zu entdecken. Aufgrund seines ersten Aufstiegs schätzte er den Zeitbedarf für einen Trip dort hinüber auf mindestens zwei Stunden. Aber die Sonne stand bereits tief über dem westlichen Horizont.

Mir bleiben keine zwei Stunden.

Stu spürte, wie sein Puls sich beschleunigte, während die Sonne unterging. Die Nacht kam, und er hatte kein Dach über dem Kopf. Er wühlte in seinem Rucksack und zog Thermosocken und zusätzliche lange Unterhosen mit orangerotem Gummizug heraus, um an *Edwin's Comprehensive Guide to Wilderness Survival* heranzukommen.

Auf der Zeichnung hatte der Bau eines Unterschlupfs mit Schrägdach lächerlich einfach ausgesehen: Man suchte sich zwei Bäume mit gut zwei Meter Abstand und Astgabeln in eineinviertel bis eineinhalb Metern Höhe. Stu sah sich um. Nirgends geeignete Bäume. Er las weiter. Hatte er etwas Passendes gefunden, musste er lange Stangen in die Astgabeln legen. *Woher zum Teufel soll ich Stangen nehmen?* Aus einem abgebrochenen Ast hätte er eine anfertigen können, wenn er ein Beil gehabt hätte. Aber er hatte keines. Er hatte ein großes Messer, aber damit konnte er keine dicken Äste abhacken. *Finde einen Ast und kerbe ihn mehrfach ein,* wies das Handbuch ihn an. *Finde weitere Äste, um sie einzukerben und an die Stangen zu lehnen.* Alles setzte voraus, dass man ein Beil hatte. *Suche weitere Äste, Gras, Moos und so weiter,* schlug *Edwin's* lässig vor, als lägen alle diese Materialien sauber etikettiert in der Natur herum. Moos war nirgends zu sehen, und auf dem felsigen Hang wuchs kein Gras. Vermutlich hätte er einige der hier wachsenden Dornenbüsche abschneiden können, aber das Zeug war nicht dicht genug, um Regen abzuhalten. Als voraussichtliche Bauzeit gab *Edwin's* eine Stunde an – mit geeignetem Werkzeug und reichlich vorhandenem Material. Beide Voraussetzungen waren hier nicht erfüllt. Und die Sonne wartete nicht auf ihn.

Fuck you, Edwin!

Stu klappte das Handbuch angewidert zu. Er musste sich verdammt beeilen, sonst würde er bei Dunkelheit arbeiten. Er konnte Feuer machen und hatte eine starke Stablampe. Suchte er als Erstes alles Material zusammen, konnte er den Unterstand im Feuerschein bauen. Keine sehr beruhigende Vorstellung.

Dann fiel ihm etwas ins Auge. Es lag weder auf dem gegenüberliegenden Seeufer noch auf seiner Seite, sondern im Süden. Ein kleiner beiger Fleck, wo die Bäume etwas zurückwichen – wie ein Loch in einer grünen Decke. Stu hatte kein Fernglas, aber er kniff die Augen zusammen, um besser sehen zu können. Der Fleck passte dort nicht hin.

Unnatürlich.

Um einen besseren Blick zu haben, erstieg er den Felsblock, an den er das .30-06 gelehnt hatte. Aber das nützte nichts; auch von dort oben sah er nicht besser. Als er nach unten blickte, zielte die Gewehrmündung genau auf ihn. Es war erschreckend, dem Tod so ins Auge zu sehen. Polizeibeamte trugen natürlich Waffen. Und wenn sie bewaffnet in sein Büro bei der Staatsanwaltschaft gekommen waren, war die Vorstellung, ein anderer Mensch könnte jederzeit beschließen, ihn zu töten, immer etwas unheimlich gewesen. Die Bedeutung und Endgültigkeit dieser Entscheidung schienen nicht zu der Leichtigkeit zu passen, mit der sie getroffen werden konnte – ein kurzes Missverständnis, aufwallender Zorn oder auch nur ein Hauch von Verrücktheit und ... *peng!*

Als er von dem Felsblock rutschte, achtete er darauf, nicht an das Gewehr zu stoßen, das ihm potenziell den Kopf wegblasen konnte. Dann erstarrte er kurz. *Das Zielfernrohr!* Er griff nach dem Gewehr, richtete es auf den beigen Punkt und sah durch das auf dem Lauf montierte Zielfernrohr. Sowie er das tat, sprang ihm die kleine Lichtung aufs Zehnfache vergrößert ins Auge.

Dort drüben gab es etwas. *Hölzern.* Vielleicht eine Ecke eines Gebildes, das unter Bäumen hervorragte. In *Edwin's* hatte er gelesen, dass verzweifelte Männer manchmal sahen, was sie zu sehen wünschten – zum Beispiel eine Oase in der Wüste –, deshalb war er misstrauisch. Aber auch langes Hinüberstarren nützte nichts; davon taten ihm bloß die Augen weh. Er ließ das Gewehr sinken.

Welche Möglichkeiten sich ihm boten, lag auf der Hand. Er konnte die noch verbleibende Stunde Tageslicht dazu benutzen, zu dem möglicherweise imaginären Gebilde zu wandern. Baute er stattdessen einen Unterstand, würde dieser bescheiden ausfallen. Marschierte er zu der Lichtung und stellte fest, dass er nur einen umgestürzten Baum oder einen Plankenzaun gesehen hatte, würde er überhaupt keinen Unterstand haben. Sobald er den Hügelkamm verließ, würde er die Lichtung am Südufer erst wieder zu Gesicht bekommen, wenn er sie betrat. Das würde ein angenehmer oder höchst unangenehmer Augenblick sein.

Sein erster Impuls war, den sicheren Weg zu wählen und einen Unterstand zu bauen, um wenigstens etwas Schutz zu haben, falls es zu regnen oder – noch schlimmer – zu schneien begann. Er konnte den in einer Richtung grauen, in der anderen klaren Himmel nicht deuten, nichts mit den rasch ziehenden Wolken in einem dritten Quadranten anfangen. Gleich im ersten Kapitel von *Edwin's* wurde nachdrücklich vor Vermutungen und riskanten Entscheidungen gewarnt.

Der Unterstand wird gebaut.

Stu fing an, sich nach Ästen umzusehen. Über ihm keckerte ein neugieriges Eichhörnchen. Er konnte es nicht sehen, aber es musste irgendwo in den Bäumen über ihm sein. *Du hast leicht reden,* dachte er. *Du hast bestimmt einen Schlafplatz für die Nacht.* Er erinnerte sich daran, dass Eichhörnchen in *Edwin's* als leicht zu beschaffender Notvorrat bezeichnet wurden. Sie waren tagaktiv, vor allem morgens und nachmittags unterwegs, und konnten daher bei Tageslicht gefangen werden. Wenn die nächtlichen Jäger durch die Wälder streiften, versteckten sie sich. *Nächtlich.* Dieses Wort hatte etwas Erschreckendes an sich. Die Dunkelheit. Das Unbekannte. Unsichtbare Raubtiere. Der Grund, aus dem Eichhörnchen sich nachts versteckten. Stu erinnerte sich daran, in der Zeitung von einer Frau gelesen zu haben, die von einem Kodiakbären aus ihrem Zelt verschleppt worden war.

Stu ließ die Äste fallen, die er zusammengesucht hatte, und fing hektisch an, Kleidungsstücke und Ausrüstungsgegenstände wieder in den Rucksack zu stopfen. Er machte sich nicht die Mühe, irgendetwas zusammenzulegen; die Sonne war hinter dem Hügelkamm verschwunden, und der Weg bis zu der Lichtung im Süden war weit.

Eine Stunde später kam Stu mit jagendem Herzen unter den in tiefen Schatten liegenden Bäumen am Südufer hervor. Ängstlich und erschöpft konnte er nur noch darum beten, Dugans luxuriöse Jagdhütte werde in einer Ecke der schon dunklen Lichtung stehen.

Sie stand nicht dort.

An ihrer Stelle stand eine kleine, baufällige Hütte, kaum größer als ein Gartenschuppen, unter den Bäumen. *Stand* war großzügig; sie war älter als Stu und wäre längst zusammengebrochen, wenn sie nicht an einer mächtigen Fichte gelehnt hätte. Hätte er jedoch Moos für einen Unterstand gebraucht, hätte es hier reichlich davon gegeben: Das in der Mitte durchhängende Dach war mit einer dicken Schicht bedeckt.

Eine Art Unterschlupf, dachte Stu. *Gewissermaßen.*

Stu wusste nicht, ob er lachen oder weinen sollte. Aber die Sonne war untergegangen, und ihr Widerschein am westlichen Horizont, der ihn die letzten hundert Meter bis zur Lichtung hatte zurücklegen lassen, verblasste rasch. Er beeilte sich, die Hütte zu erreichen, und stellte fest, dass die Tür neuer als die Planken war, aus denen sie sonst bestand. Sie ließ sich nach außen öffnen. Stu erinnerte sich daran, dass im Bärenland alle Türen nach außen aufgingen, damit sie nicht eingedrückt werden konnten. Ein ernüchternder Gedanke. Die Tür klemmte etwas, aber als er kräftig daran ruckte, flog sie knarrend und mit einer Staubwolke auf, die ihn hustend zurücktaumeln ließ – die Luft stank nach Stagnation und etwas anderem, das er nicht gleich erkannte. Aber ihm blieb keine andere Wahl. Er bemühte sich, flach zu atmen, während er die massive Holztür mühsam weiter aufzog, bis der Spalt breit genug war, dass er mit seiner Stablampe hineinleuchten konnte.

Bewegung.

Er schwenkte die Lampe blitzschnell, um der Bewegung zu folgen. Dunkle Umrisse hasteten in die Schatten davon.

Ratten?

Dass es hier solche Schädlinge geben könnte, hatte er nicht gedacht. Hätte nicht eine große braune Ratte im Lichtkegel seiner Stablampe gesessen, hätte er vermutet, diese Nager träten nur in Städten auf.

Es sind mindestens drei.

Unter normalen Umständen hätte er keinen Fuß in die Hütte gesetzt. Leider waren die Umstände jedoch ganz entschieden *nicht* normal. Weil er die Wahl zwischen Bären und Ratten hatte, stellte er Rucksack und Seesack ab und schlüpfte mit bereitgehaltener Stablampe durch den Türspalt.

Er konnte die Nager nicht gut mit seinem Messer erledigen – zu nahe, zu persönlich. Und er hatte kein Beil, nicht mal einen schweren Ast. Aber er würde auf keinen Fall mit drei Ratten in der Hütte schlafen.

Das Gewehr, dachte er.

Als Ziele stellten die drei keine große Herausforderung dar. Die Nager versteckten sich nicht; sie flüchteten auch nicht, sondern nahmen Abwehrhaltung ein, fletschten die Zähne und machten sich bereit, ihre Hütte gegen den Eindringling zu verteidigen.

Stu schüttelte den Kopf. »Sorry, aber ich hab keine Lust, mich von den drei blinden Mäusen verarschen zu lassen«, sagte er und zielte auf die erste.

Die Ratte saß auf einem Dachbalken direkt über der hölzernen Plattform, die das Bett der Hütte zu sein schien. Nach Ivans Auskunft war das Zielfernrohr auf hundert Meter eingestellt und daher auf diese Entfernung wertlos. Also schmiegte er den Kopf seitlich daran und zielte den Gewehrlauf entlang. Dann drückte er langsam ab.

Das Gewehr knallte, und Stus Welt wurde sekundenlang weiß. Dann sah er Sterne. Im ersten Augenblick glaubte er, das Geschoss habe ihn als Querschläger getroffen. Aber er merkte auch, dass er darüber nachdachte, was vermutlich bedeutete, dass er nicht tot war.

Vermutlich.

Als er wieder sehen konnte, hielt er weiter die Stablampe in einer Hand, aber das Gewehr lag auf dem Boden. Er berührte seine Stirn. Sie tat ziemlich weh, und seine Hand ertastete eine klebrige Flüssigkeit. Er blutete. Er brauchte noch einen Augenblick, um sich alles zusammenzureimen. Er hatte das Gewehr offenbar zu locker gehalten, und der Rückstoß hatte es ihm aus der Hand gerissen. Dabei war das Zielfernrohr gegen seine Stirn geknallt. Aber da war zu viel Blut. Er richtete die Stablampe auf den Dachbalken über ihm. Wo die Ratte gesessen hatte, war eine rote Kerbe zu sehen. Der Rest des

Nagers war übers Dach verteilt. Stu musste würgen. Das Blut war nicht seines.

Eine halbe Stunde später trug er die Kadaver der beiden anderen Ratten ins Freie. Es hatte einige Zeit gedauert, im Licht der Stablampe einen Knüppel zu finden, um sie zu erschlagen, aber er konnte es nicht über sich bringen, auch diese beiden zu erschießen und in einem blutigen Schlachthaus zu schlafen. Er wischte sich die Ratteneingeweide mit einem T-Shirt vom Kopf und warf es nach draußen. Dann breitete er seinen Schlafsack aus. Als Kopfkissen würde ihm sein Daunenanorak dienen. Unter einem Rauchfang aus Blech, der den Rauch durchs Dach ableitete, befand sich in einer Ecke des Raums ein gemauerter Feuerplatz. Aber die Vorstellung, jetzt mühsam Feuer zu machen, gefiel ihm nicht. Seine Streichhölzer und weitere Utensilien, die er dafür gebraucht hätte, steckten tief in seinem Rucksack, dessen Inhalt nun nicht mehr der Packliste entsprach, weil Stu ihn ausgeleert und hastig wieder hineingestopft hatte. Außerdem hatte er kein Anmachholz und wollte nicht wieder in die Dunkelheit hinaus, um welches zu sammeln.

In der Hütte fanden sich Spuren früherer Bewohner – ein halb verbrannter Holzklotz in dem offenen Kamin und die erneuerte Eingangstür –, aber sie schien nicht häufig benutzt zu werden. Stu wusste, dass er seine Sachen hätte auspacken sollen, um anzufangen, seinen Aufenthalt zu organisieren. Aber die Tür war geschlossen, die Ratten waren fort, und er war hier viel weniger in Gefahr, von einem Bären gefressen zu werden als in einem edwinischen Unterschlupf, daher schien es das Beste zu sein, einfach zu schlafen. In seiner Kindheit hatte seine Mutter ihm versichert, nach einem schlimmen Tag ins Bett zu gehen sei wie ein kompletter Neustart.

Und genau das brauche ich jetzt.

Stu zog seine noch feuchten Sachen – Hose, Socken und Unterhose – aus und legte alles zum Trocknen auf den Rucksack. Dann zog er die lange Unterhose mit dem orangeroten Gummizug an, der wie ein orangeroter Hula-Hoop aussah, schlüpfte in den Schlafsack und war nun dankbar dafür, dass der aggressiv-lässige junge Verkäufer im Great Beyond ihm das Modell Arctic Fox aufgeschwatzt hatte.

Sobald er die Augen schloss, setzten Erbitterung und Verwirrung ihm zu. Die Hütte stand am falschen Ort, hatte die falsche Größe und war ganz bestimmt nicht das, was er von Dugan erwartet hatte. Auf dem hölzernen Bettgestell lag keine Matratze, und er konnte Rattenblut riechen. Aber er machte sich nicht die Mühe, es noch wegzuwischen; von den anstrengenden Auf- und Abstiegen war er nicht nur körperlich erschöpft, sondern irgendwie auch emotional ausgelaugt. Und als dann starker Regen einsetzte, der in Strömen durch das von seinem Schuss durchlöcherte Hüttendach drang, stand er nicht mal auf. Er verfluchte nur Clay, Dugan, Ivan und alle anderen, die ihm einfielen, und rollte sich außerhalb des plätschernden Wasserstroms in einer Ecke des Bettgestells in fötaler Haltung zusammen.

KAPITEL 12

Nach unruhigem Schlaf reckte und streckte Stu seine Glieder, als ein Lichtstrahl durch das Einschussloch im Hüttendach drang und sein Gesicht traf. Er merkte, dass er die nur eine Handbreit von seinem Gesicht entfernte Holzwand anstarrte. Dort krabbelte etwas.

Ein krabbelnder gelb-schwarzer USB-Stick? Nein, das war unmöglich. Er blinzelte. *Oh, eine Wespe von der Größe eines USB-Sticks.*

Während er zusah, kamen zwei weitere aus einem Loch in der Hüttenwand. *Wespen.* Stu war mit einem Schlag hellwach und setzte sich ruckartig auf. Er war seit einer Stunde halb wach, hatte zwischendurch immer wieder gedöst, lag zu unbequem, um schlafen zu können, und war zu müde, um aufstehen zu wollen. Als er saß, merkte er, dass er nicht länger vorgeben konnte, in einer Ecke des durchnässten Bettgestells schlafen zu können. Nachdem nun die Sonne aufgegangen war, würde er vielleicht Feuer machen können.

Wenigstens dabei *kann dieser Dreckskerl Edwin mir helfen,* dachte er.

Als er aus dem Schlafsack kroch, um sich anzuziehen, bekam er sofort eine Gänsehaut. Wie kalt es war, konnte er nicht beurteilen, aber sein Atem war als weiße Wolke sichtbar. Er zog ein T-Shirt, das Feuchtigkeit absorbierte, und einen Islandpullover an, bevor er wieder *Edwin's Comprehensive Guide* zur Hand nahm.

Kapitel 1 behandelte Klimafragen. Darin stand, der Atem werde je nach Luftfeuchtigkeit bei 10° C und weniger sichtbar. Nachts hatte es geregnet, nicht geschneit, und seine Hände waren nicht gefühllos, was vermutlich eine Temperatur über dem Gefrierpunkt bedeutete. *Gott sei Dank.*

Nachdem er in seinen Anorak geschlüpft war, versuchte er warm zu werden, indem er die Hütte inspizierte und den Rucksack durchwühlte, um seine Ausrüstung wieder richtig zu packen. Die Besichtigung der Hütte dauerte ganze zwei Minuten. Ich muss hier saubermachen, beschloss er sofort. Es gab keine Arbeitsplatte, auf der man Essen zubereiten konnte, die Wespen waren eine potenzielle Gefahr, und das Massaker an den Ratten erforderte ein Großreinemachen. Einen Herd oder Ofen gab es hier nicht. Noch beunruhigender war, dass es auch keine Konservendosen in einem Schrank oder auf Regalen gab. Tatsächlich gab es nicht mal einen Schrank oder Regale. Stu klopfte die Wände ab, um etwaige Hohlräume zu finden. Vergebens. Er kniete sich sogar hin und sah unter das Bettgestell. Hier gab es nichts – keine Bohnen in Dosen, keine gefriergetrocknete Suppe oder auch nur Spam. Im Magen begann er ein mulmiges Gefühl zu spüren, das Hunger oder schleichende Angst oder beides sein konnte.

Ich werde jagen müssen.

Die Hütte war auch viel kleiner, als er am Abend zuvor

gedacht hatte, was kaum möglich schien. Sieben mal sieben Fuß. *Neunundvierzig Quadratfuß, von denen das Bett fünfzehn und die Feuerstelle weitere fünf einnimmt.* Das Bett würde auch als Arbeitsplatte dienen müssen, wenn Essen zuzubereiten war, überlegte Stu – und wünschte sich, er hätte keine Ratteneingeweide darüber verteilt. Sein Rucksack und der Seesack standen auf einem großen Holzscheit gleich neben der Tür, wo sie keinen Kontakt mit dem feuchten Erdboden hatten. Weil er auf der Rattenjagd ein Loch ins Dach geschossen hatte, standen auf dem Bettgestell noch einzelne kleine Pfützen. Er wischte sie so gut wie möglich mit der Hand weg, um seine Kleidung sortieren zu können. Den Schlafsack würde er bereits aufhängen müssen, damit er wieder trocknete. Mit diesem Gedanken wandte er sich der Tür zu. Das Unvermeidliche ließ sich nicht länger hinauszögern; es wurde Zeit, sich dem Tag zu stellen.

Die Holztür knarrte laut, und die Lichtflut ließ ihn zusammenzucken. Er steckte den Kopf ins Freie, sah sich nach Bären um, drückte die Tür ganz auf und trat hinaus. Der erste Atemzug füllte seine Lunge mit kalter, reiner Luft. Die Sonne stand noch tief über dem Hügelkamm im Osten. Ihr Licht erhellte Berg und Tal, aber mit ihrer Wärme geizte sie weiterhin.

»Scheißkalt ist das hier!«

Auf der stillen Lichtung klang Stus Stimme fremdartig. *Ich gehöre nicht hierher.* Sie ließ auch die surrealistische Seifenblase dieses Morgens zerplatzen. Seinen Aufenthalt in der düsteren Hütte hätte er als schlechten Traum abtun können, aber sobald er die kalte Luft eingeatmet und auf der stillen Lichtung laut gesprochen hatte, ließ die Realität sich nicht mehr leugnen. Und als der üppig grüne Hintergrund aus jungfräulichem Wald sich nicht in die beigen Wände und die gestärkten Spitzenvorhänge seines vertrauten Schlafzimmers in der William Street verwandelte, als er nicht sein Schaumstoffkissen unter dem Kopf spürte und Katherine ihn nicht von ihrer Betthälfte zurückstieß, war nicht mehr zu leugnen, dass er sich viele Tausend Meilen von daheim entfernt in einer absolut lächerlichen Situation befand.

Er hängte seinen Schlafsack zum Trocknen über einen Ast und setzte sich auf einen umgestürzten Baumstamm, um zu lesen. In Kapitel 1 enthielt *Edwin's* auch eine Liste von Dingen, die zum Überleben notwendig waren. Als Erstes stand dort geeignete Kleidung. *Hab ich. Danke, Great Beyond und Visa-Karte mit einem Prozent Cashback.* Der Liste zufolge musste er sich als Nächstes eine sichere Unterkunft verschaffen. *Eine baufällige Hütte. Hab ich.* Zumindest würde sie sicher sein, wenn er das Dach instand setzte und die Wespen vertrieb. Der nächste wichtige Punkt war Zugang zu sauberem Wasser. Stu sah hügelabwärts. *Ein riesiger kristallklarer See. Hab ich.* Dann verkrampften sich plötzlich seine Magennerven.

Essen.

Bisher hatte er vermieden, daran zu denken, aber dies war der Killer. Er hatte kein Essen. In der Hütte lagerten keine Vorräte. *Edwin's* machte verschiedene Vorschläge: Wildgemüse. Essbare Blumen und Bäume. Jagen, angeln, Fallen stellen oder tote Tiere essen. *Tote Tiere?* Stu sah sich langsam um.

Der Kadaver einer der Ratten, die er erschlagen hatte, lag ganz in der Nähe. Die Lefzen des Nagers waren zurückgezogen und ließen die langen Zähne sehen, sodass eine wütende Grimasse mit geschlossenen Augen entstand. *Scheiß auf dich, weil du mich erschlagen hast*, schien sie zu sagen. *Vor allem, wenn du mich nicht essen willst.* Stu entschied jedoch rasch, so verzweifelt sei er noch nicht. Bisher hatte er nur zwei Mahlzeiten versäumt. Außerdem saßen auf dem Rattenkadaver bereits Fliegen und eine der Wespen.

Daraus konnte er eine Lehre ziehen: Nahrung, die längere Zeit offen liegen blieb, würde von anderen hungrigen Tieren gefressen werden. Der zweite Rattenkadaver, der neben dem ersten gelegen hatte, war bereits verschwunden. Auch sein blutiges Hemd war nicht mehr da. Stu gruselte es bei dem Gedanken daran, was er dadurch angelockt haben mochte. *Ein Fehler.* In der Wildnis gemachte »Fehler« verursachten mehr Todesfälle als extreme äußere Bedingungen, stand in *Edwin's*. Außerdem ermahnte ihn das Handbuch, nur Tiere zu erlegen, die er essen wollte. *Ob das Ratten geschrieben haben?*, fragte sich Stu.

Er sammelte Holz für ein Feuer. Dabei konnte er auf *Edwin's* Hilfestellung verzichten. Die Feuerstelle bot nur Platz für ein paar Zweige, die er auf dem Waldboden fand oder von den nächsten Bäumen abbrach. Auf die richtige Länge brachte er sie, indem er sie an die Hüttenwand lehnte und drauftrat. In der Feuerstelle ließen sie sich nicht sehr hoch stapeln, weil sie sonst über die Umrandung hinausragten und der Holzwand zu nahe kamen. Auf diese Unterlage hätten zwei, drei große Scheite gepasst, aber er hatte keine Axt, um welche zu spalten. Bei den Pfadfindern hatte er gelernt, ein Feuer anzulegen: unten eine Schicht aus Zunder, darüber pyramidenförmig aufgestelltes Kleinholz, später größere Holzscheite. Ganz einfach. Moos vom Waldboden schien sich gut als Zunder zu eignen, und er legte die Feuerstelle damit aus.

Außer dem herkömmlichen und schwierig zu gebrauchenden Metallanzünder, der in Verbindung mit einem Messer wie Stahl und Feuerschein funktionierte, enthielt das Feuermachset aus dem Great Beyond auch eine kleine Schachtel Sturmzündhölzer. Stu griff instinktiv nach den Streichhölzern. Sobald das Feuer brannte, konnte er es unterhalten, indem er gelegentlich Holz nachlegte. Ganz einfach. Brannte das Feuer erst mal, konnte er auch versuchen, den Gebrauch des Metallanzünders zu erlernen. Aber er verbrauchte erfolglos fünf Streichhölzer. Als er nach dem sechsten Zündholz griff, kam er auf die Idee, die restlichen zu zählen. Zehn. Bei Weitem nicht genug für eine Woche, wenn er weiter so wenig Erfolg hatte. Er knirschte mit den Zähnen, schluckte seinen Pfadfinderstolz hinunter und schlug im *Edwin's* nach.

Meide feuchtes oder grünes Holz, lautete der erste Ratschlag in dem grauen Kästchen am Rand. Die Hälfte seines Holzes kam direkt von Bäumen, und die andere war in dieser Nacht – vielleicht auch schon in den vorherigen Nächten – vom Regen nass geworden.

Dämlich.

Er ging nochmals hinaus, um trockeneres Holz zu finden, und kauerte bald wieder vor der Feuerstelle, um es erneut zu versuchen. Diesmal fing das Holz Feuer und schickte einen vielversprechenden weißen Rauchfaden in den Rauchfang aus Blech. *Besser.* Stu stapelte etwas von seinem feuchten Holz auf die trockene Schicht.

Jetzt müsste es anbrennen, dachte er. Und das tat es.

Der Rauch trieb ihn ins Freie, und er sank keuchend und nach Luft schnappend neben der erschlagenen Ratte zu Boden. Der Raum im Inneren der Hütte war so klein, dass er die unter der Decke hängende schwarze Wolke erst im letzten Augenblick bemerkt hatte, bevor sie herabsank, um zu versuchen, ihn zu ersticken. Auch den Wespen gefiel der dichte Rauch nicht; auf der Suche nach etwas, das sie stechen konnten, schwärmten sie dicht hinter ihm aus. Stu vertrieb alle bis auf eine, indem er seine Kapuze bis übers Gesicht zog und die Hände in den Jackenärmeln verbarg, bis sie endlich aufgaben und wegflogen.

Der primitive Rauchabzug hatte nicht funktioniert, darüber war er sich im Klaren, als er die Kapuze zurückschlug und sich kniend aufrichtete. Und durch das kleine Loch, das er ins Hüttendach geschossen hatte, hatte nicht genug Rauch entweichen können. Während Stu das Dach begutachtete, begann die Wange mit dem Wespenstich pochend anzuschwellen. Er wusste nichts von einer Allergie und konnte nur darum beten, dass er hoffentlich keine hatte; hier draußen konnte er unmöglich eine Spritze von dem Zeug bekommen, das verhinderte, dass Leute an solchen Stichen starben. Der Kamin auf dem Hüttendach bestand aus einem kurzen Plastikrohr, über dessen Ende eine Konservendose gestülpt war. Unter ihr quoll nur ganz wenig Rauch hervor. Der Abzug war offenbar blockiert. Stu sah auf die tote Ratte hinunter. Ihre Grimasse wirkte jetzt wie ein Grinsen.

»Lach nur, so viel du willst. Ich muss ohnehin rauf, um das Einschussloch zu flicken.«

Sein Feuer brannte noch, produzierte weiter dichte schwarze Rauchwolken, die aus der Tür quollen. Er ließ sie offen, damit der Rauch abziehen konnte, aber seiner Schätzung nach würde das aufgelegte Holz noch mindestens eine Stunde reichen.

Ich hab's definitiv geschafft, Feuer zu machen.

Er hatte mit dem Gedanken gespielt, kurz reinzugehen und nach seinem Gepäck zu tasten, aber an einer Vergiftung durch Kohlenmonoxid zu sterben wäre unübertroffen dämlich gewesen, wie er früher von Angeklagten gesagt hatte, die nicht zur Verhandlung erschienen, weil sie glaubten, ihre Probleme würden sich dadurch in Luft auflösen.

Und im Edwin's *gibt es wahrscheinlich ein Kapitel, das davor warnt, verrauchte Räume zu betreten.*

Der Baum, an dem die Hütte lehnte, hatte keine tiefen Äste, die das Hinaufklettern erleichtert hätten, aber Stu konnte sich zwischen Hüttenwand und Baumstamm hinaufstemmen. Indem er die Füße auf die Oberseite der runden Balken stellte und den Rücken gegen die Rinde stemmte, konnte er sich Stück für Stück hocharbeiten, bis er die Dachkante erreichte, an der er wie ein gerupftes Hähnchen hing.

»Scheiße.«

Er strampelte mit den Beinen und schwang sie vor und zurück, bis er sie gegen den Baumstamm stemmen und sich so auf dem Bauch liegend auf das Dach schieben konnte. Er kroch mühsam höher und erreichte endlich das Ausschussloch. Es war leicht zu finden, weil an dieser Stelle ein dünner Rauchfaden aufstieg.

Hab dich. Er klemmte ein flaches Rindenstück unter die obere Holzschindel und klopfte es mit dem kurzen Stock fest, den er vor dem Aufstieg in seine Hose gesteckt hatte. *Fertig.* Stu nickte zufrieden. Nach einer Nacht und einem Morgen voller Misserfolge fühlte es sich gut an, etwas geschafft zu haben.

Er schob sich weiter zu dem improvisierten Kamin hinauf. Die Blechbüchse saß schräg auf dem Plastikrohr. Er nahm sie weg. Das Rohr darunter war mit einem Gebilde aus miteinander verflochtenen kleinen Zweigen verstopft. *Ein Vogelnest.* Und in seiner Mitte lag ein glattes braunes Etwas. *Mein Frühstück!* Stu griff hinein und holte das ziemlich kleine Ei heraus. Weil er es beim Kriechen nicht in der Hand halten konnte, nahm er es in den Mund. Der Stock diente ihm dazu, das PVC-Rohr frei zu machen. Lehm und kleine Zweige waren geschickt als Baumaterial verwendet worden. *Instinktiv*, dachte Stu, während er das Zeug mit seinem Stock nach unten stieß, wobei er darauf achtete, den Kopf abzuwenden, um den dichten Rauch zu vermeiden, der gleich aus dem Rohr quellen würde.

Wenig später stieg abrupt eine dunkle Rauchsäule auf. Stu setzte die Blechbüchse wieder schräg auf das Rohr und blieb noch einen Augenblick auf den bemoosten

Schindeln sitzen. Er hatte nicht mehr mit den Händen gearbeitet, seit Katherine und er vor vier Jahren ihr Haus in der William Street renoviert hatten. In dieses Haus hatten sie viel Schweiß und Erinnerungen gesteckt; er wusste noch, wie er sie über die Schwelle getragen hatte, als der Boden in der Diele noch senfgelbes rissiges Linoleum gewesen war. Das Haus war ideal für sie: praktisch, überschaubar und voraussichtlich lange vor dem Eintritt in den Ruhestand abbezahlt. Er hatte vergessen, wie befriedigend es war, etwas zu reparieren. Seine Arbeit als Jurist schien niemals etwas zu reparieren. Als Rechtsanwalt absorbierte er wie ein Konfliktschwamm nur die Probleme anderer Leute. Es fühlte sich gut an, ein Loch im Dach zu reparieren und einen Kamin frei zu machen.

Stu drehte sich etwas zur Seite, um das Tal, den See und den endlosen blauen Himmel, sein neues Reich, überblicken zu können. Vielleicht war es doch nicht so schlecht, eine Woche lang als echter Kerl in der Wildnis zu leben.

Ich habe ein gottverdammtes Dach repariert und etwas Essbares gefunden, sagte er sich. *Und das ohne die Hilfe irgendeines Handbuchs!*

Er hörte ein bedrohliches Knarren, dann das tiefere Ächzen von unter Spannung stehendem Holz. Er erstarrte, aber das nützte nichts mehr. Auf ein lautes Knacken folgte plötzlich ein Gefühl der Gewichtslosigkeit, als das Dach einbrach, und er beobachtete, wie der endlose blaue Himmel schrumpfte, als er fiel.

KAPITEL 13

Stu spuckte schleimiges Eigelb und Bruchstücke der Eierschale auf den mit grünen Moosklumpen und zerbrochenen Schindeln bedeckten Boden aus festgestampfter Erde. Er war verletzt: Er hatte eine Schnittwunde am Arm, wo er die Bettstatt gestreift hatte, eine Beule am Kopf und am ganzen Körper hässliche Prellungen, die er bestimmt noch entdecken würde. Aber er schien keine Gehirnerschütterung erlitten zu haben – keine Bewusstlosigkeit, kein Ohrensausen, keine Sterne vor den Augen; er wusste, wer er war, und war sich peinlich bewusst, *wo* er war. Das war gut. Aber als er sich aufsetzte, ließ ein stechender Schmerz im linken Knöchel ihn leise aufschreien.

O Gott, sei nicht gebrochen, dachte er.

Stu schaffte es, sich auf die Bettstatt hochzuziehen, wo er den rasch anschwellenden Knöchel betastete und das Gesicht verzog. Er ärgerte sich, als sein Blick auf das Feuer fiel, das jetzt unschuldig loderte, weil der Rauch durch das frei gemachte PVC-Rohr abziehen konnte.

In einer großen Außentasche des Rucksacks steckte ein Erste-Hilfe-Kasten Marke Great Beyond in Luxusausführung – hoffentlich mit einer Elastikbinde, die den verstauchten oder gebrochenen Knöchel stabilisieren konnte. Und seine Schnittwunde musste gesäubert werden, damit keine Infektion dazukam. Er humpelte die zwei, drei Schritte zu seinem Rucksack hinüber und kam damit zum Bett zurück.

Der Kasten enthielt tatsächlich eine Elastikbinde, und *Edwin's* empfahl ihm, sie zu benutzen, um den Knöchel zu immobilisieren und nicht weiter anschwellen zu lassen. Das tat verdammt weh, aber wenig später sah seine untere Beinhälfte wie die einer Mumie aus.

In dem Erste-Hilfe-Kasten fand er auch drei Plastikröhrchen, deren Inhalt ihm nicht sofort klar war. *Vielleicht eine entzündungshemmende Salbe.* Stu nahm eine heraus. Auf dem Etikett stand GREAT-BEYOND-PAMPE. Als erster Bestandteil waren getrocknete Sojabohnen genannt, die durch Wasser »aktiviert« wurden. Stu las das Kleingedruckte und erfuhr, dass jedes dieser Röhrchen genügend Kalorien und Vitamine enthielt, um einen Mann in der Wildnis einen Tag lang zu ernähren.

Nahrung!

Er verhungerte noch nicht, aber er war verletzt und hatte weder Abendessen noch Frühstück bekommen. Auf ein Mittagessen zu warten, das sich vielleicht nicht einstellen würde, erschien jetzt überflüssig. *Iss lieber etwas, damit du bei Kräften bleibst,* sagte er sich. In der Gebrauchsanweisung stand, richtig angemischt ergebe der Inhalt eine Paste. *Ganz einfach.* In seinen Rucksack war eine Wasserblase mit einem Liter Wasser eingebaut. Er kippte etwas daraus in einen faltbaren Plastikbecher und drückte eine Tube Pampe darin aus.

Das Zeug sah wie rotbraune Zahncreme aus und schmeckte, wie er sich Babynahrung vorstellte, die aus

Kunststoff bestand und mit Vitaminen und Spurenelementen vollgepumpt war. Stu fragte sich, ob er versuchen sollte, die bräunliche Pampe zu frittieren. *Frittiert schmeckt alles besser, nicht wahr?* Er würgte die Paste hinunter und trank einen großen Schluck Wasser hinterher. Dann las er die Uhrzeit von seinem Smartphone ab, das keinen Empfang hatte. Zu seiner Überraschung war erst weniger als eine Stunde vergangen. Die Sonne stand noch immer tief über dem Hügelkamm im Osten.

Die Zeit fühlt sich hier draußen anders an. Langsamer.

Er hatte keine Lust, irgendwohin zu gehen, also ließ er das heimtückische Feuer weiterbrennen und setzte sich auf das Bett, um seinen Rucksack und den Seesack neu zu packen. Seine Sachen waren durcheinander und rochen nach Rauch. Er zog sie einzeln heraus, schüttelte sie aus und legte sie neu zusammen. Damit war er rasch fertig; zu Hause machte er die Wäsche, während Katherine den Rasen mähte und Rechnungen bezahlte. Stu machte auch den Abwasch. Sie mochte es nicht, wenn der Eindruck entstand, Hausarbeit werde geschlechterspezifisch zugeteilt. In dieser Beziehung hatte sie ihren Stolz, und sie hatte schon vor der Hochzeit festgelegt, ihre Ehe solle eine gleichberechtigte Partnerschaft sein. Sie hatte sogar ihr Eheversprechen selbst formuliert. Sie werde ihm sicherlich nicht gehorsam sein, hatte sie Stu lachend erklärt.

Seine Kleidungsstücke zum Lüften im Freien aufzuhängen erschien ihm als keine gute Idee. Sein Schlafsack hing schon draußen, und falls das Wetter plötzlich umschlug, wollte er nicht mit seinem verletzten Bein herumhumpeln müssen, um zu versuchen, seine Unterwäsche einzusammeln. Eine Ecke der Hütte war noch überdacht, und er verstaute den Seesack dort. Dann leerte er seinen Rucksack, der den größten Teil seiner Ausrüstung und Vorräte enthielt.

Als alles ausgebreitet vor ihm lag, sah es nicht nach viel aus. Das Fehlen aller Dinge, die er in Dugans Blockhaus vorzufinden erwartet hatte, war peinlich offensichtlich. Vieles davon stand auf *Edwin's* »Must-have-Liste«. Außer der Pampe hatte er keine Lebensmittel. Auch kein Kochgeschirr. In seinem faltbaren Plastikbecher konnte er unmöglich kochen. Und er hatte keinen größeren Wasserbehälter als die Ein-Liter-Blase aus dem Rucksack, was häufige Ausflüge zum See hinunter bedeutete.

Er würde jagen müssen. Oder angeln. So viel war klar. Er legte das Browning .30-06 und die Schachtel Munition zu den Vorräten. Reichlich Munition für eine Woche. Teufel, er hatte schon eine Ratte erlegt. Er besaß auch eine Rolle Angelschnur und drei Haken. Vielversprechend. Keine Pfanne, aber er konnte einen Bratspieß schnitzen, um kleine Tiere oder Forellen am offenen Feuer zu braten. Als Junge hatte er einmal im Meer geangelt. In Seen nicht so viel.

Wie verschieden kann das schon sein?, dachte Stu.

Edwin's empfahl nachdrücklich, viel zu trinken, also nahm er immer wieder einen Schluck, was bedeutete, dass der Trip zum See hinunter erste Priorität haben musste. Für den Fall, dass er unterwegs jagdbares Wild sah, würde er das Gewehr mitnehmen, dachte er, und unten am See würde er einen langen Zweig suchen, aus dem er sich eine Angelrute zurechtschneiden konnte. *Ein richtiger Huck Finn mit Jurastudium.* Von dem Rucksack aus dem Great Beyond ließ sich eine Mini-Packtasche abtrennen, in der er seine Wasserblase, die Angelschnur und die Haken verstaute.

Der Weg zum See hinunter hätte angenehm sein müssen. Stu stellte sich vor, dass Großstadtmenschen für solchen Frieden, solche Einsamkeit viel Geld ausgaben. Aber er spürte hauptsächlich seinen schmerzenden Fuß. Bevor er die kleine Lichtung verließ, gelangte er zu dem Schluss, der Knöchel sei nicht gebrochen, aber auf halbem Weg zum See hinunter beschwerte er sich bei jedem Schritt und schickte als Strafe dafür, dass er es nach seinem traumatischen Aufprall auf dem Fußboden viel zu früh wieder gebrauchte, rachsüchtige kleine Schmerzstöße durchs Bein nach oben. Weil er sorgfältig darauf achten musste, wohin er auf dem Steilhang trat, konnte er kaum Ausschau nach jagdbarem Wild halten. Unten am Wasser sah er Eichhörnchen, aber er hatte noch keinen Appetit auf Nagetierfleisch. Und wenn er daran dachte, wie das .30-06 die Ratte zugerichtet hatte, glaubte er nicht, dass es von einem Eichhörnchen viel übrig lassen würde.

Versuch lieber, einen Fisch zu angeln, sagte sich Stu. Er brauchte nur ein paar Würmer zu finden. Kein Problem.

Er drehte zehn Minuten lang Steine und Felsbrocken um, unter denen aber nichts kroch als winzige schwarze Käfer. Also verlegte er sein Suchgebiet und wälzte einen abgebrochenen Baumstamm zur Seite, da er hoffte, in der modrigen Erde darunter Würmer zu finden. Weil er keine Schaufel hatte, grub er mit einem Stock, aber das war eine mühsame Arbeit. Die Erde ließ sich nur schwer aufgraben, und letztlich fand er auch hier keine Würmer.

Vielleicht geht auch ein anderer Köder.

Hier gab es riesige Fliegen, die sich jedoch als flink und rachsüchtig erwiesen. Immer wenn Stu sie mit einem Tannenzweig aus der Luft schlagen wollte, wichen sie blitzschnell aus und stürzten sich auf die exponierte Haut von Hals und Gesicht, das noch von dem Wespenstich geschwollen war.

Nach mehreren schmerzhaften Stichen gab er auf und stach einen Angelhaken durch den größten der kleinen Käfer. Dabei brach das Insekt auseinander. Die nächsten drei ebenfalls. Zuletzt musste er versuchen, mit der richtigen Anbringung des Hakens zu experimentieren, was bei den strampelnden Käfern unangenehm an Vivisektion erinnerte. Nach fünf weiteren Käfern war es ihm jedoch gelungen, ein Insekt wie ein winziges entomologisches Ausstellungsstück auf einen der übergroßen Haken zu spießen. Stu hielt es hoch, betrachtete es zweifelnd.

Vielleicht sind Fische nicht pingelig, dachte er.

Als er den Haken anknotete und probeweise an der Angelleine zog, zeigte sich, dass es schwierig war, die kleinen Knoten haltbar zu machen. Die Nylonleine war glatt, fast glitschig, sodass die Knoten sich beim geringsten Zug lösten. Er mühte sich immer wieder damit ab, bis er den Haken einmal falsch anfasste. Der nadelspitze Angelhaken bohrte sich in seinen Daumen, glitt bis zum Widerhaken unter die Haut. Stu biss sich auf die

Unterlippe und unterdrückte einen Schrei, während er den Haken in seinem Fleisch anstarrte.

Ich hab mich selbst gefangen, dachte er idiotischerweise.

Zum Glück war der Haken nicht allzu tief eingedrungen und ließ sich außerhalb der Haut noch gut anfassen. Aber die Spitze mit dem Widerhaken würde sich nicht einfach auf demselben Weg herausziehen lassen. Er klappte sein Messer auf, zögerte kurz und drückte die Spitze dann in die an dem Haken anliegende Haut. Dabei öffnete sich ein Spalt, sodass er den Haken herausziehen konnte, wobei eine kleine blutige Furche zurückblieb. Um noch einen draufzusetzen, zerfiel bei dieser Aktion der mühsam aufgespießte Käfer in zwei Hälften.

Zuletzt knüpfte Stu einen soliden Altweiberknoten von der doppelten Größe des Hakenöhrs und spießte einen weiteren Käfer auf. Dann machte er sich daran, eine Angelrute anzufertigen. Er fand einen einenviertel Meter langen abgebrochenen Ast, der gut geeignet zu sein schien. Er lehnte ihn an einen Felsblock und trat einen Zweig nach dem anderen ab. Weil es wehtat, auf dem verletzten linken Fuß zu stehen, wechselte er auf den rechten über und versuchte, die Zweige mit dem linken Fuß abzutreten. Aber nach dem sehr schmerzhaften Stich, der beim ersten Abbrechen sein ganzes Bein durchlief, fand er, es gebe keinen Grund, weshalb an einer Angelrute nicht noch ein paar Zweige sitzen sollten. Er band die Schnur am Ende fest und legte sechs bis sieben Meter ordentlich aufgeschossen hinter sich aus. Dann trat er ans Seeufer.

Gleich sein erster Versuch, die Angel auszuwerfen, machte ihm klar, weshalb Angelruten glatt waren. Ohne Bleigewicht flog die Leine nicht aufs Wasser hinaus, sondern flatterte nur ein kleines Stück weit, bevor sie sich in den nicht entfernten Zweigen verhedderte.

»Verdammt noch mal!«

Sein Fluch hallte übers Wasser und kam als Echo zurück, um ihn zu verspotten. Aus lauter Frustration schüttelte er die fächerförmige Angelrute, sodass die Leine sich noch mehr verhedderte. Als er aufhörte, sie zu schütteln, und anfing, die Leine zu entwirren, bildete sie ein asymmetrisches Spinnennetz zwischen den Zweigen.

Das Entwirren erforderte Geduld, die Stu nur noch mühsam aufbrachte, aber zuletzt war die Angelleine wieder sauber aufgeschossen. Er brauchte ein Gewicht, um sie auswerfen zu können, und entschied sich für einen kleinen Tannenzapfen. Weitere Käfer mussten gespalten, zerbrochen, geköpft oder sonst wie verstümmelt werden, aber zuletzt gelang es ihm, einen Köder weit genug vom Ufer entfernt so im Wasser zu platzieren, dass er vielleicht einen Fisch anlocken würde. Dann setzte er sich mit dem Gewehr quer über den Knien hin, um zu warten.

Am Ufer gab es eine mit Gras bewachsene Stelle, wo er bequem sitzen und den linken Fuß hochlegen konnte, der in seinem 250-Dollar-Stiefel zu pochen begann. Bei leichtem Wind glich das kalte alaskische Wasser gewelltem Glas. Es reflektierte die Berge in der Umgebung und zeigte Stu eine auf dem Kopf stehende Parallelwelt. Die Sonne wärmte angenehm, und ein saphirblauer Himmel spannte sich hoch über der schroffen Gebirgslandschaft.

Einen so dunkelblauen Himmel hatte Stu noch nie gesehen.

Sonnig blauer Himmel.

Das war einst die Farbe seiner Zukunft bei der Staatsanwaltschaft gewesen. In seiner Position als Erster Stellvertreter in der Abteilung Schwerverbrechen war er ein Wirbelwind gewesen. Mehr Fälle, als er eigentlich bewältigen konnte – bis zu zehn pro Woche. Aber irgendwie hatte er's geschafft, sie vor Gericht zu bringen und bluffende Rechtsanwälte einzuschüchtern, die damit drohten, ihn mit Verfahren zu überhäufen. Die weitaus meisten Fälle endeten mit Verfahrensabsprachen – laut Statistik seines Büroleiters rund fünfundneunzig Prozent. Andere machte er binnen weniger Tage verhandlungsreif, indem er sich an den Wochenenden zu Hause vorbereitete, was Katherine nicht gefiel, obwohl sie an seinen Lippen hing, wenn er sein Plädoyer zur Übung vor ihr hielt. Und wenn es zur Verhandlung kam, war er topfit. Er legte einen Schalter um und wurde ein Schauspieler, ein Verkäufer, ein Prediger und ein Professor, alles in einer Person, dessen einleitende und abschließende Ausführungen so spontan klangen, wie sie sorgfältig ausgearbeitet waren. Dazwischen trieb er Zeugen der Verteidigung mit raffinierten Fragen in die Enge und entlockte widerstrebenden Angeklagten hässliche Tatsachen, wie ein Heiler, der Gift aus einer Wunde zieht. Dauerte die Verhandlung mehrere Tage, studierte er bis ein Uhr nachts seine Notizen vom Vortag und stand um fünf Uhr morgens auf, um seine Fragen an die Zeugen den Enthüllungen des Vortags anzupassen.

Und es hat immer Enthüllungen gegeben.

Ein Pastor, der wegen Kindesmissbrauch vor Gericht stand, hatte ihn im Namen Gottes verflucht und war verurteilt worden. Das Opfer eines Raubüberfalls musste eingestehen, das Notebook, das der Angeklagte ihm mit Waffengewalt geraubt hatte, kurz zuvor in einem Laden gestohlen zu haben. Zur allgemeinen Überraschung hatte Stu auch erreicht, dass das Opfer verurteilt wurde. In einem anderen Fall musste ein Geschworener ausgewechselt werden, weil er während der Verhandlung trank. Einmal war mitten in einem Prozess das Beweismaterial verschwunden – ein Pfund Haschisch vom Asservatenwagen. Neu entdeckte Videobänder bewiesen, dass Leute eindeutig schuldig oder absolut unschuldig waren. Cops vergaßen Einzelheiten oder änderten ihre Aussage ab. Vergewaltigungsopfer setzten sich für die Täter ein. Und Leute wurden durch atemlose, zehn Sekunden lange Urteile vernichtet oder gerettet. Das war sein verrücktes, aufregendes, ungewisses Leben gewesen, aber inzwischen fiel es ihm schwer, sich vorzustellen, wie es gewesen war, dieser Mann zu sein. Er fragte sich, ob Profisportler, die nach einer schweren Verletzung nie mehr eine Wettkampfstätte betraten, Ähnliches empfanden.

Stu runzelte die Stirn, warf einen Stein ins Wasser und beobachtete, wie die kleinen Wellen sich ringförmig ausbreiteten, bis sie dann verebbten. Wieso er heutzutage darauf angewiesen war, zweifelhafte Mandanten zu gewinnen, für die er gegen geringe Honorare mühsame Prozesse gegen säumige Mieter führen konnte, blieb weiter ein gewisses Rätsel. Natürlich wusste er objektiv, *wie* ihm das zugestoßen war, aber das *Warum* begriff er noch immer nicht.

Seine aus einem Ast angefertigte Angelrute zuckte. Stu erstarrte. Er saß seit zehn Minuten hier, vielleicht seit einer halben Stunde; ohne Uhr war das schwer zu beurteilen. Nach kurzer Überraschung beeilte er sich, den Ast zu packen und kräftig hochzureißen. Erst war Widerstand zu spüren, dann wurde die Angelschnur locker. Er zog sie mit den Händen ein, aber das ging viel zu leicht. Als der Haken tropfend aus dem Wasser kam, war er leer. Der Käfer war weg, aber nichts wies darauf hin, dass ein Fisch angebissen hatte. Stu musste sich eingestehen, dass der Angelhaken vielleicht nur auf dem Seegrund festgehangen hatte. Er hielt den Haken hoch und starrte ihn nachdenklich an. Sollte er bleiben und weiter sein Glück versuchen? Sich eine andere Stelle suchen? Einen anderen Köder? Er seufzte. Das Schlimmste war nicht die Vorstellung, er könnte einen Fisch verloren haben; noch schlimmer war, dass er nicht wusste, ob überhaupt einer da gewesen war.

Es war noch früh, aber er war hungriger, als wenn er zu Hause das Frühstück ausfallen ließ. Die widerliche Sojapaste aus dem Röhrchen hatte ihn nicht satt gemacht – sie versprach nur, ihn pro Röhrchen einen Tag lang am Leben zu erhalten. Er beschloss, noch eine Stunde lang zu angeln, bevor er etwas anderes versuchte. Schließlich machte *Edwin's* weitere Ernährungsvorschläge.

Angeln hatte nur so leicht geklungen. Es hätte auch entspannend und vergnüglich sein sollen. So wirkte es zumindest in den Fishing Shows im Fernsehen. Stu war hundert Meilen von der Küste entfernt aufgewachsen, und sein Vater, ein Buchhalter, hatte ihn nur einmal zum Angeln mitgenommen, als er sieben gewesen war. Auf einem gecharterten Hochseeboot. Die Besatzung hatte die Leinen ausgeworfen, und er hatte nur in einem Sessel gesessen. Er hatte einen Fisch gefangen, einen Zackenbarsch: ein dunkles, gezacktes Ungeheuer aus der Tiefe, das er nicht anzufassen wagte. Die Männer hatten es vor seinen Augen totgeschlagen und gelacht, während es zuckend nach Luft rang; danach hatten sie es »ausgenommen« und Blut und Eingeweide übers Deck verteilt, genau wie Stu sich später vorgestellt hatte, dass Marti Butz nach Atem gerungen hatte, als sie erwürgt wurde, bevor ihre Eingeweide an Deck der *Iron Maiden* verteilt wurden. Nach diesem Erlebnis hatte er als Junge – und auch später als erwachsener Mann – nie wieder etwas mit dem Ausweiden von Tieren zu tun haben wollen.

Weil ihm dieses Bild für den Rest der Stunde zusetzte, war Stu fast dankbar, als es keine weiteren Bisse oder Phantombisse gab.

Er trank aus dem See, bis er keinen Schluck mehr herunterbrachte. Das Wasser war eiskalt und kristallklar. Dann füllte er seine Ein-Liter-Blase und machte sich auf den mühsamen Rückweg zur Hütte hinauf.

Seine Armbanduhr hatte er nicht mitnehmen dürfen. Das hatte Clay verboten. Aber er würde auf sein Smartphone sehen, wenn er wieder in der Hütte war. Es steckte in einer Innentasche seines Rucksacks. Damit der Akku länger hielt, hatte er es ausschalten müssen – schließlich hatte es keinen Zweck, das Handy ohne Empfang eingeschaltet zu lassen. Dem Sonnenstand nach war es noch nicht mal Mittag.

Der Aufstieg war schmerzhafter, schwieriger als der Abstieg. Stu hinkte, während er sich seinen Weg um Bäume herum und durchs Unterholz suchte. Er stapfte mit schweren Schritten bergauf, hatte nur Augen für das Gelände unter seinen Füßen und achtete bei jedem Schritt sorgfältig darauf, wohin er trat. Auf halber Strecke legte er eine Rast ein und blickte zurück. Die Aussicht auf den von bewaldeten Bergen umgebenen stillen See war atemberaubend. Er hatte fast das Gefühl, auf seine Jugend zurückzublicken; seine Perspektive war jetzt besser, und er konnte die Schönheit des Vergangenen besser würdigen – aber er entfernte sich davon, sein Weg führte bergauf, jeder weitere Schritt schmerzte. Die Wildnis half ihm nicht, sich zu entspannen oder zu verjüngen, das stand fest. Sie bestätigte nur, dass er alt zu werden begann.

Vierzig ist beschissen, dachte Stu.

Vierzig war nicht plötzlich gekommen. Der Tag im Kalender war eine Überraschung gewesen, aber das Gefühl, durch ungewürzten Haferbrei zu schwimmen, war Ende der Dreißiger allmählich stärker geworden. Es war keine krasse, schwere Depression wie nach dem Mordfall Butz, sondern eine dumpfe, länger anhaltende Version jener Niedergeschlagenheit gewesen. Kämpfen. Unterliegen.

Und ein pochender Fuß.

Clay hatte ihm geholfen, den Fall Butz wegzustecken. Auch Katherine hatte dazu beigetragen. Diesen beiden hatte er für sein gegenwärtiges Leben zu danken, auch wenn es keines war, das er sich selbst ausgesucht hatte oder gern führte. Er war nicht der Typ, der anfing, Drogen zu nehmen oder andere mit seinen Problemen zu belästigen. Stattdessen war er ausgestiegen. Er hatte sich in seine Arbeit vergraben. Keine Wohltätigkeitsdinner mehr. Kein Händeschütteln mit wichtigen Leuten mehr. *America's Unsolved* war Leichenfledderern gleich zurückgekehrt, um allen Freunden, Bekannten und Unbekannten mit Kabelanschluss das Ende seiner Karriere zu zeigen – vom aufsteigenden zum untergehenden Stern binnen einer Saison im Reality-Fernsehen. Die Fernsehleute waren begeistert gewesen, denn sie hätten kein besseres Drehbuch schreiben können. Einige Zeit lang war selbst das Einkaufen im Market Basket schmerzlich gewesen. Er hatte sich eingebildet, alle würden ihn angewidert oder mitleidig anstarren.

Der Kerl, der einen Mörder hat davonkommen lassen.

Stu hatte gehofft, das würde sich geben, wenn er den Kopf gesenkt hielt und fleißig arbeitete. Aber das hatte nichts geholfen. Er hielt weiter den Kopf gesenkt. Er übernahm Fälle, die kein Erscheinen vor Gericht erforderten, wo er früheren Kollegen begegnen würde, die ihm verlegen die Hand schütteln müssten. Er setzte Testamente auf, richtete Treuhänderschaften ein, arbeitete Verträge aus. Keine Streitsachen mehr.

Er schickte Katherine allein zu ihren Partys, indem er Unwohlsein vorschützte oder behauptete, aus dem Büro mitgebrachte Akten durcharbeiten zu müssen. Anfangs hatte sie ihm noch zugesetzt, er solle mitkommen; dann hatte sie aufgegeben. Gegen harte Arbeit konnte man nicht argumentieren. Diskussionen mit einem Anwalt waren immer mühsam und zäh, aber einen Mann aufzufordern, sich nicht auf seine Arbeit zu konzentrieren, wenn man zugleich wollte, dass er Ehrgeiz entwickelte, war noch schwieriger. Aber Stu war nicht ehrgeizig. Er trat Wasser, zog den Kopf ein und blieb defensiv, statt zu versuchen, seinen ramponierten Ruf aufzumöbeln. Das gefiel Katherine natürlich nicht. Aber sie beschwerte sich niemals ausdrücklich, sondern versuchte nur, ihn unauffällig zu drängen.

Nicht zu drängen, Idiot, zu unterstützen.

Sie hatte versucht, ihm zu helfen, aber seine selbstverschuldete Malaise hatte das unmöglich gemacht. Stu hatte niemandem zur Last fallen wollen, aber er war seiner Frau zur Last gefallen – das erkannte er jetzt, als er auf den makellos reinen See hinausblickte. So hatte er sein Verhalten bisher nie gesehen, und die Deutlichkeit, mit der diese Erkenntnis ihn jetzt hier draußen in der Wildnis überfiel, war erstaunlich. Er fühlte sich plötzlich schuldig – erdrückend schuldig. Sein Desinteresse am Leben war etwas, das er dringend würde in Ordnung bringen müssen, wenn er wieder zu Hause war, aber nicht, wie man einen Küchenausguss oder den Rasenmäher in Ordnung brachte. Er musste in sich den Funken wiederfinden, der Katherine dazu bewogen hatte, ihn zu heiraten. Nicht damit sie ihn mehr liebte, sondern damit sie nicht sein dämliches Schmollen wegschaufeln musste, um ihn zu entdecken.

Stu nickte. Nicht greifbare Dinge in Ordnung zu bringen, war etwas, das er beherrschte. Er konnte komplizierte Verträge ausarbeiten. Er schlichtete Streit über unsichtbare Grundstücksgrenzen. Er vermittelte zwischen Nachbarn, die sich absolut hassten. *Das kann ich verdammt gut selbst in Ordnung bringen.* Mit diesem Entschluss machte er kehrt, um seinen Weg bergauf fortzusetzen.

Das Tier mit eineinhalb Meter Schulterhöhe stand etwa zwanzig Meter von ihm entfernt bewegungslos da – durchs Unterholz teilweise sichtbar, aber jederzeit imstande, ganz darin zu verschwinden. Vorläufig beobachtete es ihn nur. Stu erstarrte ebenfalls. *Ein Rothirsch?* Das war sein erster Gedanke. Aber über seinem Kopf ragte ein weit ausladendes rostrotes Geweih wie unbelaubte Zweige auf. Bei einem Hirsch wäre dies das spektakulärste oder am stärksten missgebildete Geweih gewesen, das man sich vorstellen konnte. *Ein kleiner Elch?* Das breite Maul und die Wamme waren elchähnlich, stimmten aber irgendwie doch nicht ganz. *Karibu!*, erkannte er schließlich, obwohl er geglaubt hatte, Karibus seien Herdentiere, die in freiem Gelände lebten. Stu sah sich nervös um, aber er schien nicht von einer wütenden Herde dieser großen Tiere umzingelt zu sein. *Der Jäger bin ich*, sagte er sich, aber mit seinem lahmen Fuß fühlte er sich nicht wie einer. Tatsächlich fragte er sich sogar, ob er rechtzeitig würde zur Seite humpeln können, falls das Tier angriff und ihn mit seinem gefährlichen Satz Minispeere zu durchbohren versuchte.

Er nahm das Gewehr vom Rücken, wobei er darauf achtete, sich langsam und gleichmäßig zu bewegen. Das

Karibu beobachtete ihn neugierig, aber nicht beunruhigt. Stu zögerte. In Europa hießen Karibus Rentiere. Das ließ ihn an Santa Claus denken. *Ich bin dabei, Prancer abzuknallen.* Er hielt das Gewehr locker an die Schulter gedrückt, aber fest in den Händen, weil er nicht wieder denselben Fehler wie beim Schuss auf die Ratte machen wollte. Diesmal würde er todsicher nicht loslassen.

Er zielte auf das Tier, was bei dieser geringen Entfernung leicht war, aber als er das Auge am Okular des Zielfernrohrs hatte, wusste er nicht, ob er auf den Kopf oder den Rumpf schießen sollte. Seiner Erinnerung nach schossen Großwildjäger meistens auf den Rumpf. Wahrscheinlich wollten sie sich den Kopf, der als Trophäe an die Wand sollte, nicht verderben. Aber er wollte nur das Fleisch. Als er nun auf den Kopf zielte, füllten die Augen des Tieres plötzlich die Optik aus. Es starrte ihn wie ein treuer Hund mit glänzenden schwarzen Pupillen an. Sein nonchalanter Blick erinnerte Stu daran, dass er keine große Erfahrung darin hatte, Tiere zu töten. Käfer als Junge. Gestern eine Ratte. Aber niemals ein großes Säugetier. Als ihr Hund hatte eingeschläfert werden müssen, war er nicht mal mit seinen Eltern zum Tierarzt mitgefahren.

Das Karibu mampfte jetzt Laub. Es senkte sogar den Kopf und verschwand kurz aus dem Zielfernrohr. Dann tauchte es wieder auf. Ziemlich seelenruhig für jemanden, auf den ein Gewehr zielte.

Ob es jeden Tag hierherkommt?, fragte sich Stu.

Vielleicht war dies sein Urlaubsort. Konnten sie eine Woche lang friedlich koexistieren, könnte er sich vielleicht mit ihm anfreunden. Als Junge hatte er einen Film gesehen, in dem ein Farmerjunge jagen ging, aber als er einen Elch entdeckte, der mit dem Geweih in einen Stacheldraht geraten war, erlegte er ihn nicht, sondern ließ ihn frei. Später rettete dieser Elch dem Jungen das Leben.

Dummkopf!, schalt sich Stu selbst.

Was würde das Karibu tun? Aufs Hüttendach steigen und ein paar Schindeln festnageln, während er sich am Feuer sitzend mit einem Becher Kakao wärmte? Er zielte wieder auf den Kopf des Tieres – direkt zwischen die unschuldigen großen Augen.

Ich habe keine Abschusserlaubnis, fiel ihm ein.

Er fragte sich, was die Bestimmungen aussagten. Seines Wissens standen Karibus auf keiner roten Liste. Vermutlich gab es Ausnahmen für Verhungernde, aber er verhungerte eigentlich noch nicht. *Der verantwortungsbewusste Jäger schießt nur, was er wirklich braucht,* erinnerte er sich. Stu fuhr sich mit dem Handrücken über die Stirn. Wie er das Fleisch zubereiten würde, sobald er das Karibu erlegt hatte, war ein weiteres Problem. Im *Edwin's* gab es ein Kapitel über das Schlachten großer Tiere. Es wurde als *Zerwirken* bezeichnet, vielleicht weil Schlachten zu schlimm klang. Er hatte dieses Kapitel noch nicht gelesen, aber auf den Zeichnungen sah das Ganze schwierig und blutig aus. Und wie sollte er ein so großes Tür zur Hütte hinaufschleppen? Er hatte keine Ahnung, wie schwer es sein mochte. Bestimmt viel schwerer als ein hünenhafter Mann.

Die Augen des Karibus verschwanden wieder aus dem

Zielfernrohr. Stu ließ sein Gewehr sinken. Das Tier setzte sich in Bewegung, zog langsam weiter. Er hatte so lange unbeweglich dagestanden, dass es sich anscheinend langweilte. Er riss das Browning wieder hoch, hielt den Atem an und betätigte den Abzug. Nichts passierte. Er begutachtete die Waffe. Der Hammer befand sich in gesicherter Stellung, war nicht zurückgezogen.

»Verdammt noch mal!«

Er zog den Hammer zurück und riss das Gewehr erneut hoch. Wenigstens war durch das Laub noch die Flanke des Karibus zu sehen; zumindest zeigte das Zielfernrohr etwas, das seine Flanke hätte sein können. Er drückte ab. Das Gewehr krachte und wurde vom Rückstoß zurückgeworfen. Diesmal hielt er es besser fest, und es knallte nicht an seine Stirn, sondern an seine Schulter. Der Schuss hallte durch das friedliche Tal wie eine verstärkte Version seines Fluchs, ein gewalttätigerer Ausdruck seiner Frustration.

Stu rieb sich ächzend die geprellte Schulter. Das Karibu war nicht mehr zu sehen. Er humpelte in das Dickicht, in dem es gestanden hatte. Kein Kadaver. Es war fort. Er hatte danebengeschossen. Nein, die Wahrheit war schlimmer – er hatte gezögert.

Der Boden unter seinen Füßen war weich. Stu sah nach unten. Mit einem Stiefel stand er in einem Morast aus dampfendem Mist. Das Karibu hatte sich nicht gelangweilt. Es hatte sich nicht in seinem liebsten Dickicht entspannt, in das es jeden Tag zurückkehren würde. Und es hatte auch nicht verweilt, um mit ihm in Verbindung zu treten. Es hatte hier nur gekackt.

KAPITEL 14

Stu wachte mit pochenden Schmerzen auf. Er griff nach unten und stellte fest, dass sein Knöchel zur Größe einer Orange angeschwollen war. Der gestrige Ausflug zum See hinunter und der mühsame Rückweg hatten ihm sehr geschadet. Die Haut war purpurrot, und er würde unmöglich seine 249,99 Dollar teuren TQ Extremes tragen können. Dass er die Schwellung nicht mit Eis hatte kühlen können, wirkte sich jetzt sehr nachteilig aus.

Stu wälzte sich auf den Rücken und sah durch das gezackte Loch im Dach. Dies war der zweite Tag nacheinander, an dem ihn Beschwerden aufgeweckt hatten, bevor die Sonne ihre Chance bekam. Zum Glück hatte es in dieser Nacht nicht geregnet, sodass er trocken war.

Essen.

Dieser Gedanke war singulär und zwingend. Er verdrängte die Sorge um das schmerzende Bein augenblicklich von Platz eins seiner Prioritätenliste. Sein Magen knurrte so sehr, dass er beinahe nach einem Röhrchen der widerlichen Paste *gierte*. Beinahe. Zwei davon hatte er schon gegessen. Die dritte würde warten müssen, bis er im Sterben lag, entschied er.

Sterben.

Zum ersten Mal dachte Stu ernsthaft darüber nach,

dass er hier draußen sterben könnte. Die Klischeetode, die ihn ereilen könnten – Tod durch einen Bären oder einen Flugzeugabsturz waren die beiden populärsten –, hatte er mit einem Lachen abtun können. Aber er hatte nie daran gedacht, dass er außerstande sein könnte, sich selbst zu ernähren. Jetzt starrte er das Wespenschlupfloch in der Wand lange an. Seine Vorstellung von dieser Woche hatte sich radikal verändert. *Noch vier Tage überleben.* Dann würde das Flugzeug zurückkommen, und dieser Idiot Ivan würde ihn fragen, ob er Spaß gehabt habe.

Er stand auf und stellte sich dem Tag mit einem Klumpfuß und empfindlicher Wange. Wenigstens war die Schwellung durch den Wespenstich zurückgegangen. Wäre er allergisch gewesen, wäre er jetzt tot. Wären sein Daunenanorak und sein Schlafsack nicht von bester Qualität gewesen, wäre er nachts fast erfroren. Diesmal hatte es nicht geregnet, aber dafür war es kalt geworden. Der Temperatursturz war unverkennbar. Stu konnte nicht nur seinen Atem sehen, sondern spürte auch, wie seine Hände rasch kältestarr wurden. Er zog Handschuhe an, bevor er Feuer machte. *Es könnte schneien,* dachte er dabei. Und aus irgendeinem Grund erschreckte ihn dieser Gedanke mehr als alles andere außer einem Bären. Die Streichhölzer gingen zu Ende, also durfte er sein Feuer nicht mehr ausgehen lassen – oder er würde lernen müssen, Stahl und Feuerstein zu gebrauchen.

In der ersten Tagesstunde sammelte er Holz, wurde allmählich wieder klar im Kopf und hielt Ausschau nach den essbaren Gräsern, von denen man sich laut *Edwin's* ernähren konnte. Er versuchte ein paar, aber ohne Topf, in dem er sie kochen konnte, waren sie holzig, bitter und schwer zu schlucken. Und sie schienen kaum zu sättigen. Er aß nur so viel davon, dass er sich nach richtigem Essen sehnte.

Edwin's lobt auch den Nährwert verschiedener Kleintiere, die leicht zu fangen waren: Würmer, Larven, Maden, Schnecken. Würmer konnte er natürlich keine finden. *Könnte ich ein paar gottverdammte Würmer finden, würde ich leckeren Fisch essen.* Wie eine Larve aussah, wusste er nicht genau, aber *Edwin's* schien vorauszusetzen, dass jeder sie kannte, denn es gab kein Foto. Maden waren zu widerlich, als dass er sie hätte in Betracht ziehen wollen, denn er hätte sie aus dem verwesenden Rattenkadaver holen müssen. Folglich blieben nur Schnecken übrig.

An der Nordseite der Hütte hatte er mehrere große schwarze Nacktschnecken gesehen, die bestimmt zu langsam waren, um vor ihm flüchten zu können. Laut *Edwin's* eine einfache Antwort auf sein kleines Ernährungsproblem.

Er brauchte nicht lange, um eine fette Schnecke zu finden, die er mit zwei Fingern von dem verfaulenden Holz pflückte. Es war ein glattes Tier, gut zwölf Zentimeter lang, pechschwarz und glänzend, mit zart strukturiertem Mantel und tief gefurchtem Schwanz. Aus seinem Kopf ragten zwei antennenförmige Stiele mit knollenartig verdickten Enden. *Eigentlich ein schönes Tier,* sagte sich Stu. *Und groß. Ein Mundvoll.* Er redete sich ein, die Schnecke werde wie Austern schmecken – oder wie Muscheln, wenn er sie hätte kochen können. Aber weil er sie weder kochen noch braten konnte, wollte er lieber bei dem Austernbild bleiben. *Lass sie einfach die Speiseröhre runterrutschen.* Er fragte sich, ob es ihm gelingen würde, sich dazu etwas Cocktailsauce vorzustellen.

Weil ihm keine gute Methode einfiel, die Nacktschnecke zu töten, beschloss er, sie zu essen, wie sie war. *Vielleicht ist es ohnehin besser, darüber nicht zu viel nachzudenken.* Also steckte er sie sich in den Mund. Aber der sich windende Gastropode erzeugte rasch einen Schleim, der ihn Austern ganz *unähnlich* machte. Sein fleischiger Körper rutschte glatt durch die Speiseröhre, aber er hinterließ einen klebrigen Film in seinem Mund. Stu verzog das Gesicht, schürzte angewidert die Lippen – er konnte spüren, wie das Tier sich in seinem Magen wand. Das taten Austern nicht. Er machte zwei Schritte, übergab sich in das bitter schmeckende Gras und würgte die Schnecke und ein paar nur halb zerkaute Grashalme hervor. Das zwölf Zentimeter lange Ding lebte noch, weil sein grausiger Geschmack und seine grässliche Textur alles waren, was es jemals als Verteidigungsmechanismus gegen hungrige Menschen brauchen würde. Es kroch unversehrt durch das mit Galle und Erbrochenem benetzte Gras davon, während Stu Schleim ausspuckend und halblaut fluchend in die Hütte zurückstolperte. Die Erkenntnis, dass er jetzt weniger Nahrung im Magen hatte als vor seinem Versuch, die Schnecke zu essen, war unglaublich entmutigend. Dann hob er eine Hand und kniff sich in die Unterlippe.

»Aw, Seiße«, murmelte er. Seine Lippen waren taub.

Damit gab Stu die Suche nach etwas Essbarem auf. Sobald er glaubte, sein Magen sei dem gewachsen, aß er das letzte Röhrchen Pampe. Wenigstens konnte er sie nicht schmecken, weil seine Zunge ebenfalls gefühllos war.

Den Rest des Vormittags verbrachte er damit, in der Umgebung der Hütte umherzuhumpeln und Zweige fürs Feuer und drei Meter lange Äste als Dachabdeckung zu sammeln. Der Weg zum See hinunter wäre für seinen geschwollenen Knöchel zu weit gewesen – vor allem ohne schützenden Stiefel. Er schnitt seinen linken Tennisschuh mit dem Messer auf und zwängte den dicken Fuß hinein, damit er auf dem unebenen Waldboden gehen konnte, ohne sich an Dornen oder scharfkantigen Steinen zu verletzen.

Weil er wie von *Edwin's* empfohlen regelmäßig trank, war sein Wasservorrat bald aufgebraucht. Allein der Gedanke an einen Ausflug bis zum Wasser hinunter war quälend, aber in der Nähe der Stelle, wo das Karibu umständlich gezeigt hatte, was es von seinen Fähigkeiten als Jäger hielt, hatte er einen kleinen Wasserlauf gesehen. Bis dorthin war es nur halb so weit. Stu nahm die kleine Packtasche mit der Wasserblase mit und humpelte bergab.

Du versagst, dachte er unterwegs. Und wenn du nicht bald den Kopf aus der Schlinge ziehst, wird das hier der größte Misserfolg deines Lebens seit ... *Butz.* Dieser Name setzte sich in seinem Kopf fest. Butz war größer. Starb er hier in der Wildnis, würden nur seine engsten Freunde und Angehörigen davon erfahren – und vielleicht ein paar Leute, die Meldungen aus Fairbanks lasen.

Fremde. Als es um den Fall Butz gegangen war, hatte jedermann davon gewusst. *America's Unsolved* hatte dafür gesorgt, dass die gesamte Nation informiert war. Die Reporterin einer großen Fernsehgesellschaft hatte ihn gefragt, wie es sich anfühle, einen Mörder laufen lassen zu müssen. Sie wirkte selbstgefällig, als sie ihm ihr Mikrofon hinstreckte, konnte nicht älter als zweiundzwanzig sein. In seiner politisch sensiblen Position als Staatsbediensteter durfte er der Jungreporterin im Hosenanzug nicht mal sagen, was für ein unglaubliches Miststück sie war. Auch das Berufungsgericht hatte seinen Teil dazu getan, indem es sein Urteil veröffentlicht hatte, sodass der gesamte Berufsstand informiert war. Der Fall diente Juristen in ganz Amerika als abschreckendes Beispiel. Nicht mal Stus Tod würde diese Art »Berühmtheit« übertreffen können. Vor allem kein stiller Tod in der Wildnis.

Stu konnte die Erinnerungen, die nachträglichen Zweifel, das Bedauern nicht abstellen. In Gedanken hatte er den Fall Butz schon zehntausendmal analysiert – mit immer gleichem Ergebnis. Er hatte verloren. Ein sehr tüchtiger Strafverteidiger hatte es übernommen, für Butz in Berufung zu gehen. Auch darüber hatte Stu viel nachgedacht. Der unbekannte Anwalt, der Peter Tippet hieß, hatte nur eine Postfachadresse in Providence angegeben. Stu hatte vermutet, ihm gehe es um die Publicity – Butz konnte sich bestimmt keinen hochkarätigen Anwalt leisten –, aber Tippet hatte seine Arbeit unauffällig und ohne Kontakt zu den Medien getan. Den einzigen öffentlichen Auftritt hatte er bei der mündlichen Verhandlung vor dem Berufungsgericht gehabt. Er hatte sich knapp und direkt ausgedrückt, war im engen rechtlichen Rahmen der *Corpus-Delicti*-Doktrin geblieben. Kein esoterischer Scheiß über die Verfassung oder Menschenrechte. Kein Aufsehen. Anschließend war er mit gesenktem Kopf hinausmarschiert und wieder im lärmenden Getriebe von Providence untergetaucht. Als das Urteil verkündet wurde, triumphierte er nicht laut. Tatsächlich hatte Stu nie wieder ein Wort von ihm gehört. Möglich war natürlich, dass er Zivilrecht praktizierte und nur manchmal ehrenamtlich einen Kriminalfall übernahm, aber das hielt Stu für unwahrscheinlich. Tippets Schriftsätze und Vorträge basierten strikt auf Tatsachen, was bei diesem Mandanten wichtig war. Alles nach Recht und Gesetz. Kein Wort über die hässlichen Umstände der Tat oder die Forderung nach Fairness für Mörder. Ja, dieser Kerl hatte Erfahrung gehabt.

Stu erreichte den Wasserlauf, der aus einer Lache kam, die durch eine Quelle oder einfach durch Sickerwasser gespeist wurde. In dem weichen Boden waren Tierfährten zu sehen – kleine Pfotenabdrücke, eine dreizehige Vogelspur und Hufspuren. *Mein Karibu.* Er tauchte seine Wasserblase in den nur wenige Zentimeter tiefen Abfluss. Der Wasserspiegel sank merklich, aber während Stu zusah, füllte die kleine Senke sich rasch wieder.

Den restlichen Vormittag verbrachte er damit, mühsam zur Hütte aufzusteigen und sich mit hochgelegtem Fuß auszuruhen. Noch gestern war er draußen im Hemd herumgelaufen. Jetzt hockte er in seinem Daunenanorak von Great Beyond in der Hütte am Feuer und wurde einfach nicht warm, obwohl die Sonne schon vor Stunden aufgegangen war. Sein Vater hätte das als Kälteeinbruch bezeichnet. Aber dies war mehr, das ahnte Stu. Der Winter kam. Der alaskische Winter, für den der Staat berühmt war.

Vier Tage.

KAPITEL 15

Ich hab nur mit knapper Not überlebt, dachte Stu, während er auf das Flugzeug wartete, *zu Hause wie in der Wildnis.* Der Felsblock, auf dem er mit seinem verletzten Bein hockte, ragte in der Nähe der Stelle aus dem Wasser, an der Ivan ihn Anfang dieser Woche abgesetzt hatte. Selbst wenn er ohnmächtig wurde, konnte der Pilot ihn nicht übersehen.

Er verließ die Wildnis als Besiegter. Das ließ sich nicht beschönigen. Er hatte es nicht mit dem Klondike aufgenommen, er hatte niemandem in den Hintern getreten, und obwohl er ein neuer Mann war, war er keiner von der Sorte, die alle erhofft hatten. *Ich bin ein noch größerer Schlappschwanz, als alle immer vermutet haben.* Tatsächlich war er körperlich nur noch die Hülse des Mannes, der hier angekommen war. Nach vier weiteren Tagen, an denen er Gras und zwei am Spieß gebratene Eichhörnchen gegessen hatte, die er mit dem .30-06 in Stücke geschossen hatte, war er zehn bis fünfzehn Pfund leichter. Er hatte sich mehrmals übergeben müssen, und eine Diarrhö entzog seinem Körper seit zwei Tagen immer mehr Wasser. Er humpelte noch immer, wenn er zu gehen versuchte. Und er roch wie altbackene feuchte Maischips von Fritos, weil er sich bei dieser Kälte nicht im

See hatte waschen wollen. Und das Schlimmste war, dass er an Wahnvorstellungen zu leiden begann. Gestern hatte er sich eingebildet, einen Hubschrauber zu hören, war aus der Hütte getaumelt und hatte an einem der nächsten Bäume einen Specht entdeckt. Zweimal. Und an diesem Morgen hatte er Erde in seinen Faltbecher geschaufelt, um Kaffee zu machen, und hatte nur nicht davon getrunken, weil der Plastikbecher geschmolzen war, als er ihn ins Feuer gehalten hatte.

Rucksack und Seesack standen fertig gepackt und verladebereit hinter ihm am Ufer. Er war vernünftig genug gewesen, gleich nach dem Vorfall mit dem Kaffee alles an den See runterzuschleppen, damit er das Flugzeug auf keinen Fall verpassen konnte. Er würde überleben, Gott sei Dank.

Er hatte viel Zeit gehabt, über die Überlebensfrage nachzudenken, während er hungernd und frierend in der winzigen Hütte gelegen hatte, und war überrascht gewesen, wie wenige gute Gründe ihm dafür einfielen, wenn er sie wirklich brauchte. In *Edwin's* stand jedoch, etwas Lebenswertes zu finden, gehöre zu den fünf gemeinsamen Faktoren erfolgreicher Überlebensgeschichten. Stu konnte *Edwin* allmählich nicht mehr leiden und verabscheute den belehrenden Text noch mehr, wenn dieser ihn aufforderte, sich selbst zu motivieren, obwohl er sich wie Hundescheiße fühlte. Aber er versuchte es zumindest.

Die Vorstellung zu überleben, damit er wieder arbeiten und darum kämpfen konnte, die Probleme anderer Leute zu lösen, war einzigartig unattraktiv. Und in den

Ruhestand zu treten, damit er aufhören konnte, am normalen Alltagsleben teilzunehmen, erschien ihm mehr wie ein Anti-Ziel. Und er hatte auch keine Kinder, die ihn brauchten. Eigentlich schade. *Ich werde für Katherine überleben,* beschloss er gegen Mittag am dritten Tag. Sie hatte ihn treu unterstützt, in guten wie in schlechten Zeiten. Sie verdiente es, dass er sich anstrengte – also hatte er's getan. Er hatte angebranntes Eichhörnchen gegessen, verdammt noch mal. *Zu Hause werde ich mich auch mehr reinhängen,* dachte er. Aber in dieser unwirtlichen Umgebung hätte er nicht viel länger überleben können. *Wenn Amerika früher so war, ist es ein Glück, dass das einstige Amerika Vergangenheit ist.* Er war nicht der Typ, der den Wilden Westen besiedelte. Kein Cowboy.

Ich habe die Law School in Oregon überlebt, dachte er, während er den Himmel beobachtete und auf den Rasenmäherklang der Piper Cub wartete. Das schaffte nicht jeder. Immer wieder schieden Kommilitonen aus. In seiner Klasse allein fünf im ersten Jahr. Ein trauriger Junge hatte bald nach Semesterbeginn Selbstmord verübt. Stu versuchte, sich an seine Methode zu erinnern. Tabletten? Ein Strick? Eine Pistole? Er wusste es nicht mehr. Dann dachte er an Sophia Baron. Auch sie hatte das Studium abgebrochen.

Von den Frauen, die Clay an der Law School verbrannt hatte, war Sophia die bemerkenswerteste Erscheinung gewesen: ein glitzernder Brillant inmitten der Fachidioten, die die McKenzie Hall, das quadratische Klinkergebäude aus den siebziger Jahren, bevölkerten. Sie glich mehr einer Airbrush-Schönheit auf dem Prospekt einer

Graduate School als einer richtigen Studentin, die ein Sweatshirt trug und vor Übermüdung glasige Augen hatte. Tatsächlich war sie als Covergirl fotografiert worden. Außerdem war sie Clay ein Semester lang auf zehn Zentimeter hohen High Heels nachgelaufen, die keine andere Studentin wochentags getragen hätte. Aber Clay verwandelte sich zu rasch. Als er erkannte, dass das Eugene der Post-Hippie-Ära eine bodenständige, ländliche Kultur feierte, verwandelte er sich rasch in einen umweltbewussten, lässigen Typ in Batikhemden und ließ sie in ihren lächerlichen Pumps zurück. Er passte sich an. Sie nicht.

Nach ihrer Trennung war sie noch ein paar Tage unterwegs, stöckelte leicht verwirrt über die Flure und versäumte Vorlesungen. Nun war endlich auch ihr Blick glasig, aber das kam nicht vom vielen Lernen. Die Leute begannen über sie zu reden. Im zweiten Semester ihres zweiten Jahres schied sie dann aus, was merkwürdig war, weil die meisten angehenden Juristen, die das schreckliche erste Jahr mit seiner scharfen Auslese überstanden hatten, bereit waren, ihre Karriere über persönliche Beziehungen und auch fast alles andere zu stellen. Tatsächlich ließen die beiden Ehepaare in Stus Klasse sich während des Studiums scheiden und hassten sich danach – aber alle vier waren in Eugene geblieben, um den *Juris Doctor* zu erwerben. Er fragte sich, was aus Sophia geworden sein mochte.

Und dann war er wieder auf dem Felsblock. Seine Gedanken waren abgeschweift, und die Sonne stand jetzt hoch an dem leeren Himmel. *Leer.*

Stus Hintern tat weh. Er musste von dem Felsen klettern, um sich am Ufer die Füße zu vertreten. Klugerweise hatte er den Akku seines Smartphones geschont, indem er es meistens ausgeschaltet gelassen hatte. Er sah auf die Uhr. Fast Mittag. Ivan hatte Verspätung. *Idiot.* Er hatte schon überlegt, ob er Yukon Tours verklagen sollte. Oder Dugan. Oder irgendwen. Er wäre fast gestorben. Er fragte sich, wie viel er für eine Woche Schmerz und Leid würde herausholen können – außer den Arztrechnungen für seinen Knöchel, der bestimmt falsch zusammenwuchs.

Die Tatsache, dass von ihm fast unbemerkt drei bis vier Stunden verstrichen waren, beunruhigte Stu. Er war benommen, dachte nicht logisch. Er kaute etwas Gras. Er würde niemanden verklagen, bevor er nicht wieder ein bis zwei Wochen richtig gegessen hatte. Er versuchte, auf den Beinen zu bleiben, aber das Sitzen war zu angenehm, und wenn er saß, wusste er nicht mehr, wie schnell oder langsam die Zeit verstrich.

Ein Uhr kam und ging. Dann war es drei. Stu fragte sich, ob es für den Fall, dass Iwan ihn in dem dichteren Wald am Südufer suchte, nicht besser sei, um den See herumzugehen. Er war eine halbe Meile weit gehumpelt, als ihm klar wurde, dass das verrückt war. Das Flugzeug musste *auf* dem See wassern. Er konnte es unmöglich übersehen haben. Außerdem hatte er seine ganze Ausrüstung bei dem Felsen vergessen.

»Scheiße!« Diesen Fluch rief Stu dem Gott zu, dessen Existenz er mit zwanzig vorläufig anzuzweifeln begonnen hatte. »Scheiße, Scheiße, Scheiße!« Nichts hatte sich verändert. Sein Fuß tat nach wie vor weh. Sein leerer Magen rumorte weiter wie ein auslaufender Küchenmixer. Das Flugzeug war noch immer nicht da.

Das laute Schreien verbrauchte seine restliche Energie. Seine Stimme sank zu einem Murmeln herab. »Katherine, ich habe dich im Stich gelassen.«

Er hatte die Tage nicht falsch berechnet. Auch als er nicht ganz klar im Kopf gewesen war, hatte er gewusst, dass er heute abgeholt werden würde. Diesen Termin hatte er ein dutzendmal überprüft; er hatte sogar sein Handy eingeschaltet, um auf den Kalender zu sehen. *Ivan muss sich geirrt haben*, dachte er. *Bestimmt kommt er morgen.* Aber die Vorstellung, einen weiteren Tag durchhalten zu müssen, war fast unerträglich.

Was ist, wenn Ivan abgestürzt ist? Schließlich gab es in Alaska zwanzigmal mehr Flugunfälle als in jedem anderen US-Bundesstaat. In *Edwin's* stand, er würde an Dehydrierung sterben. Ohne Essen konnte er noch ein, zwei Wochen durchhalten, aber dazu musste er Wasser trinken und auch im Magen behalten. Durch Erbrechen und Diarrhö schied er Flüssigkeiten schneller aus, als er sie ersetzen konnte. Stu sank ächzend auf das feuchte, weiche Seeufer und wäre dort gestorben, wenn die Vorstellung, von einem Bären gefressen zu werden, nicht so erschreckend gewesen wäre.

Es wurde schon dunkel, als Stu endlich wieder die Hütte erreichte. Das Feuer war ausgegangen. Er hatte seinen Rucksack und das Gewehr mitgenommen. Der Seesack lag neben dem Felsen am Ufer, damit er ihn nicht morgen erneut hinunterschleppen musste. Weil es ihm nicht gelang, mit Feuerstein und Stahl Funken zu schlagen und Feuer zu machen, lag er zusammengerollt in seinem Schlafsack und wälzte sich nur manchmal zur Seite, um sich zu erbrechen – er hatte es aufgegeben, dazu ins Freie zu gehen. Er konnte den Gestank der Hütte nicht länger von dem seines abbauenden Körpers oder dem Geschmack von Erbrochenem in Mund und Rachen unterscheiden. Aber er besaß noch so viel Würde, dass er ins Freie kroch, um seine wässrige Notdurft zu verrichten. Zwischendurch schlief er immer wieder. In halbwachem Dämmerzustand glaubte er manchmal, einen alaskischen Albtraum zu haben, aus dem er im eigenen Bett aufwachen würde. Dann döste er wieder und träumte von Katherine – und seltsamerweise von Audry. Die beiden hatten Cheerleader-Kostüme an, die aber nicht sexy waren. Er selbst trug einen Anzug und hielt das Browning .30-06 in der Hand. Auch Raymond Butz war da, saß im Zeugenstand. Als Stu mit dem Gewehr auf ihn zielte und abdrückte, sprang ein Korken heraus. Und die Geschworenen lachten.

Stu wachte auf, weil etwas ihn im Gesicht kitzelte. Nass und kalt. Er fuhr zusammen und fragte sich, ob er noch am Ufer liegend von einem Wolf beschnüffelt wurde, der feststellen wollte, ob er tot und verwest oder lebend und köstlich war. Aber die Berührung war leichter. Keine Tierschnauze. Schnee. Große Flocken fielen lautlos auf ihn herab. Schlafsack und Fußboden waren bereits mit einer dünnen Schneeschicht bedeckt. Wenn so viel durch das Loch im Dach hereinkam, musste der Schnee draußen schon viel höher sein.

Nein, nein, nein!

Er fror nicht. Der Schlafsack von Great Beyond bewährte sich gut. Aber er konnte nicht in dem Sack leben. Jede Bewegung schmerzte, als er sich herausschälte. Sobald er sich aufsetzte, musste er würgen, aber er hatte nichts mehr im Magen, was er hätte erbrechen können. Seine Haut war trocken. Er hatte kein Fieber. Aber er musste über den Hüttenboden ins Freie kriechen und seine Hose herunterziehen. Ebenfalls ohne großen Erfolg.

Der See. Ich muss runter zum See.

Das Gewehr nahm er mit. Ivan wäre traurig gewesen, wenn er es zurückgelassen hätte. Sein Rucksack blieb auf dem Bett liegen. Er war schwer und enthielt nichts, was man nicht mit Geld wiederbeschaffen konnte. Das Smartphone kam mit. Aus reiner Gewohnheit, vermutete er. Es konnte ihm nicht helfen, Verbindung mit dem Piloten aufzunehmen. Er zog einen Stiefel und einen aufgeschnittenen Tennisschuh an und humpelte ins Freie hinaus. Auf der Lichtung war es still. Er verabschiedete sich mit boshaften Flüchen von der windschiefen Hütte, der er den sofortigen Zusammenbruch wünschte, dann machte er sich zum letzten Mal auf den Weg zum See hinunter.

Dieser Idiot Ivan. Sieben Tage, sechs Nächte. Reisebüros rechneten nach Übernachtungen, in diesem Fall sechs, nicht nach sieben Kalendertagen. Ivan hatte da etwas durcheinandergebracht. Das war die einzig logische Erklärung. *Außer er ist abgestürzt.* Nein, ein Absturz war nicht logisch. Selbst bei zwanzigfach höherem Unfallrisiko sprach die Wahrscheinlichkeit dagegen. Außerdem wussten Clay und Dugan, wo er war. Kam er nicht wie vereinbart zurück – und das tat er nicht –, würden sie sich auf die Suche nach ihm machen. Allerdings könnte es ein paar Tage dauern, bis ihre Hilfsaktion anlief.

Stu ächzte bei dem Gedanken an zwei weitere Tage, während er in knöcheltiefem Schnee zum See hinunterstapfte. Zu seiner Überraschung wartete das Karibu auf halber Strecke auf ihn: Es stand zufrieden kackend an seinem gewohnten Platz in der Nähe der Quelle. Er blieb stehen und setzte sich hin. Dies war sowieso ein guter Platz für eine Rast.

»Du hast Glück, dass heute mein letzter Tag ist«, sagte Stu. Er wusste allerdings ziemlich sicher, dass er nicht die Kraft hätte, das große Tier auszuweiden, selbst wenn er es erlegt hätte. Es war schwierig genug gewesen, ein Eichhörnchen, das nicht viel Fleisch hatte, richtig zu tranchieren. Das Geweih des Karibus ragte wie eine steinzeitliche Radarantenne über seinem Kopf auf – weit eindrucksvoller als die pelzigen Schaufeln, die Stu von Bildern von Santa Claus' Rentieren kannte. »Übrigens, klasse Gehörn, Dasher.« Das Karibu beendete sein Geschäft und zog von dannen. Kein Kontakt zwischen Mensch und Tier. Keine Bindung. »Yeah, renn lieber weg. Oder geh weg. Oder flitz weg. Oder was zum Teufel du sonst tust.«

Diese einseitige Neckerei war seltsam entspannend, aber *Edwin's* warnte davor, sich zu behaglich zu fühlen, wenn man in der Wildnis krank oder kurz vor dem Verhungern war. Jeder Ort, an dem er haltmachte, könnte sein letzter Ruheplatz sein. Stu versuchte an Katherine zu denken, die besorgt am Flughafen warten würde. Dann rappelte er sich auf und torkelte weiter.

KAPITEL 16

Das Flugzeug kam nicht. Stu lag wieder auf dem Felsen und bemühte sich, wach zu bleiben. Er kniff sich in den Arm, führte Selbstgespräche und sah alle paar Minuten auf die Uhr seines Smartphones. *Scheiß auf den Akku.* Und trotzdem kam nichts über den Hügelrücken außer einem einzelnen Habicht, den er nicht mal für eine Piper Cub halten konnte, wenn er die Augen zusammenkniff. Er brauchte den ganzen Abend, um sich wieder zur Hütte hinaufzuschleppen. Unterwegs musste er alle hundert Meter rasten und seine Notdurft verrichten, weil er zu stolz war, um sich in die Hose zu machen, und als er das harte hölzerne Bettgestell erreichte, brach er darauf zusammen wie ein übertrainierter Marathonläufer. In dieser Nacht fühlte er sich extrem elend oder war bewusstlos.

Am nächsten Morgen versuchte er gar nicht erst, wieder zum See hinunterzukommen. Dafür war sein gequälter Körper zu schwach, also kroch er nur ins Freie und lehnte sich sitzend an die Hütte, die an einer Kiefer lehnte. Er stellte sich vor, dass er wie ein kleiner Dominostein aussah, der an einem größeren lehnte. Und er horchte auf Flugzeuggeräusche. Sobald er einen Motor hörte, wollte er einen Gewehrschuss abgeben und die Leuchtrakete aus dem Notfall-Kit von Great Beyond abschießen. Aber der Himmel blieb still. Der Tag war bewölkt und kalt, und Stus Hände waren vor Kälte taub, aber weil er nicht die Energie besaß, wieder in die Hütte zu kriechen, um sich Handschuhe zu holen, ließ er sie meistens in den Taschen. Diesmal wurde der Tag nicht warm. So dauerte es nicht lange, bis auch seine Zehen in dem Tennisschuh gefühllos waren. Und alles andere, was er fühlen *konnte*, tat weh. Er musste sich nicht mehr so oft übergeben, aber dafür plagten ihn häufige Magenkrämpfe, bei denen er sich zusammenkrümmte. Obwohl er nicht durstig war, wusste er, dass er trinken musste, und zwang sich dazu, alle paar Minuten einen kleinen Schluck zu nehmen. Gegen zehn Uhr morgens war sein Wasservorrat erschöpft. Mittags gab der Akku seines Smartphones den Geist auf. Was er noch reichlich hatte, wie ihm auffiel, war Munition.

Und dann begann es wieder zu schneien, große, nasse Flocken. Stu fragte sich, ob die Einheimischen einen Namen für solchen Nassschnee hatten. Sie hatten bestimmt einen, der nicht nett klang. Es schneite etwa eine Stunde lang – er konnte die Zeit nur noch schätzen –, bevor er wieder in die Hütte kroch. Auch vom Bett aus konnte er ein Flugzeug hören, sagte er sich. Doch das war Augenwischerei. Er rechnete nicht mehr damit, irgendetwas zu hören. Er wollte es nur bequem haben – oder wenigstens so bequem wie möglich.

Aber auf dem Bett, das Stus letzte Ruhestätte werden könnte, fand er keine bequeme Stellung. Das war eine schlimme Erkenntnis: Er würde langsam und unter Schmerzen sterben, während er beobachtete, wie weiße Schneeflocken durch das aufgerissene Hüttendach mit dem roten Fleck von der erlegten Ratte herabschwebten.

Wie bin ich hierhergeraten? Eine einfache Frage, die sich leicht beantworten ließ. Alles hatte mit Butz angefangen. Beim ersten Blick auf das Urteil des Berufungsgerichts, das seinem Mörder die Freiheit brachte, hatte Stu weiche Knie bekommen, und sein Leben hatte seither der zweiten Hälfte eines Parabelbogens geglichen. Dies war nur das unvermeidbare Ende, für das er sich vor sieben Jahren freiwillig gemeldet hatte. »Keine Leiche, kein Fall«, hatten seine Kollegen ihn bei der Staatsanwaltschaft im Bristol County gewarnt. Er hatte nicht auf sie gehört. Aber als er nun in einer baufälligen Hütte mitten in der alaskischen Wildnis im Sterben lag, wünschte er sich, er hätte es getan.

KAPITEL 17

(EINE WOCHE FRÜHER)

Katherine hatte noch nie viel Zeit in der Kanzlei verbracht, aber Clay hatte in einer E-Mail auf ihrem Kommen bestanden. Als sie dort eintraf, summte das ehemals halbleere Bluestone Building von Aktivitäten. Der Hintereingang war abgeschlossen, aber dafür war zur Abwechslung der Haupteingang geöffnet, durch den mehrere Männer in Anzügen und Frauen in Kostümen das Gebäude betraten. Katherine folgte ihnen und sah, dass die bisher ungenutzte staubige Eingangshalle frisch geputzt und mit einer einen Meter hohen Vase mit Schnittblumen geschmückt war. Eine neue Wandplakette verkündete stolz, Buchanan, Stark & Associates residierten jetzt im dritten *und* vierten Stock, nicht mehr nur im ersten. Eine bildhübsche Empfangsdame, die an einem antiken Schreibtisch saß, sprach Katherine an, als sie sich verwundert umsah. Die junge Frau trug einen eleganten schwarzen Bleistiftrock und eine konservative weiße Rüschenbluse – die Uniform echter Anwaltsfirmen. Kein Fuchsienrot in Sicht.

»Kann ich Ihnen helfen?«

Katherine war leicht verwirrt. »Ja, ich möchte zu Mr

Buchanan. Bisher musste man den Hintereingang benutzen, aber der ist anscheinend abgesperrt.«

»Ich melde Sie gleich an. Name?«

»Katherine Stark. Er erwartet mich. Was hat dies alles zu bedeuten?«

»Bitte entschuldigen Sie das Chaos. Wir haben gerade einen großen Fall abgeschlossen und renovieren jetzt unser hiesiges Büro.«

Katherine zog eine Augenbraue hoch. »Einen großen Fall? Tatsächlich? Klingt aufregend. Danach muss ich Ihren Boss fragen.«

Bleistiftrock telefonierte kurz. »Er kommt gleich runter, Katherine. Darf ich Ihnen inzwischen einen Tee oder Mineralwasser anbieten?«

»Nein, vielen Dank. Ich warte einfach, bis er beschließt, mich einzulassen.« Sie lächelte höflich, dann wandte sie sich ab, machte einen langsamen Rundgang durchs Foyer und bewunderte das Blumenarrangement. Hier roch es nach Natron und Duftsträußchen.

Katherine war überrascht, als der Aufzug klingelte, weil er unten ankam. Das klapprige alte Ding hatte schon nicht mehr funktioniert, als Clay und Stu die Kanzlei gegründet hatten. Die Tür ging scheppernd auf, und Clay trat in einem perfekt sitzenden neuen Maßanzug aus der Kabine.

»Kate! Danke, dass du gekommen bist.«

»Ihr renoviert die alte Bude?«

»Wir haben heute eine wichtige Besprechung.«

»Wie ich von der Empfangsdame höre, habt ihr auch einen großen Fall abgeschlossen. Welchen denn?«

»Das hat Stuart dir nicht erzählt?«

Katherine wirkte verständnislos.

»Molson«, sagte Clay. »Wir haben an seinem Geburtstag einen Vergleich geschlossen.«

»Nein, davon hat er nichts erzählt.«

»Hmmm.« Clay neigte nachdenklich den Kopf zur Seite, dann führte er Katherine zum Aufzug. Er ließ ihr den Vortritt, stieg dann ebenfalls ein und schloss die Tür. Die Kabine war so klein, dass sie sich dicht gegenüberstanden. Sein vertrauter Lavendelduft stieg ihr in die Nase. Aus der Nähe fiel ihr auf, dass er mindestens eine Handbreit größer war als Stu. Clay sah sie nicht an, sondern konzentrierte sich höflich auf die Geschossziffern. Als er die 4 drückte, leuchtete der Knopf auf.

»Nicht mehr im ersten Stock?«

»Heute sind wir im vierten. Ich hätte gedacht, dass einer guten Beobachterin wie dir die neue Tafel im Foyer auffallen würde.« Er grinste selbstzufrieden.

»*Touché*. Also, erzähl mir von Molson.«

»Wäre das nicht Aufgabe deines Mannes gewesen? Er muss einen Grund gehabt haben, dir das zu verschweigen.«

»Vermutlich wollte er mir erst davon erzählen, wenn alles unter Dach und Fach ist. Er hat es gern, wenn alle Zweifel ausgeräumt sind. Das ist eben seine Art. Aber ich bin anders. Ich bin der neugierige Typ.«

»Ja, ich verstehe. Er will dich nur beschützen. Will nicht, dass du dich wegen etwas aufregst, das dann vielleicht doch nicht klappt.« Clays Blick streifte sie kurz, dann beobachtete er wieder die Geschossziffern.

»Aber irgendwas *hat* doch geklappt, oder?«

»Ja.«

»Dann spann mich nicht auf die Folter.«

»Also gut.« Clay fasste die Umstände des Falls und des vorgeschlagenen Vergleichs kurz zusammen. Katherine kannte sie bereits; Stu hatte unter der Dusche mit sich selbst debattiert, sodass sie alle Argumente schon x-mal gehört hatte. Nachdem der Fall nun abgeschlossen war, kannte sie nur *die Summe* noch nicht. Stu hatte gesagt, sie könne hoch sein, wenn sie vor Gericht siegten. Aber sie hatten nicht geklagt, sondern einen Vergleich geschlossen. Vergleiche konnten »Schweigegeld« bringen oder Träume in Erfüllung gehen lassen. Und wenn man bedachte, wie hier renoviert wurde …

Katherines Puls beschleunigte sich.

»Drei Millionen«, sagte Clay.

Sie hatte plötzlich einen Kloß im Hals. Sobald sie wusste, dass sie richtig gehört hatte, begann sie zu rechnen. »Das heißt, dass unser Drittel eine Million Dollar ist?«

»Nein«, sagte Clay.

»Nein?«

»Drei Millionen *sind* unser Drittel. Für jeden eineinhalb.«

»O Gott! Es waren neun Millionen?«

»Genau. Ich habe heute mit Sylvia telefoniert. Sie ist begeistert über ihre sechs.«

Der alte Aufzug hielt knarzend im vierten Stock, und die beiden stiegen aus. Katherine hatte das Gefühl, förmlich zu schweben.

Die neuen Büros waren spärlich, aber elegant eingerichtet –in einem minimalistischen Stil mit Flachbildschirmen statt Aktenbergen auf den Schreibtischen. Vier Anzugträger, die Katherine nicht kannte, arbeiteten in Büros, deren Glastüren geschlossen waren.

»Wer sind all diese Leute?«

»Die bisher mythischen Partner von Buchanan, Stark & Associates.«

»Du hast weitere Anwälte eingestellt?«

»Vorübergehend. Bloß für heute. Und nicht unbedingt Anwälte, aber sie sehen wie welche aus, nicht wahr? Und nun ein Blick in unseren neuen Konferenzraum, Ms Stark.«

Sie trat ein. Clay folgte ihr dichtauf. Ein riesiger ovaler Konferenztisch mit zwölf hochlehnigen Stühlen dominierte den Raum. Bisher hatten Besprechungen in einem ehemaligen Pausenraum mit einem Waschbecken in einer Ecke stattgefunden, der fünf Leuten unbehaglich Platz geboten hatte. Clay setzte sich ans obere Ende des Tisches; Katherine, die einen Stuhl zwischen ihnen freiließ, nahm rechts von ihm Platz. Wegen der freudigen Nachricht spürte sie den verrückten Drang, aufzuspringen und seinen schlanken, nach Lavendel duftenden Körper zu umarmen. Aber sie dachte, es sei besser, etwas Abstand zu wahren.

»Du siehst aus, als hättest du Fragen«, sagte er, und Katherine merkte, dass sie dasaß und ihn anstarrte, ohne etwas zu sagen.

»Hier geht so vieles vor, dass ich gar nicht weiß, wo ich anfangen soll.«

»Genauso geht's mir auch«, behauptete Clay lächelnd. »Alles ein bisschen überwältigend, aber letztlich der sicherste Weg zum Erfolg ...«

»Von alledem hat Stu mir kein Wort erzählt.«

»Er hat sich gegen alles gesträubt. Er ist kein Freund von Veränderungen, weißt du.«

Katherine kicherte. »Da hast du recht.«

»Dann erkennst du das Geniale an meinem Plan – und warum ich ihn nach Alaska geschickt habe. Er braucht diesen Trip wirklich. Und es ist besser, wenn hier alles umgebaut ist, bevor er zurückkommt. Außerdem ist vieles davon nur Show. Wir haben heute eine wichtige Besprechung.«

»Dugan?«

»Genau. Und wir müssen ihn beeindrucken. Männer wie er halten größer für besser. Er wird eine Show sehen wollen.«

»Wenn du diesen dicken Fisch gleich nach dem Erfolg im Fall Molson an Land ziehst ...« Katherine brachte den Satz nicht zu Ende. Ihr war leicht schwindlig, als hätte sie zu viele Gläser *Perfekt gealtert* getrunken.

»Das gehört alles zu meinem Plan. Erfolg zeugt Erfolg. Stell dir vor, du hättest einhalb Millionen Dollar, von denen du jedoch deine Rechnungen bezahlen musst. Nett. Behaglich. Aber du bist nicht reich. Und nun stell dir vor, du hättest einhalb Millionen, aber deine Rechnungen würden von anderer Seite bezahlt – zum Beispiel monatliche Zahlungen von Dugans Firmen. Dann sind deine einhalb Millionen Taschengeld. Kapiert?«

Das kapierte Katherine allerdings. Dies war Stus erste Million. Und mit vierzig war's noch nicht zu spät. Wäre er hier gewesen, hätte sie ihn mitten im Büro abgeküsst. Nur war er nicht hier. Aber sein gut aussehender Partner war ein sehr interessanter Stellvertreter, fand sie. Sie ließ ihrer Fantasie freien Lauf, während Clay lächelnd in seinem Maßanzug dasaß und sie den Augenblick genießen ließ.

»Ich kann's noch immer nicht glauben«, sagte sie zuletzt. »Drei Millionen? Stu hat gesagt, dass etwas kommen würde, aber ich habe nicht geahnt, dass es so schnell gehen würde.« Tatsächlich hatte Stu sie gewarnt, dass der Fall Molson jahrelange Arbeit ohne Erfolgsgarantie erfordern würde. Es sah Stu wieder ähnlich, das Potenzial einer Sache herunterzuspielen, dachte sie. Außerdem arbeitete er gern und hatte das perverse Bedürfnis, jeden Cent, den er ausgab, selbst zu verdienen; das hatte er von seinen Eltern, die zur Zeit der Weltwirtschaftskrise Farmerkinder gewesen waren. Er konnte nicht gut mit Geld umgehen, das nicht nach Schweiß stank. Für sie war es jedoch eine Erleichterung, nach all diesen schwierigen Jahren lachen zu können, und sie tat es erstmals seit endlos langer Zeit wieder frei heraus.

»Ich nehme alles zurück, Clay, was ich Böses über dich gesagt habe!«

Clay betrachtete sie nachdenklich. Er beugte sich zu ihr hinüber, schob den Stuhl zwischen ihnen weg. Sie atmete erschrocken tief ein, als er eine Hand auf ihr Knie legte, aber sie protestierte nicht. Er sprach leise, doch in dem stillen Raum war jedes Wort deutlich zu verstehen.

Sein Tonfall hätte spielerisch oder drohend sein können, das war schwer zu unterscheiden.

»Wirklich? Hast du schlecht über mich geredet, Kate?«

Sie musste blinzeln und wich seinem Blick aus. »Nur dass du solch ein Cowboy bist.«

»Das bin ich. Aber viele Leute halten Cowboys für Helden.« Er lehnte sich zurück. »Und wir wollen doch deinen Mann nicht vergessen. Er hat sich als ausgezeichneter Handlanger bewährt.«

Stu als Handlanger war eine amüsante Idee. Katherine stellte sich Clay vor, wie er mit einem Stetson auf dem Kopf hoch aufgerichtet im Sattel saß und den großen Banditen Dugan mit gefesselten Händen an einem Strick hinter sich herzog, während Stu wie irgendein pingeliger Banker mit einem Bowler auf dem Kopf neben ihm herging. Stu war nicht dynamisch, das stimmte, aber er machte die ganze Arbeit. Und auch wenn Clays Bemerkung komisch war, klang sie trotzdem leicht herabsetzend.

»Er ist das Gehirn dieser Firma«, fügte Clay rasch hinzu, um die Beleidigung gleich wieder vergessen zu machen.

»Dir macht es also nichts aus, wenn euer Gehirn während der großen Besprechung in Alaska ist?«

»Dafür brauche ich kein Gehirn. Ich brauche nur dich.«

»Wie das?«

»Du vertrittst einen abwesenden Partner.«

»Ich kann Stu nicht ersetzen.«

»Das musst du auch nicht. Du sollst unseren möglichen Mandanten nur empfangen und begrüßen. Ich nenne ihn Mr Dugan, aber du nennst ihn Reggie. Er wird Kaffee wollen, schwarz. Du bringst ihm einen.«

Sie überlegte, ob sie widersprechen sollte – sie war keine Serviererin –, aber dann erinnerte sie sich an Clays Hand in ihrem Haar. Auf der Party hätte ihr eigener Stolz fast verhindert, dass sie Dugan zu dieser Besprechung gelockt hatte. Wie Stu hatte sie gezögert, war vorsichtig gewesen. Aber Clay war das nicht. Er war kühn. Er hatte sie gepackt und auf ein anderes Gleis gesetzt, auf das Gleis zum Erfolg. *Und er hat recht behalten.*

Clay beobachtete sie. »Ich verstehe dein Zögern«, sagte er. »Aber Reggie ist altmodisch, und man muss die Leute dort abholen, wo sie stehen. Unser Ziel ist nicht, unsere Mandanten zu verändern, sondern sie zu verstehen, damit wir sie dazu bringen können, uns zu mögen. Hier arbeitest du. Feministin kannst du in deiner Freizeit sein.«

Katherine war verblüfft. Clay schien ihre Gedanken lesen zu können, aber er gestattete ihr nicht, sich zurückzuhalten. Jetzt fragte sie sich, ob sie sich jahrelang zurückgehalten hatte. Sie hatte hart daran gearbeitet, sich das Image einer progressiven, unabhängigen Frau zu geben, und Stu hatte ihren eindimensionalen Ansatz blindlings unterstützt. Aber nun ermutigte Clay sie plötzlich, andere Aspekte ihrer Weiblichkeit zu nutzen – nicht als Konzession, sondern aus kühler Berechnung. Clay verstand es, sich anzupassen. Konnte sie das auch? Sie hatte nie daran gedacht, dass sie für Stu eine moderne Frau sein, aber für einen anderen Mann ein Retro-Gesicht aufsetzen könnte, um so mit beiden zu spielen.

»Okay«, stimmte sie zu. »Heute bediene ich. Wo ist Pauline? Sie kann mir die Kaffeemaschine erklären.«

Clay schüttelte den Kopf.

»Du hast sie nicht etwa ...«

»Auch Pauline passt sich Veränderungen schlecht an.« Seine Hand lag weiter auf ihrem Knie. Dieser feste Griff sollte sie anscheinend beruhigen. »Wir leben in einer neuen Zeit, Kate.«

Seine Hand blieb dort, bis Katherine wegsah. Erst dann ließ er sie sinken.

»Was ist mit diesem ›hiesigen Büro‹?«, fragte Katherine, um das Thema zu wechseln.

»Wir haben gerade heute eine Filiale in Providence eröffnet.«

»In Providence? Soll das ein Witz sein?«

»So großartig ist das nicht. Die Filiale besteht aus einer Anzeige im dortigen Telefonbuch. Wer dort anruft, wird mit unserem hiesigen Empfang verbunden. Sollten wir einen Mandanten aufgabeln, mieten wir für die erste Besprechung für ein paar Stunden ein Büro in Providence. Danach erzählen wir ihm, dass er so wichtig ist, dass wir ihn von der hiesigen Zentrale aus betreuen wollen.«

»Wer soll all die neue Arbeit erledigen?« *Dafür hat er Stu,* dachte sie.

Auch darauf wusste Clay eine Antwort. »Je mehr Arbeit wir haben, desto mehr lassen wir von ›Partnern‹ erledigen. Wir berechnen für sie zweihundert Dollar in der Stunde, zahlen ihnen aber nur hundert. So werden sie eine weitere Einnahmequelle. Es gibt massenhaft junge Anwälte, die Arbeit suchen. Auch Audra, diese hochnäsige Zicke, würde liebend gern mehr arbeiten.«

Katherine musste kichern. »Sie *ist* eine hochnäsige Zicke. Ich glaube, dass sie auf meiner Spitzendecke, einem Geburtstagsgeschenk von Stu, Rotwein verschüttet hat.«

»Nun, jetzt kann sie dir helfen, eine neue zu kaufen.«

»Ich habe gemerkt, dass Stu die Schuld für sie auf sich genommen hat, weißt du.«

Clay senkte vertraulich die Stimme. »Glaubst du, dass er sie fickt?«

Katherine lachte laut. Die Vorstellung, Stu in seinen weißen Boxershorts könnte ohne ihr Wissen eine Affäre haben, war so komisch und absurd wie ein seriös gekleideter Anwalt, der in einem Konferenzraum das Wort *ficken* benutzte. Sie schüttelte den Kopf. »Ich *bitte* dich! Unser Stu?«

Clay stimmte in ihr Lachen ein. »Männer kurz vor der Midlife-Crisis sind unberechenbar. Bekommt er zu Hause genug, Kate?«

Ihr Gespräch war entschieden anzüglich geworden, aber Katherine hatte Spaß daran und wollte eben mit einem Scherz antworten – ihm versichern, sie sei mehr Frau, als Stu bewältigen könne –, als Clay ihr warnend einen Finger auf die Lippen legte.

Im nächsten Augenblick betrat Audry Goodwin den Konferenzraum. Die zukünftige Anwältin trug einen dunkelblauen Hosenanzug. Elegant, aber eindeutig von der Stange gekauft – und bestimmt Größe achtunddreißig, schätzte Katherine. *Vielleicht sogar vierzig.*

»Dugan ist hier«, sagte Audry. »Sollen irgendwelche ›Partner‹ an der Besprechung teilnehmen?«

»Nein, Audra«, sagte Clay. »Es genügt, wenn du dabei bist. Aber benimm dich, okay?«

»Ja, Sir.«

»Und könntest du mir eine Tasse Tee bringen?«

»Klar. Möchtest du ihn mit Milch, Zucker oder einem Klacks Verpiss-dich?« Sie wartete seine Antwort nicht ab. »Schön, dann hole ich unseren potenziellen Mandanten.«

Clay blinzelte Katherine zu, als Audry hinausging, und sagte mit lautlosen Lippenbewegungen: *hochnäsig.*

Katherine musste ein Kichern unterdrücken. Gleich würde Dugan kommen.

KAPITEL 18

Audry geleitete Reginald Dugan in den Konferenzraum. Mit seinen eins fünfundneunzig überragte er die zierliche Mitarbeiterin von Buchanan, Stark & Associates weit, schien die Tür ganz auszufüllen.

Er nickte Katherine zu, der dabei auffiel, dass seine Brust breiter als ihre Schultern war. »Mrs Stark, freut mich, sie wiederzusehen.«

Sie erwiderte sein Nicken. »Mr Dugan.«

»Gibt's hier Kaffee?«

»Absolut. Soll ich Ihnen einen holen?«

»Absolut«, wiederholte er lächelnd.

Als Katherine mit der dampfenden Tasse zurückkam, saßen Clay und Dugan zusammen und besprachen Geschäftliches, während Audry mitschrieb.

Dugan sah auf. »Danke, Darlin'. Hören Sie, darf ich Ihnen ein paar Fragen stellen, bevor ich gehe?«

Sie sah zu Clay hinüber. Er nickte zustimmend.

»Klar«, sagte sie.

»Ich bin ein geradliniger Mensch«, begann Dugan. »Und ich überlege, ob ich die Firma Ihres Mannes engagieren soll. Clay hier drängt mich dazu, und Audra kommt blitzgescheit rüber. Aber ich möchte ein paar Fragen aus erster Hand beantwortet haben.« Er veränderte seine Sitzposition, sprach sie direkt an. »Warum sollte ein Mann wie ich von seiner großen, überteuerten Kanzlei zu einer kleinen Anwaltsfirma wie dieser wechseln?«

Katherine atmete tief durch. *Dein Auftritt!*

»Zum Ersten, weil wir nicht überteuert sind«, sagte sie. »Und wir sind erfolgreich. Sehen Sie sich um. Wir wachsen, unsere neue Filiale in Providence geht diese Woche in Betrieb.«

»Providence, was?«

»Ja. Und Sie wissen vielleicht nicht, dass Stu seinen Abschluss im obersten Zehntel seines Jahrgangs gemacht hat – genau wie die Anwälte großer Kanzleien. Er arbeitet unermüdlich. Und weil wir keine Kinder haben, ist dieser Job sein Baby.«

Danach folgte kurzes Schweigen, aber Dugan schien noch nicht überzeugt zu sein. Als er wieder sprach, war sein Tonfall ernster. »Entschuldigen Sie, dass ich das erwähne, aber der Bezirksstaatsanwalt hat Stu vor ein paar Jahren gefeuert. Sollte mir das Sorgen machen?«

Der große Mann war nicht zartfühlend, und er dachte nicht daran, sich zurückzuhalten. »Stuart war ein aufgehender Stern«, sagte Katherine. »Er war offensichtlich der Mann, der Malloy im Amt nachfolgen würde.«

Dugan nickte. »Und Spitzenleute mögen es nicht, herausgefordert zu werden.«

»Natürlich nicht.«

»Und was ist mit Clay hier? Wie ist er?«

Katherine überlegte kurz. Die Situation wirkte zu förmlich, zu akademisch, als zitiere sie aus den Lebensläufen der Beteiligten. Der Bauunternehmer mit den schmutzigen Fingernägeln fühlte sich anscheinend nicht wohl. Er fühlte sich hier so unwohl wie in der großen Kanzlei, von der sie ihn weglocken wollten.

»Clay müssen Sie selbst einschätzen«, sagte sie. »Ihn kenne ich nicht, wie ich meinen Mann kenne. Er könnte ein richtiger Scheißkerl sein.«

Dugan lachte schallend. »Sie nehmen kein Blatt vor den Mund, was? Mann, das gefällt mir! Mir reicht's, wenn er *mein* richtiger Scheißkerl ist. Genau dafür bezahle ich meine Anwälte.«

Katherine lächelte ihn erleichtert an. Das war riskant gewesen, aber sie verstand sich darauf, Leuten ihre Befangenheit zu nehmen. Statt durch Professionalität geblendet zu werden, musste Dugan sich wie unter Freunden fühlen. Mit Lebensläufen konnte Buchanan, Stark & Associates ohnehin nicht gegen die großen Anwaltsfirmen punkten.

»War das alles, was Sie wissen wollten?«, fragte sie.

»Ja«, sagte er. »Danke, Babe. Sie haben mir sehr geholfen.«

»Ihre Zufriedenheit ist mir wichtig.«

Clay nickte ihr unauffällig zu. Katherine verließ den Raum, um sie allein weiterreden zu lassen. Sie war in Hochstimmung. Sie hatte es geschafft, dass Dugan sich wohlfühlte. Und dass ein Mann sie »Babe« genannt hatte, lag über ein Jahrzehnt zurück.

Wenige Minuten später war die Besprechung zu Ende, und Dugan verließ den Raum, um auf die Toilette zu gehen. Clay schickte Audry in eines der neuen Büros zurück.

Katherine steckte den Kopf zur Tür hinein. »Wie war ich, Boss?«, fragte sie zufrieden lächelnd.

Clay sah auf. »Ich könnte beschwören, dass ich dich angewiesen habe, ihn Reggie zu nennen«, antwortete er, ohne zu lächeln.

Katherine fuhr leicht zusammen. »Er hat mich Mrs Stark genannt. Ich bin darauf eingegangen. Das ist mir richtig vorgekommen.«

Clay musterte sie ausdruckslos, und ihr Herz verkrampfte sich. Sie hatte es vermasselt. Das wusste sie. Das wusste er. Und er wusste, dass sie's wusste.

»Das war nur eine Kleinigkeit«, beteuerte sie. »Und er hat gelacht, als ich dich einen Scheißkerl genannt habe.«

»Ja, *darüber* müssen wir später auch noch reden. Hör zu, ich weiß, dass du's gewohnt bist, dein Leben zu improvisieren, aber ich habe eine bestimmte Strategie, die ganz gut funktioniert, deshalb solltest du dich vielleicht an sie halten. Gibt's dagegen Einwände?«

Katherine hatte ihren Spaß gehabt, aber hier ging es nicht um Spaß, das war klar, und Clay wirkte sehr ernst. Außerdem *funktionierte* seine Strategie, was noch wichtiger war. Er hatte ihr sehr präzise Anweisungen gegeben, die sie sofort ignoriert hatte. Sie schüttelte den Kopf. »Keine Einwände. Entschuldige. Ab jetzt tue ich, was du sagst.«

»Genau das wollte ich hören.«

Dugan erschien wieder auf dem Flur. Clay und er schüttelten sich die Hand, aber Katherine konnte nicht beurteilen, ob sie sich einig geworden waren oder nicht.

Solange kein Vertrag unterschrieben war, hing vermutlich noch alles in der Schwebe.

»Danke für die Besprechung«, sagte Dugan. »Ich würde mir gern Ihr ganzes Büro ansehen, aber ich muss los, um ein paar Musterhäuser zu besichtigen, die wir bauen.«

Clays Miene hellte sich auf. »Wundervoll. Wissen Sie, Katherine ist auf der Suche nach einem neuen Haus. Haben Sie vielleicht eines mit Blick auf die Bucht?«

»Eines. Es ist allerdings nicht ganz billig. Wir mussten erst das alte Haus abreißen. Dieses ist nagelneu, in bester Ausführung.«

»Perfekt«, sagte Clay, ohne mit einem Wort auf den Preis einzugehen. »Ich weiß, dass sie es liebend gern besichtigen würde.«

Katherine hob einen Finger, um Einwände vorzubringen, aber als Clay sie anfunkelte, verschmolz ihr Finger rasch wieder mit der Hand.

»Schon in Ordnung, Kate«, sagte Clay. »Reggie macht es bestimmt nichts aus, dir das Haus privat zu zeigen.« Sein Blick ließ sie nicht los. »In diesem Punkt bin ich bereit, die Führung zu übernehmen, wenn du ein bisschen zu schüchtern bist.«

»Wer etwas will, darf sich nicht genieren, danach zu fragen«, polterte Dugan mit seinem Bass. »Es wäre mir ein Vergnügen, mit Ihnen hinzufahren. Ich bin gerade dorthin unterwegs, wenn Sie jetzt Zeit hätten.«

Als Katherine zögerte, nickte Clay ihr zu.

»Okay«, sagte sie. Sie holte tief Luft und rang sich ein verspieltes Lächeln ab. »Ich bin dabei.«

Katherine stellte ihren ältlichen Toyota Corolla zu Hause ab und ging die Einfahrt zurück zu Dugans Pick-up, einem Dodge Ram 3500 Laramie Longhorn, mit dem sie nach Süden fahren würden. Der Ram war neu – mindestens fünfzigtausend Dollar, schätzte sie. Er war so hochbeinig, dass sie in ihren Pumps auf den Zehenspitzen stehen musste, um einen Fuß aufs Trittbrett setzen zu können. Dugan hielt ihr beim Einsteigen die Tür auf und umfasste mit einer Pranke eine ihrer Hände. *Sehr vornehm.* Seine andere Hand fand wieder ihren Hintern. *Weniger vornehm.* Er hob sie schwungvoll auf den beheizbaren Ledersitz.

Der Ram fuhr seidenweich, viel luxuriöser als jedes Auto, das Stu und sie jemals besessen hatten, aber auf dem beheizten Sitz fühlten ihre Gesäßbacken sich an, als würden sie langsam geröstet. Das sündteure Sound System spielte leise, damit sie sich unterhalten konnten, und das Navi hätte mit Stimmeingabe und gesprochenen Anweisungen funktioniert, die Reggie aber nicht nutzte, weil die Stimme ihn an eine nervige Kundenberaterin in einem Callcenter erinnerte, die ihn zu beruhigen versuchte. Sein Bluetooth-Kopfhörer blieb aktiviert, aber um nicht abgelenkt zu werden, steckte er ihn ins linke Türfach.

Der größte Luxus war vermutlich das Getränkekühlfach in der Mittelkonsole. Katherine wäre es lieber gewesen, wenn es eine Flasche Wein enthalten hätte – ein leichter Chardonnay für mittags –, aber sie sagte auch nicht Nein zu der Dose Miller High Life, die Reggie ihr anbot. Nach Clays Intensität tat es gut, sich bei billigem

Bier und seiner kumpelhaften Gesellschaft zu entspannen. Und im Auto Alkohol zu trinken fühlte sich irgendwie rebellisch an – etwas, das Stu niemals getan hätte.

»Das Haus liegt auf der anderen Seite der Brücke. Wäre das für Sie in Ordnung?«

»Klar. Warum nicht?«

»Die Fahrt in die Stadt wäre länger.«

»Ich fahre nicht oft in die Stadt. Je weiter von New Bedford entfernt, desto besser.« Er meinte vermutlich, dass es Stu weiter zur Arbeit haben würde, aber sie wollte jetzt nicht über Stu reden. »Haben Sie an dem Haus selbst mitgebaut?«

»Natürlich. Ich arbeite gern mit den Händen. Dann komme ich mir ...«

Wie ein Mann vor, dachte Katherine. Er war dick, muskulös und groß. Vor allem dick. Aber nicht unästhetisch. Ihr Blick glitt von seinem massiven Hals zur Brust hinunter. Sie war tief und breit. Er hatte einen ziemlichen Bauch, aber dies war der stramme Bauch eines Mannes mit gesundem Appetit, nicht der Wanst eines passiven Losers. Und unter dem straff angezogenen Gürtel ...

Dorthin starrt man nicht, dachte sie.

Aber sie *sollte* mit ihm flirten. Teufel, der Mann nutzte jede Gelegenheit, um sie zu begrapschen. Außerdem war sie neugierig, weil er so riesig war. Sie riskierte einen langen Blick. Reggies Jeans bildeten im Schritt nicht wie bei anderen Männern eine Falte, wenn er saß; dort zeichnete sich eine Wölbung von der Größe einer Orange ab, über der sich der Jeansstoff spannte.

Katherine überlegte, ob sie sich bei diesem Blick ertappen lassen sollte, aber es gab eine klar definierte Flirt-Hierarchie zu bedenken: *freundlich, flirtend, unartig, anstößig, unanständig, schlüpfrig* und *vulgär*. Sie war noch bei Stufe zwei. Noch nicht unartig. Sie sah weg, bevor er ihren Blick bemerkte.

»… nützlich vor«, schloss Reggie. »Ich mache gern was Nützliches. Alle Aufträge, die ich finanziere, gehen an dieselben Bauunternehmen. Sie mögen mein Geld, und ich darf ein paar Nägel einschlagen.«

»Das gefällt Ihnen bestimmt.« Katherine beobachtete, wie er darüber grinste. Das war befriedigend; sie hatte ihre Verspieltheit abgeschaltet, als sie geheiratet hatte, aber den alten Hüftschwung zu reaktivieren, war einfacher als erwartet. Und die Ergebnisse stellten sich fast augenblicklich ein. Ab Mitte dreißig hatte sie geglaubt, die Männer hätten sie vergessen, denn die jungen Kerle, die den SAC bevölkerten, würdigten sie keines Blickes mehr. Aber Dugan interessierte sich definitiv für sie. Die Männer hatten sie nicht vergessen – nur die Jungen.

Sie überquerten die Apponagansett Bay und bogen auf die Smith Neck Road ab. Die Adresse hatte er ihr noch nicht verraten.

»Soll die Adresse eine Überraschung sein, Reggie?«

»Wollen Sie sie wissen?«

»Nein. Ich mag Überraschungen. Bringen Sie mich einfach hin.«

»Ja, Ma'am.«

Die Fahrt dauerte nicht lange. Der Ram summte, Reggie Dugans tiefe Stimme beschrieb das Viertel, durch das sie fuhren, und Katherine trank kleine Schlucke aus ihrer mit Wasserperlen benetzten Bierdose. Sie spürte einen kleinen Schwips, der nur schwer von ihrer Aufregung über den Vergleich im Fall Molson, dem Spaß, den das Flirten machte, und dem Druck, Dugan für die Firma zu gewinnen, zu unterscheiden war. Clay würde sehr enttäuscht sein, wenn sie versagte.

Reiß dich also zusammen, ermahnte sie sich.

Sie bogen von der Straße in eine Einfahrt ab.

»Endstation. Alles aussteigen!«, trompetete Reggie.

»Alle beide?«

Dugan hielt ihr den Hausschlüssel hin. »Wollen Sie allein reingehen?« Er drückte ihr den Schlüssel in die Hand. Wie ein Schatz war er aus Silber und lag kühl und gezackt in ihrer Hand. Als sie die Hand darum schloss, schnitten die Zacken in ihre Haut ein.

Katherine zögerte. Dies war ein Test. Er wollte von ihr hören, ob er mit hineinkommen sollte. »Wenn ich's kaufen will, habe ich vielleicht ein paar Fragen.«

»Na, dann komme ich lieber mit.« Er stieß seine Tür auf und wuchtete seinen großen Körper aus dem Wagen.

Der Weg zur Haustür war mit schweren Natursteinplatten versehen, teuer. In dem noch nicht angelegten Vorgarten stand eine Werbetafel der Firma Bolt Construction: EIN WEITERES HOCHWERTIGES BOLT-PROJEKT. Unterwegs schilderte Dugan ihr die wichtigsten konstruktiven Details.

»Dreifache Thermopane-Verglasung. Fußbodenheizung in allen Räumen. Dach mit fünfzig Jahren Garantie. Faserzementputz. Von allem nur das Beste.«

Aber Katherine hörte kaum zu. Sie ignorierte die Eingangstür und ging zur nächsten Ecke weiter, um hinters Haus sehen zu können. Dort machte sie ruckartig und nach Luft schnappend halt. Hinter dem Haus drängte die Buzzards Bay gegen einen zehn Meter breiten hellen Sandstrand, der sich einem Liebhaber gleich an das Grundstück schmiegte. Dies war nicht so gut wie die Häuser ihrer SAC-Freundinnen; dies war *besser*. Sie atmete tief durch, während sie ihren hundertzehn Kilo schweren Begleiter, der diesen Augenblick mit ihr genießen wollte, dicht hinter sich spürte.

»Das Haus steht am Strand«, sagte Katherine und gestattete ihm, sich an sie zu drängen. »Richtig *am* Strand!«

»Ja«, sagte Dugan und lächelte über ihre Schulter hinweg wie ein Junge, der einer neuen Freundin sein getuntes Auto vorführt.

»Ich traue mich kaum zu fragen …«

»Ungefähr eine Million. Soll ich's Ihnen trotzdem von innen zeigen?«

Noch vor zwei Tagen wäre es ihr töricht vorgekommen, sich privat ein Haus für eine Million Dollar zeigen zu lassen. Reggie hätte gesehen, wie sie den Blick senkte, weil es ihr peinlich war, sich so etwas nicht leisten zu können. Aber heute hatte sie eineinhalb Millionen in Aussicht – und weitere zweihunderttausend jährlich, wenn sie ihre Karten richtig ausspielte. Heute fühlte sie sich wie ein kleines Mädchen, vor dessen Gesicht jemand die Schlüssel zum Bonbonladen baumeln lässt. Statt wegzusehen, drehte sie sich halb um und blickte zu Reggie Dugan auf. Eigentlich sah er wirklich nicht schlecht aus.

»Unbedingt«, sagte sie.

Zehn Minuten später saß Katherine auf der Kante des fünftausend Dollar teuren Ledersofas des Musterhauses. Die Aussicht auf die Buzzards Bay vom Wohnzimmer aus war atemberaubend, und sie konnte nicht anders, als aus dem Augenwinkel heraus die Wellen zu beobachten, die sich in stetigem Rhythmus in breiter Front am Strand brachen.

Katherine atmete tief durch, füllte ihre Lunge mit salzhaltiger Luft und fühlte sich lebendiger als seit vielen Jahren. Dies war alles, was Clay ihr versprochen hatte, jedoch mit einer Ausnahme: Dugan stand mit bis zu den Knöcheln heruntergelassener Hose wartend vor ihr.

KAPITEL 19

Katherine lag auf dem Teppich im Wohnzimmer auf dem Rücken und hatte die Knie bis zur Brust hochgezogen, sodass ein Fuß auf den Kronleuchter und der andere auf das Oberlicht im hinteren Teil des Raumes wies. Sie pumpte mit den Hüften und kniff in einem drängenden Rhythmus die Gesäßbacken zusammen, so fest sie nur konnte.

»Gleich geschafft, gleich geschafft …«, grunzte sie.

Stöhnen und Grunzen war nicht ladylike, aber das war ihr egal, und die einzige weitere anwesende Person störte sich erst recht nicht daran. Außerdem war sie fast fertig und konnte nicht mehr viel länger durchhalten.

»Fertig!«, verkündete Jill schließlich, und Katherine ließ erschöpft ihre zitternden Beine auf den Teppich sinken. Die Trainerin sah auf ihre Uhr. »Exakt dreißig Minuten, und du siehst zum Ficken gut aus.«

Katherine nahm ein paar warme, tiefe, beruhigende Atemzüge. »Danke. Ich glaube, ich hab mich nie im Leben wohler gefühlt.« Sie stand auf, schnappte sich das Handtuch, das Jill ihr zuwarf, und stellte fest, dass dies das zweite Mal in zwei Tagen war, dass jemand ihr gegenüber das Wort *ficken* gebraucht hatte. Es war primitiv und verstörend. Und es gefiel ihr. Sie trocknete sich ihr schweißnasses Haar.

»Ich hole mein Scheckbuch. Hundert, nicht wahr?«

Jill zuckte entschuldigend mit den Schultern. »Sorry. Wir können immer ein Gruppentraining vereinbaren, das die Kosten senkt.«

»Geld ist kein Problem«, sagte Katherine und machte eine Pause, um ihre Worte zu genießen. Erstmals in ihrem Leben war das ihr Ernst. »Holly bremst immer das Tempo, und Margery schwatzt die ganze Zeit. So ist es viel besser. Heute war ich total konzentriert.«

»Allerdings. Du bist 'ne Powerfrau.«

Katherine lächelte. »Jetzt schon.«

»Was hat sich geändert?«

Es klingelte an der Haustür.

Katherine hastete zur Tür hinaus. In der Diele sah sie kurz in den Wandspiegel. Sie war verschwitzt, aber die glitzernden Schweißperlen betonten nur ihre durchtrainierten Arme und ihren rosigen Teint. Sie sah *echt* zum Ficken gut aus. Sie machte sich nicht die Mühe, ihr Haar glattzustreichen, sondern trat schweißnass, wie sie war, an die Haustür und riss sie auf.

Clay lehnte am Geländer der offenen Veranda. Zu Jeans trug er eine lange taillierte schwarze Lederjacke. Sein Blick wanderte über ihren in hautenges Spandex gehüllten Körper, und sie ließ es zu. Als er bei ihren Füßen angelangt war, ging sein Blick langsam wieder nach oben, bis er ihr in die Augen sah.

»Beschäftigt?«, fragte er stirnrunzelnd.

»Du rufst nicht an?«

»Das könnte ich dich auch fragen.« Er ging an ihr vorbei ins Wohnzimmer. »Darf ich reinkommen?«

»Äh, fühl dich wie zu Hause«, sagte Katherine, als sie die Tür schloss und hinter ihm hertrabte.

Er blieb abrupt stehen und wirbelte herum. Sie wäre fast mit ihm zusammengeprallt und wollte einen Schritt zurücktreten, aber er hielt sie am Handgelenk fest. »Ich dachte, du würdest dich zu deinem gestrigen Ausflug zu dem Musterhaus äußern. Ich habe ihn eigens für dich arrangiert, aber meine Bemühungen werden anscheinend ignoriert.«

»Ich wusste nicht, dass das so mühsam gewesen ist.«

»Das verstehst du nicht. Ich habe dich quasi reingeschmuggelt. Dieses Objekt wird nicht öffentlich angeboten. Wenn es auf den Markt kommt, werden viele dafür bieten – privilegierte Leute, die nicht den üblichen Weg einhalten müssen. Du kannst zu ihnen gehören. Und wenn du deine Karten richtig ausspielst, kannst du die einzige Bieterin sein.«

»Es war nett«, sagte sie und versuchte, ihr Handgelenk aus seinem Griff zu befreien.

Er drückte fester zu, bis sie ihren Widerstand aufgab, aber sein Gesichtsausdruck blieb unverändert. »Willst du es denn nicht?« Seine ruhigen dunklen Augen ließen sie keine Sekunde los.

»Es gefällt mir«, sagte sie schließlich.

»Das merkt man. Dein Puls jagt, wenn nur die Rede davon ist.« Er tippte grinsend mit dem Zeigefinger auf ihr Handgelenk.

Ihr Herz jagte allerdings, aber sie war sich nicht sicher, ob daran das Haus am Strand schuld war.

»Ich denke, du solltest jetzt gehen«, flüsterte sie.

»Warum denn?«

»Hallo?« Jill steckte ihren Kopf ins Wohnzimmer.

Clay ließ Katherines Handgelenk los.

»Clay, das ist Jill aus dem Club«, sagte Katherine und trat einen Schritt von ihm weg. »Jill, das ist Clay.« Als Jill ihn anstarrte, tätschelte Katherine seine Schulter, um zu zeigen, dass alles in Ordnung war.

»Oh«, sagte Jill. »Sie sind Stus Partner.«

Clay lächelte. »Und sein guter Freund, ja.« Er streckte Jill die Hand hin. »Clay Buchanan. Und Ihrer Rückenmuskulatur nach müssen Sie Katherines Trainerin sein. Die meisten Frauen vernachlässigen diese Muskeln, wissen Sie.«

»Vergeude deinen Charme nicht an sie«, warf Katherine ein. »Sie ist bereits in festen Händen.«

»Ein bisschen kann nie schaden«, sagte Jill und bedachte ihn mit einem koketten Lächeln.

Katherine runzelte die Stirn. Jills Körper war eisenhart, viel durchtrainierter als ihrer. Aber sie hatte ein Pferdegesicht, und Katherine vermutete, sie genieße jegliche männliche Aufmerksamkeit, so unecht sie auch sein mochte.

»Außer ihr beiden möchtet, dass ich gehe«, schlug Jill vor, als spüre sie Katherines Missbilligung.

»Nein, nein, bleib nur, ich habe Eistee«, sagte Katherine hastig. Sie versuchte, nicht nervös zu erscheinen, aber sie sprach zu rasch, wirkte verdammt nervös. Sie *war* nervös, das merkte sie jetzt, und ihre instinktive Reaktion auf Clays lässigen Flirt mit Jill überraschte sie.

Jill erkannte, dass sie störte. Sie nahm ihre Sporttasche

auf die Schulter und ging zur Haustür. »Danke, aber ich muss weiter. Nett, Sie kennengelernt zu haben, Clay.«

»Gleichfalls«, sagte er.

Katherine nutzte die Gelegenheit, um Jill zur Tür zu begleiten, wo sie außer Hörweite waren. »Entschuldige, manchmal hält er sich für Gott.«

»Er hat recht, weißt du.«

»In welcher Beziehung?«

»Nicht viele Frauen haben eine gut entwickelte Rückenmuskulatur.«

Oder kräftig modellierte Bi- und Trizepse, dachte Katherine verärgert.

Als sie ins Wohnzimmer zurückkam, spielte Clay mit einer Schneekugel und ließ es auf eine Gruppe anscheinend frierender winziger Dorfbewohner schneien.

»Was willst du?«

»Darf man als Freund nicht mal vorbeikommen?«

»Du hättest wie gesagt vorher anrufen können. Weißt du, wie das aussieht?«

»Es sieht aus, als brächte ich dir etwas.« Er griff in seine Jacke und zog ein zu einem Origami-Vogel gefaltetes Blatt Papier hervor.

Katherine wartete kommentarlos auf seine Erklärung.

»Du bist neugierig, ja?«

»Ich bin leicht verärgert.«

»Frag mich, was das ist.«

»Nein. Sag's mir einfach.«

»Oder auch nicht. Du hast die Wahl. Soll ich gehen?«

Sie seufzte. »Okay, was ist das?«

»Ein bisschen lahm.«

»*Bitte* sag mir, was das ist, bevor du verschwindest und ich vor Neugier sterbe.«

»Besser. Aber mit deinem Sarkasmus werden wir uns bei Gelegenheit befassen müssen.«

Er gab ihr den Papiervogel, und sie entfaltete ihn rasch, ohne auf die Kunstfertigkeit seiner Herstellung zu achten. Das Blatt war ein übergroßer Barscheck. Sie las den Betrag einmal, dann langsam ein zweites Mal, um sicherzugehen, dass sie sich nicht geirrt hatte. Hunderttausend Dollar.

»Du hast das Geld?«

»Noch nicht. Dies ist ein kleiner Vorschuss von einer der ausgezeichneten hiesigen Banken. Die eigentliche Zahlung sollte in ein paar Monaten eingehen, aber wir brauchen bis dahin nicht zu hungern.«

Katherine ließ sich aufs Sofa sinken und starrte die Zahl an. Gewaltig viele Nullen für einen einzigen Scheck.

»Wir hungern nicht«, sagte sie.

»Nur eine Redewendung. Nichts für ungut.«

»Stu würde nicht wollen, dass wir uns Geld leihen, das wir noch nicht haben.«

Clay setzte sich so auf den Couchtisch, dass seine Beine zwischen ihren Knien standen. »Kate, haben Stus Methoden funktioniert?«

Nein, dachte sie. *Das haben sie nicht.* Er hatte wieder mal recht. Er hatte recht in Bezug auf Jills Rückenmuskeln, er hatte recht in Bezug auf Dugan, und er hatte recht in Bezug auf Erfolg. Katherines Herz begann erneut zu jagen. Seine Augen waren sehr dunkel – Cowboyaugen, die sie unter einem weißen Stetson hervor anstarrten. Oder unter einem schwarzen Hut hervor. Das war schwer zu beurteilen. Er sagte irgendetwas.

»Willst du ein Gebot abgeben?«

»Hä?«

»Ein Gebot. Auf das Haus.«

Sie warf einen Blick auf den riesigen Scheck. »Alles passiert ein bisschen schnell.«

»So soll's auch sein. So hätte es immer sein sollen, finde ich. Wer schnell unterwegs ist, gewinnt das Rennen. Die Frage ist nur: Kannst du mithalten?«

»Ich denke schon.«

»Das Haus wird kommende Woche anderen Interessenten angeboten, aber wenn du willst, frage ich Dugan, ob du schon jetzt ein Gebot abgeben kannst. Ein Gebot zum vollen Preis müsste den Zuschlag bekommen, denke ich.«

»Wär es nicht besser, sie etwas runterzuhandeln?«

»Nur wenn du willst, dass andere zum Zug kommen.«

»Wir haben das Geld noch nicht.«

»Den Kauf kannst du finanzieren. Behalt dein Bargeld. Lass die Bank das Haus für dich kaufen.«

»Noch mehr Schulden. Und ich muss mit Stu reden, bevor ich ein Haus kaufe.«

»Unsinn! Gib dein Gebot unter Vorbehalt ab. Vorbehaltlich einer Besichtigung. Können wir Stu nicht an Bord holen, kannst du später von dem Deal zurücktreten.«

»Weißt du bestimmt, dass Reggie das für mich täte?«

»*Du* hast den Nachmittag mit ihm verbracht. Folglich musst *du* es wissen.«

»Er hat mir das Haus gezeigt. Ich war freundlich, wie du es verlangt hast. Aber wir haben nichts Geschäftliches besprochen.«

»Habt ihr gefickt?«

Katherines Nacken fühlte sich warm an. Noch vor drei Tagen hatte sie Clay wegen einer ähnlichen Bemerkung geohrfeigt. Heute sah sie nur weg.

»Nein, natürlich nicht.«

»Gut. Weil ein motivierter Mann am leichtesten zu überreden ist, wenn sein Ziel knapp außer Reichweite bleibt.«

»Wofür hältst du mich, Clay?«

»Für eine Frau, die sich angewöhnt hat, allzu vorsichtig zu sein.« Dann lächelte er. Ein mehrdeutiges Lächeln, das alles Mögliche bedeuten konnte.

Vorsichtig. Katherine ließ sich das Wort auf der Zunge zergehen. *Vorsichtig* bedeutete hohes Lob, wenn Stu das Wort gebrauchte, aber aus Clays Mund klang es kritisch. Sie fragte sich, ob es vorsichtig wäre, die Hände auszustrecken und auf seine Knie zu legen. *Nein, bestimmt nicht.* Also tat sie es.

Der dunkelblaue Stoff von Clays neuen Jeans war rau, und sie konnte spüren, wie seine Oberschenkelmuskeln sich unter ihrer Berührung anspannten. Das wärmte sie an anderen Stellen als nur im Nacken. Bevor sie sich die Sache anders überlegen konnte, ließ sie ihre Hände etwas höher gleiten und hob den Kopf, um ihn anzulächeln.

»Was zum Teufel machst du da?«, fragte er.

Katherine riss ihre Hände zurück, als hätte sie sich an den Jeans die Fingerspitzen verbrannt. »Nichts. Ich …«

»Ich bin der Partner deines Mannes, verdammt noch mal. Er ist mein guter Freund. Du hast selbst gesagt, dass es schlecht aussieht, wenn ich nur mal so vorbeikomme. Willst du alles verderben, wofür wir gearbeitet haben?«

»Nein.« Sie wich zurück wie ein gescholtenes Kind. »Ich bin dir dankbar für das Leben, das du, äh, meinem Leben eingehaucht hast. *Unserem* Leben, Stus und meinem.«

»Dafür reicht ein Dankeschön. Bleib einfach auf Kurs, in Ordnung?«

»In Ordnung.«

»Hast du mich verstanden?«

»Ja, natürlich.«

»Da bin ich mir nicht sicher.« Er wartete.

Katherine war verwirrt. »Danke«, sagte sie zuletzt unsicher.

»Immerhin ein Anfang«, erklärte er. »Ich gehe jetzt lieber.« Damit stand er auf, zog den Reißverschluss seiner Jacke hoch und wandte sich ab.

Katherine beobachtete die schwingenden Schöße seiner langen Jacke drei Schritte lang, stand aber nicht auf, um ihn zur Tür zu begleiten. Als er sich noch einmal umdrehte, griff sie instinktiv nach dem Scheck auf ihrem Schoß, als fürchtete sie, er könnte ihn ihr wegnehmen.

»Lös ihn ein«, sagte er. »Und kauf dir was Hübsches. Es hat keinen Zweck, das Geld zu bunkern, bis du zu alt und runzlig bist, um es zu genießen.«

»Okay.«

Er wartete darauf, dass sie ihn zur Tür begleitete. Aber sie blieb sitzen. »Also, ich gehe jetzt«, sagte er.

Sie bewegte sich noch immer nicht, sondern saß nur da und hielt den Scheck über hunderttausend Dollar zwischen ihren Knien in den Händen.

Clay starrte sie an. »Du bringst mich nicht raus?«

Katherine zuckte mit den Schultern. Sie schlug die Beine übereinander und verzog das Gesicht. »Tut mir leid«, sagte sie. »Ich habe trainiert und viel Wasser getrunken. Ich muss wirklich pinkeln.«

Er schmunzelte, dann wandte er sich endlich ab und verließ das Haus.

Katherine sackte zusammen, war von diesem Gespräch so erschöpft wie von ihrem Work-out und machte sich Vorwürfe, weil sie die Situation falsch eingeschätzt hatte. Aber die Chemie war unverkennbar, und er hatte sie praktisch angewiesen, sich nicht zurückzuhalten. Sie fühlte sich lebendiger als seit Jahren. Und erregter.

Sie fragte sich, was einen Mann wie Clay erregte – vielleicht Strategien planen und Menschen manipulieren. Er war kompliziert, manchmal sogar widersprüchlich. Anders als Reggie Dugan. Reggie war ein schlichter, unkomplizierter Vollblutmann. Eine durchtrainierte verheiratete Frau erregte ihn. *Offensichtlich.*

Als Nächstes fragte sie sich, ob sie auch ihn falsch eingeschätzt hatte. Bekam Clay heraus, dass sie das getan hatte, würde er sie bestimmt wieder tadeln, vielleicht sogar bestrafen.

Katherine kam nicht auf die Idee, dass er es vielleicht schon wusste.

KAPITEL 20

Katherine fuhr auf der Smith Neck Road den Strand entlang und summte dabei vor sich hin. Es war schwierig, all die aufregenden Entwicklungen für sich zu behalten, deshalb erfand sie Ausreden, um alle ihre Freundinnen anrufen zu können. Wirklich alle. Von Holly hatte sie noch eine Vorspeisenplatte von der Party. Jenny saß im Kuratorium des Museums, in dem Katherine demnächst ausstellen würde. Margerys Kids interessierte vielleicht die Lesung eines Kinderbuchautors, der anschließend seine Bücher signieren würde. Natürlich erwähnte sie allen gegenüber ganz beiläufig das Haus am Strand. Sie deutete an, weil die Firma jetzt floriere, denke sie daran, etwas am Wasser zu kaufen, aber Genaueres könne sie noch nicht sagen. Sie wolle nichts überstürzen, sagte sie. Letztlich tat sie die Sache als nichts Besonderes ab.

Jetzt benutzte sie zum dritten Mal in ebenso vielen Tagen die diskret zwischen Büschen und Bäumen verlaufende Einfahrt. Sie stellte den Motor ihres alten Toyotas ab und blieb noch im Wagen sitzen. Bei den beiden ersten Besuchen hatte sie wie eine Einbrecherin durch die Fenster ins Haus gespäht, einen Rundgang durch den Garten gemacht und darüber gestaunt, dass ein so prächtiger Besitz vielleicht ihr gehören könnte.

Mit Reggie fertigzuwerden war eine Herausforderung gewesen, aber sie hatte ihn zufriedengestellt, ohne ganz zu kapitulieren – zu richtigem Verkehr war es nicht gekommen. In diesem Punkt hatte sie Clay nicht belogen. Hätte sie Dugan seinen Willen gelassen, hätte er sie vielleicht einfach als Eroberung abgehakt und seine Motivation eingebüßt. Wie die Dinge jetzt lagen, begehrte er sie umso mehr, weil er zu den Männern gehörte, die das Bedürfnis hatten, eine angefangene Sache zu Ende zu bringen.

Katherine steckte die Autoschlüssel in ihre Jeans, kippte die Rückenlehne leicht nach hinten und bewunderte die Thermopane-Verglasung und das Dach mit fünfzig Jahren Garantie – Details, die sie in der Aufregung bei ihren ersten Besuchen kaum wahrgenommen hatte. Reggie hatte recht: Die Details machten einen Unterschied. *Und der Teufel steckt im Detail,* hätte Stu mit seinem patentierten zweifelnden Stirnrunzeln gesagt. Aber Stu war nicht hier. In all ihren gemeinsamen Jahren hatte ihr Ehemann es nicht geschafft, ihr etwas Vergleichbares zu bieten. Dies hatte Clay arrangiert. Reggie hatte es geliefert. Zwei Alphatiere.

Katherine lehnte sich in den Fahrersitz zurück und erinnerte sich an den großen Mann.

Trotz seiner Durchsetzungsfähigkeit war Reggie überraschend sanft gewesen, als er sie auf dem Deck über dem Wasser erstmals umarmt hatte – mit einer Hand in gewohnter Position auf ihrer Hüfte. Und als sie das zugelassen hatte, war er rasch kühner geworden und hatte sie bald ans Geländer gepresst und den Mund an ihrem Hals vergraben, während seine Pranken ihren SAC-gestählten Hintern kneteten.

Weil Reggie wirklich so selbstbewusst war, wie er sich gab, hatte er sich nicht geniert, seine Wünsche offen zu äußern. Den Kurztrip ins Elternschlafzimmer hatte sie jedoch abgelehnt. Das wäre zu viel gewesen. Sie musste einen Kompromiss, eine Übereinkunft finden. Nachdem sie seinen Händen gestattet hatte, eine Zeit lang ihren Körper zu erforschen, hatte sie ihn also ins Wohnzimmer des Musterhauses geführt und sich dort auf das luxuriöse Ledersofa gesetzt, während er sich stehend vor ihr aufgebaut hatte.

Geschäft. Das ist alles, was ich mache, sagte sie sich. Die jungen Frauen und Mädchen im SAC-Umkleideraum nannten es »einen Gefallen tun«, was nicht wichtiger klang, als nehme man einen Kumpel zum Flughafen mit. *Das schaffst du,* hatte sie sich gesagt, als sie seinen Gürtel löste, hineingriff und ihn herausholte. Weil das Glied des großen Bauunternehmers so dick war, hatte sie sich unwillkürlich vorgestellt, sie schüttle eine warme Bierdose, um sie zum Überschäumen zu bringen. *Echt keine große Sache.*

Als sie ihn schließlich mit den Lippen berührte, hatte sie an Dugan vorbei zum Strand hinübergesehen. Das Haus war ein Traum. *Ihr* Traum. Und noch wichtiger: Es war im Begriff, Realität zu werden. *So sieht Erfolg aus,* hatte Katherine gedacht, als er zu zittern angefangen hatte. Alles, wofür sie gearbeitet hatte, würde nun eintreffen …

Katherine lächelte, als sie auf dem Fahrersitz zurückgelehnt das Musterhaus durch die Windschutzscheibe anstarrte. Sie wollte es. Und die Erinnerung daran, wie sie vor dem riesigen Panoramafenster mit einem halbnackten Mann auf dem luxuriösen Ledersofa gesessen hatte, war einzigartig erregend. Sie zog ihre Jeans herunter und schob den Slip zur Seite. Mit dem linken Knie an der Fahrertür und dem rechten Fuß auf der Mittelkonsole des alten Toyotas hatte sie ausreichend Zugang zu sich. Sie versuchte, sich Stus Gesicht vorzustellen, aber in ihrer Fantasie wirkte ihr Ehemann unschlüssig. Nicht durchsetzungsstark. Nicht selbstbewusst. *Nicht sexy.* Sie gab auf und berührte sich eine Zeit lang, während sie an Dugan dachte. Das half etwas, aber der große Bauunternehmer war plump, ohne Zartgefühl. Als sie schon fürchtete, ihren Schwung zu verlieren, stand plötzlich Clay vor ihrem inneren Auge. Sie hatte sich dagegen gewehrt, sich den Partner ihres Mannes vorzustellen, aber er erschien trotzdem. Katherine stemmte den Fuß gegen das Instrumentenbrett und stöhnte. Plötzlich war ein lautes Knacken zu hören, als das Kunststoffteil unter dem Druck ihres muskulösen rechten Beins zersprang.

Katherine wurde schlaff und kicherte. »Ups ...«

Selbstbefriedigung wurde ihr allmählich zur Gewohnheit. Sie konnte sich nicht erinnern, wann sie ihren Impulsen so hemmungslos nachgegeben hatte wie seit dem Tag, an dem Clay sie auf Dugan angesetzt hatte. Vielleicht im College.

Das Haus ist wirklich wundervoll, dachte sie, als sie ihren Slip zurechtschob und die Jeans wieder hochzog.

Und die private Einfahrt war ein Vorteil, den sie bisher nicht bedacht hatte. Tatsächlich war sie so privat, dass Katherine beinahe aufschrie, als ein Mann an ihr Seitenfenster klopfte.

Sie setzte sich ruckartig auf und starrte in das von Wind und Wetter gegerbte Gesicht eines Mannes mit runden Schultern und Bürstenhaarschnitt. Er kam ihr bekannt vor – nicht jemand, den sie persönlich kannte, aber jemand, den sie auf einem Foto gesehen hatte. Sehr einfach. Rundlich. *Kein Promi oder Politiker.* Auch niemand aus ihrem sozialen Umfeld. Aber sehr vertraut und immer vertrauter, je länger Katherine ihn anstarrte.

Er hielt ein Werkzeug in der Hand – anscheinend eine Heckenschere. Und er trug einen Overall. Vielleicht ein Gärtner? Aber wie konnte sie jemanden erkennen, den sie nicht kannte? Während sie am Druckknopf ihrer Jeans herumfummelte, klopfte er nochmals an die Scheibe. Ihre Magennerven verkrampften sich, als sie sich fragte, wie lange er dort schon gestanden haben mochte.

»Kann ich irgendwas für Sie tun, Ma'am?«, fragte der Mann mit durch die Scheibe gedämpfter Stimme.

Sie schüttelte den Kopf und tastete nach ihren Schlüsseln, die aber in ihrer Tasche steckten, die verdreht war, weil sie die Jeans heruntergezogen hatte.

»Sie können aussteigen und sich alles ansehen, wenn Sie möchten«, fuhr der Mann fort. »Aber reinlassen kann ich Sie nicht. Mir geben sie keinen Schlüssel.«

Sie winkte ab und stemmte ihre Hüften hoch, um an die verdammten Schlüssel heranzukommen. Die unhöfliche Geste wirkte wie erhofft, und sein Gesichtsausdruck verfinsterte sich. Als sie wieder aufblickte, sah er von dem Fensterrahmen umgeben wie ein zorniger Gorilla aus. *Wie auf einem Fahndungsfoto.* Und sie wusste plötzlich, wer er war.

O Gott, dachte sie. *Raymond Butz!*

KAPITEL 21

»Was zum Teufel macht er dort?« Katherine zitterte noch von ihrer unerwarteten Begegnung mit Butz.

Clay nahm den Telefonhörer ab und wählte die Nummer des Empfangs. »Kaylee, sagen Sie meinen Termin um elf ab.« Er holte die Whiskeyflasche aus seinem Schreibtisch und goss ein Schnapsglas voll. »Hier. Trink das, Kate.«

Er hielt ihr das Glas zwischen Daumen und Zeigefinger hin. Normalerweise trank Katherine tagsüber höchstens mal ein Glas Wein in Gesellschaft. Und sie trank niemals harte Sachen. Aber das gefährlich zwischen zwei Fingern hängende Glas sah aus, als könnte es in ihren Schoß fallen, wenn sie nicht zugriff. Also nahm Katherine es entgegen, kostete einen kleinen Schluck, verzog das Gesicht und trank noch einen.

»Was hast du dort draußen gemacht?«, fragte Clay.

»Ich bin nur vorbeigefahren.«

»Du hast ihn im Vorbeifahren gesehen?«, fragte Clay zweifelnd.

»Ich bin in die Einfahrt abgebogen. Ich hab nur in meinem Wagen gesessen.«

»Und hast was getan?«

»Ich hab mir das Haus angesehen.«

»Ah, ich verstehe.« Clay nickte ihr gönnerhaft zu.

»Ich war aufgeregt«, gestand Katherine. »Ich liebe das Haus. Ich wollte ein besseres Gefühl dafür bekommen.«

»Von der Einfahrt aus?«

»Ja. Ich weiß, dass das albern klingt.«

»Du warst nicht mit Dugan zu einer weiteren Besichtigung verabredet?«

»Nein.«

»Gut. Ich würde nämlich erwarten, darüber im Voraus informiert zu werden.«

»Das *tue* ich. Und ich war nicht mit ihm verabredet.«

»Vorher. Nicht danach.«

»Hör zu, ich bin hergekommen, weil ich einem Mörder begegnet bin. Ich bin ein bisschen durcheinander.«

»Er ist kein Mörder. Er ist freigesprochen worden.«

»Er hat neben meinem Wagen gestanden. Er hat mich beobachtet.«

»Er hat beobachtet, wie du im Auto sitzt?«

»Ja. Das war unheimlich. Wieso war er überhaupt dort?«

»Er arbeitet bei Bolt Construction. Schon immer. Vermutlich hält er das Grundstück in Ordnung.«

Katherine fühlte sich wie vor den Kopf geschlagen. Sie erinnerte sich, dass Butz Bauarbeiter war, aber sie hatte nicht gewusst, bei welcher Firma er arbeitete. »Du hast es gewusst?«

»Dass er heute dort draußen sein würde? Nein. Natürlich nicht. Aber es schockiert mich nicht, dass er auf einem der Grundstücke seines Arbeitgebers beschäftigt war.«

»Du hast gewusst, dass der Kerl, den mein Mann wegen Mordes angeklagt hat, an dem Haus mitgebaut hat, das ich auf deinen Wunsch besichtigen sollte? Das ich am liebsten kaufen würde? Du hast gewusst, dass er für den Mandanten arbeitet, den ich bezirzen soll?«

»Butz arbeitet bei der Firma Bolt, nicht für Dugan. Reggie benutzt Bolt nur als Bauunternehmen.«

»Ich will diesen Mann nicht in der Umgebung meines Hauses haben.«

»Es ist nicht dein Haus.«

»Ich will diesen Sträfling nicht in meiner Nähe haben.«

»Er ist kein Sträfling. Er ist vor Gericht gestellt und freigesprochen worden.«

»Er ist wegen einer Gesetzeslücke freigekommen.«

»Er hat gewürfelt und gewonnen. Er hat ein Recht darauf, unbehelligt weiterzuleben.«

»Er hat seine Frau ermordet!«

»Hör zu, ich weiß, dass sein Fall Stus Karriere geschadet hat, aber du musst nach vorn blicken, Kate. Jeder Anwalt muss wissen, auf welche Kämpfe er sich einlässt. Dieser zählt zu den verlorenen. Belass es dabei.«

Katherine setzte das Glas nochmals an, aber es war leer. Clay schenkte ihr rasch nach, bevor sie es abstellen konnte, und sie nahm einen weiteren Schluck.

Clay lehnte sich zurück. »Du weißt, was wir Söldner sagen: ›Der Feind von heute ist der Verbündete von morgen.‹«

Katherine lächelte gequält. »Heute ruiniert ein Mörder mein Leben, und morgen baut er mir ein Haus?«

»Schon möglich. Man weiß nie, was als Nächstes kommt. Du musst ein bisschen flexibler werden.«

»Flexibel?«

»Die Welt zu verändern ist schwierig. Sich selbst zu ändern ist einfach.« Clay schob seinen neuen Ledersessel etwas zurück und legte die Füße auf den antiken Schreibtisch aus Wurzelholz. »Möchtest du Thai zum Lunch?«

Der Whiskey hatte Katherine gewärmt, und sie zitterte nicht mehr. Clays Selbstvertrauen war beruhigend. Und sexy. »Gehen wir zum Essen?«

»Ich gehe. Du kannst gern mitkommen.« Er stand auf, trat an die Garderobe und schlüpfte in einen neuen eleganten Trenchcoat. »Wenn du willst.«

Katherine wollte, und sie fuhren zum Poor Siamese in der Innenstadt. Jetzt allein heimzugehen wäre keine gute Option gewesen. Unabhängig davon, was Clay über Butz sagte, saß die Begegnung mit dem Kerl ihr noch immer in den Knochen. Sie machte sich Sorgen, er könnte beobachtet haben, wie sie während des Prozesses mit Stu im Gerichtssaal gesprochen hatte, und daher wissen, wer sie war. Sie hatte gelegentlich an der Verhandlung teilgenommen, aber meistens in einer der hinteren Reihen gesessen, wo Butz sie vielleicht nicht beachtet hatte. Aber nachdem er sie heute mit gespreizten Beinen in ihrem Toyota hatte sitzen sehen, würde er sie bestimmt nicht mehr vergessen.

Der Besitzer des Poor Siamese, ein junger Kerl namens Jimmy, der eine weiße Kochjacke trug, begrüßte sie am Eingang. Er war kein Thailänder, aber sein Koch war einer. In dem Lokal saß ein einziger weiterer Gast, sodass

Katherine sich fragte, wie es überlebte. Gähnende Leere am Mittwochmittag war im Allgemeinen ein sicheres Zeichen dafür, dass ein Restaurant bald schließen würde. Jimmy schüttelte Clay die Hand, als seien sie alte Freunde, dann wandte er sich an Katherine.

»Und Sie müssen Mrs Stark sein.« Er strahlte.

»Ja. Freut mich, Sie kennenzulernen.« Sie bedachte ihn mit ihrem reservierten, professionellen Lächeln.

»Sollten Sie etwas brauchen, bin ich persönlich für Sie da, Mrs Stark.« Er wandte sich wieder an Clay. »Ich habe Ihnen den roten Salon reserviert, Mr Buchanan. Dort sind Sie ganz ungestört.«

Clay und sie wurden rasch in den mit einem roten Vorhang abgetrennten Privatsalon im hinteren Bereich des Restaurants geleitet. Zu Katherines Überraschung saß dort bereits ein Mann, der Tom-Yum-Suppe aus einer kleinen Schale schlürfte.

Clay stellte sie ihm vor, nicht umgekehrt, wie sie erwartet hätte. »Frank, das ist Katherine Stark. Sie ist von Beruf Fotografin. Aber ich verspreche dir, dass sie nicht hier ist, um Fotos zu machen. Sie ist Stuarts Frau. Katherine, das ist Frank Hranic.«

Der Mann stand auf, um sie zu begrüßen. Er war so dick, dass er den Stuhl zurückschieben musste, um sich erheben zu können, und als er es tat, hing sein Wanst über den Tisch. Katherine erkannte ihn wieder. Die Zeitung hatte sein Bild gebracht, als Bürgermeister Welge in Fall River ihn vor fünf Jahren als Geschäftsführer des städtischen Pensionsfonds eingestellt hatte. Pech für Hranic: Eine Prüfung durch die staatliche Fondsaufsicht hatte ergeben, dass der Pensionsfonds Zahlungen an eine Firma in Providence geleistet hatte, die Scheinrechnungen für nicht erbrachte Leistungen ausgestellt hatte. Aus der Nähe fiel Katherine auf, dass er auf der linken Wange eine runde Narbe hatte, die eine misslungene Tätowierung hätte sein können. Ein Brandmal, erkannte sie, von der Größe eines Quarters – mit dem vagen Abdruck eines Präsidentenkopfs.

Hranic hatte seine Buchhaltung für die Betrügereien verantwortlich gemacht, war aber gemeinsam mit dem Buchhalter wegen Unterschlagung angeklagt worden. Um sich selbst eine mildere Strafe zu sichern, hatte Hranic den Buchhalter in seiner Aussage schwer belastet, wie Katherine von Stu wusste. Aber dann war der Buchhalter mit einer hohen Überdosis OxyContin im Magen auf dem Seziertisch des Gerichtsmediziners gelandet. Als Kronzeuge war Hranic mit einer Verwarnung und einer Verurteilung zu Schadenersatz und dreißig Tagen Sozialarbeit davongekommen. Die Rechnungsprüfer hatten festgestellt, dass der veruntreute Betrag in die Hunderttausende ging, von denen nur ein paar Tausend Dollar wieder beigebracht werden konnten. Und der für den Fall zuständige Staatsanwalt war kein anderer als Clay Buchanan gewesen.

Stu hatte erzählt, Clay sei verdammt wütend gewesen, als der Buchhalter Selbstmord verübte und Hranic praktisch straffrei ausging. Aber als Clay jetzt einen Stuhl herauszog, um sich mit dem Dicken an einen Tisch zu setzen, wirkte er durchaus nicht wütend.

»Wie zum Teufel geht's dir, Frank?«, fragte Clay nach der kurzen Vorstellung.

»Hab Sorgen«, murmelte Hranic.

»Wegen deines Gewichts? Das Fett bringt dich noch um, weißt du.«

»Bedenkt man, was einen alles umbringen kann, wäre Essen mir noch am liebsten. Aber du hast mich nicht eingeladen, um mit mir über meine Gesundheit zu reden.«

Sie nahmen Platz. Hranic hätte die Suppenschale auf seinen Bauch stellen können, um daraus zu essen, aber er versteckte ihn wieder unter dem Tisch.

»Es wird Zeit, über meine anwaltliche Tätigkeit zu plaudern, Frank.«

»Können wir vor ihr reden?«

»Das Anwaltsgeheimnis gilt auch für alle meine Angestellten.«

»Aber sie ist nur die Ehefrau deines Partners. Kann sie nicht durch richterliche Verfügung zur Aussage gezwungen werden?«

»Nein. Ich habe sie in ihrer offiziellen Funktion als Mandantenbetreuerin mitgebracht.«

Katherine hätte beinahe gelacht.

Clay blieb ernst. »Sollte jemand eine Verbindung zwischen uns herstellen, musst du als Erstes sagen, dass du meinen anwaltlichen Rat gesucht hast. Auf diese Weise bleibt alles vertraulich – auch wenn es mit deiner früheren Verurteilung zusammenhängt.«

»Okay.«

»Zweitens möchte ich mein restliches Honorar jetzt in einer Summe haben. Du kennst den Betrag. Ich fasse die noch ausstehenden Zahlungen nur zusammen. Bestell deiner Schwester, dass sie eine Rechnung von uns bekommt. Sie kann uns dann wieder einen Scheck schicken.«

Hranic ächzte.

»Sie hat das Geld noch, stimmt's?«, fragte Clay.

»Es liegt auf einem Konto. Sie zeigt mir regelmäßig die Auszüge.«

»Und sie leistet regelmäßig kleine Zahlungen an dich?«

»Ja, aber mein Cashflow ist scheiße. Ich brauche ein neues Auto.«

»Du darfst kein Geld in der Tasche haben oder teure Sachen kaufen, Frank. Du darfst nicht mal nach Geld riechen, wenn es nicht objektiv deinen Verdienstmöglichkeiten entspricht, die im Augenblick ungefähr beim Mindestlohn liegen, weil du dich beim Klauen hast erwischen lassen. Für die Wiederbeibringung des Geldes ist eine Belohnung ausgesetzt. Und du stehst weiter unter Beobachtung. Brauchst du ein neues Auto, würde ich dir einen gebrauchten Toyota Corolla empfehlen. Sparsam. Niedriger Verbrauch.«

»Das alles ist schon Jahre her. Kann ich mir nicht einfach das restliche Geld von ihr geben lassen?«

Clay machte ein finsteres Gesicht. »Du würdest es verfressen. Oder versaufen. Oder verspielen. Dir fehlt jegliche Selbstbeherrschung. Das weiß ich. Das weiß deine Schwester. Auch deshalb gibt sie dir nicht alles auf einmal. Teufel, *du* weißt es auch. Sieh dich bloß an, du fettes Schwein.«

»Sie könnte es als Geschenk bezeichnen. Das Geld gehört mir, nicht ihr.«

»Und dann willst du's in der Steuererklärung angeben? Den Verdacht auf sie lenken? Niemals! Hier geht es um eine Politik der kleinen Schritte, mein Freund. Vermeide alles, was Aufmerksamkeit erregen könnte. Bezieh weiter jeden Monat tausend Dollar in Cash und gib das Geld für Benzin und Lebensmittel aus. In zehn, zwölf Jahren hast du das Geld verbraucht, ohne es vergeudet zu haben. Das ist mein anwaltlicher und kostenloser freundlicher Rat.«

»Du kannst deinen vollen Anteil jetzt kassieren, aber ich nicht? Willst du das sagen?«

»Ich bin nicht der verurteilte Straftäter, Frank. Ich bin nur der Rechtsanwalt. Ich biete meine Dienste gegen Honorar an.« Clay klopfte ihm auf die fleischige Schulter. »Hör zu, ich könnte deine Schwester sowieso nicht dazu zwingen, das Geld rauszurücken. Aus juristischer Sicht existiert es gar nicht. Willst du sie wirklich unter Druck setzen, musst du dich an unseren Freund in Providence wenden.«

Der Dicke wurde blass und fuhr so heftig zusammen, dass sein Bauch den Tisch wackeln ließ. »Mit dem will ich nichts mehr zu tun haben. Den hab ich ausbezahlt.« Hranic berührte geistesabwesend die runde Narbe. »Außerdem ist sie meine Schwester. Ich will nicht, dass ihr was Schlimmes zustößt.«

»Dann befolge den Rat deines Anwalts. Und bezahl mich dafür.«

Nach weiteren fruchtlosen Einwänden und etwas Konversation stemmte Hranic sich von seinem Stuhl hoch und ging. Katherine wartete, bis das Läuten der Türglocke anzeigte, dass er das Lokal verlassen hatte. Dann starrte sie Clay entgeistert an.

Er grinste nur und lehnte sich auf seinem Stuhl zurück wie ein Mann, der soeben ein ausgezeichnetes Mahl genossen hat. »Ich sehe dir an, dass du Fragen hast«, sagte er. »Schieß los.«

»Vertritt unsere Firma Mr Hranic in einer Strafsache?«

»In gewisser Beziehung.«

»Obwohl du natürlich weißt, dass Stu das nicht billigen wird?«

»Siehst du, das ist ein gutes Beispiel für seine Unbeweglichkeit. Unsere Firma ist für Strafsachen geradezu prädestiniert. Das war sie schon immer. Schließlich haben wir beide jahrelang Kriminalfälle bearbeitet. Keiner kennt das Strafrecht besser als wir.«

»Stu ist aus Prinzip dagegen«, sagte Katherine. »Aber du hast offenbar schon länger mit diesem Mann zu tun.«

»Wir erhalten seit Jahren regelmäßig Zahlungen von Hranics Schwester. Sie hat einen anderen Nachnamen. Und du hast recht: Stu würde das nicht billigen, deshalb laufen diese Zahlungen über mich.«

»Stu weiß nichts davon?«

»Strenggenommen arbeite ich nicht als Hranics Strafverteidiger. Er steht nicht unter Anklage. Er hat seine Strafe abgeleistet. Ich berate lediglich seine Schwester, wie sie Geld für ihren Bruder, der nicht damit umgehen kann, verwalten soll.«

»Das Geld, das er unterschlagen hat.«

»Das muss man auseinanderhalten. Hranic ist Geld

schuldig. Aber seine Schwester zahlt unsere Rechnungen.«

»Sie bezahlt dich mit unterschlagenem Geld, das sie für ihn aufbewahrt. Sehe ich das richtig?«

Clay grinste erneut. »Kommt darauf an, aus welchem Blickwinkel. Sie bezahlt uns regelmäßig von ihrem persönlichen Konto. Auch die Abschlusszahlung erfolgt wieder durch einen Scheck von ihr.«

»Du hast Hranic damals angeklagt. Siehst du da keinen Interessenkonflikt?«

»Als Mandant kann er feststellen, dass er keinen Konflikt sieht. Niemand kannte den Fall Hranic besser als ich, und ich wusste, dass das Geld noch irgendwo war, weil der selbstmörderische junge Buchhalter es ganz bestimmt nicht hatte. Als wir unsere Firma gegründet hatten, habe ich Kontakt zu Hranic aufgenommen, und er hat schnell eingesehen, dass es besser wäre, mich als Verbündeten statt als Feind zu haben. Klingt das vertraut? Außerdem hat er im Prozess einen sehr vorteilhaften Deal bekommen.«

»Du hast einen Anteil von dem unterschlagenen Geld gefordert.«

»Du drückst dich noch immer nicht richtig aus. Seine Schwester zahlt uns ein Honorar – neunhundertfünfundneunzig Dollar im Monat – für meinen Rat. Das Ganze läuft unter Vermögensverwaltung. Und ihr habt in den vergangenen fünf Jahren die Hälfte dieses Geldes angenommen. Der Betrag für diesen Monat dürfte für die todschicken italienischen Lederstiefel draufgegangen sein, die ich dich tragen sehe.«

Katherine errötete. »Gefallen sie dir?«

»Sie stehen dir sehr gut, und ich wette, dass du sie dir schon sehr lange gewünscht hast, nicht wahr?«

»Vielleicht.«

»Und jetzt kannst du dir leisten, was du dir wünschst, korrekt?«

»Weißt du bestimmt, dass es nicht illegal ist, Geld von einem Kriminellen anzunehmen? Ich meine, ich teile nicht unbedingt Stus Überzeugung, dass die Firma sich auf Zivilrecht beschränken sollte, aber ich möchte nichts *tun*, was illegal ist.«

»Strafverteidiger werden immer von Straftätern bezahlt, Kate«, sagte Clay. Dann wartete er darauf, dass diese schlichte Wahrheit zu wirken begann.

Katherine zog sich hinter ihre Speisekarte zurück, um nachzudenken. In Clays Gegenwart fühlte sie sich wie ein kleines Mädchen; mit einem Rechtsanwalt zu diskutieren war immer schwierig. Aber die eigentliche Frage lautete: Wollte sie überhaupt mit ihm diskutieren? Der gut aussehende Mann ihr gegenüber riss die Kontrolle an sich und nahm sie mit auf eine spannende Reise, genau wie sie es sich von Stu gewünscht hatte.

KAPITEL 22

Katherine schlenderte mit gerunzelter Stirn den Kai entlang. Erstmals seit drei Tagen dachte sie ernsthaft darüber nach, was sie ihrem Mann von den Ereignissen während seiner Abwesenheit erzählen sollte.

»Zerbrich dir nicht zu sehr den Kopf«, hatte Clay ihr geraten.

Sie fragte sich, wie es Stu gehen mochte. Sie rechnete nicht damit, dass er ein Stück Rotwild geschossen hatte und sich Hirschsteaks briet. Eher lebte er von eingemachten Bohnen, und es gab Schlimmeres, als billige dicke Bohnen zu essen. Nur fiel ihr gerade nichts Schlimmeres ein.

Im Hafen herrschte reger Betrieb: Hereinkommende und auslaufende Boote bewegten sich wie seit Jahrhunderten langsam und geordnet. Hohe Dreieckssegel stachen in den Himmel und zogen ranke Jachten in die Bucht hinaus, während brummende Dieselmotoren breitere Frachtkähne durch die kleinen Wellen trieben. In den Schaufenstern hingen alte Walfangfotos und Erinnerungsstücke, aber diesmal hatte Katherine keinen Blick dafür.

Hier ereigneten sich Dinge, die Stu bestimmt nicht gefallen würden, und sie würde mit ihm darüber reden müssen, wenn er zurückkam. Darauf freute sie sich nicht gerade, denn er verstand es zu streiten, ohne wirklich zu streiten. Er brachte ruhig und gelassen eine Tatsache nach der anderen vor und hängte jedes Mal die Frage an: *Hast du dir das überlegt?* Das war nervig, effektiv und ärgerlich, weil es effektiv war. Aber er würde das Gesamtbild nicht sehen. Der trübselige Zustand ihres Lebens genügte ihr als Beweis dafür, dass sich vieles ändern musste. Stu machte all die kleinen Dinge richtig, aber trotzdem kamen sie nicht voran.

Über das Haus am Strand musste gesprochen werden. Katherine wünschte es sich so dringend, dass sie es in Gedanken bereits einrichtete. Sie musste ein Mittel finden, Stu an Bord zu holen und ihn daran zu hindern, das Molson-Geld nur zu bunkern. Sie hatten schon manchmal von einem Umzug in ein besseres Haus gesprochen, und nun hatten sie plötzlich das Geld dafür. Aus diesem Blickwinkel war ihre Verhandlungsposition gut.

Die Rechtfertigung der unerwarteten räumlichen Vergrößerung der Kanzlei war Clays Problem, auch wenn sie sich in diesem Punkt auf die Seite von Stus Partner stellen würde. Und Stu würde nicht billigen, dass Hranics Schwester als Strohfrau für ihren Bruder fungierte. Auch die zeitweilige Beschäftigung angeblicher »Partner«, um Mandanten zu täuschen, würde er nicht dulden. Diese Punkte waren kniffliger, obwohl Stu sich nicht beschweren konnte, was die Ergebnisse betraf. Clay stellte ihnen bereits Schecks über hunderttausend Dollar aus. Er kam voran. Das war der Unterschied zwischen diesen beiden Männern. Einer war in Bewegung; der andere stagnierte.

Dann gab es noch eine Kleinigkeit: den »Gefallen«, den sie Dugan getan hatte. Katherine fuhr leicht zusammen. Aus dem Zusammenhang gerissen klang das wirklich schlimm. Aber dies war kein romantisches Abenteuer. Er würde sich nicht in sie verlieben – das wusste sie, seit sie auf seinem Gesicht das befriedigte Lächeln eines Eroberers gesehen hatte. Und sie dachte nicht daran, Stu zu verlassen. Theoretisch hatten sie nicht mal Geschlechtsverkehr gehabt. Außerdem funktionierte die Sache.

Das brauchte nicht erwähnt zu werden, beschloss sie. Stu war nicht übermäßig eifersüchtig, aber er würde diesen Vorfall sehr genau analysieren. Das Ganze war beinahe zu einfach, als dass er es hätte verstehen können: Dugan hatte etwas gewollt, und sie hatte ihm seinen Wunsch erfüllt. Punktum. Stu würde sich fast in den Wahnsinn treiben, indem er versuchte, alles komplizierter zu machen, als es eigentlich war. Dann würde er sich damit abfinden. Wie schon mehrmals zuvor. In dieser Beziehung war er vernünftig und loyal. Er würde ihr verzeihen. Aber wozu sollte er das alles erdulden? Es gibt wichtigere Dinge, auf die sie sich konzentrieren mussten. Zum Beispiel das Haus. Ein erfreulicherer Gedanke. Sobald Stu zurückkam, würden sie ein Angebot formulieren müssen.

Das Restaurant am Hafen war zwischen einem Sportgeschäft mit Seglerkleidung für Damen und einem Laden für gebrauchtes Bootszubehör eingezwängt. Katherine stieß die Tür auf und trat ein.

Drinnen herrschte von großen Papierlaternen schwach

erhelltes Dämmerlicht. Es gab keine Stühle, sondern gemusterte Zweier- und Dreiersofas in verschiedenen Formen, die an runden Couchtischen standen. Elegante Gäste in Anzügen oder Kostümen saßen oder ruhten halb liegend auf den Sofas und bedienten sich von Tabletts mit Speisen auf den niedrigen Tischen. Niemand war in Eile. Auch das schwarz gekleidete Personal, das mit Vorspeisenplatten die Runde machte, hatte es anscheinend nicht eilig. Kein Ort für einen hastigen Lunch.

Eine junge Frau, deren rabenschwarzes Haar zu einem straffen Nackenknoten zusammengefasst war, begrüßte Katherine kühl distanziert. »Reservierung?«

»Nicht direkt. Ich bin mit jemandem verabredet.«

»Okaaay ...« Nackenknoten lächelte kalt. »Hat dieser Jemand vielleicht reserviert?«

Katherine spürte, wie sich ihre Nackenhaare sträubten, und parierte das aufgesetzte Lächeln der Schwarzhaarigen mit übertrieben süßlichem eigenem Lächeln. »Sorry. Möglicherweise unter Hanstedt, Vorname Margery. Sie kennen sie vielleicht?«

Der Gesichtsausdruck der jungen Frau änderte sich schlagartig, als ihre Arroganz einer Mischung aus Angst und erzwungener Wärme wich. »Ja, natürlich. Willkommen! Ich bringe Sie gleich zu Ihrem Tisch.«

Sie führte Katherine in den rückwärtigen Teil des Restaurants und machte unterwegs atemlos Konversation, als seien sie alte Freundinnen. Ein Tisch am Fenster, etwas abseits von den anderen. Halb privat, was günstig war, wenn man das Thema bedachte, das Katherine anschneiden wollte.

»Darf ich Ihnen ein Glas Wein bringen?«
»Eigentlich sollte ich nicht …«
»Auf Kosten des Hauses. Und er ist ziemlich gut.«

Katherine nickte widerstrebend, und Nackenknoten hastete davon, um ihn zu holen.

Als Margery hereinkam, hätte man glauben können, die First Lady sei eingetreten. Die Gespräche sanken zu einem leisen Summen herab. Gäste wie Personal musterten sie verstohlen und sahen gleich wieder weg. Die Mutigeren winkten ihr zu. Margery quittierte die Grüße mit einem Nicken und hielt ihren leichten Mantel in die Luft, bis Nackenknoten ihn verschwinden ließ. Ohne aus dem Tritt zu kommen, nahm sie das Glas Wein entgegen, das ein gut aussehender junger Ober ihr brachte, und ging zu Katherines Tisch weiter. Dort blieb sie vor der Couch stehen.

»Willkommen im Stationbreak.«

Katherine stand auf, um sie mit ihrer Umarmung für gesellschaftliche Anlässe zu begrüßen: freundlich, aber formell, mit leichtem Druck, der Vertrautheit andeutete, aber nicht zu herzlich.

Margery trug ihren »Schlampenfummel«, wie Holly Plynth ihn bezeichnete: schwarzer Minirock, Lederstiefel mit High Heels und eine durchsichtige weiße Bluse, unter der ein Push-up-BH den Gästen ihre üppigen Titten zur Bewunderung servierte. Sie sah wie ein wandelnder Dessertwagen ohne die Schuldgefühle aus.

»War Sondra, meine Hostess, höflich zu dir?«
»Arbeitest du jetzt?«
»Mir gehören drei kleine Lokale. Ich arbeite immer.«

Nackenknotens erschrockener Blick war amüsant, aber nicht Strafe genug gewesen, fand Katherine. Sie hatte in ihrer Jugend lange genug fremde Leute bedient; jetzt war sie an der Reihe, gut bedient zu werden. »Sie könnte etwas zuvorkommender sein.«

Margery nickte, als merke sie sich diesen Kommentar, und setzte sich neben Katherine, statt auf der Couch gegenüber Platz zu nehmen.

»Du siehst klasse aus«, sagte Margery, womit sie sich an die ungeschriebene Regel hielt, alle ihre Begegnungen mit gegenseitigen Komplimenten zu beginnen.

»Du auch. Ich wollte, ich hätte deine Beine.«

»Und wie hält Stu in Alaska durch?«

»Keine Ahnung. Kein Handyempfang.«

»Ah ja, richtig.«

»Er kommt zurecht, denke ich.«

»Oder isst Bohnen.«

Im nächsten Augenblick stellte ein Ober eine Schale mit gegrillten Muscheln in Knoblauchbutter auf den Tisch. Dazu gab es eine weiße Sauce, in der rote Paprikastückchen schwammen. Margery spießte eine Muschel mit einer winzigen Vorspeisengabel auf und zog sie durch die Sauce.

»Wie geht es Robert und Amy?«, fragte Katherine. Margerys Kinder waren neun und elf.

»Sie sind reizend, viel beschäftigt und teuer. Die Privatschule kostet kaum weniger als ein College. Außerdem muss ich jeden Monat zu einer langweiligen Theateraufführung oder einem Festtagskonzert gehen. Und die Elternvereinigung will für jede ihrer Aktionen eine Spende. Ich spende jedes Mal, aber ich achte darauf, dass unser Name auf allen Handzetteln steht. Das ist wenigstens eine gute Werbung. Aber ich will dich nicht mit Mama-Geschwätz langweilen. Reden wir lieber über etwas Interessantes.«

»Ein bisschen Geschwätz ist okay. Schließlich habe ich gefragt.«

»Aber ich will mich nicht selbst langweilen. Hier sind wir großen Mädchen unter uns.« Sie trank einen Schluck Wein. »Du hast diesen Treff unter vier Augen vorgeschlagen. Worüber willst du also reden?«

»Geschäft und Sex.«

»Du meine Güte. Das verspricht ein interessanter Lunch zu werden. Bitte weiter.«

»Ich habe den Eindruck, dass du auf beiden Gebieten gut bist, und möchte deine Erfahrung anzapfen.«

»Nur zu! Ich sage dir, wenn du aufhören sollst.«

»Plötzlich läuft alles gut für mich. Ziemlich gut.«

»Im Geschäft oder im Bett?«

»Geschäft. Vielleicht beides. Dazu komme ich noch. Aber zuerst das Geschäft. Was ich dir erzähle, ist noch vertraulich. Und weil Stillschweigen vereinbart ist, dürfte ich gar nicht darüber reden. Aber du kennst den großen Fall, von dem ich gesprochen habe ...«

»Molson, ich weiß.«

»Richtig. Nun, es ist zu einem Vergleich gekommen.«

»Wie viel?«

»Sehr viel.«

Margery machte eine ungeduldige Handbewegung, die *Weiter!* heißen sollte.

Katherine sah sich um, dann flüsterte sie: »Eins-komma-fünf Millionen für Stu und mich.«

Margery nickte sichtlich beeindruckt. »Füllt eure Altersvorsorge nach Paragraf 401(k) auf. Legt ein Drittel für Steuern zurück.«

»Du klingst wie Stu.«

»Das bezweifle ich, aber wenn ich's tue, hat er recht.«

»Er hat es mir noch nicht erzählt.«

»Wirklich? Das ist merkwürdig. Woher weißt du's dann?«

»Clay.«

»Interessant.«

»Ja. Clay bringt neuen Schwung in die Firma.«

»Clever. Er nutzt den Erfolg.«

»Ja, ich weiß. Aber Stu weiß es nicht.«

»Was weiß er nicht?«

»Dass Clay expandiert, die Firma umbaut, neue Leute einstellt.«

»Alles in dieser Woche? Während Stuey fort ist?«

»Ja, und Clay hat mich gebeten, ihm dabei behilflich zu sein.«

»Wenn er das alles tut, muss er diese Veränderungen schon länger geplant haben.«

Katherine blinzelte. »Schon möglich. Aber wir hatten nie das Geld dafür. Jetzt haben wir's. Und er fürchtet, dass Stu uns bremsen wird.«

»Tut er das?«

Katherine kostete eine Muschel, um Zeit zu gewinnen. »Ja«, sagte sie dann. »Verdammt, mir kommt es vor, als verriete ich ihn.«

»Indem du seiner Firma hilfst? Nein. Du tust ihm einen Gefallen. Kleine Firmen haben zu kämpfen, und nicht jeder besitzt den Killerinstinkt. Stu hat ihn nicht, Clay schon. Das ist nicht viel anders als beim Highschool-Ball: Man kann den ganzen Abend lang auf den richtigen Augenblick warten oder auf die Tanzfläche gehen, sobald die Musik einsetzt. Wer, glaubst du, hat den meisten Erfolg?«

»Ja, ich weiß. Aber die Sache ist kompliziert.«

»Nein, das ist sie nicht. Du brauchst dir nur drei simple Fragen zu stellen. Was will ich? Wie bekomme ich es? Traue ich mir zu, was dafür nötig ist?«

»Ich denke, ich weiß, was ich will.«

»Musst du im Team Clay spielen, um es zu kriegen?«

»Ich denke schon.«

»Traust du dir das zu?«

»Bisher. Aber Stu ist nicht hier.«

»Aha. Nun, meiner Überzeugung nach wirst du mit Stu fertig. Sobald er wieder zu Hause ist, redest du mit ihm. Sei an seiner Stelle mutig. Sorg dafür, dass er notfalls gegen seinen Willen Erfolg hat.«

»O Gott, du hast recht! Genau das versuche ich seit Jahren. Und genau das rät mir auch Clay.«

»Kommen wir zu Sex, wenn wir gerade bei Clay sind.«

Katherines Herz jagte. Sie wusste natürlich, dass Margery sich auf der Party an ihn rangemacht hatte, und war deshalb verstimmt, sogar leicht verärgert. »Du hast nicht etwa mit ihm ...«

»Nein. Aber ich habe mich gestern mit ihm getroffen.«

»Wirklich?«

»Er hat sich auf Stus Party mit mir unterhalten. Ich habe ihm gesagt, dass ich schrecklich beschäftigt bin, ihm aber meine Telefonnummer gegeben. So musste er mich anrufen. Das ist ein bewährter Trick von mir. Er hat sich gleich am nächsten Tag gemeldet, um ein Treffen zu vereinbaren.«

»Das ist merkwürdig. Er sollte doch nach Alaska.«

»Nun, ich bin froh, dass er hiergeblieben ist, denn in meiner kurzen Jacke mit Volants, die ich längst mal tragen wollte, habe ich verdammt gut ausgesehen.«

»Ich glaube nicht, dass Clay der Richtige für dich ist«, sagte Katherine abrupt. »Ich meine, selbst wenn du nicht verheiratet wärst und Affären haben könntest. Er ist ein bisschen überspannt.«

»Was ich heiß finde. Leider interessiere ich ihn nur als potenzielle Mandantin. Er muss irgendwo eine andere Frau versteckt haben. Weißt du was darüber?«

»Ich glaube nicht, dass er eine Freundin hat. Im Augenblick konzentriert er sich auf seine Arbeit. Ich helfe ihm sogar, Mandanten zu bekommen, so unglaublich das auch klingen mag. Hat er mit dir darüber gesprochen, dass er gern auch deine Firma vertreten würde?«

»Ja. Ich nehme an, dass du dich deswegen mit mir treffen wolltest ...«

»Nein. Ich meine, wir würden dich liebend gern vertreten, Margery. Aber ich wollte deinen Rat einholen.«

»Gut, meinetwegen. Ich kann Privates und Geschäftliches trennen. Willst du ein Fachgespräch führen, kann ich dich für ein paar Minuten in die Geschäftskolumne schieben. Aber ich muss dich warnen: Es ist gefährlich, mit Freunden Geschäfte zu machen oder ins Bett zu gehen. Klappt dabei etwas nicht, riskiert man den Verlust der Freundschaft.«

»Dann überlasse ich das lieber Clay.«

»Das Geschäftliche oder den Sex?« Margery lächelte verschmitzt.

»Danach wollte ich dich fragen. Du weißt, wie du manchmal im Scherz über Affären redest? Sogar ziemlich oft. Und ich frage mich: Hast du wirklich welche?«

Margery lehnte sich zurück und betrachtete Katherine nachdenklich. Katherine hatte die Mauer aus unverfänglichem Geplauder durchbrochen. Margery beschloss, es sei Zeit für eine weitere Muschel, die sie bedächtig verzehrte. »Das ist eine sehr persönliche Frage«, sagte sie dann. »Ich will nicht, dass Gerüchte über mich verbreitet werden.«

»Wir sind Freundinnen. Und wir sind noch nicht miteinander im Geschäft. Oder schlafen miteinander. Außerdem habe ich dir von dem vertraulichen Vergleich erzählt.«

»Suchst du meinen Rat, weil du eine Affäre hast?«

Katherine biss sich auf die Unterlippe. Margery war verdammt clever und direkt. Bevor sie selbst etwas preisgab, zwang sie Katherine dazu, etwas Belastendes einzugestehen. »Ich bin zu dir gekommen, weil ich glaube, dass ich dir vertrauen kann.

»Ich denke, das sagt bereits alles. Ist es Clay? Ich habe gemerkt, wie angespannt du reagiert hast, als ich seinen Namen erwähnt habe.«

»Nein. Niemand, den du kennst. Und die Sache ist nicht auf Dauer angelegt. Ich habe nur ...«

»Impulsiv?«

»Nicht besonders.«

»Interessant. Bitte weiter.«

»Ich wollte etwas. Ich hab gesehen, wie ich es bekommen könnte. Und zu meiner großen eigenen Überraschung hab ich es getan.«

»Sei nicht überrascht. Sex macht Spaß. Das sollte er zumindest. Und umso besser, wenn für dich etwas Greifbares rausgesprungen ist.«

»Hör zu, Margery, macht es dir Spaß, einem Mann einen ›Gefallen‹ zu tun?«

»Wenn du mit ›Gefallen‹ Oralsex meinst, kann er mühsam oder vergnüglich sein, denke ich, oder ein bisschen von beidem. Kommt ganz auf die Einstellung an.«

Und seine Einstellung kann man ändern, dachte Katherine. »Es war kein richtiger Sex, weißt du.«

»Verstanden. Wie wär's mit ein paar Details? Komm, lass mich ein bisschen an dem Spaß teilhaben.«

Katherine kicherte. Sie fühlte sich wie ein unartiges Schulmädchen. In ihrem Alter war das ein gutes Gefühl. »Riesige Eier«, flüsterte sie.

Margery ging auf ihren Verschwörertonfall ein. »Echt? Reden wir von der Textur von Oliven? Getrockneten Datteln? Oder von einem Paar Kiwis? Vielleicht bräunlich mit etwas Flaum ...«

»Komische Bilder.«

»Das ist die Restaurantbesitzerin in mir. Essen ist mein Leben.«

»Dann würde ich eher von ganzen Walnüssen sprechen.«

»Hmmm, *das* klingt nach Vergnügen.«

»Aber er will sich noch mal mit mir treffen, und ich denke, dass er nächstes Mal mehr erwartet. Wie soll ich damit umgehen?«

»Du hast schon, was du wolltest?«

»Ja.«

»Willst du noch mehr?«

»Nicht von ihm.«

»Dann hat die Sache sich erledigt. Ich rate dir, sie zu beenden, Stu alles zu beichten und nach vorn zu blicken.«

Katherine runzelte die Stirn. »Du meinst, ich soll Stu alles beichten?«

»Natürlich. Bekommt er es auf andere Weise heraus, ist eure Ehe irreparabel beschädigt.«

»Erzähle ich es ihm, schade *ich* meiner Ehe.«

»Du hast nicht mit diesem anderen geschlafen, aber wenn du verschweigst, was du getan *hast*, und er es rauskriegt, glaubt er dir das nie. Er wird glauben, du wolltest die Sache verharmlosen. Kapiert?«

»Ich soll es ihm einfach erzählen. Ist das dein Rat?«

»Ja. Am besten gleich nach Stus Rückkehr. Je früher, desto besser. Und ein sofortiges Geständnis lässt deine Reue tief und real erscheinen, selbst wenn sie es nicht ist.«

»Das ist sie«, sagte Katherine. Reue war nicht gerade das, was sie empfand, aber es *klang* richtig. Vor allem wollte sie nicht, dass Dugan als Mandant absprang. Clay wäre verdammt sauer gewesen.

»War die Sache das wert?«, fragte Margery. »Aber ich will mir kein Urteil anmaßen. Vielleicht war sie es.«

»Das muss sich erst rausstellen. Erzählst du Richard, was du alles machst?«

Margery nickte. Sie war von Katherines Offenheit so befriedigt, dass sie diesmal antwortete. »Wir haben eine Vereinbarung.«

»Interessant«, sagte diesmal Katherine.

»Ja, das ist es oft.«

»Nichts fragen, nichts erzählen?«

»Nein, fragen *und* erzählen. Das ist unerlässlich. Ich fange nichts an, ohne erst mit Rich darüber zu sprechen. Von ihm kommen selten Einwände. Die eigene Freiheit ist ihm viel zu kostbar.«

»Wow.«

»In der Gastronomie arbeiten viele junge Frauen. Viele machen sich an den Chef ran. Genau wie die Anwältin aus eurer Firma, die auf der Party mit Stu geflirtet hat.«

»Audra? Sie ist noch keine richtige Anwältin. Eher eine viel zu alte Praktikantin. Und Stu würde nie etwas tun, um sich an mir zu rächen. Er ist nicht rachsüchtig.«

»Das wäre keine Rache, sondern nur ein fairer Handel. Und mit einem Freibrief für ihn wärst du vom Haken.«

»Ausgeschlossen.« Katherine schüttelte den Kopf. Selbst wenn Stu den Mumm gehabt hätte, ihr einen derartigen Tauschhandel vorzuschlagen, hätte sie eine Affäre mit Audra niemals gebilligt. »Nein. Doch nicht Stu. Er würde mir einfach verzeihen.«

»Das weißt du selbst am besten.« Margery beendete

das Gespräch mit einem Schluck Wein, als Nackenknoten an ihren Tisch trat.

Katherine zückte ihre Geldbörse, aber Margery hob abwehrend die Hand.

»Sie sind eingeladen, Mrs Stark«, sagte die sorgenvoll wirkende Hostess und bedachte Katherine vor den Augen ihrer Chefin mit einem breiten Lächeln. Margery schickte sie kühl weg, und Katherine erwiderte ihr Lächeln, weil sie sich in der Vorstellung der Unannehmlichkeiten sonnte, die die Schwarzhaarige erwarteten, wenn ihre Chefin sie sich später vorknöpfte.

Katherine war amüsiert und beeindruckt zugleich. Margery besaß Macht. Sie war clever. Sie sah klasse aus. Und sie tat, was sie wollte. Sogar *mit wem* sie wollte. Sie war ihr eigenes Alphatier.

KAPITEL 23

Margerys Ratschläge gingen Katherine erneut durch dem Kopf, als sie auf dem Logan Airport mit besorgter Miene die Anzeigetafel *Ankünfte* studierte. Sie wusste noch immer nicht, was genau sie zu ihrem Mann sagen würde. Ihre raffinierte erfahrene Freundin hatte entschieden, sie müsse ihm alles erzählen – aber Margery hatte leider nicht gesagt, *wie* sie das anstellen sollte.

Katherine beschloss, mit ihrer Beichte zu warten, bis Stu und sie wieder zu Hause waren; dieser Entschluss drängte sich ihr auf. Sie konnte damit anfangen, dass sie ihm Vorwürfe machte, weil er kein Wort über den Molson-Vergleich gesagt hatte. Das würde ihn milder stimmen. Danach konnte sie unauffällig auf ihr eigenes Verhalten zu sprechen kommen. Anfangen würde sie damit, dass sie ohne sein Wissen hunderttausend Dollar Vorschuss angenommen und praktisch ein Haus gekauft hatte. Ihre Beteiligung an dem renovierten und erweiterten Büro war noch schlimmer, und diese Schlampe Audra würde Stu vermutlich erzählen, dass seine Frau dort gewesen war.

Die Sache mit Dugan war etwas schwieriger. In Gedanken hatte sie den ganzen Morgen verschiedene Eröffnungen ausprobiert, ohne aber die rechten Worte für diese spezielle Art der Mandantenbetreuung finden zu können.

Selbst wenn sie die rechten Worte fand, gab es weiter ein ernstes Problem mit der Beichte. Stu würde die Zusammenarbeit mit Dugan beenden. Ganz ohne Zweifel. All ihre Bemühungen würden vergebens sein. Das durfte sie nicht zulassen. Aber Margery hatte sie gewarnt, dass Lügen schwärten, und sie wollte auch nicht riskieren, den Mann zu verlieren, in den sie ihr gesamtes Erwachsenenleben investiert hatte – vor allem jetzt nicht, wo er Millionenvergleiche schloss. In einer von Singles beherrschten Welt verkauften arbeitslose Frauen Mitte dreißig sich schlecht.

Stu war auf dem Handy nicht erreichbar und hatte sich nicht gemeldet, was sonst nicht seine Art war. Normalerweise rief er von jeder Etappe einer Reise an, um zu berichten, wann er ankommen und von wem er abgeholt werden würde, was ermüdend und beruhigend zugleich war. Katherine stand hinter der Barriere und lächelte strahlend, als nach und nach die Passagiere der ersten Klasse herauskamen. Diesmal würde Stu noch nicht zu ihnen gehören. Aber nach dem Vergleich im Fall Molson und dem Vertragsabschluss mit Dugan würde alles anders aussehen. Sie wartete geduldig, wie sie es ein Jahrzehnt lang getan hatte.

Katherine fragte sich, ob sie Stu mit etwas Sex milder stimmen sollte, bevor sie beichtete. Sie musste überhaupt wieder mehr Energie auf ihren Mann konzentrieren. Ihre erotischen Abenteuer während seines Wildnisabenteuers waren interessant gewesen, aber sie konnten nicht weitergehen; wenn Stu zu Hause war, konnte sie sich nicht an seinem Partner reiben und wichtigen Mandanten »Gefallen« erweisen. Und sie konnte nicht wie irgendeine Superheldin in der nächsten Telefonzelle verschwinden, um ihre Bedürfnisse zu befriedigen. Erst letzte Nacht hatte sie das wieder getan, wobei sie sich vorgestellt hatte, ihr Ganzkörperkissen sei Clay. *Schluss damit!*, entschied sie. Keine erotischen Fantasien mehr, sobald Stu herauskam.

Die Masse der Passagiere strömte jetzt heraus, nur Stu war noch nicht zu sehen. Sie lächelte weiter. Er musste jeden Augenblick kommen. Sie machte sich darauf gefasst. Ein Ehestreit mit einem Anwalt war eine Herausforderung, aber sie konnte immer auf Emotionen zurückgreifen. Von denen verstand er nicht viel. Er versuchte, sie in Logik umzuwandeln, und war sich seiner Übersetzung nie ganz sicher. Wenn sie weinte oder ihn anschrie, sagte er stirnrunzelnd: »Ich glaube, du fühlst dich aus folgendem Grund verärgert/einsam/durcheinander/entfremdet/bedürftig ...« Diese Art Analyse gab ihr Gelegenheit, sich zu rechtfertigen oder Bußfertigkeit zu heucheln.

Der Fluggaststrom war fast versiegt. Eben kam noch eine Frau mit zwei Kleinkindern und Unmengen von Gepäck. Von Stu war weiter nichts zu sehen. *Um Gottes willen!* Katherine kontrollierte zum zehnten Mal die Flugnummer. Dann war der Bereich vor dem Ausgang plötzlich leer. Sie wartete, bis die Besatzung herauskam, und wandte sich an eine junge Frau in einem dunkelblauen Kostüm mit einem goldenen Abzeichen, einem

Schwingenpaar, das leicht schief über ihrer linken Brust steckte.

»Kommen keine Passagiere mehr?«

»Nein. Warten Sie auf ein Kind?«

»Nein.« Katherine lächelte. Ein Lächeln machte Leute eher hilfsbereit, und diese Frau war nicht mehr im Dienst. Wer sich beschwerte, wurde abgewimmelt. Höflichkeit und Beharrlichkeit wirkten am besten. »Mir fehlt der Ehemann.«

»Ist das gut oder schlecht?«

»Ein bisschen von beidem.«

Die Stewardess lachte. »Kommen Sie, ich bringe Sie zu jemandem, der Ihnen helfen kann.«

Ihr Charme hatte sich also gelohnt. Die Stewardess ging mit ihr geradewegs zum nächsten Schalter ihrer Fluggesellschaft, ohne sich um die in der Schlange Wartenden zu kümmern. Der dort sitzende Angestellte gab den Namen Stuart Stark in seinen Computer ein.

»Er ist nicht an Bord gegangen«, sagte der Mann.

»In Seattle?«

»In Fairbanks.«

»Nein. Er hätte angerufen.«

»Tut mir leid, dafür weiß ich keine Erklärung«, sagte der Mann weit weniger freundlich als die Stewardess, obwohl er im Dienst war. Er erwiderte Katherines verwirrten Blick ausdruckslos, als wolle er signalisieren, er habe alles Menschenmögliche getan und müsse sich jetzt um die Wartenden kümmern. Ihm gefiel es offenbar nicht, dass die Stewardess Katherine gleich zu ihm an den Schalter begleitet hatte.

Katherines Stimme wurde eine halbe Oktave höher und durchdringender, weniger höflich. »Also, wo ist er? Können Sie das nicht feststellen?«

»Ma'am, wir können niemanden finden, der nicht an Bord war. Wir haben schließlich keinen Koffer verloren.«

»Nein, Sie haben meinen Mann verloren.«

»Vielleicht hat er sich verlaufen.«

KAPITEL 24

»Hallo?« Eine tiefe Stimme dröhnte in Stus Kopf.

Ich bin tot. Und das ist Gott. Er wird mir sagen, dass Ungläubige nicht reindürfen. Scheiße.

»Wer zum Teufel ist da drin?«, fragte die Stimme, ein volltönender Bass, der die winzige Hütte ausfüllte.

Die Stimme ist hier in der Hütte. Nicht in meinem Kopf. Anfangs war Stu erleichtert, dass dies nicht Gott war, der bestimmt nicht den Namen seines Widersachers gebrauchen würde, nur um zu fragen, wer in der Hütte sei. Dann fiel ihm etwas ein, das noch ermutigender war. Er versuchte, sich aufzusetzen. »Ivan?«

»*Nein.* Aber bleib cool. Ich will keinen Ärger.«

In der Tür stand eine Gestalt … tatsächlich war nur ein von draußen hereingesteckter Kopf zu sehen. Stu versuchte, noch etwas zu sagen, aber er brachte nur ein schwaches Krächzen heraus.

»Hey, tu's einfach runter, Freund«, sagte der Kopf.

Stu wusste nicht gleich, wovon der Kopf redete. Dann merkte er, dass er das Gewehr in den Händen hatte. Es zielte nicht auf den Kopf. Seine Hände hielten es schief, als habe er damit experimentiert, wo bei der Waffe vorn und hinten sei. Er ließ los, und das Browning .30-06 fiel polternd zu Boden.

»Alles in Ordnung mit dir, Kumpel?«

Nein. Stu sah mit bittendem Blick auf. Hinter dem Kopf wurde jetzt eine stämmige Gestalt sichtbar, die den Türrahmen ausfüllte.

»Willst du Schluss machen, lass ich dich in Ruhe. Aber wenn du Hilfe brauchst, musst du's sagen.«

Hilfe! Genau das brauche ich! Stu konnte nicken, und er nickte auch. Wenigstens bildete er sich das ein. Der Mann reagierte jedoch nicht darauf; stattdessen kam er schnell herein und schnappte sich das Gewehr. Dann war er wieder fort.

Stu fragte sich, ob er jemals da gewesen war. Vielleicht *war* er Gott gewesen, der sich wieder verdrückt hatte, als er sah, wer auf der Schwelle des Todes stand: Stuart Stark, der Ungläubige. *Dieser Pastor Richards hat mich verpfiffen. Ich hab's gewusst!* Oder der Mann hatte nur das Gewehr klauen wollen. Jedenfalls war er wieder weg. Stu dämmerte weiter vor sich hin.

Dann war der Mann wieder da. Er konnte eine Minute oder eine Stunde fort gewesen sein. Er goss einen dünnen Strahl Wasser in Stus Mund.

»Langsam schlucken. Ich will nicht, dass du noch mal kotzt. Und hier ist für den Anfang ein Kräcker. Verdammt, hier drinnen stinkt's!«

Stu konnte sich nicht daran erinnern, gekotzt zu haben. Er ließ sich willenlos füttern: erst mit Kräckern und Wasser, dann mit irgendeinem Fruchtsaft und getrockneten Früchten, die er nicht wirklich schmeckte. Er war schwach und musste jeden Bissen lange kauen, bevor er ihn mit Wasser hinunterspülen konnte.

Danach schlief er.

Wie lange er bewusstlos gewesen war, ließ sich schwer beurteilen. Es war Nacht, also musste er zwischen vier und sechzehn Stunden außer Gefecht gewesen sein. *Oder zwischen achtundzwanzig und vierzig.* Konnte er einen ganzen Tag verschlafen haben? Möglich. Wenig wahrscheinlich. Der Mann hockte neben einem vorbildlichen Feuer, das nicht zu heiß und nicht zu schwach in der Feuerstelle brannte.

»Ahhh, endlich rührt er sich«, sagte der Mann sarkastisch, als habe er große Unannehmlichkeiten ertragen müssen.

Stu stellte fest, dass er sich aufsetzen konnte. Noch wichtiger war, dass er wieder sprechen konnte, obwohl sein Mund sich weich und schlammig anfühlte und nach verdorbener Milch schmeckte. »Bist du der Rettungspilot?«, fragte er, was er für eine faire, auf der Hand liegende Frage hielt.

»Rettung? Ha!«

Das klingt nicht gut. Aber der Mann bot keine weitere Erklärung an.

»Nun, vielen Dank für deine Hilfe«, sagte Stu. »Ich war in ziemlich mieser Verfassung.«

»Das bist du noch immer. Aber dass du sitzen und reden kannst, ist ein gutes Zeichen. Willst du dein Gewehr wiederhaben?«

»Es gehört nicht mir. Aber ja.«

»Wenn du zu Ende bringen willst, was du angefangen hast, kann ich's dir geben und dich in Ruhe lassen.«

»Was zu Ende bringen?«

»Du warst kurz davor, dir den Kopf wegzuschießen.«

»Nein, das wollte ich nicht.«

»Hör zu, ich bin kein Psychologe oder Fachmann für menschliches Verhalten, aber das wolltest du. Du hattest die verdammte Gewehrmündung zwischen den Zähnen.«

In meinem Mund. Die Mündung. Stu erinnerte sich wie an einen Traum, in dem er die Waffe dumpf fasziniert gedreht hatte, bis seine Lippen den kalten Stahl umschlossen. »Ich war im Delirium. Ich hab nicht gewusst, was ich tue.« Er runzelte die Stirn. »Was hab ich noch getan?«

Der Mann lachte, obwohl Stu seine Frage keineswegs witzig fand. »Du hast mir fünfzig Mille versprochen, weil ich dir das Leben gerettet habe. Deiner Ausrüstung nach musst du einen Haufen Kohle haben.«

»Tut mir leid, diese Zusage kann ich nicht einhalten. Unter Zwang abgeschlossene Verträge sind im Allgemeinen nichtig. Und zu den rechtlichen Aspekten von Hilfeleistungen gehört immer, dass keine finanziellen Forderungen gestellt werden dürfen, wenn es um Leben oder Tod geht.«

»Hä? Du scheinst dich wieder zu erholen. Und du redest wie ein gottverdammter Rechtsverdreher.«

Stus ärgerliches Schweigen bestätigte das.

»Ah, Scheiße, jetzt verklagst du mich wahrscheinlich, weil ich deinen Arsch gerettet habe. Ich hab gehört, dass Kerle wie du so was tun.«

»Ich verklage dich nicht.«

»Gibst du mir das schriftlich?« Er musterte Stu ernst, dann lachte er. »Hier, iss und trink noch was.«

Stu ließ sich von der Pranke des Unbekannten eine Mischung aus Nüssen, Haferflocken und Schokoladestückchen in die Hand kippen. Er war *bullig*, ein Adjektiv, das Stu einschüchternd fand und gewöhnlich für Männer wie Reggie Dugan reservierte. Auch auf diesen Mann traf es zu. Er hatte runde Schultern und stämmige Beine. Er hatte sogar einen Vollbart, der sein Gesicht noch breiter wirken ließ. Er hätte ein Holzfäller oder Ex-Footballprofi sein können, vielleicht ein Harley-Davidson-Fahrer. *Oder ein junger Santa Claus, der Knabbermischungen austeilt.* Seine Kleidung war abgetragen, aber offenbar warm, und an seinem breiten Webkoppel hatte er ein Beil mit Knochengriff hängen. Die weiße Pelzmütze auf seinem Kopf war handgenäht, vielleicht von ihm selbst. Er hatte eine leicht schiefe Boxernase, und wenn er lächelte, war zu sehen, dass ihm ein Zahn fehlte, was ihn noch bulliger wirken ließ.

»Mir geht es noch immer beschissen.«

»Das dauert noch ein paar Tage. Was hast du gegessen und getrunken?«

»Essbares Gras und Wasser. Eichhörnchen.«

»Mit dem Gras solltest du aufhören. Anscheinend ist es weniger essbar, als du glaubst. Eichhörnchen sind wahrscheinlich in Ordnung.«

»Ich hab nicht vor, hier noch viel zu essen.«

»Ich weiß nicht, was du vorhast.«

»Wie heißt du? Ich muss mich bei dir bedanken …«

»Blake.«

»Blake wer?«

»Nur Blake.«

»Okay, danke, Blake. Du hast mir das Leben gerettet.«

»Gute Tat des Tages.«

»Du siehst diese Sache ziemlich cool. Läufst du die ganze Zeit rum und findest Leute, die im Sterben liegen?«

»Nein, ich bin als Fallensteller unterwegs – ab morgen wieder.«

»Du hast ein Flugzeug?«

»Nein. Ich hab mich am Fur Lake absetzen lassen. Bin hierher marschiert. Diese alte Hütte ist mein erstes Etappenziel auf meiner Runde.« Er sah zu dem Loch im Dach auf. »Sie war es jedenfalls bisher. Was zum Teufel machst du hier?«

»Ein Wasserflugzeug hat mich hergebracht. Ich sollte eine Woche hier verbringen. Hätte vor einigen Tagen abgeholt werden sollen, aber der Pilot ist nicht zurückgekommen. Vielleicht ist er abgestürzt.«

»Gut möglich. Das passiert hier häufiger als in den südlichen achtundvierzig, weißt du.«

»Ja, das habe ich schon gehört««, knurrte Stu. »Aber zurück zum Thema. Du kannst telefonisch Hilfe anfordern, richtig?«

»Von hier aus? Nein.«

»Kannst du mich dann zum nächsten Ort bringen?«

»Ich soll dich wie ein Feuerwehrmann über die Schulter nehmen und Hunderte von Meilen weit in die Zivilisation zurückschleppen?«

Stu schüttelte frustriert den Kopf. »Oder mir ein paar Vorräte dalassen und jemanden herschicken. Ich habe Geld. Ich kann dich für deine Mühe entschädigen.«

»Du kapierst noch immer nichts. Es gibt keinen nächsten Ort. Wir sind hier mitten in der Wildnis. Hier gibt es absolut nichts.«

»Und du ziehst morgen weiter?«

»Richtig.«

Stu glaubte zu spüren, wie sein Retter ihm entglitt. Auf unheimliche Weise hatte das Ähnlichkeit mit seinem ersten Blick auf das Urteil der Berufungsinstanz im Fall Butz: das Gefühl, den Prozess verloren zu haben, noch bevor er die Urteilsbegründung gelesen hatte. Die Vorstellung, allein zurückzubleiben, entsetzte ihn.

»Du willst mich verlassen?«

»Außer du bist in dieselbe Richtung unterwegs und lässt dich nicht abschütteln.«

»Ich bin überfällig. Jemand wird mich abholen, wenn ich noch ein paar Tage durchhalte. Ich war krank. Ich konnte nicht mehr klar denken. Ich habe eine schwarze Schnecke gegessen.«

»Die muss man erst kochen.«

»Du würdest mich wirklich verlassen? Ich habe keine Vorräte.«

»Nun, warum zum Teufel nicht?«, knurrte Blake. »Und ist das meine Schuld?«

»Hier ist ein Versehen passiert. In der Hütte sollten Vorräte und Töpfe und Pfannen bereitstehen. Aber irgendjemand muss sie ausgeräumt haben. Bitte zwing mich nicht dazu, dich anzubetteln.«

»Gott, nein, tu das bloß nicht.«

»Tut mir leid. Ich bin ganz durcheinander.«

»Und entschuldige dich nicht. Hast du Scheiße gebaut,

bekenn dich dazu, aber winsle nicht herum. Sei ein gottverdammter Mann.« Blake räusperte sich, dann wühlte er in seinem großen Rucksack. »Ich gebe dir, was ich habe, aber außer von Trail Mix und Dörrobst lebe ich von dem, was ich fange und schieße. Also gibt's nicht viel. In dem Blockhaus, das mein Basislager ist, gibt es reichlich Vorräte, aber das ist zu Fuß eine Woche von hier entfernt.«

Stu merkte auf. Ein richtiges Blockhaus. Mit richtigen Vorräten. »Ich komme mit«, sagte er plötzlich.

»*Was* tust du?«

»Ich wandere mit dir zu dem Blockhaus.«

»Im Augenblick könntest du nicht mal bis zur Latrine wandern.«

»Du hast gesagt, dass du erst morgen aufbrichst.«

»Und du hast gesagt, dass Leute kommen und dich hier abholen werden.«

»Das weiß ich nicht mit Sicherheit.«

Blake musterte ihn von oben bis unten. »In deinem Zustand kannst du nicht mithalten.«

»Ich werde es versuchen.«

»Du wirst dich mehr anstrengen müssen als bisher.«

»Das werde ich.«

Der Seufzer, den Blake hören ließ, zeugte von seiner Skepsis. »Weil ich finde, dass jeder Mann die Chance haben sollte, sich selbst zu verwirklichen, werde ich dich nicht aufhalten. Aber ich lass mich auch nicht *von dir* aufhalten. Du hast zwei Tage Zeit, wieder zu Kräften zu kommen. Die wirst du brauchen. Dann marschiere ich los.«

»Großartig. Ich kann dir nicht genug danken.« Stu graute es bei dem Gedanken, in seinem Zustand wandern zu müssen, aber Blake hatte in nur einem Tag Wunder bewirkt. Zwei weitere würden vielleicht genügen, um ihn wieder zu Kräften kommen zu lassen. *Ob das reicht, bleibt abzuwarten.*

»Bedank dich noch nicht. So sozial bin ich nämlich nicht. Wenn wir gemeinsam unterwegs sind, wirst du mich zuletzt wahrscheinlich gründlich hassen.«

»Wann kann ich wieder mit der Außenwelt in Verbindung treten? Ich habe in meiner Firma wichtige Dinge zu erledigen, die meine Aufmerksamkeit erfordern. Und meine Frau macht sich bestimmt schreckliche Sorgen um mich.«

»Wenn das Fallenstellen vorbei ist.«

Stu ächzte, aber er wollte sich nicht beschweren, wenn Blake bereit war, ihm das Leben zu retten. »Okay. Wie lange dauert das? Zwei bis drei Wochen?«

»Sechs Monate.«

KAPITEL 25

Es dauerte zwei Tage, Stu offiziell für vermisst zu erklären, und weitere zwei, um ein Suchflugzeug loszuschicken. Wenigstens wussten sie, wo sie zu suchen hatten. Katherine überließ die Organisation Clay, der sofort nach Fairbanks flog, um zu versuchen, dort zu helfen. Aber nichts half. Mit einem State Trooper flog Clay in einer SAR-Maschine persönlich zu Dugans Blockhaus, das sie so leer vorfanden, wie der Pilot von Yukon Air Tours berichtet hatte. Herd, Kamin und Bett schienen allerdings kurz benutzt worden zu sein. Der Trooper machte ein paar Aufnahmen, die er Katherine mailte. Wie Stu vermutet hatte, war das Blockhaus ein geräumiger, moderner Bau mit präparierten Tierköpfen an den Wänden, aber sonst gab es dort nicht viel zu sehen. Tatsächlich war die Abwesenheit von Spuren das Bemerkenswerteste an Dugans Blockhaus.

Eine groß angelegte Suche würde länger dauern. Stu war gut ausgerüstet und konnte nach Auskunft des Troopers nach siebentägiger Wanderung überall sein. Aber Katherine wusste, dass niemand ihren pedantischen Ehemann auf einer Wanderung ins Blaue antreffen würde. Er wäre mit säuberlich aufgereihtem Gepäck genau zur vereinbarten Zeit am Treffpunkt gewesen und hätte alle paar Minuten auf die Uhr seines Smartphones gesehen.

Außer ihm war etwas zugestoßen.

Clay rief aus Fairbanks an und erbot sich, während der Suche aus der Luft dortzubleiben, aber Katherine erklärte ihm, er könne ebenso gut heimkommen und die Suche den Profis überlassen. Dort stehe er nur im Weg, sagte sie. Außerdem brauchte sie ihn in ihrer Nähe. Sie konnte spüren, wie ihre Welt sich veränderte. Das war desorientierend, und als sie langsam den Hörer auflegte, fühlte sie sich wie nach einem Drink zu viel oder als habe sie soeben ein Kettenkarussell verlassen.

Katherine fuhr zum Logan Airport hinaus, um Clay abzuholen, und stand wieder genau dort, wo sie auf Stu gewartet hatte. Das war ein bisschen unheimlich, aber diesmal kam der erwartete Mann wenigstens. Für sich hatte sie eine schwarze Hose und eine weiße Bluse herausgesucht: vorteilhaft, aber konservativ. Dazu bequeme Schuhe. Dies war nicht der richtige Augenblick, verführerisch zu wirken, aber sie sah trotzdem gut aus. Clay kam mit langen Schritten vom Gepäckband, schloss sie in die Arme und hielt sie lange tröstend an sich gedrückt.

»Du wirst zurechtkommen«, sagte er mit tiefer, ruhiger Stimme. »Unabhängig davon, was vielleicht passiert ist. Das verspreche ich dir. Aber du musst bereit sein, dein Leben anzupassen. Für alle Fälle. Okay?«

»Er hätte nicht hinfliegen sollen!« Als sie zu zittern begann, umarmte er sie noch fester.

»Ja, ich weiß. Ich mache mir selbst Vorwürfe. Ich hätte ihn nicht allein losziehen lassen dürfen, aber er hat darauf bestanden. Wäre ich dort gewesen, hätte ich dafür sorgen können, dass er ...«

»Vielleicht wärst du jetzt auch verschollen.«

»Das bezweifle ich.« Er lehnte diese Idee ab. Ein bisschen unsensibel, aber auch ehrlich. Stu war verschollen, Clay nicht.

Clay ließ sie mit einem aufmunternden Klaps los und drehte sie zum Ausgang um. »Wir müssen weitermachen«, sagte er, als er sie hinausbegleitete. »Die SAR-Profis haben die Sache in die Hand genommen, und wir könnten nichts Schlimmeres tun, als untätig rumzuhocken und auf Nachrichten zu warten. Das würde Stu nichts nützen – und uns erst recht nicht. Sie rufen an, sobald sie etwas wissen.«

Das klang vernünftig, aber sie hatte Mühe, an etwas anderes zu denken. »Was soll ich in der Zwischenzeit tun?«

»Du musst der Versuchung widerstehen, allen alles zu erzählen. Das ist sehr wichtig. Der Zyklus aus Kummer und Sorgen würde sich nur jedes Mal wiederholen. Zweitens solltest du ins Fitnessstudio gehen und hart trainieren. Und drittens musst du eine Beschäftigung finden, die dich ablenkt.«

»Ich könnte ein paar Serien fotografieren.«

»Okay. Aber keine melancholischen oder verkünstelten Sachen. Nimm ein paar Bilder auf, die sich verkaufen. Lass es wie Arbeit aussehen.«

»Das *ist* Arbeit.«

»Perfekt. Dann stürz dich hinein. Das wird dir guttun, was auch passiert.«

Katherine atmete tief durch. »Was ist, wenn er nicht zurückkommt?«

»Sollte das eintreten, werden wir damit fertig. ›Anpassung‹ ist das Schlüsselwort. Für Veränderungen aufgeschlossen.«

»Verstanden.«

»Gut.«

Auf dem Kurzzeitparkplatz stiegen sie in Katherines Corolla. Clay machte Konversation, und sie bemühten sich beide, nicht über Stu zu reden. Er stellte fest, sie brauche ein neues Auto, und sie stimmte zu. Dann begannen sie über Marke und Modell zu diskutieren, was nach der Anspannung der letzten Tage eine Erleichterung war und sogar irgendwie Spaß machte. Sie einigten sich auf einen Audi. Klassisch und praktisch. Katherine fragte sich, ob es ein Modell mit einem Kühlfach in der Mittelkonsole gab, aber Clay wollte nicht, dass sie einen Wagen bekam, der cooler war als sein BMW. Außerdem versprach er ihr, den Kontakt mit einem neuen Mandanten herzustellen, der erst neulich einen schönen Audi billig bekommen hatte.

»Woher kennst du *diesen* Kerl?«

Clay lachte. »Larry, den Kautionsagenten? Er hat früher immer ganz hinten im Saal gesessen, wenn wir Haftverschonung gegen Kaution beantragt haben. Je mehr ich beantragt habe, desto höher war sein Gewinn, weil die Leute wegen der Kaution zu ihm kommen mussten. Jetzt ist er ein Mandant. Er akzeptiert Autos als Sicherheit. Können die Leute nicht zahlen, behält er sie.«

»Ist das legitim?«

»Ja, auch wenn Larry sich in einer gewissen Grauzone bewegt. Mehr Geschäft für unsere billigen Partner, was?« Er blinzelte ihr zu.

Katherine lächelte. Bei Clay klang es so mühelos, das System auszunützen und in der Gewinnzone zu bleiben. Stu dagegen sah in jeder Gelegenheit etwas Illegales und Amoralisches oder machte sie komplizierter als nötig. Clays Methode, Kleinigkeiten souverän zu ignorieren, war so erfrischend, dass sie sich schon besser fühlte. Aber ihr fiel auf, dass Gedanken an Stu sofort wieder bleischwer auf ihr lasteten, wenn Clay einmal schwieg. Er hatte recht: Sie musste aufhören, ständig an ihren Mann zu denken.

Clay ließ sich von Katherine zu Hause absetzen, bat sie aber nicht herein, worauf sie enttäuscht und dankbar zugleich reagierte. Sie wollte Gesellschaft, konnte aber auch die Einfachheit seines Plans für sie würdigen. Sie rief niemanden an, joggte eine halbe Stunde und verbrachte möglichst wenig Zeit in ihrem Haus, bevor sie ins Fotoatelier fuhr.

Der Inhaber des Ateliers war Brad Bear, ein großer blonder Porträtfotograf mit einer Vorliebe für Röhrenjeans. Sehr schwul. Er begrüßte sie mit einer Kamera in einer Hand und einer Umarmung.

»Katherine, welch angenehme Überraschung! Willkommen!«

Sie sagte nichts von Stu. »Ich würde gern einige Stunden arbeiten, Brad. Ich kann ein paar eigene Sitzungen arrangieren, aber wenn du etwas Überschuss hättest, wäre ich dir dankbar.«

»Nur Familienporträts und vorzeitige Weihnachtskarten.«

»Perfekt.«

»Tatsächlich?« Brad zog die Augenbrauen hoch. »Ein bisschen prosaisch für dich, wenn man bedenkt …« Er zeigte ihr ein listiges Grinsen.

»Was? Wenn man was bedenkt?«

»Deine jüngsten Verkäufe.«

»Wie meinst du das?«

»Deine letzte Ausstellung mit der Walfangserie.«

»Ich habe einen Abzug verkauft.«

»Am Eröffnungstag, ja. Aber ich habe seither einen kleinen Run auf deine Arbeiten erlebt.«

»Warum hast du mir das nicht erzählt?«

»Ist erst letzte Woche passiert. Ich rechne am Monatsende ab und wollte dich in den nächsten Tagen anrufen.«

»Welche Bilder sind verkauft?«

Aus Brads listigem Grinsen wurde ein warmes Lächeln.

Katherine schmollte. »Los, sag's schon.«

Er stieß einen kleinen Freudenschrei aus. »Alle!«

»Was? Die Serie besteht aus zwanzig Aufnahmen. Das ist verrückt. Ich habe keinen Abverkauf genehmigt. Hast du das nach einem Jahr noch immer nicht kapiert?«

»Ich habe den üblichen Rabatt bei Kauf einer kompletten Serie gegeben, aber ansonsten den regulären Preis berechnet.«

»Wem?«

»Archie Brooks.«

»Den kenne ich nicht. Hat er gesagt, dass er mit mir reden will?«

»Nein. Und ich hab ihn auch nicht gekannt. Aber sein Scheck war gedeckt.«

»Hat er irgendwas gesagt?«

»Er war ziemlich schweigsam, aber ich vermute, dass er auf deinen Fokus auf Niedergang und Verfall einer Industrie angesprungen ist. Nicht jeder will Geschichte wie ein grinsendes Skelett aufgebaut sehen.«

»Richtig. Genau das habe ich neulich zu meinem Freund Clay gesagt.«

»Ist das Stus Partner? Der blendend aussehende Schwarzhaarige?«

»Korrekt.«

»Ist er völlig hetero?«

»Oh ja!«

»Du scheinst dir deiner Sache ziemlich sicher zu sein.«

»Hundertprozentig sicher.«

»Wie geht es Stu?«

Katherines Haltung versteifte sich. »Ich warte darauf, dass er aus Alaska zurückkommt.« Sie wandte sich für den Fall ab, dass sie zu weinen begann. Sie gab vor, einen gemalten Hintergrund zu betrachten, aber die Tränen kamen nicht.

»Alaska?«

»Er versucht sich selbst zu finden.«

»Puh, da hat er sich ein großes Gebiet ausgesucht. Nach Abzug meiner Provision beträgt dein Anteil knapp achttausend Dollar. Willst du noch immer Weihnachtskarten fotografieren?«

Auf der Heimfahrt sang Katherine aus voller Kehle »Sweet, Fleet, and Upbeat« von Modern Moll. Sie hatte noch nie eine ganze Serie verkauft. Aber das Thema der sterbenden Walfangindustrie war wirklich eine fabelhafte Idee gewesen. Es schloss vieles ein: den wirtschaftlichen Niedergang, den Umwelt- und Tierschutzgedanken und sogar das allmähliche Verschwinden der traditionellen neuenglischen Kultur. Und der Verkauf einer ganzen Serie konnte – je nachdem, wer der Käufer war – die Initialzündung zu einer steilen Karriere sein. Archie Brooks war kein Kritiker, das wusste sie, aber er könnte ein Salonlöwe oder Sammler sein, der ihre Arbeiten bei sich ausstellen würde. Katherine nahm sich vor, Recherchen zu Archie Brooks anzustellen. Sie wollte schüchterne Käufer nicht belästigen, aber sie wusste immer gern, wohin ihre Arbeiten gingen, und ein paar Zeilen, in denen sie ihm für den Kauf dankte, waren bestimmt angebracht.

Die ganze Sache war auf eine Weise erregend und professionell befriedigend, wie es Honorare für kommerzielle Aufnahmen nie sein konnten. Aber als sie in die Einfahrt abbog, wartete dort leer und vernachlässigt Stus Wagen auf sie. Katherine hämmerte frustriert mit den Fäusten aufs Lenkrad; sie hatte nur eine Stunde unbeschwert Spaß haben können.

KAPITEL 26

Der erste Tag auf dem Trail war am schlimmsten. Stu biss die Zähne zusammen und versuchte, die Schmerzen in seinem Knöchel und seine zum Glück abklingenden Verdauungsbeschwerden zu ignorieren. Und Blake hielt Wort: Er dachte nicht daran, sein Tempo zu verringern oder auf ihn zu warten. Stu, der kein Wanderer war, hatte kein Gefühl dafür, wie schnell oder wie langsam die Zeit verstrich. Und Blake kam anscheinend ohne Uhr aus. Am Rand der kleinen Mulde, in der er seinem Leben fast ein Ende gesetzt hätte, sah Stu, dass sie auf ein höheres Bergmassiv zuhielten.

Scheiße.

Der Abstieg war kurz, das Gelände schwierig – bröckelnder Fels ohne Trittspuren. Und er musste bei jedem Schritt darauf achten, dass seine Füße sich nicht in dem niedrigen Bewuchs aus Bodendeckern verfingen. Dann stiegen sie wieder auf.

»Wie weit marschieren wir heute?«, fragte Stu, als sie endlich haltmachten, um zu verschnaufen und eine Handvoll Trail Mix zu essen. Obwohl die Sonne noch nicht am höchsten stand, hatte er das Gefühl, schon endlos lange unterwegs zu sein.

»Zehn Meilen. Jeden Tag.«

»Wie weit sind wir schon gekommen?«

»Vielleicht zwei.«

Die Angst davor, wieder aufbrechen zu müssen, ruinierte jeglichen Genuss an dieser Rast, und dann marschierte er wieder. Die Landschaft veränderte sich kaum, und unabhängig davon, wie groß die zurückgelegte Strecke sein mochte, hatte man das Gefühl, überhaupt nicht vorangekommen zu sein. Immer wenn Stu sich umsah, konnte er noch erkennen, wo sie vor einer Stunde gewesen waren. *Ich muss aufhören, mich umzusehen,* beschloss er.

Sie bogen nach Norden ab und überschritten zum Glück nur die Ausläufer des Berges, statt in Richtung Gipfel aufzusteigen. Die Sonne sank bereits in Richtung Horizont, als sie eine Scharte erreichten, aus der sie ins jenseitige Tal hinabsehen konnten.

»Übernachten wir hier?«

»Nicht hier, außer wir sind Idioten«, sagte Blake. »Je tiefer wir noch kommen, desto sicherer sind wir unterhalb der Schneegrenze, wenn es schneit. Noch ein, zwei Meilen.«

»Ich weiß nicht, ob ich noch ein, zwei Meilen schaffe.«

»Es geht bergab«, sagte Blake, als sei der Fall damit entschieden. Und er marschierte weiter.

Am Fuß des Berges schlugen sie ihr Lager am Rand einer Ebene auf, die sich meilenweit in alle Richtungen erstreckte und von zahlreichen Wasserläufen und kleinen Baumgruppen gekennzeichnet war. Blake hatte ein Zelt. Er hatte auch ein Beil, falls sie einen Unterstand bauen mussten. Aber er schien sich keine Sorgen wegen eines zusätzlichen Schutzes zu machen, deshalb bemühte sich auch Stu, unbesorgt zu sein. Er war nur froh, dass er Extremes an den Füßen hatte, sodass er bisher nur an einer kleinen Blase litt. Obwohl die Hälfte seiner Ausrüstung in dem Seesack in der Hütte zurückgeblieben war, wankte er unter dem Gewicht seines Rucksacks. Blake hatte sein Zeug rasch sortiert und sarkastische Bemerkungen gemurmelt, während er Kleidungsstücke und Ausrüstungsgegenstände, die Stu Hunderte von Dollar gekostet hatten, zur Seite warf. Er hatte Stu die Hälfte seiner Kleidung – vor allem Unterwäsche –, den Schlafsack, das Gewehr und den Erste-Hilfe-Kasten, der ihm sehr zu imponieren schien, behalten lassen. Stu hatte durchgesetzt, *Edwin's* trotz seines Gewichts mitnehmen zu dürfen. Er wusste selbst nicht, wieso er darauf bestanden hatte; vielleicht weil er das Handbuch brauchen würde, wenn Blake ihn verließ, was eine sehr reale Möglichkeit zu sein schien.

»Du machst Feuer«, wies Blake ihn an, während er begann, den Aufstellplatz für sein Zelt zu säubern.

»Warum ich?«

»Weil das ab jetzt dein Job ist. Ich schätze, dass du kein großer Jäger bist. Und ich will verdammt sein, wenn ich dich Wasser holen lasse, nachdem du aus einer Pfütze getrunken hast, die Wild als Klo benutzt hat. Scheißt ein Tier irgendwo hin, ist es wahrscheinlich, dass andere Tiere das wittern und dort pissen, merk dir das. Und wenn ich mich nicht irre, verstehst du nicht viel davon, einen Unterstand zu bauen. Noch Einwände, Counselor?«

»Feuer. Na gut.«

Blake zeigte auf einen Baum und zog seine Eigenbau-Axt aus ihrer Koppelschlaufe. Das einfache Werkzeug bestand aus einem grob geschmiedeten Stück Stahl mit einer Klinge, die so oft geschärft worden war, dass sie wie das Obsidianbeil eines Höhlenmenschen aussah. Der Knochengriff – offenbar nicht der Erste – war eine dicke schwarz-weiße Geweihstange, die leicht nach vorn gekrümmt war. In einem Souvenirshop am Flughafen Fairbanks hätte diese Axt als Kunstgewerbe ausgestellt sein können, aber hier draußen in der Wildnis war sie ein ernst zu nehmendes Werkzeug.

»Schäl die Rinde ab, damit du das Zeug darunter als Zunder verwenden kannst.«

Stu nahm die Axt entgegen und betrachtete den Baum. Die Axt war gut ausgewogen und fühlte sich in seiner Hand gut an. Das perfekte Werkzeug für Waldläufer. Ein Symbol der Überlegenheit des Menschen über die Tierwelt. Mit der Axt in der Hand fühlte er sich bewaffnet, stark und bereit, es mit …

Nun, ich kann's zumindest mit einem Baum aufnehmen, dachte Stu.

»Im *Edwin's* steht, dass diese Unterschicht das Kambium ist«, sagte er wichtigtuerisch.

»Für mich bleibt's das Zeug gleich unter der Rinde. Quatsch nicht, arbeite lieber. Runter mit der Rinde, damit du an das Zeug rankommst.«

Stu holte aus und schlug kräftig zu. Die keilförmige Schneide glitt von der Rinde ab, und die flache Seite der Axt traf schmerzhaft sein anderes Handgelenk.

»Aua!«

Blake schüttelte den Kopf. »Auf einen runden Stamm drischt man nicht frontal los. So hackst du dir noch selbst den Arm ab.«

Er stemmte sich hoch, um Stu den richtigen Schlag vorzuführen.

»Hol seitlich aus – einmal von oben, einmal von unten. Zwei Schläge müssten reichen.«

Er warf die Axt Stu zu, der ihr auswich, statt zu versuchen, sie am Griff aufzufangen. Stu hob sie auf und schwang sie versuchsweise. Er brauchte acht Schläge.

Aus *Edwin's* wusste er, dass er mit dem Zunder ein kleines Nest bauen musste – so viel hatte er sich gemerkt. Aber es wollte ihm nicht gelingen, ihn mit Stahl und Feuerstein in Brand zu setzen. Schließlich hielt Blake ihm eine kleine Schachtel mit zigarrenförmigen Röhren in weißen Plastikhüllen hin.

Stu sah stirnrunzelnd zu dem bulligen Mann auf, ohne eine zu nehmen. »Soll das ein Witz sein?«

»Nö. Weil du es sonst nicht schaffst, darfst du ausnahmsweise eines von diesen Dingern zum Feuermachen benutzen.«

»Entschuldige meine Skepsis, aber wie zum Teufel soll es bei all dieser rauen Männlichkeit, die du ausstrahlst, kein schlechter Witz sein, wenn du mir eine Schachtel Tampons hinhältst?«

Blake war keineswegs gekränkt, sondern nickte, als sei das eine verständliche Frage. »Weil sie für ungefähr ein halbes Dutzend Dinge gut sind, die dir dein erbärmliches Leben retten können.«

Er riss einen auf, zerzupfte die Wattefüllung und stopfte sie unter das Zundernest. Dann bedeutete er Stu, es nochmals mit Stahl und Feuerstein zu versuchen. Dieses Mal genügte ein einziger Funken, um das Nest wie mit Benzin getränkt in Flammen aufgehen zu lassen. Das scheinbar aus dem Nichts aufflammende kleine Feuer erschien Stu wie ein Wunder. Rein verstandesmäßig hätte es ihn nicht erstaunen sollen, aber mit eigenen Händen Feuer zu machen, statt ein Zündholz oder wie Grillfreunde einen lächerlichen Propananzünder zu benutzen, fühlte sich magisch an.

»Ich hab's geschafft!«, rief er wie ein Jungpfadfinder am ersten Lagerfeuer aus.

»Da hast du's. Daran ist überhaupt nichts Mädchenhaftes. Im Notfall ist dieser Wattebausch nicht weniger männlich als das Gewehr, das du mit dir rumschleppst.«

»Soll das heißen, mein Gewehr sei ein großer Tampon?«

»Yep. Es ist ein Werkzeug. Es ist für alles Mögliche zu gebrauchen. Das Browning kann ein Fernglas, eine Krücke, eine Schneeschaufel und sogar ein Hammer sein – mit meinem musste ich mal einen verletzten Vielfraß erschlagen, der sich in mein Bein verbissen hatte.«

»Klingt schrecklich gewalttätig.«

»Keineswegs. Er musste nicht länger leiden, und ich war nicht in Gefahr, mich dabei selbst anzuschießen. Diese Viecher sind heimtückisch – wie kleine Bären, die einem was beweisen wollen.«

Blake ließ sich von Stu die Schachtel mit Tampons zurückgeben und hielt sie ehrerbietig hoch. »Man könnte anfangen, diese Babys Mannpons zu nennen. Heute Morgen hab ich einen als Kaffeesieb verwendet.«

Stu verzog das Gesicht, aber Blake schwatzte weiter und lobte die Vielseitigkeit dieses weiblichen Hygieneartikels als Überlebenshilfe in der Wildnis.

»Die Umhüllung ist wasserdicht. Und was darin steckt, ist erstklassiges Verbandsmaterial. Das Zeug soll Blut absorbieren, weißt du.«

»Was du nicht sagst.«

»Und es ist hypoallergen ...«

Nach dem Abendessen aus mit Wasser aufgekochter Tütensuppe teilten sie sich Blakes Zelt für die Nacht. Stu war so müde, dass er nicht mehr die Kraft hatte, sich daran zu stören. Blake hängte ihre Vorräte außerhalb des Lagers hoch an einen Baum, damit dort keine Tiere herumschnüffelten, während sie schliefen. Trotzdem schlief das .30-06 für alle Fälle zwischen ihnen, und Blake hatte eine Pistole. Bevor Stu einschlief, glaubte er Blake sagen zu hören, er solle ihn nicht mit einem Bären verwechseln, wenn er nachts zum Pinkeln aufstand, aber das hatte er vielleicht nur geträumt.

Der Morgen kam früh, und nach einem hastigen Becher Kaffee – wieder durch einen Tampon gefiltert – und einem Rührei aus Eipulver waren sie bald wieder unterwegs. Den zweiten Tag konnte man vergessen: Stu hatte vom Vortag einen schrecklichen Muskelkater, aber seine Übelkeit war wie weggeblasen, und sein Knöchel tat kaum noch weh. Das Gelände war weniger schwierig.

Sie waren auf der Ebene unterwegs, wollten sie offenbar überqueren, um zum nächsten Bergmassiv zu gelangen. Die niedrigen Hügel waren nicht der Rede wert, aber der mit dünnem Gras bewachsene Boden war vielerorts so schlammig, dass man darin fast stecken blieb, und die unzähligen kleinen Wasserläufe erforderten häufige Entscheidungen, wo man sie überqueren sollte. Nasse Füße waren unvermeidbar, daher ließen sie die Stiefel an und wateten durchs eisige Wasser.

Ebenso vorhersehbar war das Auftreten geflügelter Parasiten, sobald sie den sumpfigen Teil der Ebene durchquerten. Stu hatte viel von alaskischen Mücken gehört, aber eine andere Insektenart war schlimmer: winzige schwarze Tiere, deren Stich weit schmerzhafter war. Blake behauptete, sie hießen No-see-ums, aber das glaubte Stu ihm nicht.

Blake lachte glucksend. »Glaub meinetwegen, was du willst. Du solltest mal im Frühjahr kommen, wenn die kleinen Scheißer in ganzen Wolken auftreten. Aber beim ersten Schnee oder nach dem ersten starken Frost verschwinden sie.«

Blake entfaltete einen breitkrempigen Hut, der mit einem herabhängenden Netz an einen Imkerhut erinnerte, und wollte ihn aufsetzen. Stu betrachtete ihn sehnsüchtig, während er nach echten und eingebildeten Insekten schlug.

Blake zögerte, dann gab er ihn Stu. »Hier, mich mögen sie sowieso nicht.«

»Ich danke dir.«

»Los, wir müssen weiter.«

So stapften sie eine Stunde durch tiefen Schlamm, der noch nicht gefroren war. Nach dem Sumpf kamen sie trotz des weichen Bodens wieder besser voran, und es war Mittag, als sie an einem zwanzig Meter breiten Fluss haltmachten. Blake bog stromaufwärts ab.

»Sind wir noch nicht da?«, fragte Stu im Scherz.

»Wir müssen ein Stück weiter. Ich hab einen Tag verloren, bis du mit der Spuckerei aufgehört hast.«

»Wir wollen dort rüber, stimmt's?« Stu zeigte geradeaus über den Fluss.

»Ja, aber stromaufwärts gibt es bestimmt einen besseren Übergang.«

»Wie weit?«

»Weiß ich nicht. Ein, zwei Meilen.«

Stu ächzte. »Wir sind schon klitschnass, warum durchqueren wir ihn nicht gleich hier? Das Wasser kann doch höchstens hüfttief sein. Die eingesparte Zeit könnten wir verwenden, um zu rasten. Deine Entschlossenheit, dies zu einem Todesmarsch zu machen, wirkt sich immer nachteiliger auf meine Pace aus.«

Blake runzelte die Stirn. »Ich bin mir nicht sicher, was du genau gesagt hast – aber warum versuchst du nicht, hier durchzuwaten? Ich bleibe am Ufer und beobachte, wie es dir ergeht.«

»Weshalb spüre ich Geringschätzung und Spott?«

»Warum musst du wie der gottverdammte C-3PO reden?«

»Ich brauche keine Belehrung.«

»Das war einfach nur guter alter Sarkasmus.«

»Okay. Ich wate jetzt hinüber und genieße eine dringend benötigte Rast, während du den weiten Umweg machst.«

»Klar doch.«

»Gut.« Stu watete langsam in den Fluss hinaus. Schon nach wenigen Schritten drohte er, auf den rutschigen Steinen den Halt zu verlieren.

»Ich fische dich nicht raus«, erklärte ihm Blake.

»Verlange ich auch gar nicht.«

Das Wasser reichte ihm jetzt bis zu den Knien. Stu sah sich um. Blake tigerte am Ufer auf und ab. Schließlich konnte der große Mann sich nicht länger zurückhalten.

»Stopp!«

»Was?«

»Scheiße, bleib einfach stehen, okay?«

»Ich bin bis zu den Oberschenkeln drin, und das ist kein Problem.«

»Klar. Die Strömung fließt um und durch deine Beine, aber sobald das Wasser hüfthoch ist, bildet es einen Wall, dessen Druck du nicht widerstehen kannst. Rutschst du dann noch mal aus, klatscht du schneller ins Wasser, als du dir vorstellen kannst.«

»Dann hast du was zu lachen. Aber ich kann schwimmen.«

»Nein, das ist nicht witzig. Dass es hier keine Stromschnellen gibt, spielt keine Rolle. Treibst du ab und wirst gegen Schwemmholz gedrückt, ist der Wasserdruck so stark, dass du erledigt bist.«

Stu begutachtete den Fluss. Stromabwärts bildeten Baumstämme und angeschwemmte Äste eine Art Hindernisparcours. Der Wasserdruck an seinen Oberschenkeln war tatsächlich stark. Er ließ ihn leicht schwanken – dabei hatte er kaum die Hälfte der Gesamtstrecke zurückgelegt. Er beobachtete, wie die Strömung ein Blatt mitriss und unter einen Haufen Äste saugte.

Bin ich wirklich so fragil wie ein in der Strömung treibendes Blatt?

»Wenn du reinplumpst und dein Rucksack vollläuft«, rief Blake vom Ufer aus, »muss ich dir meine Ersatzklamotten leihen, die ich die ganze letzte Wochen getragen habe, ohne sie zu waschen.«

»Okay!« Stu kehrte in der Flussmitte vorsichtig um. »Ich komme zurück.«

»Gut. Nicht nötig, dass du dich hier beweist.«

Stu platschte aus dem Wasser und schloss sich ihm an. »Was meinst du mit ›beweisen‹?«

»Manche Männer kommen nach Alaska, weil sie auf der Flucht sind. Andere kommen, weil sie sich hier beweisen wollen. Hast du das nicht auch getan? Extremes Camping für Führungskräfte?«

»Die Hütte hätte eingerichtet sein sollen. Dann wäre es weniger extrem gewesen.«

»Camping für Weicheier. Das Gleiche, bloß verwässert.«

»Ich sollte nur eine Woche in der Wildnis sein, um auf andere Gedanken zu kommen.«

»Um dich eine Woche im Wald zu entspannen, hättest du nach New Hampshire oder Vermont gehen sollen – nicht so weit weg von daheim.«

»Und wo kommst du her? Du redest nicht gerade wie ein Einheimischer.«

»Oregon.«

»Hey, da hab ich studiert.«

»Na toll!«

»Warum bist du also hier?«

Blake marschierte weiter, ohne zu antworten, aber Stu war neugierig.

»Warum ...«

»Geht dich einen Scheiß an.«

»Du brauchst dich nicht gleich aufzuregen.«

»Ich bin nicht aufgeregt. Das geht dich nur einen Scheiß an.«

»Dann gehörst du vermutlich zu denen, die auf der Flucht sind.«

»Geht. Dich. Nichts. An.«

»Ich betrachte das als ein Ja.«

»Scheiße, du kannst mich mal!«

»Dein Fluchen schüchtert mich nicht ein, weißt du. Die Drecksäcke, die ich hinter Gitter gebracht habe, haben dauernd geflucht. Das kann jeder. Fuck-Fuck-Fuck-Scheiße-Bastard-Fotze.«

»Kein Mensch sagt mehr *Fotze*.«

»Ich sage *Fotze*.«

»Nein, das tust du nicht. Das sagst du bloß, weil du vorgibst, wie ein normaler Kerl fluchen zu können, was du nicht kannst, weil du keiner bist.«

»Woher weißt du, dass ich keiner bin?«

»Deine Flüche klingen einfach nicht richtig. Und wenn man sich ständig wiederholt, produziert man ohnehin nur weißes Rauschen.«

Stu lächelte. »Genau.«

Blake funkelte ihn von der Seite an. »Als du vor Spucken nicht reden konntest, hast du mir besser gefallen.«

An diesem Abend verließ Blake das Lager, um eine Falle zu stellen, während Stu Feuer machte. Er sagte, es sei Zeit für etwas Fleisch, und Stu stimmte begeistert zu. Wenn sie Glück hatten, würden sie beim Aufwachen etwas haben. Stu sammelte trockenes Gras und benutzte es als Zunder. Sobald das Nest brannte, baute er darüber ein Tipi aus Anmachholz. Zwei größere Scheite wurden nachgelegt, sobald orangerote Flammen die dünnen Holzstäbe einhüllten, die auf ganzer Länge Glut anzusetzen begannen. Er überzeugte sich davon, dass die flache Feuergrube von einem Erdwall umgeben war, und machte sich dann auf die Suche nach Blake.

Sein De-facto-Freund stand nicht allzu weit entfernt unbeweglich da. Er schien einen Baum aus nächster Nähe zu betrachten.

Stu kam auf Zehenspitzen näher und flüsterte laut: »Suchst du Tierfährten?«

»Nein. Musste pinkeln.« Blake zog den Reißverschluss hoch und drehte sich um.

»Oh. Wo ist die Falle?«

Blake schüttelte den Kopf. »Du stehst darauf.«

»Ah! Sorry.«

»Schon gut. Ich baue das verdammte Ding neu auf. Augenblick! Nein, das tust du. Vielleicht lernst du was dabei. Schnapp dir die Falle.«

»Das ist nur ein Draht.« Stu hob den kleinen Ring aus Kupferdraht auf, den er in die Erde getreten hatte.

»Eine Draht*schlinge*. Eine Schlinge mit gut zwölf Zentimeter Durchmesser, die an diesem Ast befestigt ist. Mach sie jetzt in sieben bis acht Zentimeter Höhe fest.«

»Wo ist der Köder?«

»Kein Köder.«

»Du verarschst mich.«

»Das tue ich nicht.«

»Wie bringen wir das Kaninchen dann dazu, dort reinzuhopsen?«

»Das tun wir nicht. Es ist schwierig, Bunnys Gewohnheiten zu verändern, aber leicht, sie zu erkennen. Hier läuft die Häsin am liebsten. Also bauen wir die Falle auf, wo sie lebt, und sie tut, was sie jeden Tag tut, und *peng!* haben wir sie. Daher ist die Platzierung so wichtig – und daher musst du aufpassen, wohin zum Teufel du trittst. Siehst du die schmalste Stelle von Bunnys Fährte?«

»Welche Fährte?«

Blake bückte sich und deutete mit dem Zeigefinger. »Kaninchenkötel hier. Schwache Pfotenabdrücke dort. Dazwischen niedergetrampelte Grashalme. Gleichbleibend schmale Spur. Der Weg des geringsten Widerstands durchs Unterholz. Das ist eine Fährte.«

»Und du hängst die Schlinge einfach irgendwo auf?«

»Genau.«

»Sie wittern sie nicht?«

»Das weiß ich nicht. Aber auch wenn sie's tun, stört es sie anscheinend nicht, denn sie laufen trotzdem weiter.«

»Hält sie immer?« Stu erinnerte sich an den Fisch, der beinahe angebissen hätte. Wie hungrig er gewesen war. Und wie enttäuscht.

»Ein erschrecktes Tier versucht zu flüchten. Spürt es die Schlinge um seinen Hals, prescht es vorwärts. Dabei zieht sie sich erst recht zu – und dieser Draht lockert sich nicht mehr.« Blake blickte zum Himmel auf. »Es ist schon später Abend. Genau die richtige Zeit für die Hoppler. Willst du in der Nähe bleiben und vielleicht sehen, wie sich unser Abendessen fängt?«

Stu kam sich wie ein Schuljunge vor, der seltsame Neugier empfand. »Okay. Ein paar Minuten hab ich Zeit.«

Blake lachte glucksend und suchte einen bequemen Platz aus, der etwas höher und im Lee der Falle lag. Dort setzten sie sich hin.

Stu beobachtete Blake, der die Falle beobachtete. Obwohl der bullige Mann bestimmt schon Tausende von Fallen – und entsprechend viele Tiere – beobachtet hatte, war seine Konzentration absolut. Er war weder gespannt noch gelangweilt, sondern schien eher zu meditieren, als befinde er sich wie scheintot in perfektem Gleichgewicht zwischen diesen beiden Gemütszuständen.

Nach einigen Minuten fragte Stu: »Wie lange?«

»Vielleicht eine Stunde. Länger, wenn du redest.«

Stu nickte. Soweit er zurückdenken konnte, hatte er keine einstündige Stille mehr erlebt. Selbst wenn er in seinem Büro recherchierte, war von draußen Verkehrslärm zu hören, oder Clay schwatzte am Telefon. Während seines Aufenthalts in der Hütte war er die meiste Zeit herumgestapft oder hatte Selbstgespräche geführt oder sich übergeben. Er wusste noch, wie fremdartig seine eigene Stimme schon nach wenigen Minuten geklungen hatte. Auch beim Angeln war er auf und ab gelaufen und hatte Lehmbrocken weggekickt und Steine geworfen. Jetzt versuchte er, einfach still dazusitzen.

Das fiel ihm anfangs schwer. Jeder Instinkt drängte ihn, seiner Umgebung den Stempel seiner Existenz aufzudrücken. *Ich bin hier! Ich existiere. Ich bin wichtig. Jeder Junge darf einmal etwas sagen. Es ist ungehörig, nichts zu sagen.* Aber Blake ignorierte ihn, die Wälder um ihn herum kamen ohne ihn aus, und er erkannte schließlich, dass er unwichtig war. In der Stille wurde ihm plötzlich klar, dass er der Welt gleichgültig war. Blake verstand sich darauf, das bewegungslos wie ein Baum zu akzeptieren. Er machte den Eindruck eines Mannes, der weder existieren noch etwas bedeuten noch etwas verändern wollte.

Und so saß Stuart Stark erstmals in seinem Leben eine ganze Stunde lang schweigend neben einem anderen Menschen: so still, dass er den eigenen Herzschlag und das Atmen seines Begleiters hören konnte.

Je tiefer seine eigene Stille wurde, desto lauter wurden die Geräusche des Waldes. Nach zwanzig Minuten konnte er das Flüstern einer von den Bergen herabkommenden Brise in den Baumwipfeln hören. Er hörte auch einen Wassertropfen, der zehn Meter rechts von ihm auf weichen Lehmboden klatschte. Die größten Bäume sprachen leise ächzend und knackend, unter ihrem eigenen Gewicht gebeugt wie alte Männer mit krummem Rücken. Und als das Kaninchen heranhoppelte, hörte Stu es näher kommen.

Als das Wild dann sichtbar wurde, bestand Blakes einzige Reaktion aus einem etwas tieferen Atemzug. Auch

Stu reagierte nicht viel anders und war stolz auf sich. Den Hoppler zu verscheuchen wäre ein Anfängerfehler gewesen. Das Kaninchen folgte der gewohnten Fährte ganz lässig – nicht wachsam wie in einem Naturfilm, nicht auf der Hut vor Gefahren. Wie Blake gesagt hatte, tat es einfach nur, was es jeden Tag tat. Das Tier steckte seinen Kopf in die Schlinge, und als es den Draht spürte, stürmte es vorwärts und zog die Schlinge noch enger zu. Stu beobachtete, wie es in der Schlinge gefangen strampelte.

Endlich bewegte sich Blake. Er hielt den Kopf leicht schief und zog die Augenbrauen hoch. »Kaninchen, Stu.«

Stu bemühte sich, nicht übereifrig zu wirken, aber er erreichte die Falle als Erster. Vor dem Kaninchen stehend versuchte er, nonchalant zu erscheinen. »Was nun?«

»Es hat Angst. Mach Schluss mit ihm.«

Stu sah sich nach dem .30-06 um, das über seiner Schulter hing.

Blake schüttelte den Kopf. »Pack es am Genick und an den Hinterläufen. Ein kurzer Ruck genügt.«

Stu griff nach dem Kaninchen, ließ es aber fallen, als das Tier in seinen Händen zappelte. Er sah nicht auf, denn er wusste, dass Blake ihn anfunkeln würde. Stattdessen packte er fester zu und zog den Hals mit einem Ruck nach hinten. Er hörte ein leises Knacken, dann wurde der Körper in seinen Händen schlaff. Erst als Stu sicher war, dass das Tier tot war, blickte er auf.

Blake lobte ihn nicht. Stattdessen gab er ihm sein Jagdmesser. »Du hast es gefangen, also nimm es aus.«

Die Klinge war blank und rasiermesserscharf, aber der

Griff war ein abgenutztes Holzstück, ein offenbar häufig gebrauchter Ersatz für den Originalgriff.

Stu zögerte. »Wär's nicht besser, wenn du das machst, wenn er unser Abendessen sein soll? Ich will das Fleisch nicht verderben.«

»Das tust du nicht.«

»Hast du Handschuhe?«

»Meine Lederhandschuhe sollen nicht blutig werden.«

»Aber meine Hände ...«

»Die kannst du *waschen*.« Blake deutete auf den nächsten Bach.

Der Einschnitt erfolgte ringsum in der Körpermitte, wobei die unglaublich scharfe Klinge mühelos Fell und Fleisch durchtrennte, ohne dass Stu sägen musste. Auf Blakes Anweisung packte er das aufgeschnittene Fell mit beiden Händen und zog es nach vorn und hinten. Die vordere Hälfte löste sich unerwartet leicht, und er zog sie mit einer flüssigen Bewegung von Fleisch und Muskeln ab. Die Hinterläufe erforderten mehr Kraftaufwand, aber das Verfahren blieb gleich, und er hatte schon bald einen abgehäuteten Körper mit Fellschürzen an beiden Enden vor sich liegen. Stu trennte Kopf und Hinterläufe mit Blakes Axt ab, und als der Körper vor ihm mehr einem Brathähnchen als einem ermordeten Säugetier glich, fühlte er sich sehr viel wohler.

Das Ausweiden war am schlimmsten. Stu musste die dampfenden Organe, Eingeweide und sogar Hasenkötel mit bloßen Händen herausholen. Als die Wärme des Tieres ihm über Finger und Handflächen floss, musste er jäh gegen starken Brechreiz ankämpfen.

Sei kein Weichei. Lass es bleiben. Stu entdeckte, dass das Ausweiden weniger blutig war, wenn er den Kadaver öfters im Bach spülte. Trotzdem musste er die Eingeweide herausreißen, was jedes Mal wieder neues Würgen auslöste. Sie trieben mit der Strömung davon. Blake behielt ihn genau im Auge, als wartete er darauf, dass Stu sich übergeben würde. Aber Stu hatte seinen Brechreiz unter Kontrolle. Das fühlte sich gut an: Sie hatten noch eine Woche auf dem Trail vor sich, und er weidete bereits Wild aus, ohne spucken zu müssen.

»Wusstest du, dass man die Augäpfel essen kann, um Wasser zu haben?«, fragte Blake.

Und schon kam das Mittagessen hoch.

Sie marschierten Tag für Tag in einem Tempo weiter, das Stu für einen noch vor Kurzem kranken Anwalt, der ein paar Kilo abnehmen musste, unangemessen fand. Und er fragte sich, ob Blake überhaupt jemals haltgemacht hätte, wenn sie nicht etwas entdeckt hätten, das selbst Stu auf den ersten Blick höchst seltsam erschien.

»Was ist das?«, fragte Stu.

»Mir auch neu«, brummte Blake.

Stu kniff die Augen zusammen, um von ihrem kleinen Hügel aus besser sehen zu können. Unter ihnen trafen zwei kleine Flüsse fast rechtwinklig aufeinander, und fünfzig Meter weiter stürzte das Wasser über eine eineinhalb Meter hohe Felsstufe. Knapp unterhalb des Zusammenflusses lag eine Art Einmann-Minitraktor wie ein achtlos weggeworfenes Kinderspielzeug auf der Seite. Er hatte zwei Raupen, aber weder Planierschild noch

Baggerschaufel, und das Fahrerhaus war völlig von einer kantigen Plexiglashaube umschlossen.

»Renaturierung?«, schlug Stu vor.

»Hier draußen braucht es keine Renaturierung. Natürlicher geht's nicht.«

»Jemand, der ein Blockhaus baut?«

»An einem Fluss mit mäanderndem Bett? Wohl kaum.«

»Was ist ein mäanderndes Bett?«

»Der Fluss ändert seinen Lauf jedes Jahr, je nachdem wie die Schneeschmelze ausfällt. Nächstes Jahr könnte dieser Fluss ein paar Hundert Meter weiter westlich verlaufen.«

»Nun, wer das auch immer ist, hat vielleicht eine Möglichkeit, zu Hause anzurufen. Wer ein Mehrzweckfahrzeug hierhertransportieren kann, steht bestimmt in Verbindung mit der Außenwelt. Komm, wir gehen runter.«

»Trottel rennen einfach los.«

»Wir brauchen nicht zu rennen. Wir können ganz normal gehen.«

»Ich versuche noch immer rauszukriegen, was das ist.«

»Und die Lösung besteht darin, denke ich, dass wir runtergehen und es uns ansehen.«

»Für mich ist es nicht normal, hier draußen jemandem zu begegnen. Und erst recht nicht zweimal! Viele Leute kommen nach Norden, damit sie *nicht* anderen Leuten begegnen müssen.«

»Du denkst an Cannabisfarmer?«

»Ich weiß nicht, was ich denke, aber sobald ich's weiß, erfährst du es als Erster.«

Stu hob das .30-60, um sich das Fahrzeug genauer anzusehen, und merkte dann, dass er den Hut mit dem herabhängenden Schleier trug. Er schlug das engmaschige Netz hoch, brachte sein Auge ans Okular und suchte das Flussufer ab.

Blake schnaubte. »Du schießt hoffentlich nicht, denn wenn du das Gewehr so locker hältst, verpasst der Rückstoß dir eine Prellung, die du nicht vergessen wirst.«

»Ich sehe nur durchs Zielfernrohr«, sagte Stu. »Aber trotzdem vielen Dank.«

»Lass mich auch mal durchschauen.«

Blake ließ sich das Gewehr geben. Stu sah, wie der bullige Mann den Kolben fest in die Schulter einzog, und fühlte sich ein bisschen dumm.

»Was siehst du?«

»Einen Kubota KC 250«, sagte Blake, ohne zu zögern.

»Wow. Woher weißt du das?«

»Es steht auf der Seite.« Er sah weiter durchs Zielfernrohr. »Der Schlamm zwischen den Raupengliedern ist angetrocknet, also liegt er schon ein paar Tage dort.«

»Was hältst du davon?«

»Nettes kleines Fahrzeug. Kostet wahrscheinlich mehr als ein Neuwagen. Niemand würde es kurz vor Wintereinbruch neben einem Wildfluss im Schlamm umgekippt zurücklassen. Und dies ist nicht der richtige Ort, um Haschisch anzubauen – außer man hätte vor, dafür ein Treibhaus zu bauen. Aber ich kann in diesem Uferabschnitt keine Auffüll- oder Planierarbeiten erkennen.«

Blake richtete sich auf und gab Stu das Gewehr zurück. »Halt es schussbereit, aber nach oben oder unten gerichtet, damit du mich nicht erschießt.«

Er lief so schnell bergab voraus, dass Stu Mühe hatte, mit ihm Schritt zu halten. Sie näherten sich dem umgestürzten Fahrzeug vorsichtig. Stu fiel auf, dass aus der Unterseite eine dunkle Flüssigkeit leckte. Auf dem Erdboden dahinter leuchtete etwas Buntes.

»Dieser Ort fühlt sich schlecht an«, sagte Blake, als sie näher kamen.

»Wie meinst du das?«

»Meine Nase sagt mir, dass hier irgendwas nicht stimmt. Wenn der Herbst kommt, schließen Leute ihre Camps und Projekte ab. Das hier ist ... unfertig.«

Sie gingen vorn um den Kubota herum. Die auf der Erde verstreuten Farbkleckse erwiesen sich als Stoff.

»Sind das Putzlumpen?«, fragte Stu.

»Hey, die Tür ist aufgebrochen!«

Die Tür des Fahrerhauses aus massivem Plexiglas hing schief in ihren Angeln. Das Gewehr würden sie nicht brauchen, erkannte Stu: Die Kabine war leer. Blake beugte sich hinein, dann kam er mit grimmiger Miene rückwärts heraus.

»Was?«

Blake wies mit dem Daumen auf das Fahrerhaus und machte Stu Platz. »Am besten siehst du es dir selbst an.«

Stu schob sich nach vorn und blickte hinein. Auch der Kabinenboden war mit der dunklen Flüssigkeit bedeckt, die allerdings nach einigen Tagen an der Luft eingetrocknet war. Und auf dem Instrumentenbrett war eine Videokamera montiert. Die Kamera war eingeschaltet, aber sie lief nicht mehr, weil der Akku offenbar leer war. Stu wusste nicht recht, was er sah, aber die schlimmen Vorahnungen, von denen Blake gesprochen hatte, begannen auch ihn zu erfassen. Den sichtbaren Spuren nach war das Fahrzeug überstürzt verlassen worden. Aber erst als er den roten Handabdruck auf dem Sitzpolster sah, begann sein Herz zu jagen.

»O Gott ...«

Er riss den Kopf heraus und stolperte rückwärts. Blake fing ihn auf. Stu schüttelte ihn ab, starrte aber weiter den demolierten Kubota an. Dabei wurde er nacheinander auf weitere Spuren aufmerksam. Die Plexiglastür wies lange Kratzer auf, die er bisher nicht bemerkt hatte. Die Zerstörung der billigen Türangeln aus dem Baumarkt war gewaltig: Sie waren fast bis zur Unkenntlichkeit verbogen, und eine verzinkte Halterung war glatt herausgerissen.

»D-da war ein M-M-Mann drin«, stammelte Stu.

»Stimmt.« Blake hob einen Fetzen Stoff auf, den Stu jetzt als Teil eines Kleidungsstücks erkannte, dessen Material sich nicht sehr von seiner eigenen Outdoorjacke von Great Beyond unterschied. Blake machte einen Rundgang um den Kubota, schüttelte mehrmals den Kopf und deutete zuletzt auf einen riesigen, aber undeutlichen Abdruck in getrocknetem Schlamm. »Grizzly.«

»Ein Bär?«

»Vielleicht mehr als einer.«

Stu lief ein kalter Schauer über den Rücken. »Er hat den Sicherheitskäfig geknackt?«

»Er hat die Eigenbautür zu einer Box voller Futter aufgebrochen. Wahrscheinlich so mühelos, wie du oder ich eine Walnuss knacken würden. Meine Frage ist: Wo zum Teufel war sein Gewehr?«

Stu zog die Tür vorsichtig etwas weiter auf und riskierte einen zweiten Blick ins Fahrerhaus. Es war denkbar, dass der Fahrer den Bären angeschossen hatte und geflüchtet war, aber es war unwahrscheinlich, dass das Blut auf dem Fußboden von dem Bären stammte.

»Was zum Teufel hat er hier gemacht?«

Blake trat zu Stu an die Tür. »Ich glaube, dass sie die Antwort auf alle unsere Fragen enthält«, sagte er und zeigte auf die Videokamera.

In einem Stoffbeutel in der Kabine fanden sie Ersatzakkus für die Kamera. Blake nahm den leeren Akku heraus und setzte einen frischen ein. Stu ging inzwischen draußen auf und ab, hatte das .30-06 schussbereit an der Hüfte und beobachtete die Umgebung. Blake machte eine Pause, winkte ihn heran, drückte wortlos den Gewehrlauf nach unten und betätigte dann die PLAY-Taste.

Der Bildschirm war winzig, der Ton blechern. Die beiden mussten die Köpfe zusammenstecken, um den ungeschnittenen Videofilm zu sehen. Er begann damit, dass die Kamera von links nach rechts und wieder zurück über die Ebene schwenkte, bevor sie dem y-förmigen Fluss stromabwärts folgte. Stu fuhr zusammen, als die Männerstimme zu erzählen begann. Ein Kameraschwenk zeigte einen breit lächelnden, fit wirkenden Mann mittleren Alters. *In mittleren Jahren,* dachte Stu. *In meinem Alter.* Der Mann schilderte stolz, wie er seinen Kubota »rein als Vorsichtsmaßnahme« modifiziert hatte. Er erläuterte, die Plexiglashaube sei fünfzehn Millimeter stark, die Überrollbügel seien aus Stahl. Die viel zu schwachen Türangeln blieben unerwähnt.

»Bestimmt kein Handwerker«, brummte Blake. »Bestimmt hat er sein Leben lang nur doziert.«

Wie auf ein Stichwort hin stellte der Erzähler sich als Wissenschaftler, als promovierter Biologe und Umweltforscher vor. Sein Vorname war Thomas, sein Nachname irgendetwas Irisches, an das Stu sich nicht erinnern wollte. In diesem Gebiet am Fluss würden häufig Bären beobachtet, sagte er. Die Aufregung in seiner Stimme, als der erste Bär erschien, war herzzerreißend.

»Da sind sie!«, rief er begeistert aus. »Sind das nicht Prachtexemplare?«

Aber Futter sei dieses Jahr knapp, erklärte er. Weniger als sonst, um hungrige Bären zu sättigen, die Fettvorräte für ihren Winterschlaf anlegen mussten. Er brabbelte von den Fettanteilen in ihrer Nahrung, und als die erste große Bärin sich für den Kubota interessierte, begrüßte er sie, schilderte begeistert ihr neugieriges Verhalten und ließ sich darüber aus, was für tolle Videoaufnahmen die Kamera machen würde. »Was für ein Glücksfall!«

Besorgt begann er zu werden, als sie sich mit den Tatzen auf die Kuppel stützte und an der Lüftungsöffnung seine Witterung erschnüffelte. Aber dies war die gespielte Besorgnis eines Schauspielers im Reality-Fernsehen. Er hatte nicht wirklich Angst. Noch nicht. Dann fing sie an, sich gegen den Kubota zu stemmen, der heftig schwankte. Das Wackeln der Kamera bewies, mit welcher Kraft sie das Fahrzeug schaukelte, aber Thomas' Stimme brach erst, als sie den Türspalt fand und ihre Krallen hineinzwängte. »Sie testet die Tür«, sagte der Ire. Das waren seine letzten Worte, bevor Stu hörte, wie die Angeln kreischend nachgaben und abrissen. Die restlichen Laute, die Thomas von sich gab, waren unfreiwillige Überraschungs- und Schreckenslaute. Und zuletzt Schreie.

Als Blake die Wiedergabe stoppte, merkte Stu, dass er in Schweiß gebadet war.

»Sind wir hier in Gefahr?«

»Wer lange genug unter Raubtieren lebt, wird irgendwann von ihnen gefressen. Aber sogar du hattest genügend Respekt vor der Natur, um ein Gewehr mitzubringen. Wir sind nicht in direkter Gefahr. Aber wir sollten zusehen, dass wir weiterkommen, denn mindestens ein Bär ist jetzt auf den Geschmack von Menschenfleisch gekommen.«

»Sollten wir nicht versuchen, die Leiche zu finden?«

»Nein. Sie haben ihn gefressen. Vielleicht haben sie ein paar Reste in der Nähe verscharrt, aber ich habe keine Lust, mich mit ihnen darüber zu streiten.«

»Was ist mit dem Video?«

»Das wäre vielleicht sogar was wert. Diese Shows im Reality-Fernsehen sind geschmacklos genug, um das Sterben irgendeines armen Trottels zu zeigen. Vermutlich in einer Naturfilmserie – *Amerikas wildeste Raubtiere* oder so ähnlich.«

Stu runzelte die Stirn, dann holte er mit der Kamera in der Hand weit aus und warf sie in den Fluss. »Nein, das werden sie nicht.«

Blake nickte respektvoll.

Sie fanden das Lager des Iren. Zu Stus Enttäuschung enthielt es keine Nachrichtenmittel. Blake nahm einen Teil der Vorräte mit, was Stu wie Leichenraub vorkam, ließ aber das Geld in der dicken Geldbörse, die sie in dem Zelt fanden, ebenso zurück wie Thomas' Ausweis und verschiedene wertvolle Kleinigkeiten. Stu fragte sich laut, ob jemand kommen würde, um den Iren abzuholen; schließlich war der Kubota offenbar von einem Hubschrauber abgesetzt worden. Blake erklärte ihm, er könne gern hier warten.

»Du kannst in diesem leichten, teuer aussehenden Zeit gleich hier auf dem Fressplatz bleiben.«

Wenig später brachen sie auf und marschierten eine Zeit lang schweigend. Blake schien entschlossen zu sein, trotz der Unterbrechung seine zehn Meilen zu schaffen. Es war Stu, der schließlich das Schweigen brach. »Verdammt tragisch«, flüsterte er ehrfürchtig, als müsse das gesagt werden.

»Keiner hat ihn gezwungen herzukommen«, murmelte Blake.

»Er war hier, um sie zu studieren.«

»Bären sind gefährliche Tiere. Eines der wenigen Raubtiere, das uns als Nahrung betrachtet. Lässt man sich mitten zwischen ihnen absetzen, studiert man nichts, sondern stellt sich selbst auf die Probe. Mensch gegen Natur.«

KAPITEL 27

Es hatte zwei Tage gedauert, Stu für vermisst zu erklären. Dann dauerte es zwei Wochen, bis die Suche offiziell eingestellt wurde. Und seither waren für Katherine zwei weitere schwierige Monate vergangen. Clay erklärte ihr, einen vermissten Ehemann für tot zu erklären könne bis zu sieben Jahre dauern, aber sie sei nicht verpflichtet, untätig herumzusitzen, statt seine Angelegenheiten zu regeln.

»Das solltest du übrigens auch nicht. Das ist ungesund. Außerdem hast du keine sieben Jahre Zeit. Wartest du zu lange, bist du Mitte vierzig, und das wäre ein bisschen alt für einen Neuanfang.«

Die Chancen, dass Stu noch lebte, tendierten gegen null. Mit dieser Tatsache musste sie sich abfinden. Als die offizielle Suche schon eingestellt war, hatte der Pilot von Yukon Air Tours sich erboten, nochmals hinauszufliegen. Er war mit leeren Händen zurückgekommen, und dieser ergebnislose Suchflug besiegelte das Schicksal ihrer Hoffnungen.

Clay versuchte, die Verantwortung für Stus Verschwinden auf sich zu nehmen – schließlich war der Abenteuertrip seine Idee gewesen –, und es war verlockend, ihm die Schuld zu geben. Aber Katherine begnadigte ihn. Clay wäre mitgeflogen, wenn sie Dugan nicht bezirzt hätte, damit er zu der kurzfristig angesetzten Besprechung kam, und dafür hätte sie sich genauso gut selbst Vorwürfe machen können. Und wenn sie sich Clay entfremdete, würde sie ihr Leben ganz allein neu aufbauen müssen.

Katherine war im Haus unterwegs, packte Bücher und Fotos ein und leerte Stus Schränke aus. Als dadurch überall mehr Platz war, sahen die Zimmer anders aus, und ohne Hinweise darauf, dass ein Mann im Haus war, wusste sie nicht recht, wer sie war. Zwei Monate lang war sie ein Gespenst gewesen, hatte sich willenlos treiben lassen, geschlafen, gegessen, trainiert und wieder geschlafen. Aber das musste aufhören. Sie brauchte ein Ziel, eine Identität. Bisher war sie immer Stuart Starks Ehefrau gewesen. Jetzt konnte sie ...

Jetzt kann ich sein, wer ich will.

Clays Gewinnsträhne hatte während ihrer Trauerzeit angehalten, und sie freute sich schon darauf, in das Leben zurückzukehren, das er für sie entworfen hatte. Sie sehnte sich nach seiner direkten Methode, die immer funktionierte. Er hatte sie angewiesen, eine Zeit lang zu trauern – das sei notwendig und gesund. Keine großen Ausgaben. Keinen Liebhaber als Trost. Und diese zwei Monate waren so höllisch einsam gewesen, wie die Zeit nach dem Verlust eines Ehepartners einfach sein musste. Karten, Blumen und in Erinnerungen schwelgende Freunde hatten die Verlustgefühle nur noch verstärkt, sie tagtäglich an ihren Verlust erinnert, statt ihr zu helfen, darüber hinwegzukommen.

Hallo, mein Beileid zu deiner Tragödie; die ist bestimmt scheiße.

Clay hatte sie als wahrer Freund unterstützt; er hatte sie regelmäßig angerufen und sich nach ihr erkundigt. Er ließ ihr Zeit, um Stu zu trauern, aber erteilte ihr auch die Erlaubnis, damit aufzuhören. Und als Katherine ihre Trauerzeit abgeleistet hatte, merkte sie, dass sie die Vorstellung erregend fand, ins Leben zurückzukehren. Clay hatte ein Coming-out-Datum für sie festgelegt, etwas fast Greifbares, worauf sie sich freuen könnte, einen bestimmten Abend, an dem es emotional und gesellschaftlich zulässig sein würde, eine neue Seite aufzuschlagen. Und dieser Abend war heute.

Als draußen die Sonne unterging, wählte Katherine ein burgunderrotes Kleid aus. Kein leuchtend rotes. Zu verspielt. Aber auch kein schwarzes. Ihre Trauerperiode war offiziell zu Ende, und das Kleid, in dem sie am ersten Abend ausging, würde ihre farbige Demarkationslinie sein.

Eine Weinverkostung im Restaurant The Arbor erforderte ihre höchsten, unbequemsten High Heels – goldene Riemensandalen mit zehn Zentimeter hohen Absätzen. Margery hatte eine Einladungskarte für *Katherine Stark & Gast* am Eingang hinterlegt. Margery verstand die Notwendigkeit, den Staub abzuklopfen und sich wieder aufs Pferd zu schwingen, und ein Abend bei gutem Wein und in lässig-eleganter Gesellschaft würde Katherines Reittier sein.

Der Wein hatte ihr gefehlt. Während der Suche war sie abstinent geworden; in Krisenzeiten war ein Beruhigungsmittel einfach keine gute Idee. *Aber jetzt kann ich trinken.* Sie war auch einsam; ihre zwanghafte Masturbation hatte eine respektvolle Auszeit genommen, auch wenn sie manchmal mit einem Kissen in den Armen oder zwischen den Beinen geschlafen hatte. *Auf der Party wird es richtige Männer geben.*

Aber ein Gast?

Die Leute würden über jeden reden, den sie mitbrachte. Clay hatte jedoch einen Plan. Er würde Katherine zu der Party begleiten, damit sie »mal wieder unter Leute« kam. Aber sobald sie dort waren, würden sie sich cool geben. Kein Flirt. Wie auf der Geburtstagsparty würden sie sich fast ignorieren. Katherine würde sich frei bewegen, vielleicht sogar auf einer Ebene, die auf der Flirtskala irgendwo zwischen *freundlich* und *kokett* lag, mit anderen Männern kommunizieren. Sie und ihre Flirtpartner würden Gelegenheit haben, das Terrain zu sondieren, aber am Ende des Abends würde ihr bewährter Begleiter dafür sorgen, dass sie nach Hause kam, ohne dass die Leute sich das Maul über sie zerrissen. Ein perfekter Plan. Und alles war in der detaillierten Schritt-für-Schritt-SMS aufgeführt, die Clay ihr an diesem Morgen geschickt hatte.

Katherine prüfte den Sitz des burgunderroten Kleids auf den Linien ihres ästhetischen, sportlich schlanken Körpers. Seit Stus Verschwinden hatte sie wie verrückt trainiert – ebenfalls auf Clays Anordnung. Das gefütterte Oberteil schob ihre Brüste hoch und ließ sie voller erscheinen, das Mittelteil umfasste die schmale Taille, um ihr eine dramatische Sanduhrfigur zu verleihen, und unterhalb des Saums waren wohlgeformte Waden zu sehen. Alles sehr nett.

Nein. Nicht nett. Du siehst zum Ficken gut aus.

Katherine genoss es, das Wort *ficken* zu gebrauchen, auch wenn sie es nur dachte. Besonderen Spaß machte das in einem leeren Haus, in dem außer ihr niemand war.

»Ficken«, sagte sie laut zu dem Spiegel. »Ficken, ficken, ficken.«

Sie merkte, dass sie mit sich selbst flirtete. Über bloßes Kokettieren hinaus. Sie überlegte, ob sie sich noch rasch selbst berühren sollte, aber sie wollte lieber nicht erschöpft auf die Party gehen. Eines stand jedenfalls fest – sie war definitiv bereit, ins Leben zurückzukehren.

KAPITEL 28

Blake erwies sich als etwas weniger unangenehm, als Stu befürchtet hatte. Ab dem dritten Tag drohte er nicht mehr damit, Stu allein zurückzulassen, wenn Stu um eine Pinkelpause bat. Und nach dem fünften Tag bremste Stu ihn nicht mehr, sondern hielt sein Tempo mit. Nach einer Woche fingen sie an, die durch Stus Erbrechen verlorene Nacht und die langsamen ersten Tage aufzuholen. Und als sie die Tür von Blakes selbstgebauter Hütte aufstießen, waren sie wieder im Zeitplan. Genau richtig für den ersten Schnee.

Blakes stabile Hütte war nicht sehr viel größer als Stus erster Unterschlupf mit dem Loch im Dach. Und obwohl hier Stahltöpfe und -besteck, Salz, Zucker, Brühwürfel, Seife und weitere notwendige Dinge vorrätig waren, gab es weder eine gut ausgestattete Speisekammer noch eine Propanheizung. Aber nach einer Woche im Zelt erschien Stu die bescheidene Hütte geradezu luxuriös. Nach zwei Wochen fand er sie sehr komfortabel. Und nach einem Monat betrachtete er sie als sein Heim.

Ihre Arbeitsteilung war einfach. Stu hackte Holz und sorgte dafür, dass das Feuer nicht ausging. Blake ging seine ausgelegten Fallen ab.

»Was fängst du?«, hatte Stu ihn am ersten Tag gefragt.

Blake tippte sich an die Schläfe, dann zählte er in einem einzigen Atemzug alle Beutetiere auf: »Biber, Kojote, Polarfuchs, Rotfuchs, Luchs, Murmeltier, Nerz, Bisamratte, Otter, Kaninchen, Eichhörnchen, Flughörnchen, Erdhörnchen, Waldmurmeltier, Wiesel und manchmal einen Vielfraß.«

»Was ist mit Bären?«

»Bären sucht man nicht. Man meidet sie.«

»Wolf?«

Blake nickte zurückhaltend. »Ah, ja, der Wolf. Ich hab auch schon Wölfe gefangen.«

»Wieso hast du sie vorhin nicht mit aufgezählt? Du hast die Liste so geläufig heruntergerattert, dass ihr Fehlen kein Versehen gewesen sein kann.«

»Dir entgeht wohl nichts, Counselor?« Blake lachte glucksend, aber er ging weiter, ohne Stus Frage zu beantworten.

Wenn Blake von seiner Runde zurückkam, warf er die Tierkadaver Stu hin, der sich seinen Unterhalt damit verdiente, dass er sie abbalgte und säuberte. Die meisten waren klein, Marder und Nerze, aber die Biber waren größer, und ein Kojote hatte die Größe eines Hundes. Er ruinierte nur einen Balg, dummerweise einen Nerz, der »einen halben Tageslohn wert« war, wie Blake behauptete. Der Fallensteller fluchte gotteslästerlich, warf Stu aber sofort einen weiteren Nerz hin, an dem er sich erneut versuchen sollte. Während Blake hinter ihm stand und jeden Schnitt mit Argusaugen beobachtete, machte Stu seine Arbeit diesmal richtig.

Musste Blake seine weiter entfernten Fallen kontrollieren, blieb er über Nacht fort. Dabei übernachtete er in selbstgebauten Iglus, was Stu faszinierend fand. Statt den Schnee zu fürchten, verpasste Blake ihm sozusagen einen Magenhaken und schlief in seinem Herzen.

»Hast du keine Angst, dass der Iglu einstürzt und du darunter erstickst?«

»Nicht wenn man ihn richtig baut«, murmelte Blake.

Stu wollte sofort wissen, wie man einen baute. Im *Edwin's* gab es eine Zeichnung, aber als Blake ihn in die Hügel mitnahm, damit er lernte, Fallen zu kontrollieren und einen Iglu zu bauen, entdeckte Stu, dass das *Edwin's* aus seinem Rucksack verschwunden war. Also musste er versuchen, einen Iglu aus dem Gedächtnis zu bauen. In dieser Nacht schliefen sie in seinem dritten Versuch, und die Schneehütte stürzte nicht ein, erstickte sie nicht.

Auf dem Rückweg entdeckte Blake drei Stück Rotwild und machte Stu auf sie aufmerksam. Stu beobachtete die weit entfernten Tiere durch das Zielfernrohr des .30-06. Wie sie steifbeinig durch den verschneiten Wald staksten, ließ nicht erahnen, mit welch eleganter Leichtigkeit sie flüchten konnten, wenn sie aufgeschreckt wurden.

»Später holen wir uns eines«, versprach ihm Blake.

Als sie von ihrem zweitägigen Marsch zurückkamen, fand Stu das *Edwin's* mitten auf seinem Bett mit einem Zettel vor, auf dem in Blakes krakeliger Schrift stand: *Ich bin nicht immer da, wenn du mich brauchst ... Edwin.*

Sie spielten Cribbage auf einer abgewetzten Baumscheibe, die Blake durch zwei spiralförmige Reihen Nagellöcher in ein Spielbrett verwandelt hatte. Die Stifte waren Zündhölzer mit roten und blauen Köpfen, die unten angespitzt waren, damit sie in die Löcher passten. Von jeder Farbe zwei Stifte. Sie spielten mit abgegriffenen Karten, die auf der Rückseite das Logo eines indianischen Kasinos trugen. Die Karo-Zwei fehlte, und die Kreuz-Neun war so eingerissen, dass immer klar war, wer sie hatte. Mehrere andere Karten ließen sich identifizieren, wenn sie nicht hinter anderen versteckt wurden, die weniger stark abgenutzt waren. Die Mängel des Kartenspiels bedingten Strategieänderungen, die Stu faszinierend fand, und sie markierten ihre Siege und Niederlagen mit Kerben, die sie mit ihren Messern in einen Balken der Hütte schnitten. Blake sicherte sich vom Start weg einen riesigen Vorsprung, aber Stu lernte rasch und holte bald auf.

Bei schönem Wetter warfen sie mit der Axt nach dem Holzstoß, und Stu stellte überrascht fest, dass der schwere Kopf fast immer mit der Schneide voraus traf. Der Trick bestand darin, die Rotation der Entfernung anzupassen. Das erforderte Übung, aber sie hatten Zeit, viel Zeit. Blake bezeichnete einzelne Stämme des Stapels mit unterschiedlichen Punktwerten, sodass ein Dartspiel für Waldläufer entstand.

Stu merkte, dass selbst die rasch kürzer werdenden Tage sich ohne Besprechungen, Anrufe, Mandanten, die Fahrt von und zur Arbeit und eine schwatzhafte Frau lang anfühlten. Blake redete viel weniger als Katherine, weil er das Herz nicht auf der Zunge trug – und vor allem, weil er ein Mann war. Im Leben gab es viel mehr Zeit, als Stu jemals gedacht hatte, und er gewöhnte sich ein Ritual an, um beschäftigt zu sein. Frühes Feuermachen. Morgenkaffee. Ein Gang zur Latrine. Eine Partie Cribbage. Zum Frühstück frisches Fleisch oder Eipulver und Pfannkuchen, wenn Blake von seiner Morgenrunde zu den Fallen in der Nähe mit leeren Händen zurückgekommen war. Es war immer besser, wenn er einen Hasen mitbrachte. Ihre Kost war proteinreich, aber fettarm. Während Blake unterwegs war, las Stu ein Kapitel von *Edwin's*. Nach dem Frühstück spaltete er Holz mit dem Beil aus der Hütte und schaufelte Schnee, wenn Neuschnee gefallen war. Dann hackte er das Eis im Wasserfass auf und füllte es mit einem Eimer aus dem dreißig Meter entfernten Bach nach. Einmal in der Woche fällte er einen der in der Nähe stehenden Bäume, damit er etwas trocknen konnte, bis sie ihn als Brennholz brauchten. Mit jedem gefällten Baum wurde die Lichtung um die Hütte herum größer. Der Schnee lag nun höher, und Stu schaufelte um die Hütte Wege frei oder trampelte den Schnee nur fest.

Als er eines Tages Wege freischaufelte, machte er einfach weiter, bis die ganze Lichtung geräumt war. Dafür brauchte er volle drei Stunden. Er hatte Rückenschmerzen und Muskelkater in den Armen, aber nach einem Leben am Schreibtisch fühlte körperliche Arbeit sich gut an.

Als Blake zurückkam, machte er große Augen. »Jesus, Mann, wie hast du das geschafft?«, murmelte er. »Und vor allem, warum?«

Zu Gesprächen kam es nur manchmal. Meistens übers Fallenstellen oder das unberechenbare Wetter. Blake sagte manchmal: »Gefällt dir das hiesige Wetter nicht, warte einfach zwanzig Minuten.« Bei ihrer Standarddiskussion ging es darum, ob sie noch eine Partie Cribbage spielen sollten; die Antwort lautete unweigerlich ja, was sie der Notwendigkeit enthob, andere Gesprächsthemen zu suchen. Blake hatte Geschichten von epischen Schneestürmen, Fallenstellerlatein und alle Einzelheiten vom Bau dieser Hütte auf Lager, aber er konnte ebenso gut schweigen. Hatte er nichts zu sagen, konnte er stundenlang ohne ein Wort dasitzen.

Eines Morgens nahm Blake Stu auf seine Runde mit, um ihm die Fährte des Rotwilds zu zeigen, das sie schon einmal gesehen hatten. Er deutete auf die Spuren im Schnee, abgebrochene Zweige und Tierkot. Dann errichtete er in der Nähe des Wildwechsels eine Sichtblende und verfiel dahinter in seinen Meditationsmodus. Stu, der sich nicht übertreffen lassen wollte, saß mit dem .30-06 über den Knien ebenfalls schweigend da. Es war kalt, aber Stu war entschlossen, nicht als Erster aufzugeben. Als das Rotwild kam, nickte Blake ihm nur wortlos zu.

An diesem Abend gab es Hirschsteaks. Rotwild war schwieriger abzuhäuten als kleinere Tiere, aber es lohnte sich, und Blake war so begeistert von Stus erstem Jagderfolg, dass er ihm half, das Tier auszunehmen. Am nächsten Tag baute Stu einen Räucherofen. Das hatte er versuchen wollen, seit er Kapitel sieben von *Edwin's* gelesen hatte, in dem es darum ging, Vorräte haltbar zu machen. Dann fing er an, Hirschfleisch in Streifen zu räuchern. Wie sich zeigte, war der Trick dabei, grünes Holz auf die Glut zu werfen, ohne dass eine helle Flamme entstand: ein empfindliches Gleichgewicht, das vierundzwanzig

Stunden lang erhalten werden musste, bis das Fleisch richtig geräuchert war. Die erste Charge war nicht allzu gut, aber die zweite war so lecker, dass Blake einen Teil davon mit getrockneten Beeren mischte, um einen Trail Mix herzustellen.

Es dauerte nicht lange, bis Stu Blake auf seinen Kontrollgängen zu den Fallen begleitete – jeden Tag viele Meilen weit, als sei das nichts. Und als Blake einmal drei Tage krank war, zog er allein los.

Im ersten Monat machte sich Stu oft Gedanken darüber, was inzwischen zu Hause passieren mochte. Er dachte jeden Tag an überfällige Rechnungen, stellte sich vor, welche Mandantentermine er versäumte, oder spekulierte darüber, ab wann Katherine ihn wahrscheinlich für tot halten würde. Im Allgemeinen behielt er seine Sorgen für sich, aber irgendwann sprach er sie mehrmals so laut aus, dass Blake es für notwendig hielt, ihn zurechtzuweisen.

»Scheiße, warum hältst du nicht die Klappe? Vor dem Frühjahr kannst du sowieso nichts dagegen machen.«

Zu Stus Überraschung überzeugte Blakes krude Logik ihn, und sobald er sie akzeptiert hatte, deckte der alaskische Schnee seine urbanen Sorgen zu – jedoch mit Ausnahme des schmerzlichen Bewusstseins, dass Katherine seinetwegen litt.

KAPITEL 29

Clay holte sie um 19 Uhr ab, und Katherine achtete darauf, nicht schon im langen Mantel an die Haustür zu kommen, damit er etwas zu sehen bekam.

»Findest du, dass ich okay aussehe?«

»Du siehst zum Ficken gut aus, Kate. Kompliment! Ich garantiere, dass du heute Abend Eindruck machen wirst.«

Ihr Herz flatterte. Da war das F-Wort wieder. Und er erlaubte sich weiterhin, sie Kate zu nennen, was sie niemandem – nicht einmal Stu – gestattet hatte, seit sie sich im College zur Berufsfotografin erklärt hatte.

Sie lächelte erwartungsvoll. »Oh? Wen muss ich denn beeindrucken?«

»Das weiß man nie.« Er blinzelte ihr zu. »Aber ich sag's dir, wenn es so weit ist.«

Clay bestand darauf, Katherines neuen Audi zu fahren. Sie hatten entschieden, sie brauche nur einen Zweisitzer, und Katherine lächelte heimlich, als er den kleinen Wagen zeigen ließ, was in ihm steckte, selbst als sie ihn bat, langsamer zu fahren.

The Arbor stand in Fairhaven, jenseits der Brücke. Margerys Gourmetrestaurant und Wein-Bar lag ebenfalls am Wasser, aber hier herrschte eine ganz andere Atmosphäre als im Stationbreak. Überall hingen blühende Ranken, und eine mit Efeu bewachsene massive Klinkerwand bildete den Hintergrund für weiß gedeckte runde Tische, an denen jeweils acht bis zehn lässig elegant gekleidete Gäste saßen. Die Leuchtkörper der Kronleuchter waren wie Weinflaschen geformt. Margery richtete Luxusrestaurants ein, wie andere Frauen in ihren Häusern mit einzelnen Zimmern experimentierten, dachte Katherine.

Ihre Namen standen auf der Gästeliste. Clay rief den Weinkellner heran, der ihnen eine kleine Karte vorlegte. Clay wählte den Wein für Katherine aus. Er selbst trank nichts. Margery kam herübergestöckelt, um sie zu begrüßen.

»Katherine. Wie nett, dass du gekommen bist, wenn man bedenkt ...«

»Wenn man was bedenkt?« Katherine setzte ein entwaffnendes Lächeln auf.

»Natürlich, natürlich. Darüber wollen wir heute Abend nicht reden.« Margery machte eine Bewegung, als verschließe sie ihre Lippen mit einem Reißverschluss. »Und Mr Buchanan. Eine freudige Überraschung! Willkommen in unserem bescheidenen Etablissement.«

Das Lokal war keineswegs bescheiden, das wusste sie genau. Clay sah sich um, als nehme er seine Umgebung erst jetzt wahr. »Ich find's goldig«, scherzte er.

Margery lachte. Sie schlug ihm mit der flachen Hand an die Brust und ließ sie dort eine Sekunde länger liegen als nötig. »Ach, Sie! Wir sehen uns später.«

Katherine spürte, wie ihre Nackenhaare sich sträubten, aber Margery war schon fort, um die nächsten Gäste zu begrüßen. Sie gingen in die Bar, wo Katherine in Gedanken eine Liste der wichtigen Leute zu machen begann, mit denen sie an diesem Abend würde reden müssen.

»Joe!«, begrüßte Clay einen älteren Mann in einem teuren, aber schlecht sitzenden Anzug; er trank keinen Wein, sondern saß mit einem Glas Scotch an der Bar. Er schien Anfang sechzig zu sein, aber sein Gesicht war runzlig und sein Blick ziemlich misstrauisch. Clay ging zu ihm hinüber und streckte ihm die Hand hin. »Joe, ich möchte Ihnen Kate vorstellen. Sie ist eine hiesige Fotografin.«

Katherine fiel auf, dass Clay ihren Nachnamen nicht erwähnte. Der Mann namens Joe musterte sie prüfend. Sie ließ es sich lächelnd gefallen, stellte sich dafür sogar ein bisschen in Positur.

»Eine Knipserin, was?«, fragte er mit dem Akzent eines Mannes aus Rhode Island.

»Ich gebe mir Mühe.«

»Wollen Sie mich fotografieren?« Er lachte.

»Das könnte ich natürlich. Sie haben ein charaktervolles Gesicht.«

»Außerdem ist sie meine neue Partnerin in der Firma«, ergänzte Clay.

»Eine Anwältin?« Er wirkte enttäuscht.

»Nein. Geschäftspartnerin.«

»Gut. Ich hab nichts für Anwälte übrig. Verheiratet?«

»Nein.«

»Noch besser.« Er lächelte.

»Kann ich sie einen Augenblick hier bei Ihnen parken? Ich muss auf die Toilette.«

»Klar doch.« Er schlug mit der flachen Hand leicht auf den Barhocker neben seinem.

Clay ließ sie allein. Katherine war enttäuscht, als er ging, aber sie verstand, dass sie einen Auftrag hatte. Sie glitt auf den Hocker neben Joe, als er ihr einen Tom Collins bestellte, weil ihr Weinglas leer war.

»Kennen Sie Margery?«, begann sie.

»Nein.«

»Weshalb sind Sie also hier? Weinliebhaber?«

»Ha. Nein. Wein ist was für Frauen. Clay hat diese kleine Party erwähnt, und ich hab mir von meinen Leuten eine Einladung besorgen lassen.«

»Oh. Wow. Sie sind also von hier?«

»Nein. Providence. Ich bin geschäftlich hier.«

»Was machen Sie beruflich, Joe?«

»Dieses und jenes. Ab und zu vergebe ich Kredite. Aber im Prinzip könnte man sagen, denke ich, dass ich Transportunternehmer bin.«

»Spediteur? Reeder?«

»Das nicht gerade. Ich komme ungefähr einmal im Monat her, um nach meinen Investitionen zu sehen. Aber genug von mir. Erzählen Sie mir etwas Interessantes von sich.«

»Ich habe Fotografie an der University of Massachusetts studiert. Ich bin nicht nur irgendeine Knipserin. Erst vor Kurzem habe ich eine ganze Serie verkauft.«

»Gebildet. Gut. Ich kann Bedienungen und Stripperinnen nicht mehr leiden.«

»Stripperinnen?«

»Billige Frauen. Sie fangen an, mich zu langweilen.«

»Ich bin nicht billig.«

»Nein. Sie sehen nicht so aus. Sind Sie aus Neuengland?«

»Bin hier aufgewachsen.«

»Mädchen von hier. Großartig. Mögen Sie Geld, Mädchen von hier?«

Katherine lachte. »Das ist eine merkwürdige und sehr direkte Frage.«

»Und das ist keine Antwort.«

»Nun, Geld ist nicht alles, sagen die Leute.«

»Ja, aber das sagen die, die keines haben.«

»Unsere Anwaltsfirma hat Erfolg. Und meine Arbeiten verkaufen sich.«

»Fotografie, was? Damit muss ich mich mal befassen.«

»Tun Sie das. In Brad Bears Atelier in Dartmouth sind noch verkäufliche Einzelbilder ausgestellt. Ein gewisser Archie Brooks hat meine ganze Serie gekauft.«

»Ja, ich glaube, das hat Dugan erwähnt.«

»Oh! Sie kennen Reggie?«

»Ja, ich kenne Reggie.« Joe lachte. »Und ob ich ihn kenne! Reggie gehört mir.«

Das war eine seltsame Behauptung, aber Katherine ging nicht darauf ein. »Er ist jetzt Mandant unserer Firma.«

»Auch das habe ich gehört.«

»Woher kennen Sie ihn?«

»Reggie kennt jeder. Aber ich, ich angle manchmal auf seinem Boot, der *Iron Maiden*.«

»Wie hübsch. War die eiserne Jungfrau nicht ein mittelalterliches Folterinstrument?«

Joe lachte. »Ich glaube, er hat das Boot nach seiner Ex benannt.«

Clay kam zurück, als der Barkeeper Katherines Drink servierte. Joe zog eine dicke Rolle Geldscheine aus der Tasche und legte einen Hunderter auf die Theke, um den Drink zu bezahlen. Der Barkeeper hielt den Schein ans Licht.

»Sorry, hab's nicht kleiner.«

Clay half Katherine von ihrem Hocker.

»Hey, wir waren eben dabei, uns kennenzulernen«, beschwerte sich Joe.

Clay lachte höflich, als er Katherine wegführte. »Tut mir leid, aber ich kann sie heute Abend nicht entbehren. Sie ist mit mir hier.«

»Na, dann werde ich mich wohl anstellen müssen.«

Katherine sah sich nach ihm um, als sie weggingen. »Was hat er damit gemeint?«

»Nichts. Das ist bloß Old-School-Humor.«

»Haben wir geschäftlich mit ihm zu tun?«

»Vielleicht bald.«

»Wer ist er? Es ist nützlich, weißt du, wenn ich ein paar Hintergrundinformationen bekomme, bevor du mich mit krassen Chauvinisten allein lässt.«

»Joe Roff. Ihm gehören Parkhäuser im Zentrum von Providence und hier Lagerhäuser direkt am verdammten Hafen. Und eine Menge weiteres Zeug.«

»Scheint aus recht einfachen Verhältnissen zu stammen.«

»Nicht jeder Erfolg kommt in der Uniform einer Privatschule daher, Kate.«

»Er hat mir bei einer Weinverkostung einen Tom Collins bestellt«, sagte Katherine und kippte ihren Drink unauffällig in eine Topfpflanze.

»Du stammst auch nicht gerade aus einer reichen Familie. Tu also nicht, als wärst du zu gut für ihn.«

Sein Kommentar schmerzte. »Wo ich herkomme und wo ich jetzt bin, sind zwei verschiedene Dinge.«

»Nichts für ungut, aber du musst begreifen, dass er ein verdammt großer Fisch ist. Kein Typ aus dem Gesellschaftsteil der *New York Times*, aber ein Selfmademan, der tut, was ihm gefällt. Ich will nur hoffen, dass du charmant warst.«

»Wäre ich noch charmanter gewesen, hätte er den Hunderter mir gegeben.«

»Gut.«

Sie machten die Runde. Clay stellte Katherine weiter als Fotografin und Künstlerin vor, was ihr gefiel. Und er wies Margerys Annäherungsversuche zurück, was sie wundervoll fand. Er sah dabei auch gut aus – bestimmt der am besten aussehende Mann von allen. Es gab einen jungen Kellner, der ihm hätte Konkurrenz machen können, aber der Junge hatte eine Tätowierung am falschen Ort – und war aus dem Rennen, sobald er den Mund aufmachte. Clever war sexy. Dumm nicht so sehr. Nach eigener Einschätzung gehörte sie zu den drei Topfrauen ihrer Altersgruppe, aber mit den beiden anderen sprach Clay nicht, und die jüngeren Frauen Anfang zwanzig klammerten sich an ihre Freunde, mit denen sie gekommen waren, und lachten zu laut. Sie waren ungefährlich.

Margery stellte ihr zwei Restaurantbesitzer vor, mit denen sie einen Merlot verkostete. Katherine sicherte sich eine Einladung in ihre Lokale und legte die Grundlagen für den Vorschlag, sie mit großformatigen Fotos auszustatten. Ein Galerist aus Boston führte leider keine Fotografie, aber er ließ sich ihre Karte geben und versprach, sie zu empfehlen. Und während Clay noch mal in die Bar zurückging, um mit Joe zu sprechen, nahm sie an einer als Speed Dating bezeichneten Weinauslosung teil. Auf ihr Los fiel ein Syrah.

Ein wunderbarer Abend. Fantastisch. Katherine schwebte förmlich, als sie wieder zu ihrem Audi hinausgingen. Sie ließ sich auf den Sitz fallen, schloss die Augen und fühlte die Vibrationen des Motors mit dem ganzen Körper.

»Nun, es gibt nur eine Sache, die diese Nacht noch besser machen könnte«, sagte sie und ließ acht Gläser Wein für sich sprechen. Sie kicherte. *Ups, Flirtstufe drei.*

Clay grinste. »Lass mich raten. Ein Mitternachts-Gelato mit Schokoladestreuseln im To Die For?«

»Nicht das, woran ich gedacht habe. Aber ja!«

Sie lachte auf der ganzen Heimfahrt. Unterwegs amüsierte sie Clay mit einer Parodie, einer imaginären Unterhaltung zwischen Margery und Joe Roff. Clay war so gefesselt, dass er eine Abzweigung verpasste. Dann merkte Katherine, dass sie nicht zu ihr fuhren. Die Küstenstraße war ihr vertraut, aber sie war sie noch nicht mit dem Audi oder mit Clay gefahren – und bestimmt nicht mit achtzig Meilen in der Stunde. Das war berauschend. Als sie dann hielten, jagte ihr Herz mit *hundert* Meilen in der Stunde.

»Führst du mich herum?«, fragte Clay und hielt einen Schlüssel hoch, den sie sofort erkannte.

Ihr Herz übersprang einen Schlag. »Wo hast du den her?«

»Gute Nachrichten. Dein Angebot ist angenommen.«

»Welches Angebot?«

»Ich wusste, wie viel du zahlen kannst. Ich habe den Papierkram für dich erledigt.«

»Du hast meine Unterschrift gefälscht?«

»Gern geschehen.«

»Ich wollte noch abwarten, ob ich wirklich alles auf die Reihe bekomme.«

»Du warst mir zu zögerlich. Los, komm schon.« Er stieg aus und ging rasch hinten um den Wagen herum, um ihr die Tür zu öffnen.

Clay führte sie geradewegs ins Wohnzimmer, in dem sie vor der Fensterwand stehen blieben. Katherine konnte nicht länger warten. Sie küsste ihn. Er erwiderte ihren Kuss, und sie verlor sich in seinem Mund, während ihre Hände sich in seine großen Rückenmuskeln krallten. Nach acht Gläsern Wein und monatelangem Warten hatte sie keine Geduld mehr, das merkte sie jetzt. Ihre Hände glitten über seinen Körper, griffen nach unten. *Er ist noch nicht bereit.* An sich kein Problem, aber sie war leicht überrascht. Dugan war in dem Augenblick bereit gewesen, in dem er sie umarmt hatte, vermutlich schon vorher.

Clay ging auf ihre Initiative ein und schob ihr burgunderrotes Kleid bis zum Hals hoch, sodass sie in BH und Tanga mit hochgestreckten Armen wie eine Ballerina dastand. Aber er zog das Kleid nicht ganz ab, sodass Kopf und Arme verhüllt blieben. Dann stieß er sie mit dem Gesicht nach unten auf das Ledersofa. Sie bekam genug Luft, aber sie konnte die Arme nicht bewegen und fühlte sich gefangen und bloßgestellt zugleich. Weil sie nicht sehen konnte, waren ihre übrigen Sinne geschärft. Sie roch das Parfüm an ihrem Kleid, spürte die kühle Luft des Raums an ihrem nackten Körper.

Clay presste sich an sie, brachte seinen Mund an ihr Ohr. *Er ist noch immer nicht bereit?*

»Was hast du mit Dugan gemacht, Kate?«, flüsterte er.

Sie zögerte. »Wie meinst du das?«, fragte sie durch den Stoff.

»Ich weiß, dass etwas passiert ist. Erzähl mir davon. Und lüg nicht.«

Katherine zögerte. »Bekomme ich Ärger?«

»Nur wenn du lügst.«

»Du willst hören, was ich mit einem anderen Mann gemacht habe, während du und ich …?«

Clay wand den Stoff enger um ihre Handgelenke. »Erzähl's mir.«

»Ich weiß nicht, ich …«

»Erzähl's mir!«, blaffte er und schlug mit der flachen Hand so kräftig auf ihr nacktes Gesäß, dass bestimmt ein roter Handabdruck zurückblieb.

»E-e-einen Gefallen«, stammelte sie. »Einen *oralen* Gefallen.«

Und dann war Clay Buchanan endlich bereit.

KAPITEL 30

Die Karibu-Herde wählte den leichten Weg durch den Schnee, und dort lauerte der Alpha-Graue ihr auf. Die Falle war dort gestellt, wohin die Karibus voraussichtlich flüchten würden. *Nicht anders als eine Falle auf einer Kaninchenfährte,* dachte Stu. Die übrigen Tiere des Rudels warteten im Wald verteilt darauf, dass ihr Leitwolf die Herde anfallen würde.

Stu kauerte im Lee der Herde auf einem Hügel: bewegungslos wie seit über einer Stunde. Es schneite nur leicht, aber doch so ergiebig, dass Schnee seine Spuren verwischte und ihn mit einer weißen Schicht überzog, die ihn wie die niedergedrückten verschneiten Büsche in seiner Umgebung aussehen ließ. Keines der Tiere, die unter ihm im Theater der Wildnis in einen Kampf um Nahrung und Leben verstrickt waren, wusste von seiner Anwesenheit. Und obwohl er mit dem Browning bewaffnet war, war er heute nur ein Zuschauer, ein Einmannpublikum, der einzige menschliche Augenzeuge dieses speziellen Dramas.

Er fragte sich unwillkürlich, ob *sein* Karibu zu dieser Herde gehörte. Er konnte sich nicht genau erinnern, wie es ausgesehen hatte – die Erscheinung der großen Tiere war ihm zu neu gewesen, und es war immer schwierig, sie voneinander zu unterscheiden. Auch diese Tiere hatten anfangs alle gleich ausgesehen, aber er kam seit einem Monat hierher, und nun waren sie ihm ebenso vertraut, als hätten sie ein ganzes Semester lang mit ihm in der Vorlesung Strafrecht II gesessen.

Dreizehn Männchen, die ihre massiven Geweihe hoch trugen, stolzierten arrogant durch die Herde. Aber trotz ihres zur Schau gestellten Draufgängertums achteten sie darauf, innerhalb der lockeren Außengrenze der Herde zu bleiben. Außerdem gab es eine kleine Gruppe von Weibchen. Kuh, nicht Ricke, hatte Blake ihm erklärt. Sie blieben dicht beisammen, sahen gesünder und besser ernährt als alle anderen aus. Eine weitere Kuh versuchte, sich in ihre Mitte zu drängen, aber sie hielten ihren Kreis geschlossen und kehrten ihr die Hinterteile zu. Die übrigen Tiere bildeten einen lockeren Verband und scharrten mit ihren hohlen Hufen den Schnee weg, um an die kostbaren, seltenen Winterflechten heranzukommen. Das älteste Männchen hatte seit dem Herbst an Gewicht verloren, und das Weibchen mit der eingekerbten Wamme bewegte sich in letzter Zeit langsamer, war vielleicht krank. Die Wölfe würden versuchen, ein Tier aus der Herde zu reißen, und Stu wäre jede Wette eingegangen, dass diese beiden die potenziellen Opfer waren.

Während Stu sie beobachtete, entstand Unruhe in der Herde, weil eines der Tiere plötzlich merkte, dass irgendwas nicht stimmte. Nasenlöcher weiteten sich, Köpfe wurden hochgeworfen. Die Karibus setzten sich auf dem Wildwechsel mit seinen Trampelspuren in Bewegung, um freies Gelände zu erreichen, das bessere Fluchtmöglichkeiten bot. *Ein fataler Fehler.* Sie begannen, leicht zu traben, aber als sie die freie Fläche erreichten, ließ sich der Alpha-Graue sehen. Durch die Herde schien ein Schauder zu gehen, und die Karibus warfen sich wie auf einen unhörbaren Befehl herum, als wären sie an den Schultern durch unsichtbare Seile verbunden.

Der Alpha-Graue schloss die Lücke durch einen verblüffend schnellen Spurt, der aber nicht mitten zwischen den Karibus endete. Stattdessen blieb er am Rand der Herde, beobachtete, wartete, schien sie wie ein Schäferhund zu bewachen. Die Karibus hetzten davon, warfen sich herum und rannten erneut, während jedes Tier entschlossen war, heute nicht *das eine* zu sein. Dann passierte es.

Die Herde bog nach rechts auf eine Fährte unter Bäumen ab, und die einzelne Kuh, die sich so bemüht hatte, in den Kreis der anderen aufgenommen zu werden, bog nach links. Sie war weder schwach noch besonders alt. Tatsächlich schien sie in guter Verfassung zu sein. Sie hatte sich nur falsch entschieden.

Weil sie nun keine Herde mehr um sich hatte, umzingelten die Wölfe sie rasch. Ein zweiter Wolf, der entlang der Fährte gelauert hatte, sprang sie an und riss ein Stück Fleisch aus ihrer Flanke, als sie vorbeijagte. Er brauchte sie nicht niederzureißen, sondern sie nur zu verwirren, aus dem Tritt zu bringen. Als sie stolpernd in eine höhere Schneewehe geriet, kam ein dritter Wolf unter den Bäumen hervor und stürzte sich auf sie. Die Kuh warf sich im Schnee herum und stellte sich keuchend und schnaubend den Angreifern. Die Wölfe umschlichen sie, belauerten sie, nahmen sich vor ihren scharfen Hufen und ihrem Geweih in Acht. Als sie sich nach einem Täuschungsmanöver zur Seite drehte, um ihre Flanke zu schützen, sprang der Alpha-Graue sie an und verbiss sich in ihrem exponierten Nacken. Das war seltsam vertraulich, eine Verbindung von Zähnen und Fleisch und Blut, in der Pelz und Fell aneinandergepresst blieben, bis die geschwächte Kuh einknickte. Das Gewicht zweier weiterer Wölfe riss sie zu Boden, und das Ende kam rasch.

Stu beobachtete alles durch das Zielfernrohr seines Brownings. Das Fadenkreuz lag auf dem Kadaver. *Ich könnte ein Karibu schießen,* dachte er. *Oder sogar einen Wolf.* Aber er tat es nicht, denn heute war nicht er der Jäger. *Aber ich könnte es tun.*

Zwei Wochen später schnitt Stu eine Cribbage-Kerbe in den Balken und war damit bis auf einen Gewinn an Blake herangekommen.

»Du hast bloß Glück, Scheißkerl«, knurrte Blake.

»›Jeder ist seines Glückes Schmied‹, hat mein Vater immer gesagt.«

»Okay, vielleicht kann man ein bisschen nachhelfen, aber die Glücksfee hat trotzdem die Hand im Spiel, und sie kann echt ganz schön fies sein.«

»Hor zu, du bist ein fabelhafter Gesellschafter, aber es wird Zeit, dass ich zu meiner Frau zurückgehe. Der Schnee liegt nur noch so hoch wie die zweite Stammreihe im Holzstapel.«

»Ich weiß.«

»Wie bald können wir aufbrechen? Und erzähl mir keinen Scheiß, verstanden? Ich hab seit einer Woche nicht mehr gefragt.«

»Ja, du warst ein guter Junge. Ich denke, dass ich in zwei, drei Wochen abmarschieren werde.«

»Können wir diesen Termin nicht vorverlegen?«

»Du kannst noch immer nicht wie ein vernünftiger Kerl reden, stimmt's, Esquire?«

»Okay, ich kann's kaum erwarten, diese Scheißhütte hinter mir zu lassen.«

Blake lachte. Es war ein herzhaftes Lachen, nicht boshaft, und er betrachtete Stu mitfühlend. Dann trat er an einen Balken und schob ein draufgenageltes Brett zur Seite. Dahinter wurde ein Hohlraum sichtbar. Blake nahm die darin stehende Flasche Johnny Drum heraus und hielt Stu den Bourbon grinsend hin.

»Den hab ich extra aufgehoben.«

»Du hast eine Flasche billigen Whiskey aufgehoben?«

»O nein. Das hier ist das gute Zeug. Du denkst vermutlich an das grüne Label. Dies ist das *schwarze* Label, über vier Jahre gelagert. Fast zwanzig Bucks die Flasche.«

Blake war natürlich arm. Stu machte sich im Stillen Vorwürfe, weil er so unsensibel gewesen war. Der Mann lebte anspruchslos, konnte sich keinen Luxus leisten – und trotzdem bot er Stu das Beste an, was er besaß. Stu merkte, dass Blake sich bemühte, sich keine Enttäuschung anmerken zu lassen.

»Oh! Wow. Den Schwarzen hab ich noch nie getrunken. Darf ich einen Schluck probieren?«

Blake grinste. »Teufel, ja! Schade, dass wir keine Gläser haben.«

Blake holte ihre Blechbecher, die vom offenen Feuer etwas geschwärzt waren, und schenkte beide mit Whiskey voll. Stu mochte sich gar nicht vorstellen, wie viele Schnapsgläser das waren. Dann setzte Blake sich auf die Holzbank und gab Stu seinen Becher.

»Die Sache ist die, dass du früher als in drei Wochen von hier wegkannst.«

»Wirklich? Wann, glaubst du?«

»Morgen früh.«

»*Was?*«

Blake nahm einen großen Schluck. »Als ich dich gefunden hab, konntest du ohne Mikrowelle kein Wasser kochen. Aber jetzt kannst du für dich selbst sorgen. Du brauchst mich nicht mehr. Du kannst die fünfzig Meilen zum Fur Lake marschieren, wie wir ihn nennen. Für dich sind das fünf leichte Tagesmärsche. In deiner jetzigen Kondition ist das überhaupt kein Problem. Und du hast die verdammt beste Kleidung aller Amateur-Waldläufer, denen ich jemals begegnet bin. Ungefähr ab jetzt wassert einmal pro Woche ein Schwimmerflugzeug auf dem See, um zurückkehrende Trapper abzuholen. Für ein bis drei Pelze bringt es dich nach Fairbanks.«

»Ich kann deine Felle nicht annehmen.«

»Klar kannst du das. Du hast deinen Teil getan. Ich gebe dir mit, was du voraussichtlich brauchst. Obwohl der Pilot wahrscheinlich auch deine Kreditkarte akzeptieren würde.« Blake nahm einen weiteren Schluck und schüttelte sich leicht, als spüre er die Wirkung des Alkohols. »Aber bevor du gehst, hab ich noch eine Frage an dich.«

»Schieß los.«

»Hast du dich als großer Mann gefühlt, wenn du Kerle hinter Gitter gebracht hast?«

»Was?«

»Hat's dir Spaß gemacht?«

»Das war mein Job.«

»Einen Lastwagen fahren ist ein Job. Leuten bei der Steuererklärung zu helfen ist ein Job. Zu versuchen, einen Mann ins Gefängnis zu bringen, ist ein Duell. Mann gegen gottverdammten Mann.«

»So hab ich es nie gesehen.«

»Hmm. Nun, du bist gefeuert worden. Vielleicht hättest du's so sehen sollen.«

Stu nahm einen großen Schluck, spürte ihn bis in den Magen brennen. »Sie bringen sich selbst hinter Gitter. Durch eigene Schuld. Ein endloser Zug von Drecksäcken. Nach einiger Zeit weiß man nicht mal mehr all ihre Namen. Ich war nur ein Zahnrad in der Maschine. Ein spezialisiertes Zahnrad, nehme ich an. Aber eigentlich ist es kaum anders, als baue man am Fließband Geräte zusammen.«

»Nein. Ein Mann ist kein Gerät. Fordert man ihn so heraus, ist es persönlich.«

»Nicht für mich.«

»Vielleicht nicht für dich, aber vielleicht für sie.«

»Woher willst du das wissen?«

Blake zuckte mit den Schultern. »Mir kommt es bloß so vor.«

»Jetzt bin ich dran.«

»Womit?«

»Mit einer Frage. Du hattest eine Frage. Ich habe auch eine Frage.«

Blake schnaubte. »Hey, spielen wir Wahrheit oder Pflicht?«

»Das ist kein Spiel. So wenig wie mein Abenteuertrip.« Stu lachte und nahm noch einen Schluck.

»Okay, dann weiter. Raus damit!«

»Du weißt, dass ich eine Frau habe, richtig?«

»Das hast du erwähnt. Tagtäglich.«

»Warst du jemals verheiratet?«

»Du weißt, was die Leute sagen. In Alaska verliert man seine Frau nicht, nur seinen Platz in der Reihe.«

»Das ist geschmacklos.«

»Und witzig. Und wahr.«

»Das ist keine Antwort auf meine Frage.«

Blake interessierte sich plötzlich angelegentlich für seinen Bourbon. Er schwenkte den Blechbecher, nahm einen Schluck, schwenkte ihn wieder. »Ich hatte eine Frau. Aber nicht hier oben.«

»Ihr habt euch getrennt?«

»Ja. Das war echt beschissen, Mann.«

»Du brauchst nicht darüber zu reden, wenn du nicht willst.«

»Sie wollte weiterstudieren ...« Das Feuer zwischen ihnen knisterte, und Blake starrte in die Flammen. »Sie ist als Erwachsene zum Studium zugelassen worden, weißt du? Was bedeutet, dass sie ungefähr im gleichen Alter wie ihr Professor im Bereich Frauenforschung war. Ein

Kerl, der feministisches Zeug lehrt! Welcher echte Kerl tut das? Jedenfalls ist sie heimgekommen und hat von allen möglichen historischen Unterdrückungen von Frauen erzählt, die anscheinend bis heute weitergehen, auch wenn wir Männer nichts davon merken. Und sie hat angefangen, mich zu behandeln, als wär ich mein Leben lang ein Arschloch gewesen, bloß weil ich ein Mann bin.«

»Und das hat eurer Ehe den Rest gegeben?«

»Nein, das hat mir nicht viel ausgemacht. Ich hab mir ihre neuen hochtrabenden Wörter angehört. Ich hab ihr gesagt, dass ich ihr neues Selbstbewusstsein großartig finde, und solchen Scheiß. Ich wollte echt, dass sie weiterstudiert. Wer würde keine kluge Frau wollen?«

»Was ist also passiert?«

»Ihre Entwicklung hat Fortschritte gemacht. Pech war nur, dass ich der Gleiche wie früher geblieben bin. Wir hatten immer so gut zusammengepasst, aber damit war's anscheinend plötzlich vorbei. Ich war bei einer dieser Partys auf dem Campus und hab gemerkt, dass sie sich mit mir geniert hat. Ich musste ihrem Prof, der Frauenkram lehrt, die Hand schütteln. Sie hat darauf bestanden, dass ich dem kleinen Scheißer die Hand gebe! Er hat gefragt, was ich beruflich mache, und als ich ihm gesagt habe, dass ich Schweißer bin, hat er gesagt: ›Oh, Sie arbeiten also mit den Händen‹, als wäre das Handwerk eine Strafkolonie für Leute, die es nicht aufs College schaffen. Und als ich mich zu Hause über ihn beschwert habe, hat sie sich auf seine Seite geschlagen. Hat gesagt, ich hätte ihn falsch verstanden. Da hätte ich schon ahnen sollen, was kommen würde.«

»Leute entfremden sich. Meine Frau und ich waren manchmal auch ...«

»Sie hat sich allerdings entfremdet. Er hat ihr lauter feministischen Scheiß in den Kopf gesetzt. Er hat sie gefragt, ob sie sich von ihrem Mann unterdrückt fühlt. Er hat mich als Neandertaler hingestellt und ihr erklärt, sie müsse sich von mir lösen, unabhängig werden, selbstständig denken, neue Dinge ausprobieren. Dazu gehörte auch, dass sie die Beine für ihn breitgemacht hat.«

»Oh.« Stu trank einen Schluck, während er überlegte, was er noch sagen könnte, aber nichts kam ihm richtig vor.

Blake spuckte ins Feuer und wartete, bis das Zischen verklungen war. »Er war auch nicht besser als jeder Höhlenmensch, weißt du. Er wollte bloß mit ihr schlafen. Seine Masche war anders, das war alles. Das hat sie damals nicht kapiert. Sie versteht es noch heute nicht. Vielleicht war sie doch nicht so clever, wie sie immer geglaubt hat.«

»Du hast sie zur Rechenschaft gezogen?«

»Ich hab *ihn* zur Rechenschaft gezogen. Er war der Schuldige. Ich bin in sein gottverdammtes Büro gegangen – genau wie sie immer. Er wollte mir die Hand geben. Kannst du dir das vorstellen? Er wollte darüber reden. Eigentlich fast wie du. Immer im Kreis rum. Immer im Ungefähren bleiben. Und ich so: ›Hast du meine Frau gevögelt oder nicht?‹«

»Das ist ziemlich direkt.«

»Ja, ich weiß. Aber er labert weiter davon, wie sie sich entwickelt und ihre eigenen Entscheidungen getroffen hat, als könnte das das Unvermeidliche hinauszögern.« Blake nahm einen kleinen Schluck. »Als ich dann zugeschlagen hab, ist er gleich zu Boden gegangen. Er war schwach. Tropfnass weniger als siebzig Kilo, schätz ich. Ein Softie. Ein Bürokrat. Ein richtiger Mann wäre nicht so zusammengeklappt. Mein Pflichtverteidiger hat gesagt, dass meine Tat umso brutaler wirkt, weil er so verweichlicht war.«

»Dass die körperliche Verfassung des Opfers die Tatfolgen verschlimmert hat, kann der Täter nicht als Entschuldigung anführen.«

»Wie auch immer. Es wäre leichte Körperverletzung gewesen, aber ich hatte ihm die Nase gebrochen.«

»Dann war's schwere Körperverletzung.«

»Richtig, aber ich weiß nicht, was daran so schlimm sein soll. Ich hab mir auch schon die Nase gebrochen. Sie sieht jetzt besser aus, find ich.«

Blake trank wieder. Auch Stu nahm einen kleinen Schluck und ließ die Geschichte auf sich wirken.

»Das kann nicht der einzige Grund dafür sein, dass du nach Alaska gekommen bist«, sagte Stu.

Danach herrschte eine Zeit lang Schweigen. Das Knistern und Knacken des Feuers füllte den Raum.

Stu sah auf. Sie hatten selten Blickkontakt, wenn sie miteinander redeten. Ähnlich wie bei Hunden lag darin zu viel von einer Herausforderung. Oder eine Andeutung von Schwulsein. Aber als Stu jetzt Blake ansah, stellte er fest, dass der andere feuchte Augen hatte. Erst führte er das auf den hochprozentigen Bourbon oder den Rauch ihres Feuers zurück. Aber auch Blakes Stimme war heiser.

»Es ist noch schlimmer geworden.«
»Daheim mit deiner Frau?«
»Ja.«
»Was ist passiert?«
»Ich hab sie geschlagen.«
Stu fuhr leicht zusammen. »Oh.«
»Vor den Augen unserer kleinen Tochter.«
»Ohhh.«
»Mary hat mir ständig vorgeworfen, was ich ihrem Scheißprofessor angetan hab, und behauptet, dass das alles ›rechtfertigt‹, was Professor Pussy gesagt hat. Ist das nicht unglaublich? *Sie* hat alles angefangen, aber *mir* die Schuld daran gegeben! Dann hat sie gesagt, dass ich auch kein so guter Vater bin, wie er einer wäre.« Blake holte tief Luft. »Und ich bin so wütend geworden, dass ich ausgerastet bin und bewiesen habe, dass sie recht hatte.«

Stu äußerte sich nicht dazu. Männer wie Blake hatte er früher als Staatsanwalt angeklagt. Dutzende. Sie schlugen ihre Frauen. Sie erhielten Haftstrafen. Manche wurden entlassen und taten es wieder und kamen wieder hinter Gitter. Andere verschwanden unauffällig. Manche gingen anscheinend nach Alaska.

»Du hältst mich für ein Stück Scheiße«, murmelte Blake.

»Nein«, log Stu. Mehr fiel ihm dazu nicht ein.

»Schon okay. Das tun alle, auch ich. Es ist passiert, als ich wegen der Nasensache gegen Kaution frei war.«

»Wie lange ist das schon her?«

»Sechs Jahre.«

»Du könntest jetzt zurückgehen, die Sache ins Reine bringen.«

»Ich kann es nicht ungeschehen machen. Ich hab mich genauso schlimm verhalten, wie der Kerl vorausgesagt hat.«

»Manchmal verzeihen einem Leute.«

»Aber Staatsanwälte nicht, stimmt's? Die Haftbefehle gegen mich sind noch bei der Anklagebehörde gespeichert – auch der wegen Kautionsflucht. Für die bin ich bloß irgendein weiterer Drecksack, richtig?«

Stu zuckte zusammen. »Sie richten sich nach Vernunft und Gesetz. Was gegen dich vorliegt, ist nichts Besonderes. Ich wette, dass sie jetzt zu einem Deal bereit sind, wenn du dich selbst stellst und in diesen sechs Jahren nicht straffällig geworden bist.«

»Ich bin clean. Bin ein Gespenst gewesen.«

»Ich könnte dir helfen.«

Blake sah erstmals in diesem Gespräch zu ihm auf. »Du hast mir erzählt, dass du nichts mit Kriminellen zu tun haben willst. ›Gott sei Dank, dass ich diese Scheißkerle nicht vertreten muss‹, hast du gesagt, glaub ich.«

»Ich habe den ganzen Winter in einem Raum mit dir zusammengelebt. Du bist kein Scheißkerl. Du hast offenbar ein gewisses Problem mit deiner Selbstbeherrschung, aber wir könnten anbieten, dass du eine Therapie machst, die auf deine Haftstrafe angerechnet würde.«

»Ich habe kein mentales Problem.«

»Gewalt gilt als Fehlverhalten, wenn es um die Beilegung von Frustrationen im persönlichen Bereich geht. Sie ist ein Symptom in mehreren Diagnosen des *Dia-*

gnostischen und statistischen Handbuchs geistiger Störungen.«

»Ich find's normal, jemanden zu verprügeln.«

»Ach ja? Also *ich* verprügle niemanden.«

»Deine Frau hat dich wohl nie betrogen?«

»Meine Ehefrau? Nein.«

»Muss nicht die Ehefrau sein, damit man weiß, wie das ist. Aus der Art, wie du deine Antwort auf deine Ehefrau beschränkst, schließe ich, dass dich mal eine Freundin betrogen hat.«

Stu runzelte die Stirn. »Schon möglich, aber wir waren damals Anfang zwanzig. In diesem Alter besitzt man einander noch nicht. Wir waren nur befreundet. Sie konnte machen, was sie wollte.« Er sah in seinen Blechbecher, dessen Boden jetzt sichtbar war. *Am besten hörst du zu trinken auf und hältst die Klappe,* dachte er. Stattdessen streckte er Blake den Becher hin, um sich nachschenken zu lassen.

Blake schenkte ihnen nach. »Ich wette, dass du als Yuppie-Typ in den Zwanzigern nicht der Meinung warst, sie könnte es *mit* jedem machen, der ihr gefällt.«

»Danke für deinen Kommentar aus der Perspektive eines Arbeiters in mittleren Jahren.«

»Du brauchst mir nichts zu erzählen.«

»Nein. Du hast mir alles erzählt. Das tue ich jetzt auch.« Stu trank. Der relativ billige Whiskey schmeckte weicher. »Okay, es war meine Frau.«

»Oh.«

»Aber das war, bevor Katherine und ich geheiratet haben. Sie hatte diesen alten Freund aus ihrer Collegezeit.

Er war der Kerl, durch den sie zur Fotografie gekommen war.«

»Künstlertyp. Scheiße.«

»Sie und ich waren damals seit gut einem Jahr befreundet, aber noch nicht zusammengezogen. An einem Wochenende war sie sehr beschäftigt, und ich hab sie ein paar Tage lang nicht gesehen. Dann stand plötzlich ein Karton auf der Veranda vor meiner Haustür. Ich hatte keine Ahnung, was er enthalten könnte. Also nehme ich den Deckel ab und finde einen Stapel Fotos von Katherine im College. Auf dem ersten trägt sie ein UMass-Sweatshirt und posiert in irgendeiner Art Atelier. Die mindestens hundert Fotos sind sozusagen chronologisch geordnet. Weiter unten im Bilderstapel trägt sie kein Sweatshirt mehr, nur noch BH und Jeans. Dann ohne BH und Jeans. Dann weniger.«

»Evaskostüm?«

»Ja, weiter unten im Stapel. Die Fotos waren meist klasse und meist aus dem College. Aber auf dem letzten ...«

»Dein Mädchen hat ihm einen ›Gefallen‹ getan«, vermutete Blake.

»Einen was?«

Blake machte eine ordinäre Bewegung mit Hand und Mund.

Stu zuckte zusammen. Das wäre unanständig und beleidigend gewesen, wenn er nicht völlig recht gehabt hätte.

Blake fuhr fort: »Vom vorigen Wochenende, an dem du sie ein paar Tage nicht gesehen hast.«

»Ja.«

»Was hat sie über ihr kleines Album gesagt?«
»Nichts.«
»Du hast nicht darauf bestanden, dass sie die Fotos vor deinen Augen verbrennt?«
»Nein. Ich hab sie ihr nicht mal gezeigt.«
»Was zum Teufel hast du also gemacht?«
»Ich habe sie wieder in den Karton gelegt und auf ihre Veranda gestellt, damit sie denken musste, er habe sie dort für sie zurückgelassen. Sie weiß nicht, dass ich sie jemals gesehen habe.«
»Jesus! Du willst mich wohl verarschen?«
»Nein.«
»Was hat sie von dem Kerl erzählt?«
»Er sei ›auf der Durchreise‹ in der Stadt gewesen und habe sie aufgesucht. Sie waren zusammen beim Mittagessen, aber er ist eifersüchtig geworden, als sie ihm erzählt hat, sie habe einen festen Freund.«
»Vermute ich richtig, dass sie ihm das *nach* den Intimfotos erzählt hat?«
Stu fuhr erneut zusammen. »Das stimmt wohl.«
»Und er hat dir ein Geschenk hinterlassen, um dir zu zeigen, wer der richtige Mann ist.«
»Offenbar.«
»Hast du dieses Arschloch gefunden?«
»Nein. Er hatte mir nichts getan. Sie hatte mich glauben lassen, sie gehöre mir – nur um dann diese Entscheidung zu treffen.«
»Du hast ihr also gesagt, dass sie eine treulose Schlampe ist, und sie hat dich angebettelt, bei dir bleiben zu dürfen?«

»Nicht ganz.«

»Wie das?«

»Wir haben nicht darüber gesprochen.«

»Sie hat bestritten, ihm den Gefallen getan zu haben?«

»Ich habe nicht gefragt.«

»Aber du hast es gewusst.«

»Warum also fragen?«

»Damit sie weiß, dass sie dich nicht unterbuttern kann.«

»Sie buttert mich nicht unter. Das Problem hat sich selbst erledigt, ist mit dem Auto weitergefahren. Wozu den Streit endlos fortsetzen?«

»Ist das dein Ernst? Du bist ein richtiges Weichei!«

»Nein, das bin ich nicht. Ich habe es mit Mördern und Vergewaltigern aufgenommen. Das hast du selbst gesagt.«

»Ein anderer vögelt deine Freundin, reibt es dir unter die Nase, und dir fehlt nicht nur der Mumm, ihn zur Rede zu stellen, sondern du kannst nicht mal *ihr* gegenübertreten?«

»Na schön, was hätte ich nach Ansicht des großen Beziehungstherapeuten mit der dämlichen Pelzmütze tun sollen?« Stu war wütend, und der Bourbon verstärkte dieses Gefühl noch. »Sie schlagen?«

Blake verstummte, und Stu fürchtete einen Moment lang, der große Mann werde *ihn* niederschlagen. Aber der bärtige Schweißer atmete mehrmals tief durch und öffnete seine geballten Fäuste wieder. Zuletzt sprach er mit beherrschter Stimme. »Du und ich haben unseren

Scheiß beide wie Scheiß geregelt. Aber ich hab zugegeben, dass ich's nächstes Mal anders machen würde. Und du solltest das auch tun.«

»Ich bin ziemlich zuversichtlich, dass ich meinen Scheiß besser bewältigt habe.«

»Etwas besser als furchtbar ist noch immer schlecht. Ich bin wenigstens für meine Rechte eingetreten. Reiß dich endlich zusammen, Mann.«

»Ich führe eine erfolgreiche Ehe. Meine Frau ist mir treu. *Res ipsa loquitur.*«

Blake lachte glucksend.

»Was ist daran so witzig?«

»Der Juristenslang, den du draufhast. Was zum Teufel heißt das überhaupt?« Sein glucksendes Lachen verselbständigte sich, bis es maschinengewehrartig klang und er Mühe hatte, damit aufzuhören.

»Es bedeutet: ›Die Sache spricht für sich selbst.‹«
»Welche Sache?«

»Liegt das nicht auf der Hand? Die erfolgreiche Ehe annulliert die Fotosache.«

Blake lachte noch immer. Er klopfte Stu auf die Schulter und kippte den Rest seines dritten Bechers Whiskey.

»Du hast eine total verrückte Weltsicht, Bruder. Im Leben gibt es Kränkungen, die man nicht wegerklären kann. Man kann kämpfen, man kann verzeihen, aber man kann sie nicht einfach absorbieren. Denn dann sind sie Gift, das deine Männlichkeit ruiniert und deine Eier dauerhaft schrumpfen lässt.«

»Sehr farbig. Aber im Leben kommt es nicht auf die Größe deiner Hoden an.«

»Vielleicht nicht im Gerichtssaal, Counselor, aber wenn in der Brunftzeit zwei Hirsche gegeneinander anrennen, dann kommt es sehr wohl darauf an.«

KAPITEL 31

Stu wachte frühzeitig mit Kopfschmerzen und einem Lächeln auf. Er zündete das Feuer für sie und ging wie jeden Morgen zur Latrine hinaus. Vorräte für fünf Tage, einen kleinen Stapel Marderpelze und seine wenigen verbliebenen Habseligkeiten in den Rucksack von Great Beyond zu packen, dauerte keine halbe Stunde, und dann setzten Blake und er sich zu einer letzten Partie Cribbage zusammen. Stu überholte seinen Gastgeber in der Schlussphase, indem er mit drei Vierlingen brillierte und zum Schluss »einen fürs Passen« bekam. Damit hatten beide gleich viele Partien gewonnen.

»Ein Scheißglück hast du«, murmelte Blake.

Sie aßen Hirschwurst und Buchweizenpfannkuchen, dann hackte Stu Holz für diesen Tag und kontrollierte das Wasserfass. Dies war der erste Tag, an dem sich auf dem Wasser keine Eisschicht gebildet hatte.

»Jetzt wird es wohl Zeit«, sagte er.

Blake, der in der Hüttentür stand, nickte unbehaglich. »Das schätze ich auch.«

Stu holte seinen Rucksack.

Blake legte ihm eine Hand auf die Schulter. »Hey, all das Zeug, das wir gestern Abend geredet haben. Können wir das nicht einfach vergessen?«

»Klar.«

»Tut mir leid, dass ich deine Frau eine treulose Schlampe genannt habe. Bestimmt ist sie jetzt absolut treu.«

Stu nickte. »Das ist sie.«

»Und hey, nimm das Handbeil mit. Ich hab immer noch die Axt.« Blake drückte Stu das Beil mit dem Geweihgriff in die Hand. Dann zog er einen weiteren kleinen Pelz aus dem eigenen Rucksack. »Das hier kannst du auch mitnehmen, wenn du willst.«

»Was ist das?«

»Hirschfell.«

»Ein Beutel?«

»Eine Mütze.«

»Oh, wie deine.«

»Nun … ja. Das ist die einzige Art, die ich kann.«

»Du hast mir eine Mütze genäht?« Stu drehte sie in den Händen. Er erriet, woher das stichelhaarige Fell stammte. »Das ist von dem ersten Hirsch, den ich geschossen habe.«

»Genau. Ich hab sie genäht, bevor du meine ›dämlich‹ genannt hast. Wenn du sie nicht willst, macht es auch nichts. Sie ist kein Geschenk zum Valentinstag oder so was.«

»Ich bin gerührt.«

»Ach, halt die Klappe. Nimm einfach die verdammte Mütze oder lass es bleiben. Mir ist es egal, was du machst.«

»Danke.« Stu wusste, was er zu tun hatte: Er setzte die Mütze auf und zog die Ohrenklappen tief herunter. »Eines möchte ich noch wissen.«

»Wie du aussiehst?«

»Ich weiß, wie ich aussehe. Erzähl mir, warum du keine Wölfe fängst.«

Blake benutzte eine Kiefernnadel als Zahnstocher, als versuche er, etwas Zeit zu gewinnen. »Die meisten Tiere, die ich fange, kennen das Spiel«, sagte er schließlich. »Sie rennen und verstecken sich, und man versucht sie zu fangen. Aber nicht Wölfe. Die halten sich noch immer für große Räuber. Und jedes Rudel hat einen Leitwolf, der sich für den Allergrößten hält. Er beweist seine Überlegenheit, indem er taff ist, und nur er darf sich mit den Weibchen paaren. Herausforderungen geht er direkt an. Das ist ein einfaches System, das ich verstehen und respektieren kann. Früher habe ich Wolfsfallen gestellt, bis ich diesen großen schwarzen Leitwolf gefangen habe. Ein stolzes Tier, muskulös und kräftig. Beim Abhäuten habe ich unter seinem wertvollen Fell die Narben von allen seinen Siegen gefunden. Eine Niederlage wäre für diesen Burschen kein Problem gewesen. Darauf wäre er gefasst gewesen. Er hätte sich ihr gestellt, ihr unerschrocken ins Auge gesehen und sie akzeptiert, auch wenn sie ihn das Leben gekostet hätte. Aber eine durch Federkraft betätigte Schlagfalle, in die er mit einem Hinterlauf geraten war, konnte er nicht mit Blicken einschüchtern. Nachdem sie zugeschnappt war, ist er verwirrt im Kreis herumgehinkt, bis er irgendwann verendet ist. Als ich ihn gefunden habe, war der Schnee um die Falle herum rot von seinem Blut. Das Traurige daran war nicht, dass er verloren hatte, sondern dass er kein Mittel gegen diese Gefahr gewusst hat.«

Stu brauchte drei Tage, um die Stelle zu erreichen, wo der Grizzlyforscher umgekommen war. Er sah sofort, dass das Lager geräumt war. Irgendjemand war gekommen und hatte Thomas' Eigentum geborgen. *Ein trauernder Kollege, der sich jetzt Vorwürfe macht und sich vermutlich fragt, ob der Bär auch die Kamera gefressen hat.* Zurückgeblieben war nur der mit Blut befleckte Kubota. Das Mehrzweckfahrzeug war aufgerichtet worden, aber es stand weiter wie ein riesiger roter Grabstein am Flussufer. Wer immer Thomas gefunden hatte, hatte keine Möglichkeit gehabt, das Ding abzutransportieren, oder hatte das gar nicht gewollt. Der Fluss gluckste wie ein Baby, die Sonne auf seiner Haut war warm, und es war schwierig, sich den plötzlichen Ausbruch von Gewalt vorzustellen, der hier stattgefunden hatte.

Stu hatte nicht das Gefühl, hier Zeit vertrödelt zu haben, aber vielleicht hatte er's getan. In der Wildnis verlor man allmählich jedes Zeitgefühl; er hatte nicht mehr das Bedürfnis, alle paar Minuten auf die Uhr seines Smartphones zu sehen – und konnte es auch nicht, weil der Akku längst leer war. Jedenfalls fand er sich am Wasser stehend wieder, wo er hörte, sah, fühlte. Dann fühlte er sich unbehaglich, und als er aufsah, erschien an dem gut zweihundert Meter entfernten Waldrand jenseits des Flusses ein Bär. Das Tier richtete sich auf und schnüffelte; dann ließ es sich auf alle viere nieder und trabte auf ihn zu.

Scheiße!

Seine Absicht war unverkennbar. Er zögerte nicht, kam nicht langsam näher wie ein neugieriger Waldbewohner, sondern lief geradewegs auf ihn zu: niedrig und massig wie das gefährliche Raubtier, das er war. Er hatte einen deutlichen Nackenhöcker – ein Grizzlybär.

Thomas' Grizzly.

Stu glaubte zu spüren, wie seine Hoden sich zusammenzogen und in den Unterleib hinaufkrochen.

Er tut nur, was Bären tun, dachte er lachhafterweise. *Er meint es nicht persönlich.*

Aber er tat *nicht* nur, was Bären taten. Er hatte beschlossen, Neues zu versuchen und Thomas als Nahrung zu betrachten. Er hatte beschlossen, Stu nicht mehr zu respektieren als einen Fisch. *Scheiß auf euch Menschen,* sagte er.

Die nächsten Bäume hinter Stu waren Hunderte von Metern entfernt, und in *Edwin's* stand klar und deutlich, vor einem Bären zu flüchten gleiche dem Versuch, schneller zu sein als ein NFL-Spieler – sie sahen groß und langsam aus, waren aber schneller als gewöhnliche Menschen. Stu ächzte laut. Hier gab es nur ein einziges mögliches Versteck. Er wich zurück und kletterte in den Kubota. Das Ding hatte Thomas nicht gerettet, aber es konnte ihn retten. Das dicke Plexiglas würde halten, wenn es ihm irgendwie gelang, die Tür zu sichern. Er schaffte es, sie notdürftig zu schließen, und die Schneide seiner Axt in den Spalt neben der herausgerissenen Angel zu klemmen, erschien ihm als gute Idee. Aber wenn der Bär die Kabine aufbrach, würde ihm nicht viel Zeit bleiben, auf ihn zu schießen, und wenn das Tier nicht sofort tot war, würde das vielleicht keine Rolle mehr spielen. Außerdem forderte dieser Hundesohn ihn heraus.

Ich lasse mich nicht aus diesem Käfig zerren.

Stu trat die Tür wieder auf und stieg aus. Er ließ seinen Rucksack zu Boden gleiten, trat ans Wasser, stellte sich breitbeinig hin und zog das .30-06 in die rechte Schulter ein. Der Bär galoppierte jetzt wie ein Pferd auf ihn zu. Fünfzig Meter, dann vierzig. Stu entsicherte sein Gewehr. Das Zielfernrohr nützte in diesem Fall nichts. Stu visierte über Kimme und Korn. Der Schuss hallte über die Ebene. Der Bär kam unbeirrt näher. Jetzt war er im Fluss, pflügte durchs Wasser. Stu gab den zweiten Schuss ab. Der Bär blieb kurz vor der Flussmitte stehen und ließ ein tiefes Knurren hören. Die beiden starrten sich an.

»Los, komm schon!«, brüllte Stu.

Er schoss aus zehn, zwölf Metern Entfernung erneut, ein Treffer mitten in die Brust des Bären. Das Geschoss schlug mit einem satten Klatschen ein, ohne aber das riesige Tier aufhalten zu können.

Stu wusste, dass er tot war. Noch ein kurzer Spurt durchs Wasser, dann würde der Grizzly ihn in Stücke reißen.

Wie Thomas.

Aber der Fluss war von Schmelzwasser angeschwollen, und in der Flussmitte erreichte das Wasser den Körper des Bären. Er wankte, und beim ersten Fehltritt erfasste ihn die starke Strömung. Der geschwächte Grizzly fiel zur Seite und wurde flussabwärts mitgerissen. Von drei Schüssen getroffen und verendend, überließ der Bär sich dem Fluss.

Stu beobachtete, wie er abtrieb. *Sieg!* Er spürte einen

Adrenalinstoß wie noch nie in seinem Leben. Eine ganz einfache Empfindung – primitive Freude darüber, überlebt zu haben. Er stand siegreich am Flussufer, und seine Hoden nahmen wieder ihre normale Position außerhalb seines Körpers ein.

KAPITEL 32

Der Buschpilot am Fur Lake war ein Profi mit einer viersitzigen Maule MX(T)-7 und einem Flugplan. *Anders als dieser Idiot Ivan, der sich auf eine hammermäßige Klage gefasst machen kann.* Er erklärte sich bereit, Stu im Tausch gegen die Pelze zu befördern, die Blake ihm mitgegeben hatte, bat ihn, sein Gewehr zu entladen wie von seiner Gesellschaft vorgeschrieben, verstaute seinen Rucksack und begrüßte ihn an Bord seines sauberen, gut gewarteten Flugzeugs. Die Flanken des Amphibienflugzeugs waren sogar professionell mit BEST BUSH beschriftet.

Stu sackte in seinem Sitz zusammen. Er war von seiner fünftägigen Wanderung müde, aber das war eine gute Müdigkeit wie nach einem gesunden Work-out, und der gepolsterte Ledersessel fühlte sich luxuriös an. Als das Flugzeug sie nach dem Start vom Fur Lake mit gleichmäßig brummendem Motor nach Süden trug, grinste er breit und entspannte sich; dies war der bequemste Platz, an dem er seit vielen Monaten geschlafen hatte.

Er wachte über Fairbanks auf.

Zufällig benutzte Best Bush als Wasserflugplatz denselben See wie Yukon Air Tours, und der Pilot war bereit, zum Yukon-Steg hinüberzufahren und Stu dort abzusetzen.

Stu hatte beschlossen, Ivan mit seinen Vorwürfen zu konfrontieren. Es war am besten, Zeugen ahnungslos zu erwischen, bevor sie ahnten, dass sich eine Klage zusammenbraute. Dann entschuldigten sie sich eher und gaben Fehler zu. Während sie wasserten, überlegte sich Stu verschiedene Haftungsmöglichkeiten und notierte sich einige Fragen, die Ivans Erklärung festnageln sollten. Mit etwas Glück würde er sein Smartphone ans Stromnetz anschließen und ihr Gespräch aufnehmen können.

Am Bootssteg kletterte Stu mit seinem Rucksack und Ivans .30-06 aus der Maschine und verabschiedete sich mit Tränen in den Augen von seinem kompetenten Piloten, was den Mann verblüffte, weil Stu unterwegs kaum ein Wort mit ihm gesprochen hatte.

Dann marschierte er den Hügel hinauf und in das Wäldchen mit den unheimlichen geschnitzten Greisenfratzen. Ivan musste das an seinem Steg anlegende Flugzeug gehört haben, denn der kiffende, schnitzende Pilot kam ihm bergab entgegen. Stu winkte, und Ivan, der ihn offenbar nicht erkannte, erwiderte sein Winken. Stu wurde plötzlich bewusst, dass er ganz anders aussah – zwölf Kilo leichter, bärtig und langhaarig. Er grinste.

Ich sehe aus wie eine seiner geschnitzten Figuren mit einer dämlichen Pelzmütze.

»Hey, Kumpel, was kann ich für dich tun?«, rief Ivan.

»Hallo, Ivan. Wir müssen miteinander reden.«

Ivan blieb wie angenagelt stehen. »Wie ...?«

Stu wusste nicht recht, was Ivan tun würde – er sah aus, als müsse er sich gleich übergeben. Er starrte Stu eine Zeit lang sprachlos an und dachte angestrengt nach oder versuchte es zumindest. Stu warf einen Blick auf seine Fragenliste und atmete tief durch, weil er entschlossen war, trotz seines Zorns vernünftig zu bleiben.

»Ivan, du weißt, dass du letzten Herbst kommen und mich abholen solltest, korrekt?«

»Du … lebst!«

»Ja, das tue ich. Danke. Aber du solltest zurückkommen und mich abholen, richtig?« Stu wartete nicht darauf, dass Ivan die Ereignisse verarbeitete. Stattdessen versuchte er, ihn dazu zu bringen, Schuld einzugestehen, indem er Ivans Fahrlässigkeit kleinredete – eine Technik, die er bei der Zusammenarbeit mit den Cops gelernt hatte. »Vielleicht hast du nur die Tage durcheinandergebracht. Völlig verständlich. Ist das passiert?«

»Ich bin zurückgekommen. Du warst nicht da. Ich dachte, du wärst tot.«

»Du führst ein Flugbuch, in dem wir nachsehen können, wann du zurückgeflogen bist, nicht wahr?«

»Ich kann das in Ordnung bringen.«

»Davon bin ich überzeugt, aber erst müssen wir feststellen, was eigentlich passiert ist. Können wir ins Haus gehen, damit ich mein Handy aufladen kann?«

»Äh, ja, klar.« Aber Ivan setzte sich nicht in Bewegung. Stattdessen sah er sich um, als suche er jemanden.

Stu, der sich anstecken ließ, tat es ihm nach, aber natürlich waren sie hier allein. Das sich entfernende Brummen des Flugzeugs von Best Bush und das Zirpen einer Meise waren die einzigen Geräusche, die er hören konnte.

»Nach dir«, sagte Stu.

»Okay. Kann ich mein Gewehr wiederhaben?«

Stu hatte das Browning .30-06 ganz vergessen. Er hatte sich völlig daran gewöhnt, dass es wie ein zusätzliches Glied an seiner Schulter hing. Jetzt ließ er es heruntergleiten und gab es zurück.

Ivan nahm das Gewehr und machte zwei große Schritte rückwärts. Er betrachtete Stu mit schmerzlicher Miene. »Sorry, Kumpel«, sagte er.

»Schon in Ordnung. Mir geht's gut. Wir müssen nur noch ein paar Details klären.« *Und danach,* dachte Stu, *ruiniere ich dich.*

Ivan hob das Gewehr, zielte damit auf Stus Brust. »Nein, das ist mein Ernst. Tut mir echt leid.«

Stu schlug das Herz bis zum Hals. Er hob abwehrend die Hände und bemühte sich, ruhig zu sprechen. »Keine Panik. Alles in Ordnung. Ich nehm's dir nicht übel, dass du mich in dieser beschissenen Hütte zurückgelassen hast.«

»Hütte?« Ivan fuhr sich verwirrt und ärgerlich mit der Zungenspitze über die Lippen.

»Wir brauchen nicht jetzt zu reden, wenn dies kein guter Zeitpunkt ist. Letztlich hat alles geklappt. Ich gehe einfach.«

Ivan sah sich nochmals um. Er zog den Hahn zurück und entsicherte das Gewehr. »*Nichts* hat geklappt! Garantiert nicht! Du solltest *tot* sein.«

»Drück nicht ab. Das kannst du nicht zurücknehmen.«

»Sorry, Kumpel«, sagte er noch mal und drückte ab.

Der Hammer des Gewehrs klickte leise, als er in die

leere Kammer schlug. Die Zeit stand für einen Moment still, als die beiden Männer sich anstarrten, jeder auf seine Weise überrascht. Dann warf Ivan sich herum und rannte in Richtung Haus davon.

Weitere Schusswaffen! Stu erinnerte sich, dass Ivan in dem Gewehrschrank gleich neben dem Hintereingang vier weitere Gewehre und zwei Pistolen hatte – alle bestimmt so geladen, wie Ivan fälschlicherweise von dem Browning erwartet hatte. Stu sah sich um. Hier konnte er sich nirgends verstecken, und der nächste Nachbar lebte einige Meilen weit entfernt. Flüchtete er, konnte der offenbar nicht zurechnungsfähige Pilot sich einfach ein anderes Gewehr schnappen und Jagd auf ihn machen.

Für lange Überlegungen war keine Zeit. Ivan hatte schon fünf Schritte Vorsprung. Stu riss Blakes Handbeil mit dem Geweihgriff aus seinem Gürtel und schleuderte es Ivan nach.

Ein guter Wurf. Nicht perfekt. Ein bisschen tief. Aber gut genug. Ivan machte zwei weitere Schritte bergauf, bevor die Schneide des sich überschlagenden schweren Beils sich mit einem dumpfen Schlag in seine linke Gesäßbacke grub. Er schrie auf und ging zu Boden.

»Ahhh, Gott!«, stöhnte Ivan.

Stu rannte zu ihm und beförderte das ungeladene Gewehr mit einem Tritt zu Seite – eigentlich nur deshalb, weil es ihn vorhin in Todesangst versetzt hatte. Er wälzte Ivan auf den Rücken und hielt dabei sein Jagdmesser in der Hand, ohne sich erinnern zu können, es gezogen zu haben.

Aber der bekiffte Pilot stellte keine Gefahr mehr dar.

Er hielt sich das Gesäß und wand sich. Das Beil lag neben ihm auf dem Boden. Stu hob es auf und warf es schwungvoll beiseite.

»Warum?« Stu schüttelte ihn. »Warum hast du versucht, mich zu erschießen?« Das laut auszusprechen machte es real und erschreckend.

»Mein Arsch«, stöhnte Ivan.

»Klar ist das deiner, verdammt noch mal! Versuchter Mord, Kumpel. Garantiert fünfzehn Jahre. Scheiße, warum hast du das getan?« Stu hob sein Messer. Sein Puls jagte. Er hechelte keuchend. Er war so aufgeputscht, dass er fürchtete, er könnte Ivan das Messer ins Gesicht stoßen, wenn der andere Mann irgendetwas versuchte.

Ivan hob wie abwehrend eine zitternde Hand. Sie war blutig – nicht fleckig, sondern durchgehend rot, als trüge er einen roten Handschuh. Stu sah genauer hin. Ivans Jeans waren am linken Oberschenkel durchgeblutet. Aus dem Riss im Stoff spritzte ein pulsierender dünner Blutfaden auf die Erde. Das Beil hatte eine Arterie verletzt, wurde ihm klar. Ivan verblutete.

»Hey! Hey, stirb mir nicht weg ...«

Aber Ivans Augen fingen bereits an, glasig zu werden. Stu erkannte dieses Symptom, das in *Edwin's* genau beschrieben wurde. *Schock.*

»Oh, Scheiße!«

Er öffnete Ivans Gürtel und riss seine Jeans herunter. Das Blut floss weiter, aber die Wunde reichte von der Gesäßbacke bis zum Oberschenkel. Keine Möglichkeit, einen Druckverband anzulegen. Eine Gesäßbacke konnte man nicht abbinden. Er nahm Ivans Gesicht in beide Hände. Ivan war noch bei Bewusstsein, aber er baute rasch ab.

»Red weiter, Ivan. Ich werde Hilfe für dich holen. Warum wolltest du mich erschießen?«

Ivan sprach mit großer Anstrengung. »Ich sollte dich einfach dort draußen lassen. Nichts für ungut. Ich kenn dich nicht mal.«

Stu stand entsetzt auf, wich einen Schritt gegen den nächsten geschnitzten Baum zurück. »Du hast mich absichtlich zurückgelassen?«

Ivans Atemzüge wurden flach und hektisch. Er klammerte sich an Stus Hosenbein, aber Stu trat seine Hand angewidert weg, und sie fiel zuckend zu Boden.

Ivan keuchte, und seine Stimme wurde schwächer. »Du hast gesagt, dass du Hilfe holst ...«

Stu erkannte ein verendendes Tier. Er hatte den ganzen Winter welche gesehen. »Tut mir leid, Kumpel.«

KAPITEL 33

Einen Mann getötet zu haben fühlte sich anders an. Stu hatte geglaubt, es würde sich tragischer anfühlen, als einen Bären zu erlegen. Aber der Bär war nobler gewesen: Er hatte ihn direkt angegriffen. Keine Täuschung. Keine Verstellung. Er hatte nicht versucht, ihn in eine Falle zu locken oder auszutricksen. Er hatte Stu einfach zu einem offenen Kampf um Überlegenheit, ums Leben herausgefordert. *Gut gekämpft, Bär!*, hätte er sagen können, während er auf den hinterhältigen Hundesohn, der vor ihm auf der Erde lag, am liebsten gespuckt hätte.

Aber die *Begründung* für die Tötung eines Menschen würde weit komplizierter ausfallen als für das Erlegen eines Tieres. Stu fragte sich, was er vorbringen würde.

Ich bin hergekommen, um den Piloten, der mich mit reichlich Ausrüstung bei einer Hütte abgesetzt hatte, zur Rechenschaft zu ziehen. Ich war zornig, weil ich ein unfähiger Camper war, der seine Hütte ruiniert hat und beinahe verhungert wäre. Ich habe mein Opfer von hinten mit einem Beil getroffen, als der Mann vor mir weggelaufen ist, nachdem er mit einem Gewehr auf mich gezielt hatte, von dem ich wusste, dass es ungeladen war. Dann habe ich seine Jeans runtergezogen und ihn verbluten lassen. Damit ist so ziemlich alles zusammengefasst.

Stu betete diese Zusammenfassung herunter, während er vor Ivans Leiche stand. Dann schlug er sich mit der flachen Hand an die Stirn. Das alles klang schrecklich. Es *war* schrecklich. Hätte jemand ihm in seiner Zeit als Staatsanwalt solch belastende Fakten auf den Schreibtisch gelegt, hätte er persönlich Anklage erhoben. *Mindestens wegen Totschlags.* Zwanzig Jahre. Zehn, wenn es eine günstige Verfahrensabsprache gab.

Er sah sich um, betrachtete erst den See, dann das Haus. Er hatte genügend Polizeiberichte gelesen, um zu wissen, dass Tatverdächtige an ihren Tatorten Hunderte von Fehlern machten. Wenn er fünfzig davon vermied, war er schon sehr gut. Dummerweise hatte er bereits Ivans DNA an seiner Kleidung. Aber er genoss einen Vorteil: Er war tot. Wie Blake war er ein Gespenst. Oder zumindest wusste niemand, dass er noch lebte.

Als Erstes musste Stu zusehen, dass er von der Leiche wegkam. Verstecken würde er sie nicht – das wäre ein eigenes neues Verbrechen gewesen. Er würde auch nicht versuchen, Ivans Tod als Unfall hinzustellen. Das funktionierte nie, denn Spurensicherer und Gerichtsmediziner arbeiteten heutzutage zu gut. Und wie soll ein Kerl sich versehentlich mit einem Beil am Hintern verletzt haben? Er musste sich irgendwohin zurückziehen, um nachdenken zu können, und obwohl er keine Lust hatte, das Haus zu betreten, war es der einzige geeignete Ort.

Die Hintertür stand offen. In der Küche gab es nichts, was Stu interessierte. Das Wohnzimmer hatte kaum mehr zu bieten. Der süßliche Geruch von Marihuana war überwältigend, als er die Schlafzimmertür öffnete. *Wie über-*

raschend! Er wünschte sich sehr, Katherine anrufen zu können. *Aber nicht von hier aus.* Es wäre auch keine gute Idee gewesen, hier sein Handy aufzuladen, weil es geortet werden konnte, sobald es eingeschaltet wurde. Tatsächlich konnte er von Glück sagen, dass sein Akku so tot war wie der Mann, der mit einem zusätzlichen Loch im Hintern draußen in dem unheimlichen Wald mit geschnitzten Baumfratzen lag.

Stu lief ein kalter Schauer über den Rücken. Dieser Mann hatte versucht, ihn zu töten. Nicht nur heute, sondern auch vor sechs Monaten. Er hatte deutlich gesagt: »Du solltest tot sein.« Stu fragte sich, weshalb. Hatte er Drogen gebunkert und Stu für einen DEA-Drogenfahnder statt für einen ehemaligen Staatsanwalt gehalten? Dumm genug wäre er gewesen, dachte Stu.

Beim Rundgang durchs Haus trug er seine Handschuhe. Je länger er sich hier aufhielt, desto größer war die Gefahr, am Tatort überrascht zu werden oder Spuren zu hinterlassen. Er musste sich beeilen. Der Computer war eingeschaltet, aber Stu wagte nicht, ihn zu benutzen. Jegliche Computernutzung nach Ivans Tod würde protokolliert werden, und die von ihm eingegebenen Suchbegriffe konnten Hinweise auf seine Identität liefern.

Vor allem musste das Gewehr verschwinden. Ivan könnte dem SAR-Team berichtet haben, dass er Stu ein Browning .30-06 geliehen hatte. Er würde es weit entfernt im See versenken. Natürlich konnte er auch nicht Ivans Auto nehmen, denn nichts wäre leichter aufzuspüren gewesen. In seiner Frustration versetzte Stu einem aus Holz geschnitzten Bären einen Tritt.

Letzten Endes nahm er nur ein Bündel aus acht Hundertern mit, das er neben mehreren Beuteln Marihuana in der Nachttischschublade fand. So würde er seine Kreditkarte nur im äußersten Notfall benutzen müssen. Cash, vor allem Drogengeld, war etwas, von dem Ermittler nur erfuhren, wenn sein Eigentümer den Verlust meldete, und Ivan würde bestimmt keine Anzeige mehr erstatten.

Stu marschierte drei Meilen weit, bevor er das Browning in den See schleuderte, und drei weitere, bevor er versuchte, per Anhalter nach Fairbanks zu gelangen. Autostopp funktionierte in Alaska gut. Gleich der erste Lastwagen hielt, und Stu bekam den Rücksitz der Doppelkabine für sich: mit tief ins Gesicht gezogener Pelzmütze scheinbar schlafend, damit der Fahrer nicht mit ihm schwatzte.

Am Flughafen meldete er sich an einem Ticketschalter unter seinem zweiten Vornamen Paul an. Stuart gab er als Familiennamen an. Dann zahlte er bar. Auf seinem Führerschein aus Massachusetts standen diese Namen in etwas anderer Reihenfolge, und nach einem atemlosen Augenblick vor dem erhöht sitzenden Kontrolleur kam er damit durch. Sein Herz schlug erst wieder normal, als er schon fast an Bord des Flugzeugs war.

Ivans Worte ließen ihn nicht mehr los. Der tote Pilot hatte gesagt, er habe Stu in der alaskischen Wildnis zurücklassen sollen. Stu analysierte seine Aussage aus allen möglichen Blickwinkeln und gelangte zu dem Schluss, wenn Ivan keine imaginären Stimmen gehört hatte – was durchaus möglich war –, musste eine weitere Person beteiligt gewesen sein. Möglicherweise jemand, der Stu hatte beseitigen wollen. Ein weiterer Grund dafür, noch kein Lebenszeichen zu geben. Er fragte sich sofort, ob Clay etwa auch in Gefahr war. Schließlich hätte sein Partner ihn in die Wildnis begleiten sollen. *Oder Katherine.* Hatte jemand es auf ihn abgesehen gehabt, könnte auch sie ein Anschlagsziel sein. Sobald er in Seattle war, würde er den Mut aufbringen, online zu gehen und einen Blick auf seine E-Mail-Accounts zu werfen, um sich davon zu überzeugen, dass es den beiden gut ging. Bis er Fairbanks verließ, würde er sich jedoch nirgends anmelden, und sein Handy würde so tot bleiben, wie er selbst angeblich war.

Katherine lebte. Ein Augenblick an einem Bezahl-Computerterminal auf dem Flughafen Seattle zeigte ihm wichtigtuerische E-Mails, die sie vor Kurzem mit ihren Freundinnen gewechselt hatte, weil jemand ein Strandhaus einzurichten hatte. Stu hatte nur eine halbe Stunde Zeit, deshalb hielt er sich nicht lange damit auf. Ihr fehlte nichts.

Als Nächstes musste er feststellen, wie es Clay ging. Stu schaltete sein inzwischen geladenes Handy ein, aber sein Nummernspeicher war gelöscht worden, und das Ding war jetzt kaum mehr als eine teure Uhr. Er benutzte das Terminal, um die Homepage der Kanzlei aufzurufen. Der Begrüßungsbildschirm war geändert worden. Es gab ein neues, von einem Profi gemachtes Foto ihres Gebäudes und seltsamerweise eine zweite Telefonnummer für eine Filiale in Providence. Und es gab ein Erinnerungsfoto von Stu und einen kurzen Nachruf. Also hielten ihn wirklich alle für tot. Er konnte nicht anders – er musste die wenigen Zeilen lesen.

Stuart Stark aus New Bedford wird seit einiger Zeit in Alaska vermisst und dürfte dort den Tod gefunden haben. Er war vierzig. Als guter Anwalt hat Stu sein Leben dem Dienst an seinen Mandanten geweiht. Ihn überlebt seine Frau Kate. Er wird uns fehlen.

Das war alles. Stu sann darüber nach. Es berührte ihn seltsam, sein Leben in einem einzigen Absatz zusammengefasst zu sehen. Er bildete sich ein, mehr getan zu haben, aber diese Aussage war beunruhigend zutreffend: Er hatte sein Leben offenbar Leuten gewidmet, die ihn dafür bezahlt hatten, dass er sich ihrer Probleme annahm, und wurde von einer Frau überlebt, die jetzt Kate hieß. *Überlebt* war ein bizarres Wort. Es klang, als seien sie beide in Alaska verschollen gewesen, aber nur sie habe es geschafft, in die Zivilisation zurückzukehren. Und er hatte sie niemals Kate genannt. Das durfte niemand.

Stu riskierte es, das Firmenpasswort in das Login-Kästchen zu tippen. Das Foto des Gebäudes verschwand und wurde durch eine Dokumentenliste ersetzt, als der Bildschirm sich von szenisch in funktionell verwandelte. Er war drin. Schriftsätze wurden eingereicht, Honorarrechnungen gingen hinaus. Der Betrieb ging also wie gewohnt weiter, was bedeutete, dass auch mit Clay alles in Ordnung war. Das war gut. Stu hätte ihn am liebsten angerufen. Oder Katherine. Der Drang, jemandem zu erzählen, dass er lebte, war stark. *Aber nicht clever.* Er hatte noch nicht alles gründlich genug analysiert. Weitere Ermittlungen waren nötig, und weder Clay noch Katherine waren für Diskretion und Verschwiegenheit bekannt; bei ihnen war zu befürchten, dass sie anderen Leuten davon erzählten, sobald er aufgelegt hatte. Im persönlichen Gespräch, hoffte Stu, würde es ihm eher gelingen, ihnen den Ernst seiner misslichen Lage einzuschärfen. Jeder Kontakt mit den Menschen, die er liebte und denen er vertraute, würde warten müssen.

Im nächsten Augenblick öffnete sich ein Kästchen mit einer Nachricht.

Wer sind Sie?

Jemand anders war eingeloggt, vielleicht Clay selbst. Stus gesunder Menschenverstand drängte ihn, nicht darauf einzugehen, aber bevor er sich bremsen konnte, tippte er bereits. Die Sehnsucht nach Kontakt war plötzlich überwältigend, und er brauchte wirklich einen Freund.

Wer sind SIE?

Seine Nachricht erschien unter der vorigen wie ein visuelles Echo. Nun entstand eine kleine Pause, in der Stu fast hoffte, die Person am anderen Ende werde die Verbindung einfach beenden, weil sie ihn für einen Hacker hielt. Aber dann erschien eine Antwort.

Anwaltsgehilfin Audra Goodwin.

KAPITEL 34

Katherine dirigierte die Männer, die den Küchenherd von Viking einbauten, und kreischte und schwenkte die Arme, als sie anfingen, ihn über den Intarsienboden zu schleifen. *Idioten!* Ein dazu passender Kühl-Gefrierschrank von Sub-Zero sollte am Dienstag geliefert werden. Sie war sehr zufrieden; dies waren die besten Geräte, die man bekommen konnte, ohne den Schritt zu etwas Exotischem zu tun. Holly hatte einen Viking und schwor darauf.

Das Haus gehörte ihr erst seit Kurzem, aber sie hatte bereits angefangen, es einzurichten und in der Elternsuite zu schlafen. Zu Beginn hatte sie gezögert, den Kaufvertrag zu unterschreiben, aber Clay hatte sie dazu ermutigt. Als ihre Bedenken nicht verstummt waren, hatte er ihr süffisant grinsend einen weiteren Scheck über hunderttausend Dollar vom Firmenkonto ausgestellt und sie aufgefordert, gefälligst die Klappe zu halten.

»Wir sind reich«, sagte er dabei. »Benimm dich also entsprechend.«

Er gab bereits Geld aus, das Joe Roff hoffentlich als Mandant bringen würde. Der Kerl hatte tatsächlich nicht angegeben, als er Reginald Dugan kleingeredet hatte. In seinen ersten Monaten als Mandant konnte die Kanzlei Zehntausende von Dollar verdienen. Allein das Fixum würde fünfzig Mille betragen. Und vor seiner Abreise hatte er in Brad Bears Atelier die noch erhältlichen Aufnahmen Katherines zum vollen Preis gekauft, womit der Sub-Zero locker bezahlt war. Sein Kauf sowie der des weiterhin geheimnisvollen Archie Brooks hatten Brad veranlasst, ihr eine weitere Serie vorzuschlagen.

Katherine dachte daran, ein ähnliches Thema wie die sterbende Walfangindustrie aufzugreifen – vielleicht eine Serie mit Aufnahmen von verfallenden Textilfabriken. Eine mehrtägige Fahrt durch das frühlingshafte Neuengland wäre genau das Richtige für sie, fand sie. Abends nette kleine Pensionen, tagsüber Wein und Herumstöbern in kuriosen Läden und im Morgen- und Abendlicht jeweils ein Dutzend gelungener Aufnahmen. Vielleicht konnte Clay sich freimachen und mitkommen. Sie beschloss, ihn zu fragen, wenn er in einer halben Stunde kam. Ungefähr um diese Zeit würden die unfähigen Herdinstallateure wohl endlich gehen.

Sie trieb die Arbeiter an und scheuchte sie hinaus, bevor Clay auf den Knopf des programmierbaren Gongs drückte. Dann machte sie ihm in taschenlosen Jeans und einem neuen Bodysuit auf – lässig, aber sexy, wie eine Frau, die am Strand wohnte und sich auf ihrer Terrasse entspannte.

Er trug weiter Hemd und Krawatte, hatte aber sein Jackett im Auto gelassen. *Kein körperbetontes Hemd mehr,* stellte Katherine fest. Er hatte ein bisschen zugenommen, seit sie die Firma auf Trab gebracht hatten. Sie musste sich beherrschen, um ihm nicht gleich um den Hals zu fallen.

»Na, amüsierst du dich gut?«, fragte er.

»Das Haus ist noch nicht möbliert, aber die Küchengeräte werden nach und nach eingebaut, und ich habe das Ledersofa im Wohnzimmer gekauft.«

»Gute Erinnerungen?«

Sie nickte lächelnd. »Es ist schon eingeweiht.«

»Zweimal«, stellte er grinsend fest.

Katherine blinzelte. Clay und sie hatten es nur einmal gemacht. Er konnte nur Dugan meinen. »Ich hab dich und mich gemeint.«

»Natürlich.« Er ging mit einem Klaps auf den Hintern an ihr vorbei. »Wir müssen Geschäftliches besprechen.«

»Okay.«

»Ich arbeite an neuen Deals, und die Dinge entwickeln sich rasch, aber deine Rolle bei dieser Weiterentwicklung haben wir eigentlich noch nicht definiert.«

»Meine Rolle?«

»Nun, du bist als Partnerin für gegenwärtige und zukünftige Mandanten zuständig, aber du bist keine Juristin.«

»Richtig.« Katherine fühlte Panik in sich aufsteigen. Sie glaubte zu wissen, dass er ihr mitteilen würde, sie gehöre der sich weiterentwickelnden Firma nicht mehr an. Sobald das Molson-Geld verteilt und einige kleine Fälle abgeschlossen waren, würde er sie nicht mehr brauchen. Ohne ein stetiges Einkommen würde sie abgebrannt in einem Haus für eine Million sitzen.

»Wir brauchen einen neuen Job für dich«, sagte er.

Katherine atmete erleichtert auf. »Natürlich. Ich bin gern bereit zu arbeiten.«

»Freut mich, das zu hören.«

»Ich tue, was auch immer nötig ist. Meine Fotografien haben sich gut verkauft.«

Clay musterte sie und legte den Kopf schief. »Du präsentierst dich überzeugend elegant und professionell. Außerdem kennst du viele der Einheimischen.«

»Und ich gebe wundervolle Partys.«

»Vielleicht als unsere PR-Chefin. Oder persönliche Assistentin. Vielleicht auch Mandantenbetreuerin. Gefällt dir einer dieser Titel?«

»Persönliche Assistentin klingt ein bisschen zu sehr nach Sekretärin.«

»Der kommt also nicht infrage.«

»Was hätte die PR-Chefin zu tun?«

»Werbung für die Firma machen. Mich gut aussehen lassen. Für Stu hast du dich auch immer eingesetzt.«

»Das könnte ich.«

»Mir helfen, Juniorpartner zu finden.«

»Klar.«

»Und Mandanten akquirieren. Das ist das Wichtigste.«

»Meinen Wert auf diesem Gebiet habe ich schon bewiesen, nicht wahr?«

»Allerdings.« Clay machte eine Pause. »Fünfzig Prozent vom Gewinn kann ich nicht rechtfertigen, aber ich kann dir ein großzügiges Gehalt oder Provisionen zahlen. Du wirst jedenfalls versorgt.«

Wie er das sagte, gefiel Katherine nicht, aber sie spielte die Zufriedene. »Brauchen wir dafür einen Vertrag?«, fragte sie fröhlich.

»Keine Sorge. Wir kommen schon zurecht.«

»Sollen wir die Sache mit einem Händedruck besiegeln?«

»Sehr witzig. Nur weiter so. Weil wir gerade von Mandanten reden – Joe kommt demnächst wieder her.«

»Ja? Und?«

»Wir stehen davor, ihn als Mandanten zu gewinnen. Wir sollten ihn unterhalten, während er hier ist.«

»Geh mit ihm ins Brandi's. Er scheint der Typ dafür zu sein.«

Das Brandi's war ein Untergrund-Stripclub in einer ehemaligen Bankfiliale im Norden von New Bedford. Als Staatsanwälte hatten Stu und Clay immer wieder mit Fällen aus dem Club zu tun gehabt – Trunkenheit am Steuer, Körperverletzung, Drogenbesitz. Der Manager, ein großer Kerl mit dem Spitznamen Dinky, war zu einer Haftstrafe verurteilt worden, weil er minderjährige Mädchen eingestellt hatte, die als Bardamen gearbeitet und manchmal auch Gäste »betreut« hatten. Ersetzt worden war er durch einen kleinen Kerl, der seinen Spitznamen annahm und an dem ehemaligen Drive-in-Schalter Ecstasy und Oxi verkaufte, die durch das alte Rohrpostterminal nach draußen gelangten.

»Er hat nach dir gefragt«, sagte Clay. »Er findet, dass du Klasse hast.«

»Ich *habe* Klasse.«

»Außerdem bist du die neue PR-Chefin, und wir müssen unsere Beziehungen zu ihm pflegen.«

»Was schlägst du vor?«

»Er weigert sich, geschäftliche Dinge in Restaurants

zu besprechen. Wir müssen ihn hierher einladen. Dieses Strandhaus werden wir zukünftig benutzen, um Mandanten außerhalb der Kanzlei zu beeindrucken. In meine Junggesellenwohnung kann ich niemanden einladen.«

»Das Haus ist noch nicht eingerichtet.«

»Dann stell ein paar Klappstühle auf. Oder sieh zu, dass du notfalls Leihmöbel bekommst. Aber sorg dafür, dass es bereit ist. Inklusive Fingerfood und Alkohol. Und ich möchte, dass du eine gewisse Aura verbreitest.«

»Welche Art Aura?«

»Schwer zu beschreiben. Professionell verlockend. Geschäftlich sexy.«

Katherine musterte ihn scharf. »Möchtest du das – oder vielleicht *er*?«

»Hör zu, wir waren uns darüber einig, dass wir tun werden, was nötig ist, um unsere Ziele zu erreichen. Ich tue meinen Teil. Dies ist dein Teil. Das ist der Job, den du wolltest, nicht wahr?«

Katherine verstand. Das hier war eine Verhandlung. Alles war eine. Das Leben war eine. »Wenn ich das tue, möchte ich, dass du ein paar Tage mit mir durch Neuengland fährst, während ich an einer neuen Fotoserie arbeite.«

Clay erwog ihren Gegenvorschlag. Dann nickte er. »In Ordnung. Klar. Ich würde gern mit dir ein paar Tage durch Neuengland fahren.«

KAPITEL 35

Audrys folgende Nachricht war kurz und professionell.
Wenn Sie nicht Clay Buchanan oder Kaylee McIntire sind, dann sind Sie kein berechtigter Nutzer dieser Seite. Ich lasse nun Ihren Standort feststellen.

Sie bluffte. Das konnte sie nicht.

Nein, das tust du nicht, schrieb Stu.

Ihre Antwort kam sofort: informell und ganz ohne Großbuchstaben: *wer ist das? clay? sei kein a-loch.*

Stu fragte sich, ob er darauf antworten sollte. Seine Finger schwebten über der Tastatur, dann schrieben sie. *Ich bin dein Trinkkumpan.* Am anderen Ende herrschte Schweigen. Er tippte weiter. *Drei Schichten Versiegelung können Parkettboden schützen, aber keine Spitzendecke.*

scheiße, was soll das? nein …

Doch.

Ich brauche mehr.

Stu überlegte angestrengt. Er wollte nichts schreiben, was ihn eindeutig identifizierte; die Gefahr war zu groß, dass Audry diese Nachrichten nicht löschte. *Du warst schon mit Männern befreundet, die älter waren als ich, die zickige Schlampe hat mir nicht zum Geburtstag gratuliert, und das Karma deines Chefs ist völlig daneben.*

omg! nfw!!!!!!!!

Ich habe keine Ahnung, was das heißen soll.
gott, das klingt ganz nach dir
Natürlich.
ich kann's nicht glauben, aber
Dein Einstellungsgespräch bei der Firma hat keine fünf Minuten gedauert.
wenn du etwa doch clay bist, kündige ich in weniger als fünf sekunden.

Eine Lautsprecherstimme rief seinen Flug auf – und das seit einigen Minuten, wie er jetzt merkte. Er musste fort.

Das lässt sich leichter persönlich beweisen, tippte Stu. *Kannst du mich heute Abend vom Logan abholen? Bei den Autovermietern? Um neun Uhr?*
ich weiß nicht recht
Dann muss ich eben hoffen.
ich verspreche nichts
PS: sehr wichtig – kein Wort darüber zu anderen!

Aus den Lautsprechern kam der letzte Aufruf für seinen Flug. Er musste dringend weg. Aber er schrieb noch etwas.

Ich vertraue dir, Audry. Das muss ich.
Dann rannte er zu seinem Gate.

Die Euphorie über menschlichen Kontakt verflog rasch, und als Stu seinen Platz im Flugzeug einnahm, bedauerte er diesen Austausch bereits.

Audry?

Mit Katherine Verbindung aufzunehmen wäre vernünftig gewesen. Clay wäre vernünftig gewesen. Aber

Audry? Sie arbeitete in Teilzeit, war für Recherchen zuständig. Wahrscheinlich telefonierte sie bereits mit ihrer besten Freundin, dachte Stu.

Ich bin so schwach.

Er verfluchte sich selbst. Eigentlich hatte er beschlossen, anonym zu bleiben, bis er die Westküste verließ. Und er hatte sich geschworen, alles gründlich aufzuklären, bevor er sich wieder zeigte. Das war der Plan. Aber dann hatte er sich dem ersten Menschen, der gefragt hatte, wer er sei, zu erkennen gegeben. *Okay, sie war der dritte Mensch,* dachte Stu, *wenn man die junge Frau am Ticketschalter und den Kontrolleur in Fairbanks mitrechnet.* Trotzdem benahm er sich genauso dämlich wie jeder flüchtige Straftäter, mit dem er beruflich zu tun gehabt hatte. Er hatte Audry nur zweifelhafte Gründe genannt, ihm zu glauben, noch weniger Gründe, ihn abzuholen, und gar keinen Grund, sein Geheimnis zu bewahren. Möglicherweise war dies das Dümmste, Impulsivste, was er jemals getan hatte – außer seinem Sturz durchs Hüttendach, seinem Versuch, durch den Fluss zu waten, und dem Beilwurf auf den Hintern eines bekifften Piloten.

Sie wird nicht kommen, dachte Stu. *Aber vielleicht die Polizei. Oder ein Killer.*

Er hatte noch nicht herausbekommen, wer außer Ivan seinen Tod gewünscht hatte und wo der Schuldige jetzt sein mochte; darüber hatte er nicht nachdenken können, während er schwitzend Flugzeuge gewechselt hatte. Dazu hatte er keine Lust gehabt. Zu schlimm. Zu persönlich. Aber weil er die Szenen dieses Verbrechens jetzt wie im Rückspiegel sah, konnte er die Fakten analysieren und die nötigen Schlüsse daraus ziehen. Das musste er auch. Er war nicht mehr in Alaska, dem wahrscheinlichsten Heim seines Verdächtigen. Bald würde er wieder in Neuengland sein, das die einzige weitere Möglichkeit darstellte.

Die erste Stunde verbrachte Stu damit, sich alles ins Gedächtnis zurückzurufen und auszuwerten, was er über Ivan wusste. Der Kerl lebte allein, er war Pilot, er betrieb einen schäbigen kleinen Flugdienst, er rauchte Gras und handelte sehr wahrscheinlich damit, er besaß Schusswaffen. Das waren die Fakten. Aber er hätte unmöglich von Stus Tod profitieren können. Keine Feindseligkeit. Kein eindeutiges Motiv. Und er war kein Führertyp. Er war ein besserer Kandidat für die Rolle des Schergen, Handlangers oder Lakaien, während ein anderer im Hintergrund die Strippen zog. Geld war das einfachste Motiv, und Ivan *hatte* seine Kreditkartennummer, wie Stuart jetzt klar wurde. Ivan könnte für eine organisierte Bande von Kreditkartenbetrügern in Fairbanks gearbeitet haben. Solche Banden waren verbreitet und manchmal gewalttätig. Sie verschafften sich auf alle nur möglichen Arten Kreditkartennummern und konnten während Stus monatelanger Abwesenheit sein Konto leergeräumt haben. Er dachte darüber nach. Dazu hätten sie ihn nicht ermorden müssen. *Möglich, aber nicht zwingend.*

Denkbar war auch, dass Ivan ihn einfach vergessen hatte. Dass er bekifft die Tage verwechselt hatte. Irgendwas in dieser Art. Vielleicht war er nicht verspätet zurückgekommen, weil er fürchtete, Stu würde ihn verklagen – womit er absolut recht hatte. Viel wahrscheinlicher, aber keine Erklärung für seine rätselhaften Äußerungen. *Ich sollte dich einfach dort draußen lassen.*

Eine Stewardess mit blonder Kurzhaarfrisur und einer flotten blauen Weste bot Stu einen blauen Folienbeutel Nüsse an. Sie hatte eine lange gerade Nase und einen makellosen Teint, und sie lächelte ihn höflich an. Nach einem halben Jahr mit Blake und ständigem Existenzkampf war seine Reaktion darauf zweigeteilt: Er wollte sich überschwänglich für das Essen bedanken und sie dafür umarmen – zwei Emotionen, die wenig miteinander zu tun hatten. Er dankte ihr, aber ohne Umarmung, und schenkte ihr sein bestes Lächeln. Dafür erntete er einen angewiderten Blick, der ihm sagte, ihr Lächeln sei *nur* höflich gewesen. Dann erinnerte er sich an sein strähniges Haar und seinen langen Bart. Nicht hübsch. Ebenso abstoßend waren seine zerschlissenen Jeans mit Flecken von Kaninchenblut, die viel zu lose saßen, weil er stark abgenommen hatte, und das Hemd mit Schweißflecken unter den Armen.

Sie ging rasch weiter und überließ ihn seinen unangenehmen Theorien über mörderische alaskische Verschwörer. Unheimlicher war die Idee, jemand aus seiner Vergangenheit als Staatsanwalt habe von seinem Trip nach Alaska Wind bekommen und sich mit Ivan verbündet. Vielleicht ein Angeklagter, den Stu hinter Gitter geschickt hatte. Eine unwahrscheinliche, aber trotzdem logische Theorie. Stu beschloss, eine Liste schwerer Jungs zusammenzustellen, die er hinter Gitter gebracht hatte, und ihre Entlassungsdaten zu prüfen. Er rief die mimosenhafte Stewardess zurück und bat sie um Papier und Kugelschreiber. Dann schlief er ein.

Beim Landeanflug wachte Stu wieder auf. Er hatte das bizarre Gefühl, sein ganzer Trip sei ein Traum gewesen, und war versucht, seine dicke Nachbarin, die seinen Sitz mitbenutzte, zu fragen, welchen Monat man schrieb. Aber sein abgewetzter Rucksack, den er unter dem Sitz verstaut hatte, um ihn wie eine Sicherheitsdecke möglichst nahe bei sich zu haben, zerstörte diese Illusion.

Er hatte kein Gepäck außer dem Rucksack, den er instinktiv wie eine Schutzweste auf den Rücken nahm, bevor er von Bord ging. Dazu setzte er die Pelzmütze auf und zog sie tief ins Gesicht. *So erkennt sie mich garantiert nicht,* dachte er. *Aber mein Unabomber-Look könnte das Sicherheitspersonal auf mich aufmerksam machen.*

Stu marschierte an den Autovermietungen vorbei, ohne sie eines Blickes zu würdigen. Wer vielleicht auf ihn wartete, würde damit rechnen, dass er haltmachte und die Fläche vor den Schaltern absuchte. Stattdessen ging er zum nächsten Ausgang weiter, verließ das Terminal und wartete ungefähr fünf Minuten auf dem Gehsteig. Als er es nicht länger aushalten konnte, ging er zu einem anderen Eingang, betrat das Gebäude wieder und hatte die Schalter nun aus entgegengesetzter Richtung vor sich.

Sie war da.

Audry.

Die 37-jährige zukünftige Anwältin stand vor dem Avis-Schalter und kontrollierte ihr Smartphone auf neue Nachrichten. Sie trug Karottenjeans, die in braunen Wildlederstiefeln steckten, und eine lockere dunkelblaue Leinenbluse mit halsfernem Rollkragen. Ihr Outfit wirkte wie hastig zusammengesucht, aber es war auch modisch – schlicht und zugleich gefällig.

Stu atmete tief durch und starrte geradeaus. Er ging an ihr vorbei, ohne sie anzusehen.

»Parkhaus«, sagte er halblaut, ohne aus dem Schritt zu kommen.

Sie sah nicht von ihrem Handy auf und folgte ihm auch nicht.

Verdammt.

Vermutlich würde er sie direkter ansprechen müssen. Aber als er den Ausgang erreichte, sah er, dass sie sich in seine Richtung in Bewegung setzte. Sie hatte vorgegeben, nichts gehört zu haben, und folgte ihm nun mit einigem Abstand, damit kein etwaiger Beobachter auf die Idee kommen konnte, sie gehöre zu ihm. *Clever,* dachte Stu, als er das Ankunftsgebäude verließ.

Er ging langsam weiter, damit Audry ihm folgen konnte, und machte erst im Parkhaus halt, wo keine direkte Sichtverbindung zum Terminal mehr bestand. Als er sich nach ihr umsah, entdeckte er einen Mann in einem schwarzen Mantel, der auf seinen Gang abbog. Er verfolgt mich! Der Mann zog etwas aus der Tasche, und Stu zuckte fluchtbereit zusammen, als ein Honda Pilot in seiner Nähe piepste. Er brauchte einen Augenblick, um zu erkennen, dass der Gegenstand in der Hand des Mannes ein Schlüssel mit Fernbedienung war. Der Mann musterte Stu seinerseits misstrauisch, stieg in den Honda und fuhr davon.

Ich bin nervös, dachte Stu, aber andererseits hatte er gerade jemanden umgebracht, nachdem dieser versucht hatte, ihn zu ermorden. Da durfte man schon leicht paranoid sein.

Als Audry erschien, atmete er mehrmals tief durch und zeigte sich ihr. Verständlicherweise hielt sie zunächst noch Abstand.

»Hallo, Audry«, sagte er. Seine Stimme würde sie am ehesten wiedererkennen, hoffte er.

Sie machte ein paar Schritte auf ihn zu, dann holte sie tief Luft und stürmte mit offenem Mund und aufgerissenen Augen auf ihn zu.

»O mein Gott! Du *bist es*!« Sie umarmte ihn unerwartet fest, klammerte sich an ihn wie jemand, der geglaubt hat, einen lieben Freund verloren zu haben. Als sie ihn dann losließ, musterte sie ihn von oben bis unten. »Wow. Du sieht gleichzeitig großartig und beschissen aus.«

»Danke, dass du gekommen bist.«

»Wieso weiß niemand von dir? Darüber habe ich auf der ganzen Fahrt nach Boston nachgedacht. Ich hätte beinahe meine beste Freundin angerufen, aber du hattest darauf bestanden, dass niemand etwas erfahren darf.«

»Komm, wir reden im Auto weiter.«

»Wohin fahren wir?«

»Heim.«

Sie gingen zu ihrem blauen Subaru, der ein praktischer, sparsamer Geländewagen war. Stu erbot sich zu fahren, aber Audry forderte ihn auf, kein dummes Zeug zu reden und rechts einzusteigen, was er widerspruchslos tat. Kurz vor der Ausfahrt warf sie ihm einen warnenden

Blick zu, sodass er nicht erst anbot, die Parkgebühr zu zahlen. Aber er merkte sich den Betrag, denn er wusste, dass sie zwei Studentendarlehen zu tilgen hatte – ihr eigenes und das ihrer Tochter.

»Du weißt, dass die Leute dich für tot halten, richtig?«, begann Audry.

»Ja, das hat mir schon jemand erzählt.«

»Inzwischen ist einiges passiert.«

»Das kann ich mir denken.«

»Stu, du warst fast sechs Monate fort. Selbst deine Frau glaubt, du hättest es nicht geschafft.«

»Ich muss einiges in Ordnung bringen. Darüber bin ich mir im Klaren.«

»Und warum soll niemand von deiner Rückkehr erfahren?«

»Der Pilot von Yukon Air hat mich absichtlich dort draußen zurückgelassen. Bis ich ein paar Ermittlungen angestellt habe, soll niemand von mir wissen.« Er erwähnte weder Ivan noch Mordpläne.

»Verdeckte Ermittlungen, was? Verklagen wir besagten Piloten?«

Er sah aus dem Fenster, wich ihrem Blick aus. »Ich glaube nicht, dass er es wert ist, jetzt verklagt zu werden.«

Das akzeptierte sie – und ihn.

Durch die Fragen, die er ihr stellte, erfuhr er nicht allzu viel. Sie wusste weniger über seine Frau, als Stu vermutet hätte. Audry arbeitete jetzt mehr für Clay, aber sie kam nur wenige Male pro Woche mit ihm zusammen, und bei diesen Gelegenheiten sprachen sie nicht über

Katherine. Und Katherine kam nicht oft, sondern eher sporadisch in die Kanzlei. Stu fragte sich, ob Clay sie ausgezahlt hatte, um freie Hand zu haben. Schließlich war sie keine Juristin. Aber Audry sagte, der Name Stark stehe weiterhin auf dem Briefkopf.

Sie sprachen nicht über Mandanten. Dafür würde später noch genug Zeit sein. Den Rest der Fahrt von Boston nach New Bedford verbrachte Stu damit, mit aufgeregten Fragen bombardiert zu werden und Überlebensstorys aus der Wildnis zu erzählen. Das war entspannend, merkte er, und machte irgendwie Spaß. Ihre Augen blitzten, als er seine Begegnung mit dem Grizzly schilderte.

»Du hast nicht nur ein halbes Jahr in der Arktis überlebt, sondern auch einen gottverdammten Grizzly geschossen? Mann, du hättest mehr Anerkennung verdient gehabt.«

»Mehr als was?

»Mehr als zuvor. Du hast Erstaunliches geleistet.«

»Ich hab getan, was ich tun musste. Nicht auf alles bin ich stolz.«

»Hätte ich einen Bären geschossen, der mich fressen wollte, würde ich einen Bettvorleger aus ihm machen.«

»Oder eine dämliche Mütze.«

»Nein! Ist das ein Bärenpelz?«

»Hirschfell. Gehört zu meinem Beschissen-Look.«

»Richtig, das habe ich gesagt. Sorry. Aber du könntest wirklich einen Haarschnitt und eine Rasur brauchen.«

»Du hast auch gesagt, dass ich großartig aussehe.«

»Ja, das auch.«

»Wie meinst du das?«

»Hmm.« Sie musterte ihn einige Sekunden lang, ohne auf die Straße zu sehen. »Du hast offenbar abgenommen und wirkst gar nicht mehr soft.«

»Soft?«

»Schreibtischjob. Du hattest weiche Hände. Jetzt hast du Schwielen, Kraft und ein sonnengebräuntes Gesicht. Und sogar deine Haltung hat sich verbessert.«

»Wie das?«

»Schwierig. Hellwach. Aufrecht. Nicht herumschleichend wie ein Hund, der keinen Klaps mit einer Zeitung bekommen will. Sagen wir's mal so: Wäre ich ein Bär, würde ich es mir zweimal überlegen, ob ich dich anfallen soll.«

KAPITEL 36

Als sie kurz nach 20 Uhr vor Stus Haus hielten, empfand er ein fast überwältigendes Gefühl, nicht hierherzugehören. Irgendwas hatte sich verändert. An ihm. An dem Haus. Nichts Greifbares. Ein neuer Blumenkübel auf der Veranda? Ein nicht aufgerollter Gartenschlauch? Vielleicht sein Bart.

»Alles in Ordnung mit dir?«, fragte Audry.

»Ich hab noch nicht geübt, was ich zu Katherine sagen will.«

»Das brauchst du nicht zu üben, Blödmann. Umarme sie einfach und sei du selbst.«

»Also gut. Ich gehe rein.«

»Winkst du noch mal, wenn du sicher drin bist?«

»Wie ein Zehnjähriger?«

»Tu mir den Gefallen. Ich bin eine Mutter.«

»Okay, klar.«

»Fang keine lange Knutscherei an und vergiss mich dabei.« Sie lächelte.

»Ich vergesse dich nicht.«

Stu bedankte sich nochmals und ging ums Haus herum zu der gläsernen Schiebetür. Im ersten Stock brannte Licht. Seine Schlüssel hatte er eingebüßt, als er die Hälfte seiner Ausrüstung in der kleinen Hütte zurückgelassen hatte, aber er wusste, wie man die Glastür aushängen und zur Seite schieben konnte.

Im Wohnzimmer war es dunkel, und er stieß sich am Sofa an, bevor er beschloss, Licht zu machen. Die Möbel waren umgestellt. Tatsächlich waren es *andere* Möbel.

»Was zum Teufel?«

Er spürte, dass er nicht mehr allein war, und drehte sich um. Ein kleiner Junge von etwa fünf Jahren starrte ihn von der Treppe aus an. Stu kannte ihn nicht.

»Wer bist du?«, fragte der Junge.

»Ich bin Stuart«, antwortete Stu benommen. »Ich wohne hier. Und wer bist du?«

»Ich bin Johnny. Ich wohne hier.«

Stu fühlte sich wie vor den Kopf geschlagen. Dann vereinigten die fremden Möbel und der fremde Junge sich zu einem Bild, das er verstand.

»Nun, dies ist eine komische Situation, Johnny. Wo ist die Frau, die vor euch hier gewohnt hat?«

»Sie ist an den Strand gezogen.«

»An den Strand?« Er musste kurz überlegen. *Ahh, das Strandhaus aus den E-Mails.*

Im nächsten Augenblick erschien ein Mann mit einem Baseballschläger – offenbar ein teures Modell. Stu konnte beinahe den Namen des Red-Sox-Spielers lesen, der ihn signiert hatte. Der Mann packte den Jungen und schob ihn die Treppe hinauf.

»Was ist los?«, fragte eine Frauenstimme von oben.

»Bleib lieber oben, Schatz. Und ruf die Cops an! Ein Landstreicher hat sich in unser Haus verirrt!«

Der Mann hatte Angst, das sah Stu ihm an. Ein Kaninchen. Für ihn war Stu ein Raubtier, das in seinen Bau eingedrungen war. Aber in die Enge getriebene Tiere waren gefährlich, vor allem wenn sie ihre Jungen beschützten. Erst vor einem Monat hatte ein noch lebender Dachs Stus Jackenärmel zerfetzt. Er hatte ihn mit Gewebeband geflickt und war froh gewesen, dass sein Arm heil geblieben war.

Der Mann trat vor, hob dabei den Baseballschläger über den Kopf. Dabei erwischte er eine Keramiklampe, die laut scheppernd zu Bruch ging. Der Mann hatte offenbar keine Ahnung, wer Stu war, und Stu klärte ihn nicht auf. Weil er noch immer nicht wusste, was eigentlich vorging, und sich nun auch eines Einbruchs schuldig gemacht hatte, erschien es ihm als eine noch schlechtere Idee, seine Identität einem völlig Fremden preiszugeben.

»Sorry, falsches Haus«, sagte Stu. Er ging ruhig zur Haustür, kehrte dem Mann aber nicht den Rücken zu und blieb fluchtbereit. Im eigenen Haus konnte ein Mann einen Eindringling mit einem Baseballschläger zu Brei schlagen, und keine Geschworenenbank würde ihn jemals schuldig sprechen, selbst wenn der Eindringling geflüchtet war.

Draußen rannte Stu zu dem Subaru und stieg hastig ein. Audry starrte ihn erwartungsvoll an.

»Los!«, sagte er.

»Was ist passiert?«

»Neue Besitzer. Bestimmt ist es besser, wenn sie dein Kennzeichen nicht sehen.«

»Oh, Mann!« Sie startete den Motor.

Stu schnallte sich an. »Sie waren allerdings so freundlich, mir zu sagen, wo Katherine ist. Kannst du mit deinem Handy ins Internet?«

Eine rasche Suche nach *Strandhaus* in Katherines E-Mails förderte die Adresse zutage, die er ins Navi eingab.

Die Fahrt war kurz, und wenig später hielten sie vor einem anderen Haus, nur stand dieses in South Dartmouth am Strand und hatte eine luxuriöse asphaltierte Einfahrt. Audry schaltete ihre Scheinwerfer aus, und sie blieben im Dunkel einer Neumondnacht im Auto sitzen.

»Das könnte sie sich niemals leisten«, sagte Stu.

Aber die E-Mails besagten eindeutig, dass sie das Haus mit dieser Adresse gekauft hatte. Katherine hatte sich sogar lange darüber verbreitet, wie sie das Haus möblieren würde. Aber es fühlte sich nicht richtig an. Stu hatte nie an Karma geglaubt, aber auf Befragen hätte er eingestanden, dieses Haus fühle sich schlechter an als sein nun von Fremden bewohntes Haus, aus dem er gerade verjagt worden war.

Jetzt kann ich nirgends mehr hin, erkannte er. Und plötzlich fühlte er sich so heimatlos, wie er aussah.

Audry wartete geduldig, während Stu dasaß und vor sich hinstarrte.

»Dies ist das Haus, richtig?«, fragte sie zuletzt.

»Der schwarze Cadillac in der Einfahrt gehört nicht ihr. Sie fährt einen alten Corolla.«

»Zum Haus gehört eine Garage. Oder vielleicht hat sie jetzt auch ein besseres Auto.«

»Nach dem Vorfall mit dem Baseballschläger bin ich nur ein bisschen übervorsichtig, okay?«

»Dann wirf einen Blick durchs Fenster.«

»Die Fenster führen alle zum Strand hinaus.«

»Geh außen herum.«

»Hausfriedensbruch.«

»Mein Gott, sei kein solcher Jurist.« Audry schnallte sich los und stieg aus.

Sie verschwand um die Ecke und war zur Strandseite des Hauses unterwegs, bevor Stu aussteigen konnte.

»Hey, warte ...«

Er holte sie ein, als sie dabei war, von der Seite auf das erhöhte Holzdeck zu klettern.

»Bist du verrückt?«, flüsterte er. »Dort oben wird dich noch jemand sehen!«

Auch Audry flüsterte. »Drinnen brennt Licht. Wir können hineinsehen, aber wegen der Helligkeit kann niemand heraussehen.«

Dann war sie oben auf dem Holzdeck. Stu verdrehte die Augen, folgte ihr aber. Auf dem Boden liegend sah er Audry wie erstarrt vor den ganz aus Glas bestehenden Terrassentüren kauern. Das minimalistisch eingerichtete Schlafzimmer dahinter wurde von einer einzigen Deckenleuchte erhellt. Stu war sich kaum bewusst, dass sein Blick dem Audrys wie hypnotisiert folgte.

Katherine war nackt. Spektakulär nackt. Sie stand mitten im Raum in einem Ring aus abgelegter Kleidung. Stus Herz schlug bis zum Hals.

»Wow«, flüsterte Audry. »Klasse Figur.«

Stu fühlte plötzlich den Drang, ans Glas zu hämmern, hineinzustürmen, sie in die Arme zu reißen und sofort zu nehmen. Vermutlich auf dem Fußboden. Aber irgendetwas hinderte ihn daran – dasselbe Gefühl, hier stimme etwas nicht, das er im Auto sitzend gehabt hatte.

In diesem Moment des Zauderns ging die Schlafzimmertür auf, und Clay kam herein.

Er war vollständig bekleidet. Gut angezogen. Krawatte, elegantes Hemd, schicke Hose, teure Slipper. Er lächelte, und Katherine quittierte sein Lächeln mit einem Nicken. Sie verbarg ihren nackten Körper nicht.

Audry legte Stu eine Hand auf die Schulter. »O Gott, Stu, das tut mir so leid. Das habe ich nicht gewusst.«

Stu machte sich auf ihre Umarmung gefasst. Aber Clay nahm Katherine nicht in die Arme oder fing an, sich ebenfalls auszuziehen. Stattdessen inspizierte er sie nur. Das ließ sie zu, indem sie sich drehte, um ihren Körper aus verschiedenen Perspektiven zu zeigen. Dann erteilte Clay ihr Anweisungen. Nach kurzer Begutachtung gab er ihr einen kräftigen Klaps auf den Po und deutete auf das Bett. Katherine protestierte nicht, sondern trat ans Bett, beugte sich nach vorn und stützte sich mit beiden Händen auf die Matratze. Das war sinnlich, animalisch – sogar erregend. Stu spürte wieder den Drang, hineinzustürmen und sie zu nehmen. Aber er musste das Gesehene erst verarbeiten.

Audry zupfte ihn am Ärmel. »Komm, Stu, wir gehen. Das hier brauchen wir nicht zu sehen.«

Stu schüttelte ihre Hand ab. »Nein, das ist okay. Sie hält mich für tot. Sie ist einsam. Das verstehe ich.«

Damit werde ich fertig, dachte Stu. Er hatte ein halbes Jahr lang Kaninchen gegessen und heißes Wasser getrunken. *Ich hab einen gottverdammten Bären geschossen.* Ja, damit würde er fertigwerden. Sogar der vertraute alte Instinkt, alles zu verzeihen, machte sich wieder bemerkbar. *Sobald ich es begriffen habe, kommt alles wieder in Ordnung.*

Dann trat ein weiterer Mann ein. *Was zum Teufel?*

Er war ungefähr sechzig und trug einen dünnen Bademantel. Keine Schuhe. Keine Socken. Keine Hose. Er sah Clay an, der zu Katherine hinübernickte.

Stu erkannte ihn sofort. Joseph Roff. Die Polizei nannte ihn Big Fish, weil er auch eine Crew in New Bedford hatte und begeisterter Hochseeangler war. Im Bristol County war er nie angeklagt worden, aber er leistete routinemäßig Kautionen für mehrere hiesige Ganoven – Schmuggler, illegale Pfandleiher, Oxi-Dealer und dergleichen –, die seine Crew, seine »Schule kleiner Fische« waren. Roff ließ seine Interessen durch Strohmänner wahrnehmen und wohnte in Providence, wo er für die hiesige Justiz unerreichbar war. Die Cops in New Bedford verfügten nicht über die Ressourcen, die für umfangreiche Ermittlungen im Bereich des organisierten Verbrechens nötig gewesen wären. Und Roffs kleine Fische arbeiteten weit unterhalb des Levels, das die Feds auf den Plan gerufen hätte. Folglich gab es auch keine Strafverfolgung auf Bundesebene.

Clay ließ sich in Stus liebsten Sessel fallen und rührte keine Hand, um Roff daran zu hindern, an das Bett zu treten, über das Katherine splitternackt gebeugt stand. Stu wusste, dass Roff seine Finger in allem hatte, was schmutzig war, und während er zusah, schob der bekannte Verbrecher sie lässig zwischen die Backen des knackigen Hinterns seiner Frau.

KAPITEL 37

»Aus-ge-schlos-sen! Halt! Die! Klappe! Willst du mich verarschen?« Audry war so aufgebracht, dass sie sich gelegentlich wiederholte. Und weil sie dabei mit den Armen ruderte, sorgte sich Stu um ihre Fahrweise.

»Wir müssen uns beruhigen«, sagte er.

Audrey holte tief Luft. »Du meinst, *ich* muss mich beruhigen, was? Sieh dich bloß an! Du analysierst diese Sache, denkst alles durch, wie es deine Art ist. Verblüffend. Du solltest viel mehr ausflippen als ich.«

Stu legte eine Hand aufs Lenkrad und drehte es leicht, bis sie wieder auf der richtigen Straßenseite waren. »Das halte ich für unmöglich, aber glaub mir, ich bin echt überrascht und perplex.«

»Perplex? Ich denke, du solltest eifersüchtig und wütend sein. Ich verstehe dich nicht; jeder andere Mann hätte den Versuch unternommen, das zu stoppen.«

Stu runzelte die Stirn. Er hatte überlegt, ob er eingreifen sollte. Tatsächlich war er kurz davor gewesen, einen Liegestuhl durch die Glastür zu werfen. Aber wenn jemand ihm nach dem Leben trachtete und dieser Jemand in Verbindung zu einem Kerl wie Roff stand, hätte er vielleicht auch Katherine und Clay gefährdet, wenn er sich gezeigt hätte.

Während ein Fick an sich nicht gefährlich ist.

»Ich hatte einen guten Grund.« Das klang lahm. Audry stellte seine Männlichkeit infrage. Welche Art Mann hinderte einen anderen nicht daran, seine Frau zu bumsen? Seine heißblütige Anwaltsgehilfin glaubte vermutlich, er sei derselbe Softie, als der er abgereist war. *Und vielleicht bin ich das.* Aber das konnte er nicht so stehen lassen. Stu sagte: »Das ist nicht das Schockierendste, was ich in den letzten vierundzwanzig Stunden erlebt habe.«

»Echt? Wow.«

»Aber es könnte damit zusammenhängen.«

»Das muss ich hören!«

»Nein. Es wird Zeit, dass du dich ausklinkst. Diese Sache ist offenbar gefährlich, und es war egoistisch von mir, dich da hineinzuziehen. Ich war … einsam.«

»Bullshit. Erzähl's mir. Du kannst nicht bei mir bleiben, wenn ich nicht weiß, was läuft.«

Stu zögerte. »Ich habe nicht damit gerechnet, bei dir zu bleiben.«

»Wohin könntest du sonst?«

»Motel?«

»Edel, aber dumm. Ich habe ein Gästezimmer. Aber du musst mir erzählen, was läuft.«

Stu hatte Ideen. Theorien. Er merkte, dass er sich danach sehnte, sie mit jemandem zu diskutieren. Er *musste* sie mit jemandem durchsprechen, bevor er sie glauben konnte. Bisher erschienen sie ihm wie Wölkchen von unbewiesener Verrücktheit, die durch sein Gehirn schwebten.

»Ich habe einen Mann umgebracht«, sagte er plötzlich

und stürzte sich in dem Bewusstsein von der Geständnisklippe, dass er ihr alles würde erzählen müssen, wenn er ihr Ivans Tod schilderte.

»Du hast gesagt, es sei ein Bär gewesen.«

»Den hab ich auch erledigt.«

Audry beobachtete ihn aus dem Augenwinkel. »Sollte ich die Polizei anrufen?«

»Vermutlich.«

»Großartig.«

»Er hat zuerst versucht, mich zu erschießen. Keine Sorge, ich bin für niemanden gefährlich.«

Aber er *war* gefährlich. Er konnte die Fähigkeit zu einem Kampf auf Leben und Tod in sich spüren. Das war wie eine neue Superkraft – er konnte töten. Er hatte den ganzen Winter lang Lebewesen getötet. Aber nur, um zu überleben, sagte sich Stu.

»Jetzt muss ich definitiv den Rest hören.«

»Du hast keine Angst?«

»Dies ist vermutlich die intensivste Sache, in die ich je hineingeraten bin. Teufel, ja, ich habe Angst! Aber ich möchte sie um keinen Preis der Welt versäumen.« Auf ihrer Oberlippe standen Schweißperlen, aber gleichzeitig lächelte sie. »Erzähl mir also, wen hast du umgebracht?«

Audrys Apartment war tadellos aufgeräumt. Das überraschte Stu etwas, weil er wusste, wie viel sie arbeitete. Er hatte sich ein anderes Bild vorgestellt: Geschirr, das sich im Ausguss stapelte, der Küchentisch voller Post, Supermarkt-Gutscheinen und juristischen Zeitschriften, vor dem großen Flachbildfernseher vielleicht eine Jogamatte, unausgepackte Work-out-DVDs, dazwischen eine noch nicht zurückgegebene DVD, eine romantische Komödie aus der Stadtbibliothek. Aber er hatte falsch gedacht.

Sie bot ihm ihr elegantes, aber preiswert aussehendes Sofa an, dann griff sie nach ihrem Tablet.

»Okay, wo fangen wir mit unserer Analyse an?«

»Ich denke, dass es für mich am besten wäre, diese Sache wie einen Fall zu behandeln. Andererseits hat ein Mann, der sein eigener Anwalt ist, einen Narren als Mandanten.«

»Was soll das wieder heißen?«

»Das soll heißen, dass es schwierig ist, objektiv zu sein, wenn ein Fall einen selbst betrifft.«

»Dann lass mich deine Anwältin sein.«

»Du hast kaum ein Jahr Erfahrung. Nichts für ungut.«

»Null Jahre Erfahrung als richtige Anwältin, wenn du's genau nehmen willst. Und du vergeudest Zeit. Was wissen wir?« Sie schaltete das Tablet ein und tippte rasend schnell, was auf dem Touchscreen wie hämmernde Regentropfen klang. »Ich mache eine Liste der Fakten und Theorien.«

»Nun, erst mal wissen wir, dass Ivan mich ermorden wollte. Er hat mit dem Gewehr auf mich gezielt und abgedrückt. Als kein Schuss gefallen ist, ist er geflüchtet.«

»Dann hast du ihn mit der Axt getroffen?«

»Handbeil.«

»Jesus«, murmelte sie halblaut. »Was hat er genau gesagt?«

»Er hat sich entschuldigt. Und er hat gesagt, ich sollte eigentlich tot sein.«

»Das braucht nicht zu bedeuten, dass *Ivan* das geplant hat. Vielleicht wollte er damit nur sagen, er habe *angenommen*, du seist tot. Und als du aufgekreuzt bist, ist er in Panik geraten, weil er das Abholen vermasselt hatte und sich denken konnte, dass er jetzt ernstlich Schwierigkeiten bekommen würde. Außerdem hast du gesagt, er sei anscheinend bekifft gewesen.«

»Einverstanden. Aber als ich gesagt habe, letztlich habe alles geklappt, weil ich am Leben sei, hat er widersprochen. Er hat gesagt, *nichts* habe geklappt.«

»Als sei geplant gewesen, dich in der Wildnis zurückzulassen, was aber nicht geklappt hat.«

»Richtig.«

»Besser, aber noch kein Beweis.«

»Ivan hat auch gesagt: ›Sorry, Kumpel, ich kenn dich nicht mal.‹«

»Er hat wirklich *Kumpel* gesagt, bevor er versucht hat, dich zu erschießen?«

»Ja.«

»Was für ein Trottel! Bitte weiter.«

»Die Tatsache, dass er mich nicht gekannt, mich auch nicht bestohlen hat, schließt ein persönliches Motiv aus.«

»Vielversprechend ...«

»Er war anscheinend so überrascht wie ich, dass es dort eine Hütte gegeben hat. Und wirklich unheimlich war, dass er gesagt hat: ›Ich *sollte* dich einfach dort draußen lassen.‹«

»Das hat er gesagt?«

»Wortwörtlich.«

»Ganz bestimmt? Du hast seither viel durchgemacht.«

»Todsicher. Diese Worte werde ich nie vergessen.«

Audry tippte etwas, dann starrte sie das Geschriebene stirnrunzelnd an. »Jemand hat ihm einen Auftrag erteilt. Das ist die einzig vernünftige Erklärung.«

»Das glaube ich auch.«

»Darüber sind wir uns also einig.« Sie begann einen neuen Absatz. »Okay, wie geht's weiter?«

Stu holte tief Luft, aber er brachte es nicht heraus, daher sagte es Audry für ihn.

»Der ... äh ... Gangster im Schlafzimmer deiner Frau ist ein gewisses Alarmsignal.«

»Richtig. Du kannst notieren, dass ein bekannter Verbrecher Clay und meine Frau erpresst.«

Audry tippte wieder, dann legte sie den Kopf schief. »Oder auch nicht.«

»Wie meinst du das?«

Sie betrachtete ihn mitfühlend. »Ich denke, wir sollten alle möglichen Erklärungen berücksichtigen.«

»Das *ist* die mögliche Erklärung.« Stu runzelte die Stirn. Die Richtung, in die Audry sich jetzt bewegte, gefiel ihm nicht.

»Ich meine nur ... sie haben nicht *ausgesehen*, als würden sie erpresst.«

»Wirklich nicht? Und wie würde das dann aussehen?«

»Weiß ich nicht. Vielleicht sichtbar unbehaglich?«

»Du glaubst, dass meine Frau mit … mit dieser Sache einverstanden war?«

»Hey, das war bloß ein Eindruck. Vielleicht aus der Frauenperspektive. Nur ein Gefühl, das ich dabei hatte.«

»Ich halte nichts von Karma, weißt du.«

»Verstanden. Aber so viel es wert ist …«

»Es ist sehr wenig wert.«

»Wie du meinst. In unsere Notizen nehme ich den Kommentar *sehr wenig wert* auf.«

»Hör zu, wenn ich nicht Angst um Katherines Sicherheit gehabt hätte, wäre ich sofort dazwischengegangen.«

»Davon bin ich überzeugt.«

»Er hätte eine Pistole haben können.«

»Schwer vorstellbar, wo er sie hätte verstecken sollen …«

Stu stand auf. »Ich muss dringend gründlich duschen. Wo ist das Bad?«

Die Dusche war durch einen weißen Rüschenvorhang abgetrennt und mit sieben Plastikflaschen vollgestellt: Shampoo, Haarspülung und Duschgel, die meisten rosa und halb voll. Das Seifenstück hatte Größe und Form eines Kartoffelchips. Er benutzte Flüssigseife, die nach grünem Tee duftete, für seinen Körper und entschied sich für das Kokosmilchshampoo, das seinem Haar »Fülle« zu geben versprach. Beim ersten Spülen war das Wasser braun. Er wusch sich mit verschiedenen Shampoos dreimal die Haare, bis sie ganz sauber waren. Vor dem Spiegelschrank lag ein Rasierer, ebenfalls rosa.

Vierzig Minuten später kam Stu aus dem Bad: in ein

Handtuch gewickelt, mit grob gestutztem Bart und zurückgekämmten langen Haaren, die er mit Gel gebändigt hatte, damit sie ihm nicht in die Augen fielen. In dieser Aufmachung erinnerte er an einen Surfer mittleren Alters.

Audrey legte ihr Tablet weg. »Wow. Sieh dich bloß an.« Und sie begutachtete ihn gründlich ohne falsche Scham.

»Hast du irgendwelche Klamotten, die mir passen würden und *nicht* rosa sind?«

»Ich denke schon. Sollen die alten in den Müll?«

Audry schickte ihn mit einem T-Shirt mit dem Aufdruck UConn und purpurroten Sweatpants, auf deren Hosenboden in großen Lettern FRECH stand, ins Bad. Sie kicherte, als er herauskam, versicherte ihm aber, er sehe wunderbar aus.

Sie diskutierten darüber, ob sie die Polizei anrufen sollten, wechselten dann die Seiten und diskutierten nochmals, um sicher zu sein, dass sie nichts übersehen hatten. Letzten Endes gestand Audry widerstrebend ein, dass Stus größter Vorteil darin bestand, dass er nicht existierte. Solange er ein Geist war, konnte er anonym ermitteln. Sobald die Polizei ins Spiel kam, würden etwaige Verdächtige flüchten oder sich in eine Wagenburg zurückziehen. Aber Audry ließ sich von Stu versprechen, dass er die Polizei so frühzeitig wie nur möglich einschalten würde.

»Erst mal solltest du schlafen«, sagte sie. »Du siehst erschöpft aus.« Sie öffnete die Tür des kleinen ehemaligen Zimmers ihrer Tochter, das jetzt dem Angorakater

Sasha gehörte. Das Zimmer war so unglaublich aufgeräumt wie Audrys Wohnzimmer und wieder rosa. Das Einzelbett wirkte winzig – und gleichzeitig wie die bequemste Bettstatt, die Stu jemals gesehen hatte.

»Ruh dich aus«, sagte Audry mit einer Hand auf seiner Schulter. »Morgen machen wir uns an die Arbeit.«

KAPITEL 38

Katherine entspannte sich auf dem Himmelbett aus Messing, das im obersten Zimmer des historischen Willimantic Inn fest auf dem leicht schiefen Fußboden aus breiten Dielen stand. Das riesige Haus aus dem 18. Jahrhundert war in seiner Blütezeit auch eine Taverne gewesen und hatte später, während des Niedergangs der Textilindustrie, als Heim für ledige Arbeiterinnen gedient. In demselben Bett, auf dem sie sich jetzt wie eine gähnende Katze räkelte, hatte einmal ein Kennedy geschlafen. Der geschichtsträchtige Inn stand im südwestlichen Windham County auf zweieinhalb Hektar Land mit leichtem Zugang zur Thread City, wie das historische Willimantic geheißen hatte, als die American Thread Company dort ansässig gewesen war. Die ATC war damals einer der größten Garnhersteller der Welt gewesen – und die erste Fabrik mit elektrischer Beleuchtung. Die alten Fabrikgebäude standen noch immer unten am Fluss, wo Katherine sie am Abend zuvor stundenlang fotografiert hatte. Anschließend war sie eine halbe Stunde gejoggt und hatte dann einen antiken Kleiderschrank gekauft, den Afterlife Antiques als Eillieferung nach New Bedford transportieren lassen würden, damit er auf sie wartete, wenn sie heimkam.

In ihr Heim.

Das Strandhaus begann allmählich weniger leer zu wirken, und sie traute sich zu, es nach ihrem Kurzurlaub weiter einzurichten. Der Umzug war eine schwierige und anstrengende Erfahrung gewesen. Sie hatte über hundert Umzugskartons beschriftet, aber dann war die von ihr beauftragte Spedition nicht gekommen. Sie hatte ihren Zeitplan völlig umstellen und eine andere Spedition anrufen müssen. Ihre alte Einbauküche hatte sie in dem Haus in der William Street zurückgelassen, und weil sie die meisten alten Möbel hatte abtransportieren lassen, war sie wochenlang unterwegs gewesen, um neue Möbel zu kaufen. Das war harte Arbeit gewesen, und wenn sie mit dieser Serie fertig war, würde sie eine weitere Woche lang dekorieren und stylen müssen, bevor sie eine Party geben konnte, um ihr Haus vorzuzeigen.

Die Fotoreise war eine brillante Idee gewesen. Sie hatte nicht geahnt, wie erschöpft sie von der Organisation des Umzugs und den Möbelkäufen war – und natürlich von dem restlichen Stress wegen des Verschwindens ihres Ehemanns. Dies war ihr bester Urlaub seit Langem. Dass Clay guter Laune war, trug natürlich dazu bei.

Er saß in Unterhose an dem Schreibtisch am Fenster. Katherine fiel auf, dass der knapp geschnittene Slip etwas klein wirkte; sein Bauch begann, über den Taillengummi zu quellen. In den letzten Monaten hatten sie in fabelhaften Restaurants gegessen. Und er hatte in der Kanzlei zu viel zu tun, um trainieren zu können, sagte er. Jedenfalls schien es an der Zeit zu sein, dass er von knappen Slips zu gewöhnlichen Unterhosen wechselte.

»Ich möchte Margery als Caterer für unsere Housewarming-Party«, sagte Katherine.

»Klingt großartig. Ich lade unsere Starmandanten ein.«

»Ich hatte gehofft, unsere privaten Feste könnten mal ohne die Großen Zwei stattfinden. Wie wär's mit etwas frischem Blut? Wir könnten den Vorsitzenden der Kunstkommission einladen. Oder den Geschäftsführer von Acushnet – seine Schwester war mit mir auf der UMass.«

»Denk bitte daran, wem du die Butter auf dem Biskuit verdankst, Darling.«

»Das weiß ich recht gut.«

»Schön, dann wäre das geklärt«, sagte er lächelnd. Als sie schmollte, trat Clay ans Bett und nahm ihren Kopf in seine Hände. »Hör zu, du bist ein gesellschaftlicher Dynamo, aber du musst diese Energie kanalisieren, sie mehr aufs richtige Geld konzentrieren. Soll es auf deiner Party Livemusik geben?«

»Ooh, das klingt fabelhaft. Ein Streichquartett. Studenten der UMass spielen gegen Stundenhonorar. Und ich lade ihren Rektor ein. Das wäre perfekt.«

»Da haben wir's. Du bist ein Netzwerkgenie. Und vielleicht hat er Lust, zu deiner privaten After-Party zu bleiben.«

»*Bitte*, er ist siebzig.«

»Dann wäre er umso dankbarer.«

»Du bist garstig.« Sie tat so, als wolle sie mit einem Kissen nach ihm schlagen, das er ihr mühelos entwand. »Aber das ist nicht dein Ernst, stimmt's?«

Clay grinste, ohne ihr Handgelenk gleich loszulassen. »Nein. Als Mandant kommt er nicht infrage. Die Universität hat genug Anwälte.« Er warf das Kissen aufs Sofa und setzte sich neben sie auf die Bettkante. »Außerdem sind wir sehr erfolgreich. Komisch, ich hatte fast vergessen, wie gut das Leben sein kann. Vermutlich hat es eine Tragödie gebraucht, um mich das erkennen zu lassen. Er war ein guter Kerl. Aber du musst zugeben, dass er uns gebremst hat. Uns beide.«

Katherine nickte, aber mit gerunzelter Stirn. »Daran will ich jetzt nicht denken. Er gehört zur Vergangenheit. Hast du dir Gedanken über unsere Zukunft gemacht?«

»Natürlich. Unser nächster Schritt ist, das Bluestone Building zu kaufen.«

Katherine lächelte, aber sie hatte etwas anderes gemeint. »Miteinander?«

»Als Partner. Ein paar Hundert als Anzahlung, und die Hypothek können wir uns teilen – fifty-fifty oder fünfundsiebzig-fünfundzwanzig, ganz wie du willst. Die Zinsen setzen wir von der Steuer ab. Stell dir vor: keine Miete. Paradiesisch!«

»Ich hätte lieber ein Sommerhaus. Alle meine Freundinnen haben Zweithäuser.«

»Du hast eben erst ein Haus am Wasser bekommen.«

»Aber ein Apartment in der Stadt wäre toll. In Manhattan oder auch in Boston.«

»Später. Lass uns erst mal aufhören, Miete zu zahlen.«

»Haben wir ein paar Hundert?«

»Wir haben einen Banker namens Joe, der uns das

Geld vorstreckt, und eine Finanziererin namens Molson, die in ungefähr einem Monat alles bezahlen wird.«

»Und was ist mit *unserer* Zukunft?« Katherine fuhr mit einer Hand über seinen Oberschenkel, sodass er ihre Frage unmöglich missverstehen konnte.

Über Clays Gesicht zog Verärgerung wie ein Schatten, der kam und ging, als sei die Sonne für einen Augenblick hinter einer Wolke verschwunden. Er gab ihr einen Klaps auf den Po. »Genieße den Trip, Partnerin, und ich verspreche dir, dass dein Leben noch interessanter wird.«

KAPITEL 39

»Dies sind die Informationen, die ich bisher zusammengetragen habe«, sagte Audry.

Stu sah mit dem Mund voller Cheerios auf. Sie saß ihm mit ihrem Tablet gegenüber. Sie war seit Stunden auf, hatte Recherchen angestellt und ihn bis zehn Uhr schlafen lassen. Sie legte ihm das Tablet hin. Ihre Liste war eine Seite lang und enthielt vor allem die Ergebnisse einer Internetrecherche zu Roff.

Joseph Roff war dreiundsechzig Jahre alt. Er hatte ursprünglich Koph geheißen, aber seinen Namen später geändert – »aus unbekannten Gründen«, wie Audry notiert hatte. Er war Witwer und hatte vier Söhne und eine Tochter. Seine staatliche Gewerbeanmeldung zeigte, dass er in Providence wohnte, aber in New Bedford über die Firma New England Imports, eine Gesellschaft mit beschränkter Haftung, deren Alleininhaber er war, Immobilien besaß. Audrys Recherche zeigte, dass die Firma NE Imports zweimal im Zusammenhang mit Reggie Dugan und dreimal mit seiner Baufirma Bolt Construction auftauchte. *Interessant.* In jüngster Zeit hatte Roff auch eine Beteiligung an dem kurz vor der Pleite stehenden Restaurant Poor Siamese in New Bedford erworben. *Merkwürdig.* In der Zeitung hatte sein Name nur zweimal gestanden – einmal jedoch in Verbindung mit einem Betrüger namens Hranic, den Stu aus seiner Tätigkeit als Staatsanwalt kannte. In dem Zeitungsartikel stand, Hranic habe früher bei NE Imports gearbeitet.

Stu überflog Audrys Liste und zog eine Augenbraue hoch. Ganz unten stand der Name Sophia Baron.

Er tippte darauf. »Sophia Baron? Was ist mit der?«

»Du hast erwähnt, dass Clay mit einer Kommilitonin befreundet war, die dann durchgedreht und ihr Studium abgebrochen hat. Ich habe sie gefunden.«

»Ich bezweifle, dass ich das Wort *durchgedreht* benutzt habe, und wusste nicht, dass wir sie suchen.«

»Du wolltest ein weit ausgeworfenes Netz. Das waren deine Worte.«

»Aber auf Roff konzentriert. Auf den Verbrecher.«

»Wir wissen nicht, wer der Verbrecher ist. Außerdem habe ich dieses nagende Ding.«

»Ding?«

»Ein Gefühl.«

Stu verdrehte die Augen. Ihm war unbehaglich zumute, wenn jemand sich so sehr auf seine Gefühle verließ. Aber er war auch neugierig in Bezug auf Sophia. Schließlich war sie die schönste Kommilitonin gewesen, die er je gehabt hatte. »Gut. Hast du ihre E-Mail-Adresse oder Telefonnummer?«

»Besser. Sie ist im Augenblick in Manhattan.«

»Das sind vier Stunden mit dem Auto. So viel Zeit dürfen wir nicht vergeuden, bloß um mit Clays ehemaliger Freundin zu reden … Worüber wollen wir überhaupt mit ihr reden?«

»Sie kommt uns auf halbem Weg entgegen.«
»Du hast schon mit ihr gesprochen?«
»Deswegen vergeude ich deine Zeit.«
»Warum? Was hast du ihr gesagt?«
»Dass ich Ermittlungen wegen einer Sache anstelle, die Clay Buchanan betrifft. Und sie war sofort bereit, mir dabei behilflich zu sein.«

Sie trafen sich mit Sophia Brown in New Haven im Stadtpark. Dort gab es einen Teepavillon mit Tischen. Audry lud sie zu einem Cappuccino ein, den sie dankbar annahm und mit kleinen Schlucken trank, als wolle sie sich hinter der großen Tasse verstecken. Stu bewunderte wieder ihre Schönheit: eine Frau, die sich graziös und elegant auf die vierzig zubewegte und deren einzige Unvollkommenheiten kaum sichtbare Sorgenfalten und die Angewohnheit waren, ihr Haar hinters Ohr zu stecken, wenn es bereits dort steckte.

»Hallo, Stu«, sagte Sophia ruhig. »Deine Partnerin hat gesagt, dass du mitkommen würdest. Danke, dass du dir die Zeit genommen hast.«

»Natürlich«, erwiderte Stu leicht verwirrt. Er schüttelte die angebotene Hand. »Du erinnerst dich an mich?«

»O ja. Alle haben immer gesagt, du seist ein netter Kerl, und das Herz eines Menschen ändert sich nicht, jedenfalls nicht grundlegend.« Sie schüttelte den Kopf. »Ich hätte mir einen Freund wie dich suchen sollen.«

Stu spürte ihr Unbehagen und ihr Bedürfnis, sich auszusprechen. Er legte eine Hand auf ihre und tätschelte sie sanft, wozu er damals in der Law School nie den Mut gehabt hätte. Zu seiner Überraschung lächelte sie dankbar und legte ihre andere Hand auf seine.

Audry hielt die Diskussion in Gang. »Mit einer Unbekannten wollte Sophia am Telefon nicht ins Detail gehen.«

»Diese Sache ist extrem persönlich«, sagte Sophia.

Stu nickte. »Wir sind dir für jegliche Hilfe dankbar, die du uns geben kannst.« Er wusste noch immer nicht recht, welche Hilfe sie von ihr erwarten *konnten*.

»Audry hat mir versprochen, dass nichts von dem, was ich erzähle, vor Gericht verwendet wird. Ich sage auf keinen Fall als Zeugin aus.«

»Dabei bleibt es auch«, versicherte ihr Audry. »Wir sammeln nur Hintergrundinformationen zu Clayton Buchanan. Jede Aussage zu seinem früheren Charakter wäre ohnehin kein zulässiges Beweismittel.«

»Aussage zu seinem Charakter?«, fragte Stu.

»Er hat etwas Schlimmes getan, nicht wahr?« Sophias Kommentar war mehr eine Feststellung als eine Frage.

»Das wissen wir nicht«, sagte Stu.

Sophia steckte eine Haarsträhne hinters Ohr. »Aber ich weiß es.«

»Bitte weiter, Sophia«, forderte Audry sie auf.

Sophia atmete tief durch. Sie blickte über die Rasenfläche des Parks hinaus, sah weder Audry noch Stu an, fixierte irgendeinen Punkt in der Ferne.

»Wir haben uns kennengelernt, als er auf die Law School gekommen ist. Er war sehr selbstbewusst. Das war ich nach eigener Einschätzung auch. Wir haben gut zusammengepasst. Ein richtiges Power-Paar, wisst ihr.

Er hat gut ausgesehen. Ich war nebenbei Model. Beide zukünftige Juristen. Angefangen hat alles ganz normal: Wir haben uns mit gemeinsamen Freunden zum Kaffee getroffen und versucht, uns auf Partys zu begegnen. Er musste anscheinend weniger lernen als ich, daher habe ich ihn für brillant gehalten.«

Nein, dachte Stu. *Nur allergisch gegen Arbeit.*

»Sobald wir engere Freunde wurden, war ich bereit, intim zu werden, aber er wollte noch eine Zeit lang warten, was mich überrascht hat. Dann hat er eines Abends angefangen, mich nach früheren Freunden auszufragen und sich zu erkundigen, was ich mit ihnen alles gemacht hatte. Sexuelle Dinge. Das hat er ganz spielerisch aufgezogen und mir versichert, er sei keineswegs eifersüchtig. Weil er es unbedingt hören wollte, habe ich ihm erzählt, was ich mit meinen Freunden im College gemacht habe. Zum Beispiel im Lesesaal der Bibliothek. Das hat Clay wirklich erregt, und wir haben's zum ersten Mal gemacht. Ich habe mir nicht viel dabei gedacht. Es war ein bisschen unartig, und ich dachte, er sei tolerant, nicht eifersüchtig. Das sind doch gute Eigenschaften, richtig? Aber dann wollte er jedes Mal mehr darüber hören, was ich gemacht hatte – und mit wem. Und wie. Und wo. Immer wenn wir Sex hatten, sollte ich ihm von Männern erzählen, mit denen ich geschlafen hatte. Habe ich's getan, sollte ich unbedingt sagen, wie sehr Sex mit anderen Männern mich antörnt. Nach gewisser Zeit hatte ich jeden Geschlechtsverkehr meines Lebens geschildert. Ich hatte sogar angefangen, mir Erlebnisse auszudenken, die ihn auf Trab brachten. Das war damals unsere Routine.

Dann hat Clay mich eines Tages gefragt, ob er mich fesseln dürfe. Ich war erleichtert darüber, dass es mal was anderes geben sollte als Gerede über andere Männer, und das erste Mal hat sogar Spaß gemacht. Er hat mir nur die Hände gefesselt und die Augen verbunden. Normales Zeug.«

Normal? Stu kämpfte darum, weiter ein neutrales Gesicht zu machen, aber dass Sophia Baron ihm erklärte, Sex mit verbundenen Augen mache Spaß, war für ihn keineswegs normal. Tatsächlich erschien ihm das als unerreichbare Fantasie. Und sie vertraute ihm, was bewirkte, dass Stu sich allein als Zuhörer schuldig fühlte – wie ein kleiner Junge, der heimlich seine schöne Babysitterin beobachtet, obwohl er versprochen hat, ihr den Rücken zuzukehren, während sie ihren Badeanzug anzieht. Für sie musste es peinlich sein, diese Geschichte zu erzählen, das wusste er, und es wäre nicht fair gewesen, sie sich aus neugieriger Lüsternheit weiter auszumalen. Als Sophia erneut sprach, bemühte er sich um klinische Neugier.

»Ich war sein Spielzeug«, fuhr sie fort, als ihre Beichte jetzt in Schwung kam. »Er hat unsere Bondage-Nächte ›Privatpartys‹ genannt. Er hat mir die Augen verbunden, mich geknebelt, mich auf dem Bauch liegend ans Bett gefesselt und mir Kopfhörer aufgesetzt. Er hat dafür gesorgt, dass ich es bequem hatte, und meine Lieblingssongs gespielt. Ich fand das sogar irgendwie süß. Dann hatten wir Sex, meistens nachdem wir etwas getrunken hatten. Eines Nachts haben wir es vier- oder fünfmal gemacht, das glaubte ich zumindest.«

»Was meinen Sie mit *glauben*?«, fragte Audry sanft.

»Die Augenbinde ist verrutscht. Ich konnte einen kleinen Teil des Zimmers sehen, und in dem saß Clay, mein angeblicher Liebhaber, in einem Sessel neben dem Bett.«

Stu wartete darauf, dass sie weitersprach.

»Vollständig bekleidet«, fügte sie hinzu.

»Was war passiert?«, fragte Stu.

»Er war nicht hinter mir«, sagte Sophia.

»Das verstehe ich nicht.«

»Dort war ein anderer«, ergänzte Audry an ihrer Stelle.

»Mehrere andere, glaube ich«, sagte Sophia.

»Oh, mein Gott«, flüsterte Stu.

Sophia strich ihr Haar wieder hinters Ohr und blinzelte eine Träne weg. »Das Verrückte ist, dass ich alles Mögliche für ihn getan hätte, wenn er mich darum gebeten, wenn er mich geliebt hätte.«

»Wirklich?«, fragte Stu unwillkürlich wie ein neugieriger kleiner Junge.

»Klar doch«, warf Audry ein. »Wir Frauen lassen uns auf alle möglichen ausgefallenen Spiele ein, wenn wir einem Mann hundertprozentig vertrauen können.«

»Ich weiß noch immer nicht, wer die anderen Männer waren«, sagte Sophia. »Bis auf einen – dieser fette Kerl, der wie eine Klette an Clay gehangen und ihm seine Semesterarbeit in Verfassungsrecht geschrieben hat.«

Stu wusste sofort, wen sie meinte. Tom Franken. Aus seinem Semester. Angeber. Trinker. Clever und jederzeit bereit, das zu verkünden. Aber Stu war überrascht, dass

Tom bereit gewesen sein sollte, Clay beim Betrügen zu helfen.

»Immer wenn dieser Kerl in diesem Semester in meiner Nähe war, hat er anzügliche Bemerkungen gemacht. Ich hatte keine Ahnung, was er meinte, bis in der bewussten Nacht herauskam, dass unsere ›Privatpartys‹ eben *nicht* privat gewesen waren. Dann war mir plötzlich klar, weshalb er Clay die Semesterarbeit geschrieben hatte.«

»Clay hat Sie verkuppelt«, stellte Audry fest.

Stu verzog das Gesicht. »Hast du ihn angezeigt?«

»Ich konnte nicht.« Sophia schob wieder eine Strähne hinters Ohr. »Ich hatte Orgasmen.«

»Tut mir leid, wie soll ich das verstehen?«

»Damals dachte ich, ich hätte Sex mit Clay, meinem Freund. Verstehst du? Mein Körper hat darauf reagiert, was diese Männer mit mir angestellt haben – und Clay hat Videoaufnahmen von meinen Orgasmen gemacht. Zuvor hatte er schon heimlich aufgenommen, wie ich darüber rede, dass ich gern Sex mit anderen Männern habe. Wie hätte ich die Polizei davon überzeugen können, dass kein einvernehmlicher Verkehr vorlag, wenn Clay mit seinen Bild- und Tonaufnahmen dagegenhalten konnte?«

Stu schüttelte den Kopf. »Oh, Mann! Er hat im Voraus Entlastungsmaterial für sich selbst produziert.«

»Ich habe mein Studium abgebrochen. Ich konnte keinen Flur mehr entlanggehen, ohne mich zu fragen, wer ...«

»Ja, ich verstehe«, sagte Stu. Er wollte sie trösten, erneut nach ihrer Hand greifen, aber sie war wieder damit beschäftigt, eine Haarsträhne hinters Ohr zu stecken.

»Ich hab's aufgegeben, Anwältin werden zu wollen.«

»Du bist in New York?«

»Ja. Ich bin wieder auf die Beine gekommen. Guter Job. Aber Beziehungen waren immer schwierig.«

»Nicht verheiratet?«

»Ich hatte oft nicht viel Vertrauen zu Männern.«

»Danke, das genügt«, warf Audry hastig ein. »Wir haben, was wir brauchen, denke ich.«

»Okay«, sagte Sophia. »Danke, dass ihr mir zugehört habt. Das habe ich noch nie jemandem erzählt.« Sie saß einen Moment lang schweigend da, während ihre Erregung sichtbar abklang, dann lächelte sie schwach. »Ich habe dich in *America's Unsolved* gesehen, weißt du. Ich habe zu meiner Partnerin gesagt: ›Hey, diesen Kerl kenne ich!‹«

Stu nickte. »Du hast mir etwas sehr Persönliches anvertraut, Sophia. Jetzt muss ich dir vertrauen.«

»Okay.«

»Seit ich damals im Fernsehen war, bin ich gewissermaßen vom Radar verschwunden.«

»Du bist entlassen worden. Ich weiß. Tut mir leid. Ich hätte das nicht erwähnen sollen. Ich bin so dumm …«

»Nein, nein, das ist in Ordnung. Das war damals allgemein bekannt. Aber dieses Treffen ist ein Geheimnis. Tatsächlich bin *ich* ein Geheimnis. Ich halte mich versteckt.«

»Und du ermittelst gegen Clay?«

»Richtig.«

»Hat er auch gedroht, dich zu ermorden?«

KAPITEL 40

»Jemandem zu drohen, ihn zu ermorden, ist nur einen Schritt von einem Mordversuch entfernt«, sagte Audry von ihrem Sofa aus.

Stu sprach über die Schulter hinweg, während er eine chinesische Gemüsepfanne mit Nudeln energisch mit einem Pfannenwender umrührte. »Clay hat mich nie bedroht. Können wir absolut sicher sein, dass Sophia glaubwürdig ist? Sie scheint etwas durcheinander zu sein.«

»Was kein Wunder ist. Aber sie hat eine gute Seele. Das habe ich gespürt. Außerdem hat sie Clays sexuellen Fetisch hundertprozentig richtig beschrieben. Genau das haben wir gestern Abend selbst gesehen. Er ist ein Zuschauer.«

»Was soll das wieder heißen? Dass er ein Voyeur ist?«

»Nein, ein Zuschauer. Er geilt sich daran auf, dass andere Männer seine Partnerin ficken.«

»Glaubst du, dass er versucht hat, mich ermorden zu lassen, damit er zusehen kann, wie Katherine mit einem anderen Mann Sex hat? Dafür hätte er einfach 'ne gottverdammte Leiter an unser Schlafzimmerfenster stellen können.«

»Lust und Eifersucht sind traditionelle und starke Mordmotive, nicht wahr, Mr Prosecutor?«

»Stimmt. Aber er ist offenbar nicht der übermäßig eifersüchtige Typ, wenn er seiner Frau mit anderen Männern zusehen will.«

»Ganz im Gegenteil. Erst die Eifersucht macht den Fetisch so unwiderstehlich. Sie verstärkt den Drang des Zuschauers, die Frau selbst zu nehmen, sie zurückzugewinnen, sein Revier zu markieren. Das ist ein Wettstreit auf unterster Ebene. Vermutlich musste er Sophia von anderen Männern erzählen lassen, um ihn überhaupt hochzukriegen.«

»Und jetzt hat er Katherine mit hineingezogen.«

»Außer sie hat … selbst Spaß daran.«

»Danke für diesen Gedanken.«

»Ich meine nur …«

»Du redest wie ein Teenager, weißt du das?«

»Weil ich eine Tochter im Teenageralter habe.«

»Und woher kennst du dich überhaupt mit diesem Fetischzeug aus?«

»Internetpornos.«

»Oh.«

Stu peppte den Inhalt der Pfanne mit ein paar vergessenen Gewürzen auf, die er hinten in Audrys Küchenschrank entdeckt hatte, und war mit dem Ergebnis mäßig zufrieden.

»Übrigens vielen Dank, dass du das Abendessen machst«, sagte Audry. »Ich bin halb verhungert.«

»Das wundert mich nicht, wenn ich mir den Kühlschrank und deinen Vorratsschrank ansehe.«

»Ich bin keine große Köchin. Meine Tochter Molly war schon mit fünfzehn eine Meisterköchin. Ich habe meistens Salat und Pizza von Gino's mitgebracht – eben wie eine typische Studentin, nur zehn Jahre älter. Aber sieh dich nur an! Du verwöhnst mich.«

»Ach, das ist nichts Besonderes. Mir hat es schon immer Spaß gemacht, für andere zu kochen.«

Audry neigte den Kopf leicht zur Seite. »Ich bin neugierig, Stu. Wieso habt ihr keine Kinder?«

»Wie kommst du plötzlich darauf?«

»Es überrascht mich nur. Du scheinst die Idealbesetzung zu sein. Nett. Verantwortungsbewusst. Zehnmal besseres Vatermaterial als die meisten Männer. An dir ist eine erstklassige Vaterfigur verloren gegangen, denke ich.«

»Wir haben einfach beschlossen, dass wir keine Kinder wollten.«

»Wessen Idee war das?«

»Unsere. Wir haben darüber diskutiert.«

»Ja, aber ein Partner ist immer mehr gegen Kinder als der andere.«

»Sie hatte nichts gegen Kinder. Sie war nur nicht, ich weiß nicht, *für* Kinder.«

»Also war sie die treibende Kraft, und du warst bei der Diskussion der Unterlegene.«

»Niemand war der Unterlegene. Wir haben damals einen Kompromiss geschlossen. Wir hatten eine Zeit lang einen Hund.«

»Aber Kinder sind alles. Sie sind der Grund, aus dem wir alle existieren, und der einzige wirkliche Pfad zur Unsterblichkeit, weil ein Teil von uns in ihnen weiterlebt. Bei einem Hund bekommt man das nicht.«

»Ich könnte darauf hinweisen, dass du eine Katze hast.«

»Ich bin auf Entzug. Sasha ist eine Ersatzdroge wie Methadon. Wenn er stirbt, kaufe ich mir einen Goldfisch. Oder werde rückfällig.«

»Du meinst, du willst noch ein Kind?«

»Mit etwas über Mitte dreißig? Das könnte passieren.«

»Dazu brauchst du einen Mann.«

»Nö. Bloß Sperma. Und das kriegt man heutzutage fast überall.«

Stu wusste nicht recht, wie er dieses Thema weiterführen sollte, deshalb wechselte er zu einem anderen. »Was kannst du noch über Roff rauskriegen? Dieser Kerl ist ein wirklicher Verbrecher.«

Audrey zog nachdenklich die Augenbrauen zusammen. »Er gilt auch als potenzieller Mandant, obwohl ich glaube, dass er inzwischen längst an Bord ist, sodass wir eine neue Akte über ihn haben müssten. Also bin ich in der Firma in einer Position, in der ich alle geschäftlich bedingten Fragen über ihn stellen kann, die ich will.«

»Ich kann nicht von dir verlangen, dass du mir Informationen über einen Mandanten verschaffst, der nicht meiner ist. Das könnte dir eine Disziplinarstrafe der Anwaltskammer einbringen.«

»Ich kann nicht ausgeschlossen werden, wenn ich mich lediglich selbst informiere. Dir erzähle ich nur Dinge, die ich für äußerst wichtig halte.«

»Komisch«, sagte Stu. »Ich will auch nicht, dass Clay merkt, dass du nach Informationen stocherst.«

»Er ist für drei Tage weg. Hab heute Morgen eine SMS bekommen. Und weil er mich in letzter Zeit viel mehr hat arbeiten lassen, bin ich oft auch nach Büroschluss in der Firma.« Sie lächelte ihn an. »Lieb von dir, dass du dir Sorgen machst, aber ich bin erwachsen.«

»Du trägst einen Pinguin-Schlafanzug mit angenähten Flossen.«

»Mit einem Gast in der Wohnung kann ich schlecht wie sonst in Slip und T-Shirt rumlaufen, nicht wahr?«

Stus Herz übersprang einen Schlag, aber er konzentrierte sich wieder auf seine Pfanne. »Ich glaube noch immer nicht, dass Clay versuchen würde, mich zu ermorden. Er war früher selbst Staatsanwalt. Und ich kenne ihn seit unserer Studienzeit.«

»Du hast ihn in der Law School *nicht* gekannt, hast du das vergessen? Und er ist derjenige, der dich nach Alaska geschickt hat.«

»Aber er wäre dabei gewesen, wenn Dugan nicht in letzter Minute eine Besprechung verlangt hätte.« Stu hörte auf zu rühren und drehte sich langsam nach Audry um. »Oh, Scheiße. Ich sollte eigentlich zu Dugans Hütte.«

»Und der kiffende Pilot hat dich anderswo abgesetzt?«

»Ja.«

»Hat Dugan den Piloten gekannt?«

»Vermutlich. Mein Fahrer wusste, wer Dugan ist. Mit ihm werden wir uns auch befassen müssen.«

»Falls Dugan unser böser Bube ist, könnte das bedeuten, dass Clay nur dein perverser Partner ist, der sonderbaren Sex mit deiner Frau hat.«

»Wundervoll.«

»Immerhin besser als ein Mordversuch.«

»Vielleicht könnte ich mich mit sonderbarem Sex abfinden, weißt du. Schließlich halten beide mich für tot.«

»Okay, dann lass uns über Reginald Dugan reden.«

Audry zog Jeans und ein T-Shirt an, um sie ins Büro zu fahren. Nach 21.30 Uhr würde dort niemand mehr sein, und sie hatte eine Schlüsselkarte, die ihnen Zutritt verschaffte. Stu trug die Chinos, das Hemd und die Schuhe, die Audry ihm auf der Fahrt zu dem Treffen mit Sophia gegen bar gekauft hatte. Um ihr das Geld später zurückgeben zu können, merkte er sich, was sie für ihn auslegte: außer der gekauften Kleidung die Parkgebühr am Logan Airport, Benzin für die Fahrt nach Boston und zurück, eine Packung Cheerios und eine Tüte Milch. Die einfachen Chinos, das Baumwollhemd und die blauen Bootsschuhe, die sie für ihn ausgesucht hatte, waren weit von den italienischen Jeans, dem feinen Leinenhemd und den Mokassins entfernt, die er getragen hatte, als er das Bluestone Building zum letzten Mal betreten hatte.

Immerhin steht auf dem geschmacklosen Firmenschild noch mein Name.

Audry führte ihn in die Eingangshalle, in der er sich einmal um sich selbst drehte, um den polierten Marmor und Katherines gerahmte Fotos an den Wänden zu bewundern.

»Wow.«

»Warte nur, bis du die Büros siehst.«

»Womit hat Clay das bloß alles bezahlt? Ich weiß verdammt genau, dass Sitzman, dieser Geizhals, eine solche Renovierung niemals finanziert hätte.«

»Molson.«

»Molson kann nicht für dies hier und das Strandhaus aufgekommen sein.«

»Warum nicht? Der Fall bringt drei Millionen.«

Stu blieb ruckartig stehen. »Nein, das tut er nicht.«

»Doch, das tut er«, stellte sie trotzig fest.

Er schüttelte den Kopf und dachte nach. »Vielleicht erklärt das manches. Aber mich überrascht, dass das Geld so schnell geflossen ist.«

»Das ist es nicht. Die beiden leihen sich Geld als Vorschuss auf den zu erwartenden Vergleich.«

»Dafür geben Banken keine Kredite.«

»Ich glaube nicht, dass sie Kunden einer traditionellen Geschäftsbank sind.«

»Kannst du mir Zugang zur Buchhaltung verschaffen?«

»Nein.«

»Entschuldige, dass ich gefragt habe. Das war unfair.«

»Das heißt lediglich, dass ich mich nur bei dem System anmelden kann. Ich habe keinen Zugang zu den Büchern. Aber du vielleicht. Du bist weiterhin Partner. Du bist noch nicht mal für tot erklärt. Das kann sieben Jahre dauern. Falls das Passwort nicht geändert worden ist ...«

Audry loggte sich ein. Stu versuchte, auf die Zahlen der Buchhaltung zuzugreifen. Er hatte Glück: Das Passwort war unverändert.

Wozu das Passwort eines Toten ändern?, dachte er. *Vor allem, wenn man faul und schlampig ist.*

Er fand die finanziellen Vereinbarungen in der Sache Molson bestätigt. Ein Drittel der Vergleichssumme als Anwaltshonorar. Genau wie Audry gesagt hatte. Dann verbrachte er zwei Stunden damit, die mit Dugan und Roff getroffenen Vereinbarungen zu prüfen. Anfangs wusste er nicht genau, was er da sah, aber auf Dugans Konto gab es beunruhigend viele Ein- und Auszahlungen. Stundenhonorare wurden für Fälle abgerechnet, die namentlich gar nicht existierten. Ein Teil dieser Gelder wurde dann wieder auf Dugans Mandantenkonto eingezahlt. Für Roff galten ähnliche Regelungen: Er hatte fünfzigtausend Dollar Honorarvorschuss geleistet, denen keine anwaltliche Tätigkeit gegenüberstand.

»Oh, Mann.«

»Gutes Zeug?«

»Schlimmes Zeug. Ich weiß nur noch nicht, was das alles bedeutet.«

Stu machte eine Pause, um Clays Schreibtisch nach zusätzlichen Unterlagen zu durchsuchen. Manche Anwälte machten sich noch immer gern schriftliche Notizen, die keine elektronischen Spuren hinterließen. Stattdessen fand er eine leere Flasche Booker's Bourbon und eine Pistole, eine .357 Magnum.

»Hallo …«

Audry beugte sich neugierig über den Schreibtisch. »Was hast du gefunden?«

Stu hielt die Pistole hoch. Die Waffe mit dem kurzen Lauf hatte einen großen gebogenen Hahn, der an den hochgereckten Daumen eines Anhalters erinnerte. Sie war so schwer, dass Stu nicht beurteilen konnte, ob sie geladen war, bevor er sie schräg hielt und bei zurückgezogenem Schlitten in die Kammer sah.

»Heiliger Scheiß!«, keuchte Audry.

»Seine neuen Mandanten machen ihn anscheinend nervös. Ist er mit der bewaffnet, wenn er mit ihnen spricht?«

»Keine Ahnung.« Sie starrte die Pistole mit großen Augen an. »Wir nehmen sie nicht etwa mit, oder?«

Stu inspizierte sie nachdenklich. Die Waffe war tatsächlich voll geladen. »Nein«, sagte er schließlich.

»Puh! Mann, das hat mir wirklich Herzjagen verursacht.« Audry ließ ein nervöses Lachen hören. »Wir sollten heimfahren und ins Bett gehen. Morgen früh können wir weiter Detektiv spielen.«

Sie hatte recht, fand Stu. Trotz ihres eigentümlichen Vertrauens auf Karma und Gefühle hatte sie meistens recht – oder vielleicht gerade deswegen. Er brauchte eine Pause vom Nachdenken, um sich zu entspannen oder zu lachen, um einfach irgendwie loszulassen.

»Okay. Hast du zu Hause Bier, Trinkkumpan?«

Die Rückfahrt zu Audrys Apartment dauerte nicht lange; sie wohnte in der Nähe der Kanzlei. Stu zog wieder die Sweatpants mit dem Aufdruck FRECH an, die Audry ihm zum Schlafen gegeben hatte, und verschwand im Bad, um sich die Zähne zu putzen.

»Jetzt du!«, rief er durch Audrys geschlossene Schlafzimmertür, als er fertig war.

Dann öffnete sich Audrys Tür, und sie trat heraus.

Stu starrte sie an. Das wollte er eigentlich nicht, aber er konnte nicht anders. Diesmal trug sie keinen Pinguin-Schlafanzug. Ihr weißes T-Shirt war eng, aber auch so lang, dass es bis zu den Oberschenkeln reichte. Darunter waren die nackten wohlgeformten Beine einer Mittdreißigerin zu sehen. Sie hatte kleine Füße, fiel Stu auf. Kein BH. Offensichtlich keiner. Auch keine Brille. Und sie starrte ihn ihrerseits an. *Vielleicht weil sie mich nur undeutlich sieht?*, fragte sich Stu.

»Was gibt's?«, fragte er dumm.

»Dieser Tag war aufregend, Stu. Und gefährlich, genau wie du gesagt hast.«

»Alles in Ordnung?«

»Ich bin ein großes Mädchen.« Sie ging an ihm vorbei zu einem niedrigen Sideboard und kramte darin herum. Das T-Shirt rutschte hoch. Ein knapper Slip. Ein Tanga. Stu sah höflicherweise weg.

Sie kam mit einer Bierdose zurück. Nur einer. Sie riss die Lasche auf und nahm einen kleinen Schluck, dann gab sie die Dose ihm. Er trank. Das Bier war billig und lauwarm, aber es schmeckte fantastisch. Er gab ihr die Dose zurück.

»Weißt du«, sagte Audry, »Leute, die gemeinsam eine Gefahr bestanden haben, neigen viel mehr dazu, es miteinander treiben zu wollen. Dazu gibt es Studien, darunter auch eine, die nachweist, dass sexuelle Kontakte zwischen neuen Paaren sehr viel wahrscheinlicher sind, wenn sie gemeinsam eine Schlucht auf einer Seilbrücke überquert haben.«

Stu spürte, wie sich etwas in den geliehenen Sweatpants regte, aber er konnte sie nicht unauffällig zurechtrücken. Sie war nahe, erregend nahe, und er musste gegen seine eigenen Instinkte ankämpfen. »Ich möchte deine Gastfreundschaft nicht ausnutzen.«

»Ich hab dir gesagt, Stu, dass ich ein großes Mädchen bin. Ich hab dich zu mir eingeladen, und jetzt stehe ich hier in der Unterwäsche. Wer nutzt da wen aus?«

Sie nahm noch einen Schluck aus der Dose, dann trat sie vor, küsste ihn und ließ das Bier durch ihre Lippen in seinen Mund laufen. Er trank beides: den Kuss und das Billigbier. Sie vermengten sich, schmeckten nach Jugend. Audry schnappte sich das Gürtelband seiner Sweatpants und zog ihn mit sich über den halb dunklen Flur.

Audrys Schlafzimmer war das schlimme Alter Ego ihres Wohnzimmers. Auf dem Bett lagen Wäschestapel, auf einem Schreibtisch türmten sich Fachbücher, und alle Schachteln, Fitnessgeräte und Schuhpaare, die sonst in der ganzen Wohnung hätten verteilt sein können, stapelten sich in dem offenen Kleiderschrank, dessen Tür sich nicht mehr schließen ließ, weil sein Inhalt erdrutschartig hervorquoll.

Audry wischte die Wäsche vom Bett, zog ihr T-Shirt über den Kopf und schlängelte sich aus ihrem Tanga – alles mit der Bierdose in einer Hand. Sie trank die Dose aus, warf sie in Richtung eines geflochtenen Papierkorbs, ließ sich rückwärts aufs Bett sinken und zog Stu auf sich.

Er fragte sich, ob er wissen würde, was zu tun war. Schließlich war er seit einem Jahrzehnt an eine stets gleiche Routine gewöhnt. Sie hatte sich jedoch bewährt, deshalb küsste er Audry jetzt, während er unten seine Finger gebrauchte. Zu seiner großen Erleichterung klappte das. Audry kam schnell. Sehr schnell. Sie ließ das Bett erzittern. Dann atmete sie geräuschvoll aus. Das klang wie ein Luftballon, der schlagartig alles Gas verliert.

»Puh! Entschuldige, daran hab ich seit gestern Abend gedacht.« Sie wartete keine Antwort ab, sondern griff einfach nach unten, um ihn auszuziehen.

Er war definitiv bereit. Stu legte seine Wange an ihre und küsste ihren Hals, als er in sie eindrang und mit sanften, dann kräftigeren Hüftstößen begann. Er kam so schnell wie sie zuvor.

»Danke«, flüsterte er ihr ins Ohr.

»Du bist fertig?«

»Tut mir leid, ich hab seit einem halben Jahr mit keiner Frau mehr geschlafen«, erwiderte er verlegen. »Ehrlich gesagt sogar schon länger.«

Audry wälzte sich unter ihm hervor, stützte sich lächelnd auf die Ellbogen und schien sich nackt so wohlzufühlen wie in T-Shirt und Tanga.

»Richtig! Du hast enthaltsam gelebt.« Sie zog die Augenbrauen hoch. »Hast du dir draußen in der Wildnis nicht selbst Erleichterung verschaffen können?«

»Dafür war es eigentlich nie privat genug.«

»Wow. In dir muss sich echt was angestaut haben.«

»Anscheinend, wenn man meine Kurzvorstellung von gerade eben bedenkt.«

»Und du bist so höflich für einen Mann, der ein so offenbares und dringendes Bedürfnis hat.«

»Welches dringende Bedürfnis?«

Sie zeigte darauf. »Du kannst schon wieder.«

Stu blickte an sich herab. Das stimmte. Audry redete noch immer. Er war Gespräche im Bett nicht gewohnt. Er hatte immer geglaubt, sie würden ablenken. Aber das stimmte nicht. Es war interessant – und eigenartig reizend, weil es von Audry kam.

»Ich glaube, ich weiß, was du nach einem halben Jahr in der Wildnis brauchst«, sagte sie.

»Ach ja? Was brauche ich denn?«

»Was jeder Vollblutmann ab und zu braucht.«

Sie knipste die Nachttischlampe an und stützte sich auf Hände und Knie. Diesmal konnte er seinen Blick nicht höflich abwenden; sie präsentierte ihm ihren nackten Hintern, und das zusätzliche Licht beleuchtete alles.

Stu starrte wie hypnotisiert. *Definitiv keine Routine.*

Sie begann ihre Hüften vor und zurück zu bewegen. »Trau dich nur, das ist natürlich, es ist ...«

Instinkt.

Audry sah sich über die Schulter nach ihm um. »Komm schon, Stu, steig auf!«

KAPITEL 41

Als Stu erwachte, war Audrys lächelndes Gesicht mit schon aufgesetzter Brille kaum zwei Handbreit von seinem entfernt. Sie zerzauste ihm spielerisch das Haar, dann runzelte sie die Stirn.

»Entschuldige, dass ich so überraschend die Initiative ergriffen habe. Ich weiß, dass du nur eine ernsthafte Beziehung hattest, aber ich hatte im Lauf der Jahre ziemlich viele Freunde.«

Zu seiner Überraschung war Stu als Erstes eifersüchtig, weil er der einzige Mann in ihrem Leben sein wollte. Aber er fing sich rasch wieder. »Du meinst, ich bin nicht dein Erster?«, scherzte er stattdessen.

Sie lachte. »Ich habe genug Erfahrung, um zu wissen, dass du ein guter Kerl bist.«

»Aus meinem Mund klingt das bestimmt komisch, aber das Karma hat sich genau richtig angefühlt.«

Audry zog die Augenbrauen hoch. »Stuart Stark, das ist nicht sehr analytisch.«

»Findest du das nicht auch?« Er war plötzlich nervös. *Was ist, wenn sie anderer Meinung ist?*

Audry wurde schlagartig ernst, sah ihm tief in die Augen. »Ich finde, es hat sich so richtig angefühlt, dass wir den nächsten Schritt wagen können.« Sie machte eine

Pause, um tief durchzuatmen. »Stu, ich möchte mit dir Waffeln backen.«

Das gemeinsame Frühstück brachte eine Rückkehr zur Realität und eine Diskussion über die Scherben von Stus zu Bruch gegangenem Leben. Das hätte ein deprimierender Themenwechsel sein können, aber er spürte den unbändigen Drang, seine Probleme sofort zu lösen, und Audry streute in ihr Gespräch mehrfach ein wissendes Lächeln, einen »Ich kann nicht glauben, was wir gemacht haben«-Blick und faszinierte Kommentare über ihren Sex ein.

»Und heute Morgen hat er geradewegs auf mich gezeigt – wie eine Wünschelrute.«

»Vielleicht mag ich dich sehr.«

»Und vielleicht ist dies eine Sache, die nur ein halbes Jahr lang hält. Aber ich möchte, dass du weißt, Stu, dass es auch in Ordnung ist, wenn es nur zum Spaß oder eine Folge der gemeinsamen Überquerung einer metaphorischen Seilbrücke war. Du musst dein Leben neu organisieren, dafür habe ich volles Verständnis.«

Stu wusste, dass sie mit ihrer pragmatischen Sichtweise recht hatte. Sie hatte eigentlich immer recht, aber nicht auf die ärgerliche Art wie die meisten Juristen. »Verstanden. Alles der Reihe nach. Erst mein Leben neu organisieren. Dich anrufen, wenn alles vorbei ist.«

»Mach keine Versprechungen. Lass dir die Waffeln schmecken.« Sie legte ihm eine auf den Teller und zeichnete mit Sirup ein Smiley darauf. »Hast du seit gestern Abend eines deiner größeren Probleme gelöst?«

»Ich glaube, du hast einiges losgerüttelt, ja.«

»Ob du aus unserem Trip ins Büro irgendwelche Schlussfolgerungen gezogen hast, Dummy? Hast du schon eine schlüssige Theorie?«

»Noch besser«, sagte Stu. »Ich habe einen Plan.«

Stu stand auf der Veranda vor der Haustür eines bescheidenen einundhalbgeschossigen beigen Hauses mit einer vor Kurzem angebauten, noch ungestrichenen Dachgaube, die nicht recht zur Firstlinie passte und das Werk eines Heimwerkers zu sein schien.

Rusty Baker öffnete ihm die Tür in einem weißen T-Shirt und einem Overall mit Farbklecksen. Unter dem Hemd zeichneten sich gewaltige Muskelpakete ab. Der pensionierte Detective war schon ein fanatischer Kraftsportler gewesen, als Stu ihn gekannt hatte; jetzt war er mit fünfundsechzig stärker als zuvor mit fünfundfünfzig. Und er war der vertrauenswürdigste Mann, der Stu je begegnet war. Ihr Gespräch würde schwierig werden. Rusty würde nichts Illegales tun, nicht einmal für einen Freund. Nach dreißigjährigem Kampf, bei dem es darum gegangen war, Recht und Gesetz zu wahren und zugleich die vielen ethischen Fallstricke zu meiden, war sein Bedürfnis, richtig zu handeln, fast übermächtig.

»Hallo, Rusty«, sagte Stu.

Rusty starrte ihn sekundenlang sprachlos an und strich dabei über seinen buschigen Schnauzer. »Verdammt! Du bist angeblich tot.«

»Das hat der letzte Kerl auch gesagt. Und dabei muss es vorerst auch bleiben. Darf ich reinkommen?«

Als Nächstes fuhr Stu zum Great Beyond, in dem er seinen bewährten Verkäufer aufsuchte. Der Teenager in Khaki sah von der Registrierkasse auf und musterte ihn prüfend. Er erinnerte sich an Stus Gesicht, aber zum Glück nicht an seinen Namen.

»Hey, Bro! Wie war Ihr Trip nach Alaska?«

»Nun, ich habe ihn überlebt. Und dafür wollte ich mich bei Ihnen bedanken. Die von Ihnen empfohlenen Sachen haben mir echt das Leben gerettet.«

»Kein Problem.«

»Aber heute hab ich's etwas eilig. Könnten Sie mir diese Sachen raussuchen?« Stu übergab ihm seine Liste.

Der junge Verkäufer überflog sie und nickte. »Absolut, Kumpel. Am besten fangen wir bei den Beilen an. Wenn Sie mitkommen wollen ...«

Katherines E-Mails zu lesen war nicht einfach, aber faszinierend. Einen Menschen aus E-Mail-Schnipseln zusammenzusetzen erwies sich als schwierig, weil Katherine lieber SMS verschickte oder telefonierte – zwei Medien, zu denen er keinen Zugang hatte. Seine Frau hatte sich anscheinend eng mit Margery Hanstedt angefreundet; die beiden wechselten unzählige banale Mails mit Gesellschaftsklatsch. Es gab auch zahlreiche Mails, die das Strandhaus betrafen. Und Katherine hatte anscheinend eine ganze Fotoserie verkauft, was eindrucksvoll war. Aus seiner Zeit als Staatsanwalt wusste Stu jedoch, dass es immer *eine* E-Mail gab, die wirklich wichtig war. In Katherines Fall war sie knapp fünf Monate nach seinem Verschwinden an Margery geschrieben worden:

M, ich liebe dein Leben so sehr und denke, ich könnte jetzt eine eigene Version davon haben. Und ich glaube nicht, dass der 13-jährige Fehler meine Schuld war. Als ich gewählt habe, war es eine gute Entscheidung. Anfangs hatte er alles. Aber trotz meiner harten Arbeit hat er's dann irgendwie vermasselt.

Stu las den Text nochmals und analysierte Satzbau und Grammatik, bis er sich seiner Sache sicher war. Es gab keine andere Interpretation – *der 13-jährige Fehler bin ich*. Das war irritierend, sogar schmerzlich: Seine Frau hatte das Leben geliebt, das er ihr anfangs ermöglicht hatte, aber nicht ihn. Trotzdem musste er zugeben, dass sie recht hatte. Unabhängig davon, wie dieses gute Leben hätte aussehen sollen, hatte er es irgendwann total vermasselt.

In Katherines E-Mails aus letzter Zeit war die Rede von ein paar Tagen Urlaub, obwohl nicht klar war, wovon sie Urlaub machen wollte, weil sie nicht arbeitete. Das ließ ihn stutzig werden. Wie er von Audry wusste, war Clay ebenfalls ein paar Tage fort.

Sie sind zusammen.

Er wartete darauf, dass auch das schmerzen würde, aber seltsamerweise tat es das nicht. Er hatte bereits gesehen, wie seine Frau es nackt mit einem Mann trieb, der das genaue Gegenteil von allem war, wofür er jemals selbst gekämpft hatte. Durch die Terrassentür des Strandhauses hatte diese Szene wie dramatisch eingerahmt gewirkt. *Wie ein Foto.* Diesmal fühlte er sich nicht verletzt, sondern provoziert. Der Stu, der Kränkungen einsteckte, war tot, und dass ein anderer Mann in seinem Revier wilderte, war keine emotionale Abrissbirne mehr, sondern verschaffte ihm neue Motivation.

Einige Tage später schickte Stu Audry in Brad Bears Atelier, damit sie sich ein bisschen umhörte. Sie bestand darauf, ihm zu helfen, und dies erschien ihm als ungefährlicher Auftrag. Außerdem hätte Brad ihn natürlich erkannt.

Später zeigte sie Stu, wie sie auf ihrem Drucker ein brauchbares Faksimile eines Briefbogens der University of Oregon herstellen konnte. Die Kopie brauchte nicht perfekt zu sein. Reichte ihre Qualität für ein erstes flüchtiges Durchlesen aus, hatte sie ihren Zweck erfüllt.

Als Nächstes standen zwei wichtige Telefongespräche an, und Stu führte das erste von einem Münztelefon in einem Bowling Center. Danach wartete er einen Tag, bevor er zum zweiten Mal mit einem Prepaid-Handy telefonierte, das Audry ihm gekauft und bar bezahlt hatte. Beim ersten Gespräch rief er die Firma Buchanan, Stark & Associates an und hinterließ eine Nachricht bei Kaylee, der anscheinend sehr jungen Empfangsdame. Das zweite Gespräch führte er mit einem Enthüllungsjournalisten von *America's Unsolved*.

Silvia Molson lebte im Norden von New Bedford. Stus an den Rollstuhl gefesselte Mandantin wohnte zur Miete in einem nicht ganz neunzig Quadratmeter großen eingeschossigen Ranchhaus am Brooklawn Park. Sein fröhlicher gelber Anstrich blätterte ab, und die zur Haustür hinaufführende Rampe war ein billiges Provisorium aus Sperrholz. *Sie hat also noch kein Geld bekommen.*

Sylvia machte ihm selbst auf. *Keine Betreuerin.* Sie erkannte ihn sofort, kam herausgerollt und umarmte ihn, bis er sich nicht länger über den Rollstuhl beugen konnte. Er versuchte sofort, den Vergleich anzusprechen, aber das Geld interessierte sie weniger als sein persönliches Wohlergehen. *Das ist eben ihre Art,* dachte Stu, der nicht anders konnte, als sie dafür zu lieben.

Er schob sie rasch wieder ins Haus, bevor jemand sie zusammen sah.

»Man hat Sie gefunden!«, sagte sie, als sie in ihre Küche rollte, um Teewasser aufzusetzen.

»Ich habe mich gewissermaßen selbst gefunden.«

Sie nickte. »Nach meinem Unfall ist es mir ganz ähnlich gegangen. Ich hab mein Leben nicht wirklich verstanden, bis es so umgekrempelt wurde, dass ich es neu betrachten musste. Kamille?«

»Danke, aber ich hab's leider zu eilig.«

»Sie sind immer in Eile. Sie sollten es mit Yoga versuchen. Ich mache wieder Yoga, wissen Sie.«

»Nein, das wusste ich nicht.«

»Ich kann natürlich nicht mehr so viele Stellungen, aber den Rest beherrsche ich viel besser. Dabei geht es um Konzentration. Klarheit.«

»Weil wir gerade von Klarheit sprechen – ich muss Ihnen etwas erklären.«

Sie sprachen miteinander. Stu musste etwas lügen, aber das geschah für einen guten Zweck. Sylvia nickte, war weder aufgeregt noch empört, verarbeitete nur alles.

Und zuletzt war sie diejenige, die ihm Mut machte. »Sie dürfen keinem Menschen erzählen, dass Sie mich gesehen haben. Niemals!«, ermahnte Stu sie zum dritten Mal, als er das Haus verließ und ihre Sperrholzrampe hinunterging. »Und rufen Sie Roger Rodan noch heute an. Er wird wissen, was zu tun ist.«

»Passen Sie gut auf sich auf«, sagte Sylvia.

Stu bedachte sie mit einem ironischen Lächeln. »Nein, damit ist vorerst Schluss.«

KAPITEL 42

Stu sah sich ein letztes Mal im Jachthafen von Pope Island um, dann schwang er ein Bein über das Dollbord der *Iron Maiden*.

Die Jacht war eine gut fünfzehn Meter lange, ältere Hatteras. Stu verstand nicht viel von Booten, aber bei seinen Recherchen hatte er einiges dazugelernt. Die Jacht war teuer gewesen, hatte zu den Aktiva der Firma Bolt Construction gehört und war degressiv abgeschrieben worden. Auch in ihrem jetzigen Alter war sie vermutlich noch fast hundert Mille wert. Stu kannte sie von Fotos, die ihm auch nach so vielen Jahren noch deutlich vor Augen standen. Und das Boot war eindeutig »clean« gewesen, wie Marsha Blynn, Stus eigene Sachverständige, vor Gericht ausgesagt hatte. Ihre Feststellungen hatten seiner Argumentation ziemlich geschadet, obwohl sie hatte zugeben müssen, dass nicht auszuschließen war, dass Raymond Butz' Geständnis die Wahrheit war. Weil in seinem Haus nirgends Blut entdeckt worden war, wirkte die Behauptung, er habe die Leiche seiner Frau an Bord der *Iron Maiden* zerstückelt, halbwegs glaubhaft. Aber Rusty Baker hatte Stu privat erklärt, wenn Butz Marti mit einer Stichsäge zerstückelt hätte, hätten die polizeilichen Spurensicherer etwas finden *müssen*; die Spuren dieses blutigen Vorgangs hätte kein bloßer Amateur beseitigen können.

Butz hatte bestimmt kämpfen müssen, um die Tote zu schleppen und zu zerstückeln. Leichen waren schlaff und schwer. Stu hatte einmal eine ausgeweidete Hirschkuh eine Meile weit geschleppt und war noch am nächsten Tag völlig erledigt gewesen. Blake hatte ihm geraten, sich nächstes Mal aus Ästen eine Schleiftrage zu bauen. Und Marti Butz war relativ groß und füllig gewesen. Stu hatte sich ihre persönlichen Daten für das Verfahren gemerkt; tatsächlich hatte er sich alle Details hundertmal angesehen.

Aber niemals hier an Deck stehend.

Im Heck der *Iron Maiden* lehnend, versuchte sich Stu vorzustellen, wie Butz es geschafft haben könnte, eine gut einen Meter siebzig große und achtzig Kilo schwere Frauenleiche zu bewältigen. Stu hatte stets behauptet, für jemanden, der kein Killer sei, sei es schwierig, wie ein Mörder zu denken. *Aber wie würde ich die Sache anfangen, nachdem ich nun ein Killer bin?* Blake und er hatten erlegtes Wild immer weit von der Hütte entfernt ausgeweidet, genau wie Marti aus Buzzards Bay abtransportiert worden sein würde. Vor dem Auslaufen würde Butz die Leiche natürlich in die Kabine gelegt haben. Zerstückelt worden war sie dann auf hoher See. Der einzige Platz an Bord, an dem man eine schwere Leiche zerstückeln konnte, ohne zu riskieren, Blut auf Teppichboden, Polsterung oder Holz zu bekommen, war der offene Heckbereich. Stu drehte sich langsam um die eigene Achse.

Es sei denn ...

Als Stu sein erstes Kaninchen ausgeweidet hatte, hatte er an einem rauschenden Bach gekniet und den Tierkörper ins Wasser getaucht. So war alles Blut weggespült worden, während er schnitt. In dem Eiswasser hatten seine Hände geschmerzt, aber das Tier war sauber herausgekommen, und seine Eingeweide waren fortgeschwemmt worden, um auf natürliche Weise recycelt zu werden.

Stu sah über die Heckreling der *Iron Maiden*. Unter sich hatte er eine Gitterplattform in Bootsbreite, die tief über dem Wasser angebracht und eben breit genug für einen liegenden Körper war. *Wie eine Tragbahre.* Es gab sogar ein kleines Luk, durch das diese Heckplattform zu erreichen war. *Badeplattform? Ist das die richtige Bezeichnung?* Stus Herz jagte, als er sich den Ablauf vorstellte: Butz kauerte dort unten, wo Marti so dicht über dem Wasser lag, dass ihr Blut von den Wellen fortgespült wurde, während er arbeitete. Das war jetzt klar. *Wieso nicht auch damals?*

Stu musste überlegen, bevor er auf die Lösung kam. *Auf den Fotos war keine Plattform zu sehen.* Das wusste er bestimmt. Auch nach Jahren standen die Bilder noch deutlich vor seinem inneren Auge: Das Heck der Jacht war glatt gewesen, hatte keine Plattform aufgewiesen. Er beugte sich über die Reling, betrachtete sie genauer. Sie glänzte etwas heller als der Schiffsrumpf, war anscheinend neuer. Der Farbunterschied war sehr gering, aber doch erkennbar. *Diese Plattform ist ein Ersatzteil!*, erkannte Stu. Die ursprüngliche Plattform, auf der Butz seine Frau zerstückelt hatte, hatte gefehlt, als die Polizei die Jacht durchsucht und fotografiert hatte. *Er hat sie abgebaut und auf See versenkt ...*

»Hallo?«

Die Stimme erschreckte Stu, aber er zwang sich, nicht zu schnell herumzufahren, um weniger nervös zu wirken, als er war. Er blickte unter seinen ins Gesicht fallenden langen Haaren hervor und lächelte. Der junge Mann trug ein Polohemd mit Aufdruck. *Ein Angestellter des Jachthafens.* Stu atmete innerlich auf. Diese Begegnung hätte schlimmer, viel schlimmer sein können. Der Mann war jung, vielleicht zwanzig. Stu war bewusst gewesen, dass es riskant war, die Jacht zu besichtigen. *Dieser Kerl könnte mich erkennen.* Aber mit Bart und langen Haaren sah Stu ganz anders aus als der adrette Anwalt, der er früher gewesen war. *Außerdem hat das Risiko sich gelohnt.*

»Hallo«, sagte Stu so freundlich wie möglich. Dann senkte er den Kopf wieder tief und gab vor, sich mit der Plattform zu beschäftigen.

»Brauchen Sie etwas, Sir?« Das war ein Test. Die Angestellten sollten auch auf Diebe achten, und der junge Mann kannte Stu nicht.

»Die verdammte Plattform ist lose«, behauptete Stu. »Wäre vorhin fast mit ihr ins Wasser gestürzt. Eigentlich sollte man glauben, dass eine Baufirma ihr Zeug besser in Schuss hält, aber bei Bolt gibt es wie überall Faulpelze. Wer zuletzt mit der *Iron Maiden* unterwegs war, hat sich nicht die Zeit genommen, die Plattform zu befestigen.«

»Brauchen Sie Werkzeug?«

»Nein. Ich hab die Schrauben erst mal handfest angezogen. Das berichte ich Reggie Dugan. Er kann jemanden herschicken, der sich damit auskennt.«

»Na gut. Dann wünsche ich Ihnen einen schönen Tag.«

Stu grinste innerlich. »Danke, das ist er bereits.«

KAPITEL 43

Katherine wusste, dass irgendwas nicht in Ordnung war, als Clay drei Tage lang nicht zurückrief. Beim ersten Mal hinterließ sie eine fröhliche Nachricht. *Ein Tag hat nichts zu bedeuten,* sagte sie sich. *Er wird eine Menge aufzuarbeiten haben.*

Zwei Tage waren verdächtig, aber vielleicht gerade noch entschuldbar, und sie hinterließ eine Nachricht mit neugierigem Unterton.

Drei Tage verwirrten sie. *Ich bin keine neue Bekanntschaft, die man nicht zurückruft,* schrieb sie in einer SMS. Clay hatte unterwegs ihre Hand gehalten, und sie hatten über die Zukunft gesprochen, wenigstens über die Zukunft ihrer geschäftlichen Partnerschaft. Nachträglich bedauerte sie, versucht zu haben, ihn auf eine engere persönliche Bindung zu verpflichten. Eine erfolgreiche geschäftliche Partnerschaft mit gelegentlichen Sexkontakten würde vorläufig reichen müssen, beschloss sie. Diesmal hinterließ sie eine leicht sorgenvolle Nachricht.

Als er auch am vierten Tag nicht zurückrief, hinterließ sie keine Nachricht, sondern fuhr geradewegs ins Büro.

Unten am Empfang war niemand. Kaylee war fort, ihr Computer war ausgeschaltet, die Tagespost lag noch auf ihrem eleganten Schreibtisch. Und dabei war es erst wenige Minuten nach 15 Uhr. Katherine schnappte sich die Post und hämmerte auf den Rufknopf des Aufzugs.

Die Fahrt nach oben verlief glatt, und die Kabine hielt ruckelnd an. Als die Tür leise quietschend zur Seite glitt, lag ein stiller Korridor vor ihr. Rechts und links leere Büros. Keine der vorübergehend oder zur Tarnung angestellten Mitarbeiter war an seinem Platz. Keine Anwaltsgehilfinnen, keine Sekretärinnen. Auf dem Weg zu Clays Büro am Ende des Korridors versuchte Katherine, sich daran zu erinnern, ob heute ein Feiertag war. Ohne Stu und seinen rigiden Terminkalender verlor sie manchmal den Überblick über die Wochentage.

Clay saß mit dem Rücken zur Tür an seinem Schreibtisch. Als sie hereinstürmte, drehte er sich mit seinem hochlehnigen braunen Ledersessel zur Seite, sprang auf und griff nach der mittleren Schublade des Schreibtisches. Als er sah, wer gekommen war, entspannte er sich jedoch und sank in den Sessel zurück.

»Herein mit dir. Spar dir die Mühe anzuklopfen.«

»Ich habe mehrmals angerufen. Aber du hast dich nie gemeldet.«

»Ich hatte zu tun.«

Sein abweisender Tonfall gefiel Katherine nicht. Sie stellte missbilligend fest, dass das Glas in seiner Hand zur Hälfte mit einer bernsteingelben Flüssigkeit gefüllt war.

»Du trinkst«, sagte sie. »Das ist neu.«

»Besonderer Anlass.«

»Wichtige Nachrichten?« Sie lächelte hoffnungsvoll.

»Das kann man wohl sagen.«

»Ich würde sie gern hören.«

»Wirklich? Möchtest du gern hören, dass mich die Scheißpolizei angerufen hat?«

Eskalierender Tonfall. Bedrohlich. Gefährlich. Er schwenkte mit seinem Ledersessel nach links und rechts und wieder zurück. *Wie ein auf und ab tigerndes Raubtier,* dachte Katherine. Noch immer mit der Post in der Hand nahm sie in dem Besuchersessel vor dem Schreibtisch Platz. Sie wählte ihre Worte sorgfältig.

»Als deine Partnerin teile ich deine Erfolge *und* deine Herausforderungen. Ich bin hier, um zuzuhören.«

Clay lehnte sich in den Sessel zurück. Er betrachtete sie zunächst misstrauisch, dann runzelte er die Stirn. Und zuletzt sprach er.

»Anscheinend hat ein alter Freund Anzeige wegen einer Sache erstattet, die vor über einem Jahrzehnt in der Law School vorgefallen sein soll.«

»Welche Sache?«

»Unwichtig. Der Vorwurf allein ist schlimm genug.«

»Wer?«

»Dieser fette Scheißer namens Tom Franken.«

»Warum sollte er dir etwas vorwerfen, das schon so lange zurückliegt?«

»Irgendein Detective ist wegen dieser Sache zu ihm gekommen. Also versucht er jetzt, seinen Arsch zu retten, indem er mich beschuldigt. Der Vernehmer hat ihn dazu gebracht, mich als den Schuldigen zu bezeichnen. Ein typischer Cop-Trick.«

»Aber das ist gelogen, stimmt's?«

Clay starrte sie unter zusammengezogenen Augenbrauen hervor an. »Natürlich. In seiner wilden Jugend hatte Tom Probleme. Mich überrascht nicht, dass er auch jetzt Probleme hat, obwohl er inzwischen erwachsen und ein richtiger Anwalt ist. Aber er soll sich lieber nicht mit mir anlegen.«

»Was machen wir also?«

»Nichts? Leugnen? Abwarten?« Clay trank einen Schluck Bourbon. »Kommt noch mehr, muss ich mir selbst einen Anwalt nehmen. Das Problem müsste inzwischen eigentlich verjährt sein, aber ich weiß nicht, wie lange die Verjährungsfrist für solche Straftaten in Oregon läuft.«

Katherine sah sich nach einer Beschäftigung um, während Clay vor sich hinbrütete und die Stille allmählich bedrückend wurde. Sie machte sich daran, die von unten mitgebrachte Post zu sortieren, und bildete auf dem Schreibtisch zwei Stapel aus Geschäftsbriefen und Drucksachen, was Clay damit quittierte, dass er sich an die Schläfe tippte.

Mehrere unbehagliche Augenblicke später war klar, dass Clay noch mehr zu sagen hatte.

»Was gibt's?«, fragte Katherine. »Das war noch nicht alles. Ich merke, dass dir noch etwas zusetzt.«

»Du erinnerst dich an den Buschpiloten, der Stu in Alaska abgesetzt hat?«

»Ja.«

»Jemand hat ihn mit einem Beil ermordet.«

»Mein Gott!«

»Ja. Ivan war einer von Dugans Jungs. Jemand hat uns angerufen und die Nachricht für mich hinterlassen – ohne seinen Namen zu nennen. Das gefällt mir nicht.«

Katherine hielt ein Schreiben der University of Oregon hoch und runzelte fragend die Stirn.

»Aufmachen«, wies Clay sie an.

Das tat sie. Im Betreff stand der Name Clay Buchanan. In dem Schreiben ging es um Plagiatsvorwürfe und Betrug und Aberkennung seines Abschlusses. Als Beweis angeführt wurde Tom Frankens Geständnis. Ganz unten stand, ein Durchschlag gehe an die Anwaltskammer Massachusetts. Katherine hörte auf zu lesen.

»Ich glaube, das solltest du dir ansehen.«

Sie gab ihm das Schreiben und sah, wie seine Augen größer wurden, als er den Text überflog. Dann schlug er plötzlich mit dem gefalteten Brief auf den Schreibtisch.

Katherine beobachtete ihn sorgenvoll. »Das ist hoffentlich nichts Ernstes. Oder doch?«

»Ich weiß es nicht! Kann unsere Anwaltskammer blödsinnige alte Vorwürfe aufgreifen? Will sie eine Disziplinarstrafe verhängen? Kann sie nach zehn Jahren überhaupt noch tätig werden? Ich weiß es nicht! Mit solchem Scheiß hat Stu sich immer ausgekannt.«

»Was kann ich tun, um dir zu helfen?«

»Nichts! Dich brauche ich nicht! Ich brauche deinen Mann!«

Katherine schob den restlichen Briefstapel beiseite, weil sie nichts mehr damit zu tun haben wollte, aber Clay ließ ihn nicht aus den Augen.

»Sonst noch was?«, knurrte er.

»Geschäftspost – bis auf das hier.« Sie zeigte auf einen Umschlag mit gedrucktem Absender. »Roger Rodan?«

»Klingt irgendwie bekannt.« Clay beugte sich nach

vorn, nahm ihn von der Schreitischplatte, schlitzte ihn mit einem silbernen Brieföffner auf und begann zu lesen.

Katherine beobachtete, wie sein Gesicht sich veränderte. Ein unangenehmer Vorgang, als verwandle sich ein blendend aussehender Hollywood-Schauspieler vor ihren Augen in einen knurrenden Werwolf. Er stellte sein Glas ab und sprang auf.

»Willst du mich verarschen? Nein! Ist das ein Witz?«

»Was?«

Clay gab keine Antwort. Stattdessen rammte er die Spitze des Brieföffners in die Platte des antiken Schreibtisches, den sie ihm zur Feier der Renovierung geschenkt hatte. »Nein! Nein! Nein!«

Katherine wagte nicht zu sprechen.

Clay holte tief Luft, dann starrte er sie über den zitternd in der Schreibtischplatte steckenden Brieföffner hinweg bösartig an. »Sylvia Molson klagt gegen unser Honorar – genau wie Stu vorausgesagt hat!«

»Was bedeutet das für uns? Bekommen wir unser Geld dann erst später?«

»Nein! Das bedeutet etwas anderes! Wenn Stu recht hatte, bekommen wir überhaupt kein Geld!«

Katherine starrte ihn an, während sie versuchte, diese Aussage zu verarbeiten. »Er hat meistens recht«, flüsterte sie. »Du hast mir nie erzählt, dass er ...«

»Was ich dir erzählt habe, ist scheißegal! Wir schulden Joe Roff Hunderttausende, die nicht reinkommen werden.«

»O Gott. Ich hab gerade das Haus gekauft ...«

»Hier geht's nicht um dein Haus, du blöde Schlampe! Der Mann hat einen schlimmen Ruf als Schuldeneintreiber!«

Katherine fühlte sich schwindlig, aber trotzdem sagte sie tapfer: »Ich könnte es verkaufen.«

»Diese Büroräume, die wir renoviert haben, können wir nicht verkaufen. Die sind nur gemietet!«

Katherine fühlte Panik in sich aufsteigen. »Ich rede mal mit Joe. Er mag mich. Ich tue, was nötig ist – genau wie du gesagt hast.«

Clay atmete tief durch und ließ sich in seinen Sessel fallen. Er starrte kurz die Zimmerdecke an, dann ließ er ein sarkastisches Lachen hören. »Kate, Kate, Kate«, sagte er. »Du kapierst wirklich nichts. Joe und Reggie dachten, es müsste Spaß machen, die Frau eines Staatsanwalts zu vögeln – das war Bestandteil der Übereinkunft, mit der sie uns das Geld vorgeschossen haben. Aber mach dir keine Illusionen: Für Männer, die jederzeit neunzehnjährige Stripperinnen haben können, ist dein fast doppelt so alter Arsch keine dreihunderttausend Dollar wert.«

KAPITEL 44

Audry stand in der Tür und betrachtete Stu durch ihre übergroße Brille. Zu einem engen schwarzen Rock trug sie High Heels und eine weiße Bluse. Diesmal keinen Schlafanzug, in den sie sonst bei Sonnenuntergang wie ein Kind schlüpfte, das auf eine Gutenachtgeschichte wartet. Auch nicht T-Shirt und Tanga. Sie sah wieder wie eine Anwältin aus.

»Du willst also weg von hier? Einfach abhauen? Ist das der Plan?«

»Ja«, log Stu. Nachdem er viele Jahre lang die Wahrheit gesucht hatte, fiel ihm das Lügen schwer. *Das muss ich noch üben,* dachte er. »Ich habe die Lage analysiert. Ich kann's nicht mit einem Gangsterboss und seiner ganzen Bande aufnehmen. Wollen sie mich erledigen, kriegen sie mich. Und was noch schlimmer ist – sie werden sich an meinem Umfeld rächen, auch an dir. Deshalb ist es besser, wenn sie mich weiter für tot halten.«

»Und ich kann mit keinem Teil meiner brillanten Recherchen zur Polizei gehen.«

»Mit keinem Wort.«

»Du schließt mich also aus.«

»Ich beschütze dich.«

»Ich bin ein großes Mädchen, weißt du.«

Stu lächelte und bemühte sich, sie nicht anzustarren. »Das bist du allerdings. Aber Berufsverbrecher sind wie wilde Tiere. Sie tun, was sie tun, und wenn man sich mit ihnen einlässt, wird es gefährlich – sehr gefährlich. Ich habe bereits mit ihnen zu tun. Du aber noch nicht.«

»Was ist mit Clay?«

»Ich habe das Gefühl, dass sein Leben bald sehr durcheinandergeraten wird. Mehr brauchst du nicht zu wissen.«

»Das ist nicht fair!« Audry schüttelte den Kopf und fragte dann sanfter: »Und Katherine?«

»Das weiß ich nicht. Was sie betrifft, habe ich noch nicht alle Fakten durchdenken und eine Entscheidung treffen können.«

»Du denkst zu viel. Wie fühlst du dich?«

Stu zögerte. Er war so damit beschäftigt gewesen, Informationen zu sammeln und Antworten zu bekommen, dass er noch nicht wusste, was er empfand. Das war eine Art Sicherheitsmechanismus: Dass er sich auf logische Lösungen konzentrierte, verhinderte, dass er jemanden verprügelte.

»Zornig«, sagte er schließlich. Seine Antwort überraschte ihn selbst.

Auch Audry war überrascht, aber sie nickte. »Das ist okay. Bleib dabei.«

Stu suchte seine Sachen zusammen. Unten im Rucksack fand er *Edwin's Comprehensive Guide to Wilderness Survival*, zerlesen und eselsohrig. Er blätterte darin und merkte, dass er das Buch nicht mehr brauchte. Er tätschelte es wehmütig, dann warf er es in den Papierkorb.

Als er gehen wollte, umarmte ihn Audry. Sie drückte ihn an sich, als meine sie es wirklich ernst.

»Das war der beste Job aller Zeiten«, sagte sie an seiner Schulter.

»Dir ist klar, dass das unter diesen Umständen ein komischer Ausdruck ist, oder?«

»Du weißt, was ich meine. Ich helfe einem Menschen, wieder im Leben Tritt zu fassen, statt langweilige Verträge für eine Firmengründung aufzusetzen. Oder ein Testament auszuarbeiten. Du bist real. Und absolut nicht langweilig.«

»Das bin ich nicht?«

»Nein.« Sie entließ ihn schließlich aus ihrer Umarmung. »Ich war noch nie mit jemandem zusammen, der einen Mann umgebracht hat. Oder einen Bären.«

»Beide in Notwehr.«

»Ich weiß.«

Stu war traurig, als sie die Arme sinken ließ. So nahe hatte er sich keinem Menschen mehr gefühlt, seit ... Er konnte sich nicht erinnern, wie lange das schon her war.

»Das ist für dich.« Er gab ihr einen USB-Stick.

»Was ist das?«

»Die Adressenliste unserer legitimen Mandanten. Außerdem findest du ein Empfehlungsschreiben mit meiner Unterschrift – auf einen Tag zurückdatiert, an dem ich noch gelebt habe. Kann Clay sie aus irgendeinem Grund vielleicht nicht halten, bringt dieses Schreiben sie zu dir.«

»Meine eigene Kanzlei?«

»Das wäre ein Anfang.«

»Erzählst du mir jetzt, wohin du willst?«

»Nein.«

Stu wandte sich zum Gehen. Dann blieb er noch einmal stehen. Ihm kam es falsch vor, dass sein letztes Wort zu Audry möglicherweise *nein* sein würde. Er war schon weniger als ritterlich, weil er nach einer intimen Nacht verschwand. Und nach Waffeln. Vor allem nach der gemeinsamen Überquerung einer metaphorischen Seilbrücke. Er sah sich über die Schulter um. Auch wenn es gefährlich war, etwas zu versprechen, musste man hoffen dürfen.

»Aber in Oregon soll's schön sein.«

KAPITEL 45

Aus ihrem nur halb möblierten Wohnzimmer sah Katherine lange auf die Buzzards Bay hinaus. Es war ein einsamer Blick. Ohne Gesellschaft kam man sich selbst in einem schönen Haus bald sehr einsam vor. Clay hatte versprochen, sie sofort nach seiner Besprechung mit Roff anzurufen. Das hatte er nicht getan, und es wurde bereits spät. Das konnte vieles bedeuten, aber bestimmt nichts Gutes.

Die beiden waren Verbrecher, Roff und Dugan. Hranic natürlich auch. Das war ihr jetzt klar. Sie waren Leute von der Art, die ihr Mann früher hinter Gitter gebracht hatte. Es war leichter gewesen, die Seiten zu wechseln, als sie gedacht hätte. Die Linie zwischen Gesetz und Gesetzlosigkeit war so dünn wie die zwischen Stu und Clay.

Der Haustürgong ertönte mit lächerlich sonorem Klang, der durchs Wohnzimmer hallte. Ihr Herz setzte einen Schlag aus. Clay sollte anrufen, nicht selbst vorbeikommen. Was war, wenn das Roff oder Dugan war? Oder sogar beide? Sie brannten glühende Quarter in die Gesichter von Leuten, die ihnen etwas schuldeten. Ausgerechnet jetzt, wo sie dabei war, die heißeste Mittdreißigerin im South Dartmouth Athletic Club zu werden. Sie unterdrückte diesen Gedanken – er war allzu hässlich.

Dann fiel ihr jedoch ein, dass Raymond Butz bei Dugan arbeitete. Butz' Frau war eines Tages spurlos verschwunden. Genau wie Stu.

O nein ...

Katherine nahm ihr Smartphone an die Haustür mit, obwohl sie nicht recht wusste, wen sie anrufen sollte, falls sie Hilfe brauchte.

KAPITEL 46

Stu war neugierig darauf, wie er sich fühlen würde, wenn er sie sah. In den vergangenen sechs Monaten hatte er seine eheliche Situation aus allen nur denkbaren Blickwinkeln analysiert. Die verstörenden Fakten, die er bei seiner Rückkehr entdeckt hatte, hatten seine Analyse auf eine neue Ebene gehoben, aber trotzdem blieb die Grundsatzfrage in Bezug auf seine Frau unbeantwortet. Dazu musste er noch ein letztes Mal mit ihr sprechen.

Und so hatte er geklingelt und sich dann hinter Katherines perfekter neuer Buchsbaumhecke versteckt wie ein unartiger kleiner Junge, der klingelt, um die Hausbewohner zu ärgern, und schnell wegläuft. Er beobachtete durch die Zweige, stand bewegungslos und unsichtbar hinter der Hecke, horchte, spähte und tat sein Bestes, um zu versuchen, ihr Karma zu erspüren, während sie in der Haustür stand und nervös und ängstlich in die Nacht hinausstarrte. Zu seiner Überraschung dauerte es nur einen Augenblick, bis er seine Frage beantwortet bekam. Und die Antwort lautete *nein*.

Katherine jetzt zu sehen brachte ihm nichts von der Erleichterung oder Freude, die er sich in der Wildnis ausgemalt hatte. Stattdessen spürte er eine deutliche Entfremdung. Sie hatten sich nie sehr nahegestanden, das erkannte er nun. Aber er hatte bewusst darüber hinweggesehen, weil das etwas nicht Greifbares, ein Abstand, ein Gefühl gewesen war – und er seinen Gefühlen nie getraut hatte. Jetzt befragte er sie jedoch und stellte fest, dass er nicht länger den Drang hatte, zu ihr zu gehen, mit ihr zu sprechen. Sie war niemals die richtige Partnerin für ihn gewesen, und jetzt war sie schwach geworden, hatte zu kämpfen aufgehört und den leichten Weg gewählt, an dem die Fallen lauerten. Sein Instinkt riet ihm, unauffällig zu verschwinden. Dabei empfand er eigentlich keinen Zorn, sondern nur keine Liebe mehr.

Er würde Katherine ihrer Fotokunst und ihren neuen Freunden überlassen, beschloss er. Audry war es gelungen, Brad Bear den Namen ihres neuen Mäzens zu entlocken. Archie Brooks. Als häufiger Prozessbeobachter war Archie ein Stammgast bei Gericht gewesen. Stue erinnerte sich von früher an ihn. Er stand in lockerer Verbindung zu Roffs Bande. Die Fotoserie hatte er auf Veranlassung von Clay gekauft, um eine Illusion von beruflichem Erfolg zu erzeugen – Katherine fiel auf jede Schmeichelei herein. Ihre Walfang-Serie war jetzt in irgendeinem Lagerhaus am Hafen gestapelt und verrottete dort wie die auf den Fotos abgebildete Industrie.

Stu empfand kein Schuldbewusstsein. Sie würden sie nicht umbringen; Katherine wusste nicht genug, und sie konnten sich das Haus zurückholen, wenn sie ihnen Geld schuldete. Vielleicht würden sie sie wieder vögeln, vermutete er.

Aber gevögelt zu werden ist an sich nicht gefährlich.

Ihr Geld würde nicht mehr lange reichen, und sie würde bald für sich selbst sorgen müssen. Aber sie stammte aus kleinen Verhältnissen, das wusste Stu, deshalb würde sie wissen, wie man ohne viel Geld überlebte. Außerdem war sie eine perfekte Gastgeberin. Vielleicht würde Margery ihr einen Job in einem ihrer Restaurants geben.

KAPITEL 47

Stu wartete im Lagerhaus der Firma New England Imports. Es war eine große, aber unauffällige Halle – wie er es von einem Gebäude erwartete, das organisierter Kriminalität diente – mit blauem Wellblechdach und zwei breiten Rolltoren, eines davon mit einer Personentür. Es stand in New Bedford unweit der Brücke am dunklen Ende des langen Kais zwischen zwei ähnlich monolithischen Bauten, die genauso unbelebt waren. Unter dem angerosteten Firmenschild *NE Imports* an der Giebelwand hingen alte Fischernetze, die das Gebäude leicht verwahrlost wirken ließen. *Wie in einer von Katherines Fotoserien.*

Der riesige, nicht unterteilte Lagerraum war nahezu leer – keine Marihuana-Ballen, keine gestohlenen Luxuswagen, keine Kisten mit Maschinenpistolen. Hier gab es nur eine Slup auf ihrem Trailer und massenhaft Boots- und Segelzubehör auf Regalen an den Wänden. Jedes Geräusch hallte durch den weiten Raum und verlieh ihm etwas Gespenstisches. Das interne Büro war als kleiner Kasten an eine Seitenwand der Halle angebaut. Dünne Sperrholztafeln bildeten die übrigen drei Wände, und es ragte wie ein exakt quadratischer Tumor in den großen Raum hinein. Stu kauerte in seinem Schatten.

Aus Erfahrung wusste er, dass er lieber kauerte als saß. Das hielt ihn wach, und er kauerte schon seit über einer Stunde bewegungslos da und horchte auf das Ächzen und Knacken der Holzwände und des Wellblechdachs. Jetzt hörte er eindeutig das Flitzen einer Ratte. Irgendwo im Dachgebälk über ihm. Aber heute Nacht war er nicht auf der Jagd. Er horchte weiter in Richtung Personentür. Er würde hören, wenn sie geöffnet wurde. Er würde auch jeden Menschenschritt auf dem Beton hören und genau wissen, wie weit die Schuhe, die diese Geräusche machten, noch entfernt waren. Stu schloss die Augen und horchte einfach nur. Er fühlte sich als Wartender wohl, war geduldiger und ruhiger, als er von Rechts wegen hätte sein dürfen.

Das Scharren und Klicken des Schlossriegels der Personentür alarmierte ihn. Jemand versuchte, den Drehknopf langsam und geräuschlos zu betätigen, aber das spielte keine Rolle. Stu hörte alles so deutlich, als habe jemand angeklopft. Ohne sich zu bewegen, hielt er nur die Augen offen, spähte aus den Schatten und horchte angestrengt. Die Schritte kamen näher. Ein Paar.

Gut.

Im Büro hatte er jenseits der dünnen Trennwand einen einzelnen Deckenfluter brennen lassen. Der Rest des Lagerhauses war dunkel. Das würde den Besucher in falscher Sicherheit wiegen, weil er glauben konnte, sich durch Dunkelheit anzunähern, vermutete Stu, und das im Büro brennende Licht würde ihn anlocken wie einen Nachtfalter.

Ein Schatten kam näher. Stu hörte Schritte und nervöse Atemzüge. Trotzdem bewegte er sich noch immer nicht. Stattdessen beobachtete er aus seinem Versteck, wie eine menschliche Gestalt an ihm vorbeiging und einen hastigen Blick in das offene Büro warf. In der Dunkelheit konnte Clay Buchanan die Drahtschlinge im oberen Drittel der Tür unmöglich sehen. Wie Stu richtig geschätzt hatte, war sein Partner gut einen Meter achtzig groß, und sein Kopf passte genau hindurch. Stu hob das alte Ruder, das er an einer Wand lehnend gefunden hatte, und klatschte es mit eindrucksvollem Knall auf den Betonboden. Clay sprang wie ein verschrecktes Kaninchen nach vorn, und die Schlinge zog sich um seinen Hals zu.

Das freie Drahtende der Schlinge war so straff um den oberen Türbalken gewickelt, dass Clay sich zwar um sich selbst drehen, aber nicht mehr als einen Schritt nach links und rechts machen konnte. Er drehte sich einmal um die eigene Achse, steckte einen Finger zwischen Hals und Draht und zog verzweifelt daran, ohne die Schlinge lockern zu können.

Stu trat aus den Schatten. »Lass das Gezerre! Das macht sie nur noch enger. Und pass auf, dass du auf den Beinen bleibst, sonst erhängst du dich selbst.«

Clay warf sich herum und starrte. Er brauchte sekundenlang, um seine Stimme zu finden. »Stu?«, krächzte er.

»Hi.« Stu drängte sich an ihm vorbei, betrat das Büro und setzte sich hinter den Schreibtisch. »Hast wohl eine schlimme Woche gehabt?«

»Scheiße, was geht hier vor?« Clay bekam so wenig Luft, dass seine kieksende Stimme beinahe so klang, als habe er Helium eingeatmet.

»Ich dachte, das läge auf der Hand. Ich bin von meinem Abenteuertrip zurück.«

Stu konnte fast sehen, wie das Räderwerk in Clays Kopf sich drehte. *Auch ein Tier in der Falle bleibt gefährlich*, ermahnte er sich.

»Gott sei Dank, dass du's bist, Stu. Ich dachte, ich wäre tot.«

»Komisch, genau das behaupten alle Leute von *mir*.«

»Ich weiß nicht, was du glaubst, Kumpel«, sagte Clay, »aber ich kann dir helfen, alles richtig zu verstehen.«

»Ich glaube, dass du einen nicht sehr schlauen Piloten dazu gebracht hast, mich in der Wildnis abzusetzen, damit ich sterbe und du die drei Millionen aus dem Molson-Vergleich kassieren kannst. Und ich glaube außerdem, dass du Geld für Kerle aus der mittleren Ebene des organisierten Verbrechens wäschst.«

Clay musste einen Augenblick nachdenken, aber seine Antwort kam trotzdem eindrucksvoll schnell. »Nein. Das waren sie, nicht ich«, behauptete er. »Ich hatte keine Ahnung, dass sie dich dort draußen zurücklassen wollten. Mein Gott.«

»Tatsächlich? Du wusstest nicht, dass Dugan ein Gauner und Betrüger ist, als du ihn als Mandanten angeworben hast? Das finde ich wenig glaubhaft.«

Clay fuhr sich mit der Zungenspitze über die Lippen. »Sie hatten mich schon am Haken, als wir beide noch Staatsanwälte waren. Ich hab getrunken, Geld verschwendet, gespielt. Ich war bei ihnen verschuldet.«

Wer lange genug unter Raubtieren lebt, wird irgendwann von ihnen gefressen.

Clay redete weiter, hastig und mit kieksender Stimme. »Sie hatten was gegen mich in der Hand, Mann, damals schon. Das hat meine Karriere gekillt.«

Nun musste Stu nachdenken. »Du hast für Kerle aus ihrer Bande bewusst niedrige Kautionen festgesetzt und Verfahrensabsprachen getroffen, nicht wahr?«

»Ja.«

»Und Malloy ist dir auf die Schliche gekommen und hat verlangt, dass du freiwillig ausscheidest, um einen Skandal zu vermeiden, stimmt's?«

»Dieses Jahr hat Dugan sich wieder bei mir gemeldet. Er hat behauptet, Geschäfte – legale Geschäfte – machen zu wollen. Ich konnte nicht ahnen, dass sie weiter wegen Butz hinter dir her waren.«

»*Was?*«

»Darauf bin ich später gekommen, nachdem du verschwunden warst.«

»Red schon!«

»Butz ist einer von Dugans Männern. Als er eines Abends wieder mal seine Frau geschlagen hat, hat sie ihm gedroht, mit allem, was sie von der Bande wusste, zu den Cops zu gehen. *Deswegen* ist sie ermordet worden. Nicht wegen einer Rechnung von irgendeinem Hobbyversand.«

Stu fühlte sich wie vor den Kopf geschlagen. Diese Erklärung klang vernünftig. Das dreihundert Dollar schwere finanzielle Mordmotiv war immer schwach gewesen. *Hatte ich all die Jahre unrecht?* Er hatte nie ernsthaft darüber nachgedacht, was der Mörder vermutlich ihm gegenüber *empfand*. Schließlich hatte er nur seine

Pflicht getan. Er hatte den Angeklagten nicht mal mit dem Vornamen angesprochen, weil *Ray* Butz nach jemandes Onkel klang, der bei Bier und Grillfleisch lockere Sprüche draufhat. Sprach man in der Verhandlung jedoch nur von dem *Angeklagten*, war das eine bewährte staatsanwaltschaftliche Taktik, um ihn gegenüber den Geschworenen zu entpersonalisieren. Ein hübscher kleiner Trick.

Angeklagte nehmen solchen Scheiß persönlich, hatte Blake ihm erklärt. Und Stu hatte Butz trotz lückenhafter, schwacher Beweise angeklagt. Er stöhnte leise. Das war eine plausible Erklärung: Ohne es zu wollen, hatte er einen Kerl aus der hiesigen Unterwelt gegen sich aufgebracht.

Clay musterte ihn mitfühlend. »Was ist, schneidest du mich jetzt ab?«

»Dazu brauchst du nur den Draht zu entdrillen.«

Clay sah auf, entschlüsselte die grundlegende Konstruktion der Drahtschlinge und befreite sich. Dann verließ er das Büro, und Stu erhob sich, um ihm zu folgen.

Wenig später stand er seinem Partner in der weiten Leere des Lagerhauses von Angesicht zu Angesicht gegenüber. Um sie herum erzeugte das aus dem Büro fallende schwache Licht einen ungefähr rechteckigen Lichthof, der sie wie zwei Boxer im Ring aussehen ließ.

»Du hast mich vorhin ganz schön erschreckt, Stuey«, sagte Clay.

»Ich musste dich auf die Probe stellen.«

»Habe ich bestanden?«

»Bisher.«

»Klasse. Jetzt können wir diesen Scheiß in Ordnung bringen. Hast du die Polizei schon angerufen?«

»Nein. Ich wollte erst mit dir reden.«

»Wer sonst weiß also, dass du lebst?«

»Niemand.« Hier fiel das Lügen ihm leichter als bei Audry.

»Auch Katherine nicht?«

»Nur du.«

»Gott sei Dank.« Clay nickte, dann griff er in die Innentasche seines neuen, bestimmt sehr teuren Sakkos.

Stu empfand alles Mögliche, als sein Partner die .357 Magnum zog. Seltsamerweise vor allem Enttäuschung.

Clay zielte mit der Pistole auf ihn. »Sorry, Kumpel.«

Stu fragte sich sekundenlang, wieso Menschen sich entschuldigten, bevor sie Mitmenschen umbrachten. Dann drückte Clay ab.

Das trockene Klicken hallte durchs Lagerhaus. Clay versuchte es noch mal, dann starrte er die Waffe an, als habe sie sich durch Zauberkraft in eine weiße Taube verwandelt.

»Eine geladene Waffe im Schreibtisch aufzubewahren ist gefährlich«, sagte Stu. »Ich habe meine Hausaufgaben gemacht, Clay. Du auch? Nein? Du machst nie welche.«

»Warte! Ich wollte dich nicht ...«

»Nicht erschießen? Ich war mir meiner Sache nicht ganz sicher, aber jetzt bin ich restlos überzeugt. *Du* warst es. Die anderen haben vielleicht mitgemacht, deinen Plan vielleicht sogar begrüßt, aber du hast den Mordauftrag erteilt. Von dir ist alles ausgegangen.«

Clay überlegte kurz, dann grinste er hämisch. »Was

hast du vor, Stuey, willst du zur Polizei gehen? Du hast keine Beweise. Diese Sache lässt sich nicht zu mir zurückverfolgen. Der einzige Zeuge ist tot.«

»Ja, ich weiß. Das perfekte Verbrechen, was? Wären wir vor Gericht, hättest du ausnahmsweise recht. Aber das sind wir nicht.«

Stu griff in seine zerschlissene Outdoor-Jacke und zog das glänzende neue Handbeil heraus, das er im Great Beyond gekauft hatte.

Clays dunkle Augen weiteten sich erschrocken. Er ließ die leere Pistole laut scheppernd fallen und riss die Hände hoch. »Augenblick! Du kannst mich nicht …«

»Hier scheint eine Art Patt eingetreten zu sein. Ich habe eigentlich keine andere Wahl. Du hast mich vor allen Leuten als Schlappschwanz bezeichnet. Du hast versucht, mich zu ermorden. Dann hast du mir meine Frau weggenommen. Was für ein Mann wäre ich, wenn ich mir solche Kränkungen gefallen ließe?«

»Ich weiß nicht, was du meinst.

»Hast du meine Frau gebumst oder nicht?«

»Ich dachte, du wärst tot!«

»Davon bin ich überzeugt.«

»Das bist nicht du, Stu. Du bist ein verständiger, vernünftiger, gesetzestreuer Kerl.«

»Ich bin nicht mehr derselbe gottverdammte Kerl.«

»Aber du bist kein Killer.«

»Ich habe einen Bären geschossen.«

»Wirklich?«

»Und einen Piloten erledigt.«

»Ivan …«

»Wie ich sehe, kennst du ihn.« Stu fuhr mit dem Daumen über die Beilschneide. »Weißt du, wie man einen Hirsch ausweidet? Ich schon.«

»Tu's nicht! Man wird dich schnappen.«

»Wie? Ich bin tot. Außerdem habe ich das Gefühl, dass deine neuen Freunde die Beseitigung deiner Leiche übernehmen werden. Sie werden keine Unordnung in ihrem Lagerhaus wollen. Ich vermute, dass sie dich auf einen kleinen Törn auf der *Iron Maiden* mitnehmen.«

Clays Blick verfinsterte sich wieder. »Also gut. Versuch also, mich umzubringen. Aber glaub mir, du bist nicht Manns genug, um das ohne unfairen Vorteil zu schaffen.« Er zeigte auf das Beil.

Stu runzelte die Stirn. Selbst jetzt noch wurde seine Männlichkeit herausgefordert. Er musste Clay im Kampf Mann gegen Mann besiegen. Ohne Tricks. Ohne Fallen. Ohne Waffen. Nur Zähne und Krallen. *Wie unter Wölfen.* Er drehte sich zur Seite und schleuderte das Beil an den nächsten Balken, in dem es zitternd stecken blieb. Clay starrte ihn mit hochgezogenen Augenbrauen an.

Und dann fiel Stu über ihn her.

Sie prallten mit ausgestreckten Armen zusammen, im blassen Widerschein der Deckenleuchte knurrend. Dann wälzten sie sich auf dem Boden, rangen miteinander, versuchten zu würgen, brachten Kniestöße an. Ohne richtige Ausbildung war das schweißtreibende Arbeit. Clay bohrte Stu einen Daumen ins Auge, sodass er halb blind war, und Stu bog Clays kleinen Finger nach hinten, bis er mit gedämpftem Knacken brach.

Ihr Kampf war extrem anstrengend, und nach verzweifeltem Ringen, das stundenlang zu dauern schien, begann Stu zu spüren, dass Clay ermattete. Stus eisenharte Schultermuskeln zuckten, und seine kräftigen Waldläuferbeine fanden Halt. Er drängte Clay unaufhaltsam zurück, begann sich durchzusetzen und schob seinen Partner gegen einen Balken, um seinen Kopf an das raue Holz schlagen zu können.

Dann waren sie plötzlich auseinander.

Es war ein aus Verzweiflung geborenes letztes Aufbäumen: Clay wusste, dass er verlieren würde. Er war nicht in Form. *Weich.* Er strampelte sich frei, kam auf die Beine und zog sich an dem Balken hoch, in dem das Beil steckte. Er riss es heraus und hob es hoch über den Kopf, wobei sein kleiner Finger grotesk abgespreizt herabhing.

Stu sah sich um, aber der einzige Gegenstand in Reichweite war die ungeladene Pistole. Leider hatte er selbst dafür gesorgt, dass sie entladen war; er hatte sogar Schnellkleber in den Verschluss gespritzt, um sie für Clay unbenutzbar zu machen. Dass er sie vielleicht selbst brauchen würde, war ihm nicht in den Sinn gekommen. Während er die schwere Waffe in den Händen drehte, spürte er sein Herz von dem Kampf hämmern, den er endlich frontal aufgenommen und verloren hatte.

Hämmern ...

Clay lachte keuchend. »Das ist klassisch«, sagte er. »Wir sind Anwälte. Wir sind Söldner. Aber du hast keine Munition mehr, Kumpel. Du verschießt Platzpatronen. Du bist eine ungeladene Waffe, Stu. Und ich hab dich schon durchschaut, als du ...«

Die Magnum traf Clays rechte Kopfseite mit solcher

Wucht, dass er zurücktaumelnd heftig mit den Armen rudern musste, um das Gleichgewicht zu halten. Stu packte ihn vorn am Hemd und brach ihm durch einen Schlag mit dem Pistolengriff das Nasenbein.

Clay schlug mit dem Beil zu, aber sein Hieb war kraftlos und unsicher. Stu unterlief ihn und drehte sich dabei etwas zur Seite, sodass die Klinge nicht seinen Kopf traf, sondern vom rechten Schulterblatt abglitt. Er spürte, dass er eine blutende Fleischwunde hatte, aber sein Einsatz hatte sich gelohnt. Clays wilder Angriff brachte ihn nahe heran und ließ seine Kehle ungeschützt. Stu zögerte keinen Augenblick: Er schlug die Zähne in Clays Hals, zerquetschte die Luftröhre und riss sein Fleisch auf, sodass Blut über ihre Oberkörper spritzte.

Stu umklammerte seinen Partner und drückte ihm die Arme an den Leib, um zu verhindern, dass Clay, der laut keuchend nach Atem rang, erneut mit dem Beil zuschlug. Seine verletzte Schulter kreischte, aber er kannte Schmerzen, hatte sie ein halbes Jahr lang ertragen und würde sie noch ein paar Sekunden länger aushalten!

Zwischen den in blutiger Umarmung Vereinten herrschte unbeholfenes Schweigen. Es war eigenartig, sich so zu umklammern. Clay versuchte weiter, sich zu befreien, aber Stu merkte, dass er das stärkere Tier war. Er spürte, wie Clay schwächer wurde. Und dann hörte er endlich zu kämpfen auf. Stu hielt ihn noch einen Augenblick länger umklammert, bis er sicher wusste, dass der Kampf vorbei war. Dann ließ er Clay, dessen Körper schlaff geworden war, zu Boden sinken und stand über dem Leichnam.

EPILOG

Der Gerichtssaal in Eugene, Oregon, war fast leer bis auf einige Männer ohne anwaltliche Vertretung, die in Straßenkleidung darauf warteten, wegen geringfügiger Verfehlungen vor dem Richter erscheinen zu müssen.

Der Richter betrachtete Stu mit zusammengekniffenen Augen. »Sie haben angegeben, aus Portland zu sein, Mr ...« Er sah auf das vor ihm liegende Schriftstück. »... Stuart.«

»Ja«, log Stu, was er inzwischen besser konnte. »Und ich habe dort an der U of O studiert. *Go, Ducks!*«

»Schön. Und was führt Sie zu uns ins Lane County?«

»Ich habe eine eidesstattliche Versicherung der Exfrau meines Mandanten«, berichtete Stu, ohne sich mit Vorreden aufzuhalten, weil der müde wirkende Richter es gegen Ende seines Arbeitstages offenbar eilig hatte. »Der Fall liegt nun fast sieben Jahre zurück, und sie hat zugestimmt, dass das Kontaktverbot aufgehoben werden kann.«

»Was ist mit dem anderen Geschädigten, dem Professor mit der gebrochenen Nase?«

Der junge Staatsanwalt in heller Hose und blauem Blazer warf ein: »Dieser Zeuge war unauffindbar.«

Stu fuhr fort: »Fakultät und Universität haben ihn ausgeschlossen – wegen fortgesetzter Affären mit Studentinnen, von denen eine das Motiv für das unentschuldbare Verhalten meines Mandanten hier war.« Er stieß Blake an, der frisch rasiert und in einem weißen Oberhemd, das Stu ihm geliehen hatte, neben ihm stand.

»Ich weiß, dass ich ihn nicht hätte schlagen dürfen«, sagte Blake sofort. »Ich war wütend. Und es tut mir leid.«

Der Richter nickte, dann wandte er sich wieder an Stu. »Haben Sie noch etwas hinzuzufügen, Counselor?«

»Dieser Mann hier hat vor langer Zeit etwas sehr Unbedachtes getan. Er ist nach Oregon zurückgekommen, weil er auf eine zweite Chance hofft.« Als der Richter nicht mal blinzelte, sagte Stu noch: »Er hat mir das Leben gerettet.«

Der Richter zog leicht die Augenbrauen hoch. Das war die auffälligste Reaktion, die Stu in einstündiger Wartezeit bei ihm hatte beobachten können. »Und Sie haben Ihre Tochter sieben Jahre lang nicht mehr gesehen, Sir?«

»Nein, Sir«, antwortete Blake.

»Euer Ehren«, sagte Stu, »ich habe dafür gesorgt, dass sie draußen vor der Tür wartet. Die beiden können wiedervereint werden, wenn Sie diese Anordnung unterschreiben.«

Fünf Minuten später trat Stu auf dem Korridor beiseite, damit Blake ungestört mit seiner Tochter reden konnte. Er zog sein Prepaid-Handy aus der Tasche. In der letzten Stunde waren zwei Anrufe eingegangen.

Der erste stammte von seiner Lieblingsanwältin in Massachusetts, die eben das Aufnahmeexamen der Anwaltskammer bestanden hatte. Dies war ihre Antwort auf seine quer durchs Land verschickte Einladung, nach Oregon zu kommen, um eine Woche lang mit ihm zu feiern. Ein begeistertes *Ja!*

Gutes Karma.

Auch der zweite Anruf war aus Massachusetts gekommen, aber der Anrufer hatte keine Nachricht hinterlassen. Also wählte Stu diese Nummer.

»Rusty. Du hast angerufen?«

»Deinem Partner ist irgendwas zugestoßen. Seit einer Woche hat ihn kein Mensch mehr gesehen, und die Cops durchsuchen Lagerhäuser, die ein paar kriminellen Arschlöchern gehören. Klingt nicht gut. Ich dachte, das solltest du wissen.«

Stu wartete angemessen lange, um sich dann erstaunt zu zeigen. »Jetzt sind wir also beide verschwunden?«

»Ja. Erzähl mir, dass es keinen Zusammenhang gibt, Kumpel.«

»Das kann ich nicht. Umso mehr Grund für mich, tot zu bleiben. Danke, dass du mich informiert hast.«

»Klar. Und die Geier von *America's Unsolved* sind wieder da. Sie setzen Malloy wegen Clays Verbindung mit diesem Roff aus Providence zu. Anscheinend haben sie einen Tipp bekommen, dass es in Clays Zeit als Staatsanwalt gegenseitige Gefälligkeiten gegeben haben soll.«

»Wirklich? Du machst mich neugierig.«

»Sie haben die Offenlegung aller Dokumente der letzten zwölf Jahre beantragt, die Verhandlungsabsprachen und Haftverschonung gegen Kaution für Roffs Leute betreffen. Malloy versucht natürlich, sich davon zu distanzieren, aber er muss entweder zugeben, dass er von der Sache gewusst hat und sie verschleiern wollte, indem er Clay unauffällig hat gehen lassen, oder er sagt, dass er nichts gewusst hat, was beweisen würde, dass er nichts von Korruption in der eigenen Dienststelle geahnt hat. Beides könnte ihn bei der nächsten Wahl das Amt kosten. Folglich muss Malloy jetzt energisch gegen Roff ermitteln. Und inzwischen ruiniert *America's Unsolved* seine Karriere.«

»Verrücktes Zeug, Mann.«

»Ja. Bin froh, dass ich nicht mehr im Dienst bin; hier passiert auf einmal jede Menge Scheiß. Übrigens ist die Originalplattform vom Heck der *Iron Maiden* in einem dieser Lagerhäuser entdeckt worden.«

»Von der *Iron Maiden*? Hey, das ruft alles Mögliche wach. Aber das Boot hatte keine Heckplattform, wenn ich mich recht erinnere.«

»Anscheinend doch. Wie ich höre, ist sie ins Labor gebracht worden.«

»Was bedeutet das?«

»Du hast mir selbst gesagt, dass sie nur ein Jota von einem Indizienbeweis brauchen, um den Fall Butz neu aufzurollen. Mann, du musstest mir sogar erklären, was das Wort *Jota* bedeutet.«

»Ah. Nun, diesmal wird Malloy ohne mich zurechtkommen müssen. Und um Clay ist es echt schade.«

»Du klingst nicht traurig.«

Stu entdeckte einen leisen Verdacht im Tonfall des pensionierten Kriminalbeamten. Der Mann war clever und im Herzen noch immer Detective.

»Ich finde es traurig, dass er bei der Wahl seiner Freunde nicht klüger war. Anscheinend hat er sich mit dem Falschen angelegt. Gibt es irgendwelche Spuren, die zu einem Verdächtigen führen?«

»Nein. Clay ist spurlos verschwunden. Könnte ein Mord ohne Leiche sein.«

»Ja, die sind schwierig.«

DANKSAGUNG

Ich möchte meinem Lektor Brendan Deneen danken – vor allem dafür, dass er ein cooler Typ ist.

Eine Stadt lebt in Angst – bis ein einsamer Fremder auftaucht und den Tyrannen entgegentritt: Jack Reacher!

448 Seiten. ISBN 978-3-7341-0091-8

In einer Bar irgendwo in Nebraska. Jack Reacher bekommt zufällig mit, dass der Dorfarzt einen Notruf entgegennimmt und sich weigert, der Anruferin zu helfen. Kurzerhand zwingt Reacher ihn dazu – und lernt eine Frau kennen, die nicht zum ersten Mal von ihrem Mann verprügelt wurde. Er stellt den Schläger im örtlichen Steakhouse und löst damit eine Lawine aus. Denn der Schläger ist einer der Duncans. Diese Familie ist berüchtigt für ihr erpresserisches und rücksichtsloses Verhalten – und geht über Leichen ...

Lesen Sie mehr unter: **www.blanvalet.de**